"俄罗斯文学译丛"系

"金色俄罗斯丛书"平装版

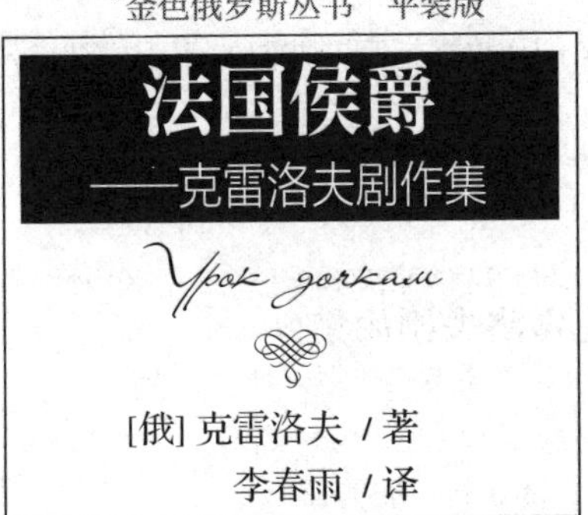

法国侯爵

——克雷洛夫剧作集

Урок дочкам

[俄] 克雷洛夫 / 著

李春雨 / 译

四川人民出版社

图书在版编目（CIP）数据

法国侯爵：克雷洛夫剧作集/（俄罗斯）克雷洛夫著；李春雨译．—成都：四川人民出版社，2021.8
（俄罗斯文学译丛）
ISBN 978－7－220－12316－0

Ⅰ．①法…　Ⅱ．①克…　②李…　Ⅲ．①剧本－作品集－俄罗斯－近代　Ⅳ．①I512.34

中国版本图书馆 CIP 数据核字（2021）第 105620 号

FAGUO HOUJUE：KELEILUOFU JUZUOJI
法国侯爵：克雷洛夫剧作集
（俄）克雷洛夫　著　李春雨　译

策划组稿	黄立新　张春晓
责任编辑	李京京
责任校对	王　雪
装帧设计	张迪茗
责任印制	祝　健
出版发行	四川人民出版社（成都槐树街 2 号）
网　　址	http://www.scpph.com
E-mail	scrmcbs@sina.com
新浪微博	@四川人民出版社
微信公众号	四川人民出版社
发行部业务电话	（028）86259624　86259453
防盗版举报电话	（028）86259624
照　　排	四川胜翔数码印务设计有限公司
印　　刷	自贡市华华广告印务有限公司
成品尺寸	140mm×203mm
印　　张	19
字　　数	360 千
版　　次	2021 年 8 月第 1 版
印　　次	2021 年 8 月第 1 次印刷
书　　号	ISBN 978－7－220－12316－0
定　　价	89.80 元

致敬“金色俄罗斯丛书”译介团队，感谢所有参与者为传播俄罗斯文学、增进中俄两国人民文化交流而做的努力！

汪剑钊　丛书主编，北京外国语大学外国文学研究所教授，博士生导师。

张建华　北京外国语大学教授，博士生导师。

张　冰　北京师范大学俄语系教授，博士生导师。

赵晓彬　哈尔滨师范大学斯拉夫语学院副院长，教授，博士生导师。

杨玉波　哈尔滨师范大学斯拉夫语学院副教授，文学博士。

郑艳红　中国社会科学院文学博士，绥化学院外国语系教师。

张　猛　北京外国语大学外国文学研究所博士。

李　莉　北京师范大学文学博士，杭州师范大学教授。

顾宏哲　辽宁大学俄语系副教授，硕士生导师。

赵艳秋　复旦大学俄语系副主任，文学博士。

侯玮红　中国社会科学院外国文学研究所俄罗斯文学研究室主任，文学博士。

池济敏　四川大学外国语学院副院长，副教授，文学博士。

飞　白　云南大学外语系教授，浙江省比较文学与外国文学学会名誉会长。

黄　玫　北京外国语大学俄语学院教授，博士生导师。

杨晓笛　北京外国语大学博士，太原理工大学教师。

李玉萍　洛阳理工学院外国语学院教师，文学博士。

王立业　北京外国语大学俄语学院教授，博士生导师。

邱　鑫　黑龙江大学俄语学院文学博士。

郭靖媛　北京大学世界文学研究所博士。

薛冉冉　浙江大学外语学院副教授，博士。

温玉霞　西安外国语大学俄语学院教授，博士生导师。

潘月琴　北京外国语大学俄语学院副教授，博士。

余　翔　北京外国语大学外国文学研究所博士。

李春雨　厦门大学外文学院助理教授、博士。

董树丛　山东文艺出版社编辑，文学硕士。

冯昭玙　浙江大学外文系教授。

杜　健　北京师范大学俄语语言文学专业博士。

韩宇琪　北京师范大学俄语语言文学专业博士。

徐　琪　厦门大学外文学院教授，文学博士

徐曼琳　四川外国语大学俄语系教授，文学博士。

欢迎更多的译者加入“金色俄罗斯丛书”……

（按译作出版时间排序。）

四川人民出版社　文学出版中心

金色的“林中空地”（总序）

汪剑钊

2014年2月7日至23日，第二十二届冬奥会在俄罗斯的索契落下帷幕，但其中一些场景却不断在我的脑海回旋。我不是一个体育迷，也无意对其中的各项赛事评头论足。不过，这次冬奥会的开幕式与闭幕式上出色的文艺表演给我留下了深刻的印象，迄今仍然为之感叹不已。它们印证了一个民族对自身文化由衷的热爱和自觉的传承。前后两场典仪上所蕴含的丰厚的人文精髓是不能不让所有观者为之瞩目的。它们再次证明，俄罗斯人之所以能在世界上赢得足够的尊重，并不是凭借自己的快马与军刀，也不是凭借强大的海军或空军，更不是凭借所谓的先进核武器和航母，而是凭借他们在文化和科技上的卓越贡献。正是这些劳动成果擦亮了世界人民的眼睛，引燃了人们眸子里的惊奇。我们知道，武力带给人们的只有恐惧，而文化却值得给予永远的珍爱与敬重。

众所周知，《战争与和平》是俄罗斯文学的巨擘托尔斯泰所著的一部史诗性小说。小说的开篇便是沙皇的宫廷女官安娜·帕夫洛夫娜家的舞会，这是介绍叙事艺术时经常被提到的一个经典性例子。借助这段描写，托尔斯泰以他的天才之笔将小说中的重要人物一一拈出，为以后的宏大叙事嵌入了一根强劲的楔子。2014 年 2 月 7 日晚，该届冬奥会开幕式的表演以芭蕾舞的形式再现了这一场景，令我们重温了“战争”前夜的“和平”魅力(我觉得，就一定程度上说，体育竞技堪称是一种和平方式的模拟性战争)。有意思的是，在各国健儿经过十数天的激烈争夺以后，2 月 23 日，闭幕式让体育与文化有了再一次的亲密拥抱。总导演康斯坦丁·恩斯特希望“挑选一些对于世界有影响力的俄罗斯文化，那也是世界文化遗产的一部分”。于是，他请出了在俄罗斯文学史上引以为傲的一部分重量级人物：伴随拉赫玛尼诺夫第二钢琴协奏曲的演奏，普希金、果戈理、屠格涅夫、托尔斯泰、陀思妥耶夫斯基、契诃夫、马雅可夫斯基、阿赫玛托娃、茨维塔耶娃、布尔加科夫、索尔仁尼琴、布罗茨基等经典作家和诗人在冰层上一一复活，与现代人进行了一场超越时空的精神对话。他们留下的文化遗产像雪片似的飘入了每个人的内心，滋润着后来者的灵魂。

美裔英国诗人 T. S. 艾略特在《诗的作用和批评的作用》一文中说:“一个不再关心其文学传承的民族就会变得野蛮；一个民族如果停止了生产文学，它的思想和感受力就会止步不前。一个民族的诗歌代表了它的意识的最高点，代表了它最强大的力量，也代表了它最为纤细敏锐的感受力。”在世界各民族中，俄罗斯堪称最为关心自己“文学传承”的一个民族，而它辽阔的地理特征则为自己的文学生态提供了一大片培植经典的金色的“林中空地”。迄今，在这片土地上生根发芽并长成参天大树的作家与作品已不计其数。除上述提及的文学巨匠以外，19 世纪的茹科夫斯基、巴拉廷斯基、莱蒙托夫、丘特切夫、别林斯基、赫尔岑、费特等，20 世纪的高尔基、勃洛克、安德列耶夫、什克洛夫斯基、普宁、索洛古勃、吉皮乌斯、苔菲、阿尔志跋绥夫、列米佐夫、什梅廖夫、波普拉夫斯基、哈尔姆斯等，均以自己的创造性劳动进入了经典的行列，向世界展示了俄罗斯奇异的美与力量。

中国与俄罗斯是两个巨人式的邻国，相似的文化传统、相似的历史沿革、相似的地理特征、相似的社会结构和民族特性，为它们的交往搭建了一个开阔的平台。早在 1932 年，鲁迅先生就为这种友谊写下一篇“贺词”——《祝中俄文字之交》，指出中国新文学所受的“启发”，将其看作自己的“导师”和“朋友”。20 世纪 50 年代，由于意识形态的接近，中国与俄国在文化交流上曾出现过一个“蜜月期”，在那个特定的时代，俄罗斯文学几乎就是外国文学的一个代名词。俄罗斯文学史上的一些名著，如《叶甫盖尼·奥涅金》《死魂灵》《贵族之家》《猎人笔记》《战争与和平》《复活》《罪与罚》《第六病室》《丽人吟》《日瓦戈医生》《安魂曲》《没有主人公的叙事诗》《静静的顿河》《带星星的火车票》《林中水滴》《金蔷薇》和《钢铁是怎样炼成的》等，都曾经是坊间耳熟能详的书名，有不少读者甚至能大段大段背诵其中精彩的章节。在一定程度上，我们可以说，翻译成中文的俄罗斯文学作品已构成了中国新文学的一个重要组成部分，成为现代汉语中的经典文本，就像已广为流传的歌曲《莫斯科郊外的晚上》《三套车》《喀秋莎》《山楂树》等一样，后者似乎已理所当然地成为中国的民歌。迄今，它们仍在闪烁金子般的光芒。

不过，作为一座富矿，俄罗斯文学在中文中所显露的仅是冰山一角，大量的宝藏仍在我们有限的视域之外。其中，赫尔岑的人性，丘特切夫的智慧，费特的唯美，洛赫维茨卡娅的激情，索洛古勃与阿尔志跋绥夫在绝望中的希望，苔菲与阿维尔琴科的幽默，什克洛夫斯基的精致，波普拉夫斯基的超现实，哈尔姆斯的怪诞，等等，大多还停留在文学史上的地图式导游。为此，作为某种传承，也是出自传播和介绍的责任，我们编选和翻译了这套“金色俄罗斯丛书”，其目的是进一步挖掘那些依然静卧在俄罗斯文化沃土中的金锭。可以说，被选入本丛书的均是经过了淘洗和淬炼的经典文本，它们都配得上“金色”的荣誉。

行文至此，我们有必要就“经典”的概念略做一点说明。在汉语中，“经典”一词最早出现于《汉书·孙宝传》：“周公上圣，召公大贤。尚犹有不相说，著于经典，两不相损。”汉朝是华夏民族展示凝聚力的重要朝代，当时的统治者不仅实现了政治上的统一，而且也希望在文化上设立标杆与范型，亟盼对前代思想交流上的混乱与文化积累上的泥沙俱下状态进行一番清理与厘定。客观地说，它取得了一定的成效，虽说也因此带来了“罢黜百家”的重大弊端。就文学而言，此前通称的“诗三百”也恰恰在那时完成了经典化的过程，被确定为后世一直崇奉的《诗经》。关于“经典”的含义，唐代的刘知幾在《史通·叙事》中有过一个初步的解释：“自圣贤述作，是曰经典。”这里，他将圣人与前贤的文字著述纳入经典的范畴，实际是一种互证的做法。因为，历史上那些圣人贤达恰恰是因为他们杰出的言说才获得自己的荣名的。

那么，从现代的角度来看，什么是经典呢？商务印书馆出版的《现代汉语词典》给出了这样的释义：1. 指传统的具有权威性的著作：博览经典。2. 泛指各宗教宣扬教义的根本性著作。不同于词典的抽象与枯涩，意大利著名作家卡尔维诺归纳出了十四条非常感性的定义，其中最为人称道的是其中两条：其一，一部经典作品是一本每次重读都像初读那样带来发现的书；一部经典作品是一本即使我们初读也好像是在重温的书。其二，经典作品是一些产生某种特殊影响的书，它们要么自己以遗忘的方式给我们的想象力打下印记，要么乔装成个人或集体的无意识隐藏在深层记忆中。参照上述定义，我们觉得，经典就是经受住了历史与时间的考验而得以流传的文化结晶，表现为文字或其他传媒方式，在某个领域或范围具有一定的权威性和典范性，可以成为某个民族、甚或整个人类的精神生产的象征与标识。换一个说法，每一部经典都是对时间之流逝的一次成功阻击。经典的诞生与存在可以让时间静止下来，打开又一扇大门，带你进入崭新的世界，为虚幻的人生提供另一种真实。

或许，我们所面临的时代确实如卡尔维诺所说：“读经典作品似乎与我们的生活步调不一致，我们的生活步调无法忍受把大段大段的时间或空间让给人本主义者的悠闲；也与我们文化中的精英主义不一致，这种精英主义永远也制定不出一份经典作品的目录来配合我们的时代。”那么，正如沙漠对水的渴望一样，在漠视经典的时代，我们还是要高举经典的大纛，并且以卡尔维诺的另一段话镌刻其上：“现在可以做的，就是让我们每个人都发明我们理想的经典藏书室；而我想说，其中一半应该包括我们读过并对我们有所裨益的书，另一些应该是我们打算读并假设对我们有所裨益的书。我们还应该把一部分空间让给意外之书和偶然发现之书。”

愿“金色俄罗斯”能走进你的藏书室，走进你的精神生活，走进你的内心！

克雷洛夫的戏剧创作（译序）

在中国，伊万·安德列维奇·克雷洛夫（1769—1844）是家喻户晓的寓言家，但少有人知，克雷洛夫还是一位杰出的戏剧家。“克雷洛夫的戏剧创作不但在作家本人的文学创作生涯中具有重要意义，在俄国民族戏剧发展史上也占有重要地位。”① 了解克雷洛夫的戏剧创作有助于揭示克雷洛夫文学创作的整体特色，厘清俄国民族戏剧的发展脉络。2019 年适逢克雷洛夫诞辰 250 周年，同时也是中国译介克雷洛夫寓言的 120 周年，在这样的特殊年份译介克雷洛夫的戏剧作品，其意义是不言而喻的。

一

作为寓言诗人，克雷洛夫在俄国乃至世界文学史上都占据着无可撼动的光荣一席。克雷洛夫是“俄罗斯作家中深入俄罗斯人民的生活、思

① Крылов И. А. Полное собрание сочинений. — М.：Гослитиздат，1945－1946，Т. 2，С. 747.

想和语言的第一人”，也是“俄罗斯作家中享有盛誉而后又获得世界声望的第一人”①。普希金将其推崇为“真正的人民诗人”②，果戈理将其寓言诗集誉为“人民智慧的作品”③，别林斯基则断言：“克雷洛夫的光荣将永无止境地发扬光大，只要伟大和强盛的俄罗斯人民口中的宏大和丰富的语言依然响亮着。”④ 在世界寓言文学史上，克雷洛夫与古希腊的伊索和法国的拉封丹并称“世界三大寓言家”，但就寓言成就而言，克雷洛夫实际上是后来居上者。在中国的翻译文学史上，克雷洛夫寓言同样举足轻重。克雷洛夫是首位被译成中文的俄国作家。最早的三则寓言于1899—1900年被翻译发表在《万国公报》上，译者为该刊主编、美国传教士林乐知（Young John Allen，1836—1907）及其中国助手任廷旭。在长达120年的译介进程中，克氏寓言中译本先后经历了文言散文、白话散文、现代诗、古体诗等四种文体。时至今日，克氏寓言在中国遍地开花。除汉语之外，克氏寓言还被译成了四种少数民族语言文字——哈萨克语（乌鲁木齐：新疆人民出版社，1981，2010）、韩语（沈阳：沈阳人民出版社，1983）、蒙古语（呼和浩特：内蒙古教育出版社，2006）、维吾尔语（乌鲁木齐：新疆人民出版社，2007），这在外国文学汉译史上并不多见。

如同太阳的光芒遮蔽了星辰，克雷洛夫在寓言体裁上的巨大成就往往使人忽略了其戏剧创作。但实际上，克雷洛夫最初正是以戏剧家的身份步入俄国文坛的，仅在二十多年后，才以著名戏剧家的身份全面转向

① 杜雷林：《克雷洛夫评传》，梦海译，时代出版社，1950，第3、4页。
② 同上书，第37页。
③ 同上书，第93页。
④ 同上书，第4页。

寓言诗创作。1783—1807 年间，克雷洛夫共创作了 13 部戏剧作品，涵盖喜歌剧、滑稽剧、魔法歌剧、讽刺喜剧等多种体裁，而且其中很多是用诗体写成的。大体而言，其戏剧创作主要集中于两个时期。

1783 年，年仅 14 岁的克雷洛夫创作了自己的戏剧处女作——《女占卜师》，这是一部三幕滑稽歌剧，里面加入了很多诗行。戏剧的故事情节很简单，地主婆的管家垂涎少女的美色，伙同女占卜师栽赃陷害少女的未婚夫，最后真相大白，坏人得到惩罚，有情人终成眷属。但在这部情节未免俗套的戏剧中，少年克雷洛夫已经显露出出色的讽刺才华。借由这部戏剧，克雷洛夫步入俄国戏剧界，开始了第一阶段密集的戏剧创作。他先是创作了两部悲剧作品——《克列奥巴特拉》（后未传世）和《菲洛梅拉》（1786），但两部作品接连失败，使克雷洛夫重新回归到自己更加擅长的讽刺喜剧。很快他就写成了《疯狂家庭》（1786）和《门厅文人》（1786）。前者是一出插科打诨的滑稽闹剧，讲一家贵族四代女性同时追求一位男性的荒诞故事。后者则更加贴近现实，讽刺了卖弄风情的贵妇人和卖文求荣的无耻文人。这是克雷洛夫早期戏剧创作中第一部至臻成熟的作品，“具有俄罗斯风格的喜剧，它摆脱了对外国戏剧的模仿”[①]。1788 年，克雷洛夫受伏尔泰启发，创作了一部声援美洲印第安人的喜剧性歌剧——《美洲人》。同年，克雷洛夫创作完成了讽刺性喜剧《鸡飞狗跳》。在这部讽刺杰作里，克雷洛夫集中地讽刺了靠剽窃为生的权贵作家、卖弄风情的贵妇人、草菅人命的无良医生、浅薄轻浮的公爵小姐、卖文求荣的蹩脚文人等上流社会众生相。而这部戏剧

---

① 尼·斯捷潘诺夫：《克雷洛夫传》，何茂正、田宝石译，黑龙江人民出版社，1983，第 44 页。

的原型就是当时声名显赫的剧作家亚·鲍·克尼亚日宁和他的妻子、大剧作家苏马罗科夫的女儿。这部剧惹恼了克尼亚日宁，他动用自身关系，不仅将该剧本封杀，而且将原本准备上演的《疯狂家庭》《门厅文人》《美洲人》也一同禁演。年轻气盛的克雷洛夫公开与之决裂。崭露头角的剧坛新秀就此被完全排挤出剧坛，被迫转向颂诗、讽刺诗，随后又转战杂志界。1789—1793年间，克雷洛夫先后创办了《精灵邮报》《观察家》《圣彼得堡水星》三份讽刺杂志，后来被沙皇叶卡捷琳娜二世本人“请去喝茶”。此后，克雷洛夫被迫停止了所有的文学活动，开始了长期的漫游和隐居生活。

1796年，叶卡捷琳娜二世去世，保罗一世上台。出于对德国普鲁士的崇拜，新沙皇一门心思将俄国德意志化，甚至为德国而牺牲本国利益。1800年，克雷洛夫创作了诗体滑稽悲剧《波德西帕，或特鲁姆夫》，讽刺了保罗一世的暴虐专制。这出戏在遭贬黜的谢·费·戈利增公爵的家庭剧场秘密排演，克雷洛夫亲自扮演特鲁姆夫，引得观众捧腹大笑。俄国科学院院士、克雷洛夫的生前好友米·叶·洛巴诺夫对此剧评价甚高：“这是才华横溢的戏谑和恶搞。在一部滑稽剧里设置如此多的笑点、讽刺和挖苦，唯克雷洛夫一人而已。这是俄国文学从未有过的全新的文学样式。瓦库拉、波德西帕、伊戈诺夫等人物形象是天才式的漫画像。”① 1800年2月9日，莫斯科上演了克雷洛夫译自意大利文的《被偷的村姑》，这是作家剧作中最早公开上演的一部。1801年1月24日，《美洲人》上演。1801年3月23日，保罗一世被刺杀，亚历山大

① Крылов И. А. Полное собрание сочинений. — М.: Гослитиздат, 1945—1946, Т. 2, С. 759.

一世上台。此后，克雷洛夫重返圣彼得堡，开始收获真正的戏剧家声誉。1802和1804年，独幕讽刺喜剧《松鸡肉饼》先后在圣彼得堡和莫斯科两地公开上演，使得剧作家克雷洛夫声名鹊起。1806年7月27日，圣彼得堡首演《摩登铺子》。有评论家指出，“该剧性格突出，用纯粹的俄语写就，非常具有教育意义”，“演员演绎到位”，幽默效果好，“全程都在笑”。[①] 杰出的戏剧专家斯·日哈列夫在1807年5月26日的日记中写道：“终于等到了一部好剧——《摩登铺子》，笑了个够。这部剧本读着有趣，搬到舞台上更有趣，演绎得非常到位……这是真正的俄罗斯外省地主的形象，来自外省的观众肯定能在现实生活中找到这样的原型……”[②] 1806年12月31日，圣彼得堡上演魔法歌剧《壮士伊利亚》。米·叶·洛巴诺夫回忆道：“剧作家戏谑的想象力，魔法特效，机智有趣的情节，生动的对话，讽刺诗行，这一切使得这出戏非常好看。”[③]《俄国剧院年鉴》证实，该剧深受观众欢迎，在很长一段时期内相当卖座。1807年6月18日，圣彼得堡首演《法国侯爵》。《戏剧通报》发表评论，称这出戏“直接刺向了愚蠢上层社会的眼睛，引发了观众的阵阵哄笑和对于‘法式摩登教育’的共同愤慨”[④]。洛巴诺夫对该剧评价极高，称其“创意别出心裁，情节引人入胜，性格真实可信，对白无与伦比”[⑤]。“《摩登铺子》和《法国侯爵》取得了惊人的成就，在剧场久演不衰，甚至吸引了来自最高统治阶层的观众，而这无疑是只有巨

---

① Лицей，1806，ч. III，кн. III，стр. 100 — 103.

② Жихарев С. П. Записки，М.，1891，стр. 442 — 443.

③ Лобанов М. Е. Жизнь и сочинения Ивана Андреевича Крылова. — С. — Петербург.：1847，стр. 37.

④ Драматический вестник，1808，ч. I，стр. 72.

⑤ Лобанов М. Е. Жизнь и сочинения Ивана Андреевича Крылова. — С. — Петербург.：1847，стр. 44.

大天赋才能做到的。”[①] 凭借这些俄国戏剧的经典之作，克雷洛夫成功跻身俄国著名戏剧家之列。

二

从创作主题来看，克雷洛夫的戏剧主要围绕俄国贵族家庭展开。克雷洛夫擅长以漫画式的笔法描摹人物形象，在其戏剧作品中可以概括出以下几个人物系列。

首先是文坛权贵。这一形象最早出现在1786年的《门厅文人》中，里面的杜博沃伊伯爵就是一个“喜欢舞文弄墨”的假文人。他的亲兵在谈及他的创作时不无炫耀地说：“伯爵大人博览群书，从里面挑选自己喜欢的章节，再编成自己的作品。他可谓著作等身哪!”最著名的形象是《鸡飞狗跳》中以克尼亚日宁为原型创作的皮奥切斯基。克尼亚日宁是当时俄国声名显赫的悲剧作家。他年轻时当过近卫军军官，为偿还赌债而克扣军饷，因此获罪。后来走上戏剧翻译和创作的道路，最终凭借《季多纳》《罗斯拉夫》等轰动一时的悲剧作品成功洗白，并成了悲剧巨擘苏马罗科夫的堂前娇客。他的妻子自恃出身，为人高傲。夫妇二人对克雷洛夫这位崭露头角的剧坛新秀极为忌惮，他的妻子曾当面奚落克雷洛夫为“五卢布作家”。克尼亚日宁的剧作有严重的抄袭嫌疑，普希金曾称其为“好模仿的”（переимчивый）。在剧本中，克雷洛夫为皮奥切斯基设计了这样一段露骨的独白：

---

① Лобанов М. Е. Жизнь и сочинения Ивана Андреевича Крылова. — С. — Петербург.：1847，стр. 44.

皮奥切斯基　（自言自语）写戏剧啊，尤其是悲剧，是非常辛苦的。为了创作，我顾不上家业、妻子、儿女，在拉辛等人的帮助下，我的悲剧写得相当不错。不幸的是，我生活在这样一个世纪，法语成了通用语……（仆人拿书上）啊，悲剧来了！放这儿！滚吧！（仆人下）这里有一行可用，我记一下……（翻开另一本）这里有六行……这两行也不错。啊，这行诗多妙！不仅为整段独白，而且为整个悲剧增光添彩！就用它来结尾……好了，独白成了！尽管我外表谦逊，但私底下我必须得承认，我是文豪！想想吧，一个独白就花费这么多心血，更何况一整部悲剧呢？

除此之外，克雷洛夫还借用一位外省地主之口揭露了皮奥切斯基之流的无耻逻辑："他的偷是文人的偷，而文人的偷不叫偷。"在被克尼亚日宁排挤出剧坛之后，克雷洛夫在《精灵邮报》和讽刺诗歌《童话》中又反复对其进行了讽刺。克雷洛夫之所以一再攻击克尼亚日宁，绝非仅仅出于私人恩怨，而是将其视为文坛权贵的代表者，这个集团凭借自己优势的贵族地位，觊觎国家文学生活的霸权。而克雷洛夫，作为一位底层民众出身的平民知识分子，要对这种贵族文化霸权奋起宣战。

与剽窃成性的文坛权贵紧紧捆绑在一起的还有卖文求荣的门厅文人。《鸡飞狗跳》中的贾尼斯洛夫和《门厅文人》中的梅温采夫就是这类形象的典型代表。这类人胸无点墨却自命不凡，专靠阿谀权贵溜须拍马。梅温采夫宣称："渊博的头脑和炽热的想象力从不拘囿于某一种体裁；我对任何一种体裁都驾轻就熟，炉火纯青，登峰造极"；"规则是小事……我什么规则都不用，就写了六大卷"；"一晚上能写六百首"。为了讨好伯爵的情妇，他极尽谄媚之能事，写了一首狗屁不通的赞美诗：

美丽的美好，
最美的美丽
的美好。
将开放、成熟、明亮
集于一身
的美好。

还有一首打油诗：

风用风把风吹跑，
倒的正来正的倒。
时间是把杀猪刀，
唯独对您微微笑。
即便再活一百年，
您比花儿更娇艳。
您的美貌千人醉，
您的芳名万年传。
您是不灭的太阳，
您是不落的月亮。
您的智慧世无双，
叫人如何去猜想。

《鸡飞狗跳》中的贾尼斯洛夫是以克尼亚日宁身边的一位蹩脚文人为原型塑造的。下面这首诗由于“治好了一位晕厥的客人”而被他宣称为有“起死回生之力”：

黑夜的半夜黑暗涌起，
旋风突然卷上苍穹，
天穹为之抖个不停。
火星登时扔开了病榻，
满腔怒火将它的肚子撑炸。
花儿蜷曲了花瓣，
叶子卷起了叶片……

而真实的情况是，那位晕厥的客人原本是假装晕倒，是实在受不了他的诗歌才跳起来的。

克雷洛夫戏剧中讽刺的第三类人是水性杨花的贵妇人。《女占卜师》和《门厅文人》中的贵妇人有同样的姓氏——Новомодова。这个姓氏系克雷洛夫自创，字面意思是“新时尚”。而这里所谓的“新时尚”实际上就是水性杨花，在多位情人中间周旋。所以，我们将其化译为“钦仁多娃”（谐音“情人多娃”）。《女占卜师》中的钦仁多娃十八岁嫁人，丈夫大她四十岁，二十岁上就守了寡，拥有多位情人，个个对她百依百顺，争着替她还债。而《门厅文人》中的钦仁多娃更是登峰造极，拥有“四十四个情人，每个星期逐个约会一遍”，为此还专门有一个《追求者约会日程表及送礼记录簿》。《鸡飞狗跳》中的塔拉朵拉同样是个情场老手。她先是跟家庭医生兰采金不清不楚，后来又喜新厌旧，迷上了女扮男装的女仆。除了水性杨花之外，克雷洛夫笔下的贵妇人还普遍带有矫揉造作、贪慕虚荣、庸俗无知等毛病。

克雷洛夫还讽刺了贵族阶层中崇洋媚外、蔑视本民族文化、盲目效仿外国的一类软骨头。《摩登铺子》中的地主婆松布罗娃和《法国侯爵》中的两位地主小姐是这类人的典型代表。在松布罗娃眼中，什么东西都是外国的好，“恨不得吹个气泡都用法国空气”，她给继女选定的未婚夫在俄国乡下经营农场，“全是外国模式，播种收割全按德国历；只可惜俄国的土地不开化，他需要夏天的时候，偏偏来了秋天”。《法国侯爵》中的两位地主小姐从小寄养在城里姑妈家，接受法式教育，浅薄而虚荣，对法国盲目崇拜，法国人放个屁都是香的。她们的父亲、地主老爷韦利卡罗夫是一位老派爱国者，一气之下将她们带回乡下，严禁她们说法语，派一位奶妈形影不离地监督。两人简直快被憋疯了，对她们而言，不让她们说法语比不给她们吃面包还难受。面对一位由俄国仆人假扮的法国侯爵，二人登时被迷得团团转，甚至做起了法国侯爵夫人的美梦。在《法国侯爵》的结尾处，韦利卡罗夫对女儿们有一段言辞铿锵的训话：“小姐们，我要好好教教你们为人之道，你们趁早断了侯爵夫人的念想！两年，三年，十年，我们一直住在这儿，住在乡下，直到你们把格里戈里夫人装进你们脑袋里的乱七八糟忘得一干二净！直到你们不再盲目崇洋媚外！直到你们学会格里戈里夫人从来没教过的谦逊、礼貌、温顺！直到你们那愚蠢的傲慢不再让你们以讲俄语为耻！”这样的台词，在 1812 年卫国战争期间上演时，引发了观众雷鸣般的掌声。

与贵族阶层的种种丑陋形象相对，克雷洛夫还创造了一系列仆人形象。其中最令人印象深刻的是类似于《西厢记》中的红娘的女仆形象，比如《疯狂家庭》中的女仆伊兹韦达、《鸡飞狗跳》中的女仆普卢塔娜和《摩登铺子》中的女店员玛莎等。其共同点是聪明伶俐，总能想出计策骗过老爷太太，撮合真心相爱的少爷小姐。这些女仆被塑造得活灵活现、有血有肉，较之于形象苍白的正牌小姐更容易赢得读者的好感。如果说类似于红娘的女仆形象更多源自作家的理想化想象，那么那些男仆形象则更加接近于生活真实。他们普遍有很多小毛病，比如说话啰里啰唆、办事稀里糊涂、贪图小便宜、好酒贪杯等。其中着墨最多，塑造得最为成功的两个男仆形象分别是《松鸡肉饼》中的伊万和《法国侯爵》中的谢苗。伊万将老爷定做的松鸡肉饼里的肉馅儿偷吃干净，为了逃避惩罚又撒了一连串的谎，结果误打误撞地搅黄了老爷的婚事，成全了一对爱人；《法国侯爵》中的谢苗更是胆大妄为，竟然冒充法国侯爵招摇撞骗，不过也以此现身说法，给了崇洋媚外的地主小姐们一个教训。在这两个男仆形象身上真实地反映出俄国底层民众没有文化、爱耍小聪明、胆大胡来等特点，但在剧中，正是这些仆人成了作家的“神助攻”，在挫败贵族阴谋，成全爱情，给予教训方面起到了重要的推动作用。作家对其性格缺点的态度明显是温和、戏谑的，截然不同于对贵族劣根性的尖锐讽刺。

三

克雷洛夫认为：“剧院应该是民众的学校，反映激情的镜子，审判谬见的法庭，表现理智的场所。”① 在克雷洛夫进行戏剧创作的年代，俄国剧场为盲目崇拜外国的上层人士所把持，舞台上充斥着荒诞的法国

① 尼·斯捷潘诺夫：《克雷洛夫传》，第48页。

轻松喜剧和化装滑稽歌剧，与克雷洛夫相交甚厚的德米特列夫斯基和普拉维里希科夫等著名演员对这一现象极为愤慨，呼吁创作并演出俄国民族戏剧。在这种历史语境之下，克雷洛夫以自己的戏剧创作实践为俄国民族戏剧的发展做出了重要贡献。与同时期的俄国戏剧相比，克雷洛夫的戏剧带有一系列鲜明特质，我们可以从创作主旨、题材和语言风格三方面对此进行概括。

克雷洛夫剧作的创作主旨以讽刺为主。普希金将其誉为“火炎一般讽刺的缪斯”①，讽刺是他最大的天赋才华，讽刺喜剧是他最擅长的戏剧体裁。犀利而幽默的讽刺渗透到对白设计、人物塑造、情节设置等各个方面。在《门厅文人》中，钦仁多娃请梅温采夫给自己的狗写一首赞美诗，梅温采夫说：“与其给狗写，还不如给您写哪！”钦仁多娃回答说：“既然您不想赞美狗，那您就赞美我吧。”在《鸡飞狗跳》中，皮奥切斯基对妻子说：“什么爱不爱的。过日子嘛！猫跟狗都能过到一块儿去！我跟你不也过得挺好的嘛！”在《波德西帕，或特鲁姆夫》中，国王瓦库拉召开御前会议，结果参会的众贵族，一个是瞎子，一个是聋子，一个是哑巴，就一个正常人，还“老糊涂了”。《美洲人》中贪生怕死、自命“当代西班牙头号哲人”的佛列特，《壮士伊利亚》中溜须拍马、比“最精的马屁精还精”的贵族谢德尔等人物形象无不令人印象深刻。在《松鸡肉饼》中，法丘耶夫以特意定做的松鸡肉饼为喻讨好未来的岳丈一家，说“这个肉饼里的馅儿有多少，我心中对普丽斯塔的爱就有多少”；“这个肉饼像准岳父大人的头脑一样充实”；“在这个肉饼里你们将发现那么多好东西，就像未来岳母大人身上的美德和品格”。原本

---

① 杜雷林：《克雷洛夫评传》，第 42 页。

自鸣得意，却没料到，当这个纸条被读到的时候，面前的肉饼早被两个仆人掏得空空如也……

从题材来看，克雷洛夫戏剧描写的是俄国本土现实。这一点早在他的处女作《女占卜师》中就有所体现。虽然剧情有些俗套，但作家对于外省人物形象的塑造和社会风气的描写是真实可信的，剧中专制独裁的地主婆、处于无权地位的农民、瞒上欺下的管家老爷、坑蒙拐骗的女占卜师等人物形象都源自于作家对俄国外省现实生活的深入观察。随后创作的作品《门厅文人》《鸡飞狗跳》等都有一定的原型。《松鸡肉饼》是一部精彩绝伦的俄国小品剧，无论是故事情节编排，还是人物性格塑造、对白设计、道具运用等方面都带有浓郁的俄国气息。《摩登铺子》和《法国侯爵》更是别开生面的俄国现实主义戏剧，对后世的俄国戏剧产生了重要影响。

最后，从语言方面来讲，克雷洛夫直接将俄国底层民众的鲜活口语引入戏剧。在其剧作中，农民、仆人等底层民众的话语特征得到完整保留，俗语、俚语、俏皮话等俯拾皆是。在童年时代，克雷洛夫特别喜欢到那些群众聚集的场所，如市集、游艺场、拳击场、码头，从形形色色的普通民众、从饶舌的洗衣妇中间，学到了无穷无尽的成语、俗语、俚语，后来又用它们来丰富自己的文学语言。较之于同时代的寓言诗人德米特里耶夫和作家卡拉姆津从法国文学那里沾染的“矫揉造作、脆弱和苍白”（普希金语），克雷洛夫的语言是俄式的，“对于他的下一代的作家，从葛利鲍叶陀夫和普希金起，克雷洛夫是他们语言方面的导师”①。

以上三方面是克雷洛夫剧作毋庸置疑的优点。当然，客观而言，克

① 杜雷林：《克雷洛夫评传》，第55页。

雷洛夫的剧作，特别是早期剧作也有一些缺点。比如，故事模式及冲突的解决落入俗套，很多戏剧中都加入爱情故事，起初受到百般阻挠，最后有情人终成眷属。特别是在《女占卜师》和《被偷的村姑》中，主要的阻挠者——地主婆和伯爵——在戏剧结尾处突然大发善心，并不能令人信服。此外，有很多情节是高度假定化的，经不住仔细推敲。比如在《鸡飞狗跳》中有一场戏，皮奥切斯基和塔拉朵拉夫妇在漆黑的花园里，坐在长椅上聊天，误将彼此当成了自己的新欢，聊了半天竟然没有察觉。《疯狂家庭》中也有一段黑夜的场景，几组人在舞台上也都认错了人，等等。但瑕不掩瑜，尖锐辛辣、幽默夸张的讽刺，令人耳目一新的民族题材以及鲜活生动的民众语言使得克雷洛夫的戏剧在自我时代受到了应有的欢迎，不仅极大地推动了俄国民族戏剧的发展，而且对后世作家作品产生了重要影响。

比如，在果戈理的世界经典剧作——《钦差大臣》中明显可以感受到克雷洛夫《法国侯爵》的影响，而克雷洛夫创作于 1805 年的一部未竟之作——《懒人》中的主人公被俄国文学研究界公认为是冈察洛夫笔下奥勃洛摩夫的前身。除此之外，特别值得一提的是《波德西帕，或特鲁姆夫》一剧。在剧本问世的年代，该剧毫无可能在皇家剧场公演，但以手抄本的形式流传开来，直至亚历山大执政时期，在“自由派人士”中间仍然倍受欢迎。1815 年，青年诗人普希金在《小镇》一诗中曾写到此剧受欢迎的场景，将克雷洛夫誉为“无价的幽默大师”。

而你，无价的幽默大师，
以厚底靴和匕首，
作为悲剧女神的供奉。

谁的笔触能写出，
如此新颖的杰作！
我看到波德西帕公主，
正和女仆一起流泪，
伊戈诺夫公爵双股战栗，
御前会议在集体瞌睡，
被俘虏的国王瓦库拉，
忘记了战争和王国，
只顾着玩儿他的陀螺……

1905 年革命之后，《波德西帕，或特鲁姆夫》这部形象怪诞的滑稽悲剧重新回归观众视野。1910 年在圣彼得堡和莫斯科两地由“哈哈镜”剧场公演。十月革命之后，立即被纳入全国各地剧场的剧目中，成了苏俄观众最为喜爱的剧作之一。该剧之所以再度流行，不仅因其对封建君主的讽刺，还得益于其滑稽草台戏和民间戏谑风格契合了当时戏剧界复兴流浪艺人传统的潮流，以图打破室内戏剧和细腻心理剧的条条框框，从而达到残酷的真实、激烈的姿态、大胆的戏谑等。

克雷洛夫的戏剧创作同样深刻影响了其后续的寓言诗创作，使其带有鲜明的戏剧特质，比如对话的迅速展开、尖锐的戏剧性冲突、舞台感十足的场景等。克雷洛夫的众多寓言诗名篇都是非常适合舞台呈现的微型戏剧，比如《杰米扬的鱼汤》《狼和小羊》《农夫和狐狸》《狼入狗舍》《四重奏》等。正是得益于二十多年的戏剧创作所积累的宝贵经验，克雷洛夫最终以别开生面的，带有鲜明俄国特色和戏剧特质的寓言诗，将俄国乃至世界的寓言文学提到了前所未有的高度。

四

克雷洛夫的剧作中包含大量的诗行，大量由双关语、谐音词构成的幽默成分，这些都给翻译带来了极大挑战。此外，克雷洛夫还有一个惯常的讽刺手法，就是给反面人物设计带有明确戏谑意味的姓名，从而达到“名如其人”的讽刺效果。这种手法见诸古今中外的众多作家作品，最典型的比如《红楼梦》。在以往的文学翻译中，译者对于这种现象的处理一般采取音译加注的方式。但如此一来，人物姓名在译入语中的音、形、意是分开的，而不像在源语中那样是一体的。因此，在本书的翻译中，我们尝试采用了一种新的方式。

比如，在《波德西帕，或特鲁姆夫》一剧中，有一个被尖锐讽刺的对象，就是波德西帕公主的青梅竹马俄国公爵 Слюняй。此人是个银样镴枪头，面对德国亲王的暴虐威胁，被吓得当场拉了稀，为了保住小命主动劝说波德西帕嫁给特鲁姆夫。“Слюняй”是俄语口语中的一个蔑称，意思是“懦弱无能的人”“爱流口水的人”“鼻涕虫”等。在剧本中，波德西帕劝说 Слюняй 与其一同为爱赴死，但贪生怕死的 Слюняй 却百般推诿，波德西帕大失所望，骂道：“Слюняй，你真是一个‘Слюняй’！”显然，如果按照音译的方式将 Слюняй 译为“斯柳涅伊”，在翻译到这里的时候，就只能借助注释，讽刺效果就会大打折扣。经过反复思索，我们选择了归化意译的方式，即仿照作家的思路，为主人公重新取名叫“伊戈诺夫”（谐音“一个懦夫”）。如此一来，人物的性格特征和名字在译文读者的心目中就统一起来。而波德西帕对他的责骂也就顺理成章了：“你不是伊戈诺夫，你就是‘一个懦夫’！”

在采取这种处理方法时，除了意义上的对等，我们还努力遵循一个原则，即严格遵守俄语姓名汉译的用字规范。比如前文提到的“钦仁多娃”（俄文为 Новомодова），不写成“情人多娃”，因为一来不符合用字规范，二来会使这个姓氏近似于外号。同样的例子还有：《鸡飞狗跳》中的抄袭作家，被克雷洛夫叫作 Рифмокрад（音译为“利夫莫科拉特”，字面意思为“偷窃韵脚的”），我们将其化译为“皮奥切斯基”（谐音“剽窃斯基”）；《门厅文人》中那个卖文求荣的蹩脚诗人，原名叫 Рифмохват（音译为“利夫莫赫瓦特”，字面意思为“堆砌韵脚的”），我们将其化译为“梅温采夫”（谐音“没文采夫”）；等等。

此外，在某些作品名的翻译上我们也稍有变通。比如，“Кофейница”直译为“用咖啡渣占卜的女人”，简洁起见，我们将其译为“女占卜师”。“Проказники”直译为“爱搞恶作剧的人们”，我们将其译为“鸡飞狗跳”。因为在我们看来，皮奥切斯基、塔拉朵拉等人鄙俗恶劣的行为并非通常意义上的“搞恶作剧”。相比之下，“鸡飞狗跳”或许更能突出对这帮人跳梁小丑般嘴脸的讽刺。此外，在戏剧的高潮——主要人物两两分组，悉数聚集花园——之前，有一张纸条发挥了导火索的作用。仆人伊万当时有句台词就是：“一张纸条，鸡飞狗跳！等着看怎么收场吧！”再有“Пирог”，国内有文献在提及此剧时将其译为“馅饼”。但事实上，俄文中的“Пирог”和汉语中的“馅饼”并不对等，二者之间差别极大。因此，我们将“Пирог”译为“松鸡肉饼”，以图稍稍达到陌生化的效果。最值得一提的是“Урок дочкам”，这部剧直译是“给女儿们的教训”。这个译案固然也不错，但思虑再三，我们最终将译名敲定为“法国侯爵”。因为，首先，“给女儿们的教训”这一表达的行为主体是父亲，而在剧中，这个教训实际上主要是由谢苗假扮的“法国侯爵”无意中给她们的，在俄国不同历史时期的剧照和海报中也主要凸显两位小姐与“法国侯爵”之间的关系。其次，我们有意将此剧与果戈理的《钦差大臣》勾连起来。法国侯爵是假的，钦差大臣也是假的，但两位作家均将讽刺矛头更多地指向了上当受骗者，而非冒充者。事实上，对克雷洛夫极度推崇的果戈理，在创作《钦差大臣》时，应该不可避免地受到了《法国侯爵》的影响。最后，较之于“给女儿们的教训”，“法国侯爵”这个名称也许能更快地将我们带进 19 世纪初俄国社会盲目崇法的历史语境中去。

本书按照 1945—1946 年莫斯科国家文学出版社三卷本《克雷洛夫全集》第二卷《戏剧卷》译出，收入了克雷洛夫全部的戏剧作品。本书能够顺利出版，首先要感谢“金色俄罗斯丛书”主编、北京外国语大学外国文学研究所教授、著名诗人、翻译家汪剑钊教授慧眼识珠，将其纳入出版计划。其次要感谢四川人民出版社文学出版中心主任张春晓女士的大力支持以及出版社同人的精心编辑。最后，感谢我的父母家人，感谢妻子汤璐女士和女儿欧舒的陪伴。谨以此译著纪念克雷洛夫诞辰 250 周年及中国译介克雷洛夫 120 周年！

李春雨

2019 年 7 月 22 日于厦门大学德贞楼

目　录
Contents

女占卜师

三幕滑稽歌剧

|剧中人物|

◇**钦仁多娃**——女地主

◇**管家**

◇**彼得**——佃户

◇**阿纽塔**——彼得的未婚妻

◇**女占卜师**

◇**菲诺根**——阿纽塔的父亲

◇**阿夫罗西尼亚**——阿纽塔的母亲

◇**一女仆**

◇**一男仆**

第一幕

舞台布景为村庄附近的树林，远景为森林、田地和村落。幕启，管家上。

管　家（动情地）

让所有女人都去见鬼！

她们简直让人发疯。

无论贵族还是农夫，

所有男人都为她们头疼。

不管春夏与秋冬，

一年到头无法安生。

我也不例外……实在是搞不懂，阿纽塔怎么会嫁给穷小子彼得呢……我得想个法子把他俩拆散，最好能把那小子卖到兵营！……有了！就这么办！……哟，他来了！我得装装样子，不能让他看出破绽，露了馅儿！

彼得上。

管　家　哟！彼得，你好啊！

彼　得　管家老爹，你好啊！

管　家　一大早你这是去哪儿啊？

彼　得　我到您府上请您老参加我和阿纽塔的婚礼，他们跟我说您出村了，我正要去找您呢，没承想在这儿碰上了。

管　家　你的婚礼准备妥了？

彼　得

人逢喜事精神爽，
头头是道不慌忙，
没有任何小争执，
喜宴马上就开场！

管　家（假装高兴）

恭喜恭喜，
新娘子如花似玉。
贺喜贺喜，
小两口甜甜蜜蜜。

彼　得

诚心诚意邀请您，
来喝上一杯喜酒。

管　家

我一定来，
来喝你们的喜酒。

彼　得

您可别忘了！

管　家

一定忘不了！

彼　得

我们等着您！

管　家

到时就登门！

（二人同时）

<table>
<tr><th>彼得</th><th>管家</th></tr>
<tr><td>喜酒喝起来，
喜歌唱起来！
共同祝新人：
永远不分开！</td><td>喜酒喝起来，
喜歌唱起来！
共同祝新人：
早晚得分开！</td></tr>
</table>

彼　得　那我们走吧！

管　家　啊，现在不行，我还得回太太的差事呢。等我一忙完，家都不着，直接奔你们那儿去。

彼　得　那好嘞。

管　家　对了，昨天是你在太太那儿讲故事了？

彼　得　是啊，怎么了？

管　家　待得久吗？

彼　得　咳！差不多到夜里十二点啦，舌头都累酸了。我都纳闷，太太怎么那么晚了还不睡觉……要说也是，过着天堂的日子，不愁吃不愁穿，哪儿舍得睡觉呢？我要是能过上那样的日子就好喽，哪怕一个礼拜呢！

管　家　今天该谁了？

彼　得　本该是我家隔壁，可太太临时进城去了，今天就取消了。

这些太太小姐，

可不是光靠听故事取乐，

我们这些讲故事的，

靠讲故事也免不了挨饿。

管　家　（想）好吧……（高声）回见吧；我去去就来，你在家等着吧。

彼　得　行……那您可快点儿。

管　家　马上……（下）

彼　得　趁这会儿有工夫，咱来唱个小曲儿。唱什么呢？有了：

我们这里美女多，
阿纽塔排在头一个，
她就好像花一朵，
再也找不到第二个。
每当她开口唱歌，
所有人都侧耳倾听，
每当她翩翩起舞，
所有人都目不转睛。
和她说上一句话，
所有人都会爱上她。
跟她跳上一支舞，
所有人都会坠入爱河。

多好的姑娘！全世界再也找不到比她更可爱的啦！而我，马上就要跟她结婚啦！哟，她来啦！

阿纽塔上。

彼　得　阿纽塔！

阿纽塔　（行礼）怎么这么久没见你人影？

彼　得　我昨天从你们家一出来就忙活上了，这儿那儿的，全是事儿。结婚嘛，能不忙吗？这不，我刚才去请管家老爷了，可巧碰上了，他让我在这儿等他，他马上来……哦，我的阿纽塔，你很快就是我的啦！咳！真恨不得早点儿把你娶进门，可是老头子们呢，光顾着喜宴、商量，没完没了，我早就等不及啦！

阿纽塔　你呀你，不害臊吗？

彼　得　这有什么好害臊的？咱俩在一块儿都快一年啦，又不是头一次见面！

阿纽塔　好吧，你想说什么？

彼　得　这不是吗，今天在我家摆桌。

阿纽塔　然后呢？

彼　得　明天我们不就举办婚礼了吗？

阿纽塔　然后呢？

彼　得　婚礼结束咱俩就回家啦。

阿纽塔　然后呢？

彼　得　你说呢？

阿纽塔　（嗔笑）然后啊，我把你臭骂一顿，扭头就走！

彼　得　你舍得吗！

管家上。

管　家　你们好啊！

彼得和阿纽塔　（行礼）管家老爷好！

管　家　你们俩说什么呢？

彼　得　没啥，瞎聊呢。

管　家　我不碍你们的事？要碍事，你们就直说，我立马走人。

阿纽塔　（低声对彼得）叫他走吧。

彼　得　（低声对阿纽塔）那不把他得罪了吗？

管　家　（愠怒）看这样，我还是走吧！

彼　得　别，老爷，您碍不着我们。

管　家　（转喜）那好，那我就留下。

彼　得　您老找我们有事吗？（低声对阿纽塔）你也跟他应付几句呀。

阿纽塔　（对彼得）我还是走吧，我见着他不舒服。（欲走）

管　家　阿纽塔，你这是去哪儿啊！

阿纽塔　回家，老爷。出来太久，我娘会生气的。

管　家　好嘛，跟他聊天，爹娘都不管；我一来，你娘就要生气？

阿纽塔　那好吧，我不走就是；可回头您得跟我娘说，是您让我留下来的，省得她骂我。

管　家　（得意）这就对了嘛！哈哈哈！

阿纽塔　您留我有事儿？

管　家　太太让我跟你说……（对彼得）对了，差点儿忘了跟你讲。

彼　得　什么呢？

管　家　到处在找你，还有人问了我一嘴，我一时昏了头说没看着。

彼　得　谁找我？

管　家　操办婚礼的。

彼　得　啊，那我得赶紧走了！回见！

爱情让我烦恼全消，

阿纽塔给我带来欢乐。

我会和她白头到老，

这辈子我只爱她一个。（下）

阿纽塔　（对管家）太太让您跟我说什么？

管　家　太太？……啊，没什么……是我自己有话跟你说。

阿纽塔　（愠怒）什么呀？有话您就快说吧。

管　家　听着，阿纽塔，你知道我一直很关照你们家。

阿纽塔　是，老爷。

管　家　你知道的，我总是少收你们的租子。

阿纽塔　是的，老爷。

管　家　你也知道，我分配农活的时候总是向着你们。

阿纽塔　是，老爷，我知道，可您为什么说这个呢？

管　家　可你现在要嫁人了！

阿纽塔　是啊，怎么了？

管　家　直说吧，彼得配不上你。

阿纽塔　彼得，配不上我？

管　家　没错！我能给你找个比他强一百倍的。

阿纽塔　您知道的，我也没什么好的；再说，您能找谁呢？

管　家　这个人哪，体面，睿智，稳重，有身份、有钱、有粮、有牲口，长得也不赖，岁数也不大，爱你爱到发疯。

阿纽塔　（暗自）他不会是说自己呢吧？（对管家）您说的是谁呀，我真不晓得。

管　家　真是不开窍！这个人，就是老爷我啊！……你想想，嫁给我，你就是管家婆，半个主子！

阿纽塔　想让我嫁给你？我难道疯了吗？

管　家　当管家婆你还不乐意？

在村子里我是大爷，

威风赛过地主老爷。

人人敬我怕我，

对我唯唯诺诺。

人人任我处置，

没人敢说个“不”字。

阿纽塔 光耍威风有什么好？

管　家 咱可不是光会耍威风，还有实惠的哪！

我代太太收租，

一贯瞒上欺下，

我向农户收三，

只给太太报俩，

家里富得流油，

姑娘人人想嫁。

阿纽塔

纸里包不住火，

早晚事情败露，

惹得太太大怒，

把你发配充军。

管　家

我会小心谨慎，

不会留下把柄，

无论如何盘查，

都能摆脱困境。

阿纽塔

我劝你还是早收手，

莫等到事发晚回头。

管　家

我劝你乖乖跟我走，

一辈子吃穿不用愁。

（二人同时）

阿纽塔	**管家**
你早晚闯下大祸，	就算是闯下大祸，
我才不要做你老婆，	我也要娶你做老婆，
我会向太太报告，	你敢向太太报告，
向她揭露你的罪过。	我让你全家不好过。

阿纽塔下。

钦仁多娃怒气冲冲上。

钦仁多娃

可恶的仆人！

无耻的下人！

该死的奴隶！

统统下地狱！

没有一天不闯祸，

没有一个不犯错。

偷奸偷懒偷东西，

耍赖耍滑耍泼皮！

我就不信，我查不出来！

管　家　太太，您这是跟谁置气呢？

钦仁多娃　我的银勺子被偷了！

管　家　啊？怎么回事？

钦仁多娃　昨天从城里给我运来了一打银勺子。我看完之后就放在卧室桌子上了，今天进城去，刚才回家一看，没了！我非得找出来不可，所有这些下人都有嫌疑，都得吃鞭子！

万卡、别卡、塔什卡，
波卡、桑卡、达申卡，
一个一个挨着审，
全给我往死里打！

管　家　太太！偷勺子的肯定只是他们中间的一个，您要打所有人？

钦仁多娃　好让他们知道厉害！这帮奴才，好日子过久了，惯出毛病来了。属牲口的，就得天天用鞭子抽着！别人家的奴才为什么那么听话，那么规矩，那么本分？就是打得勤！但凡给点儿好脸色，他们就鼻孔朝天！一个不注意，就能捅娄子；三天不挨打，上房就揭瓦！

管　家　太太，光打人也不是个办法呀？

钦仁多娃

我会把他们分开，
让他们单独受刑。
每人打上一百下，
棍子会揪出真凶。
今天找不到银勺，

一个人也不轻饶！

宁愿错打一百个，

也不把真凶放过！

管　家　太太，打人也是个法子；可要是碰上嘴硬的小偷，就是打死也不承认。我倒有个主意，不用打人，就能帮您揪出小偷，找回勺子。

钦仁多娃　怎么呢？你难道指望小偷良心发现吗？

奴才们没有廉耻，

说不出半句实话，

你要想好生询问，

到头来只是白搭。

管　家　我也不用问他们。

钦仁多娃　那你想怎么办？

管　家　您知道女占卜师吗？她们会用咖啡渣卜问吉凶，准得很。我们不妨派人去城里请一位过来，一问便知。

钦仁多娃　原来如此！那就赶紧派人去请吧。

管　家　是，太太！

钦仁多娃和管家

在女占卜师面前，

没人能逃脱审判。

她会用咖啡渣占卜，

找出偷勺子的罪犯，

只需看一眼杯子，

就能揭开真相，

从来不出差错，

误把好人冤枉。

现在就派人到城里，

花钱请来女占卜师，

她断定谁是小偷，

我们就打断谁的手。

（幕落）

第二幕

舞台布景为花园，一边是太太的房子，有门廊通往花园。门廊上有几把凳子和椅子。幕启，女占卜师上场，独唱。

女占卜师

这个世界缺少天理，
所有人都相互算计。
不管有心还是无意，
每个人都彼此猜忌。
有人为了官爵，
不惜把朋友出卖。
有人为了钱财，
狠心把亲人谋害。
有人卖友求荣，
有人阿谀奉承，
有人偷窃为生，
有人狗苟蝇营。
哪个心里没有鬼？
谁人不把我敬畏？
占卜师根本不通神，

发家致富全靠嘴！

管家上。

管　家

啊，您已经到了。

我有要紧事拜托，

请你一定要帮我。

女占卜师

只要占卜费到位，

其他一切都好说。

（二人同时）

女占卜师	管家
请把钱袋准备好，	钱袋已经准备好。
我乐意为您效劳。	只要你为我效劳。
只要好处能到位，	只要差事能办好，
保管差事能办好。	好处绝对少不了。

女占卜师　管家老爷，您说吧，有何吩咐？

管　家　是这么回事。我老早就看上了一位姑娘，就是那个阿纽塔，可她却跟穷小子彼得好上了，两人已经求得主子同意，眼看就要结婚了，我想把阿纽塔抢过来……

女占卜师　啊，原来如此！您没去找她爸妈说去？

管　家　说过了。

女占卜师　他们怎么说？

管　家　他们本来都同意了，可那个死丫头要闹自杀，二老糊涂信以为真，就回绝了。

女占卜师 啊，这样的话，鬼也没法子啊。

管 家 嘿嘿，咱可是比鬼还精！我已经计划好啦。

女占卜师 啊？愿闻其详。

管 家 是这样的。我家太太每次回乡下住，每天晚上都要找姑娘小伙儿给她讲民间故事解闷，昨晚刚好轮到彼得，今天呢，太太新买的一打银勺子就丢了。实话告诉你，银勺子是我偷的，为了栽赃给彼得。

女占卜师 然后呢？

管 家 你不知道，我家太太动不动就把小伙子卖到兵营去。

女占卜师 嚯！好家伙！

管 家 一旦栽赃成功，彼得这小子肯定得充军，阿纽塔不就是我的了吗？嘿嘿！一会儿你先说几件太太的事，博取她的信任；等占卜完，你就一口咬定是彼得偷的，这事就成啦。

女占卜师 哈！先给您道喜！阿纽塔是您的啦！

管 家 阿纽塔和彼得你不是认识吗，我再给你交代几件太太的事。

女占卜师 她的事我比你清楚！我给她姐姐算过卦，早就摸清啦！

管 家 那就太好啦！

女占卜师 只不过我有点儿担心，可别捅出了娄子啊。

管 家 说得好像你头一回骗人似的！

女占卜师 骗跟骗可不一样。充军可不是闹着玩儿的。

管 家 你放心，一旦我娶到阿纽塔，好处少不了你的。

女占卜师 少来这套！你别给我画饼，俗话说得好，不要天边金凤凰，只要窝里老母鸡。

管　家　依你怎么着？

女占卜师　事成之后，六把银勺子。

管　家　什么?！六把银勺子！你真是狮子大开口哇！

女占卜师　就这个价，给就算，不给就拉倒。

管　家　我找别人去！你以为就你一个人会占卜？

女占卜师　你当真不给？

管　家　不给！阿纽塔再好看，也值不上六把银勺子的。

女占卜师　果然不给？

管　家　不给！

女占卜师　好哇！太太朝这边来了，我现在就把你干的好事给捅出去。

管　家　啊！你个女骗子！……别，别，有事好商量。

女占卜师　哼哼，怕了吧。我可以不说，可是呢，也不能白不说，给我拿封口费！

管　家　我拿什么给你封口费？我身上没带钱啊！

女占卜师　别磨蹭，她马上就过来啦！

管　家　咳！给你！别让人看见了！（塞给她一把银勺子，后者赶紧藏好）

女占卜师　这个是封口费；事成之后，六把银勺照付不误！

管　家　好好好！都依你！你别把事情搞砸了就行！

女占卜师　这您放心！

钦仁多娃上。

管　家　太太，这就是大名鼎鼎的女占卜师，能占卜吉凶，通晓过去未来。

钦仁多娃　Madame!（法语：夫人!）请您来是为了……

女占卜师　太太且慢！无须多言，高明的占卜师已经未卜先知。只不过，我不希望旁人在场。

钦仁多娃　好……管家，你下去吧，安排人把占卜用的桌子和咖啡渣送过来。

管　家　是，太太!（下）

钦仁多娃

只要你占卜得好，
好处绝对少不了。
只要不让我失望，
我必重重有赏。

女占卜师

占卜师中我最高明，
什么事情都能查清。
太太请尽管放心，
我一定不辱使命。

一女仆端来占卜桌和咖啡渣，摆放在门廊上，退下。女占卜师和钦仁多娃走进门廊，在桌边坐下。管家躲在一旁偷听。

女占卜师　（凝视咖啡渣）您叫什么名字，太太?

钦仁多娃　你难道猜不出来吗?再说，你问我名字干什么呢?你难道想用名字加父称来称呼我吗?

女占卜师　当然，太太!

钦仁多娃　哦! Madame! 你可千万别这样叫我，太俗气啦！我在法国的时候，从来没听见人们用名字和父称彼此称呼的，都是叫

madame或者mademoiselle（法语：小姐），只有俄国乡巴佬才叫名字和父称。

女占卜师　那您希望我怎么称呼您呢？

钦仁多娃　叫我mademoiselle吧。

女占卜师　据我所知，太太，这个词是用来称呼未婚小姐的，可是咖啡渣告诉我，您已经守寡多年了。

钦仁多娃　没错，可是我一贯认为，无论已婚还是未婚，都不该生活在男性的阴影里，要按照自己的意志生活。

女占卜师　可在我看来，少女和寡妇毕竟不一样，寡妇有过丈夫，而少女还不知道丈夫是怎么回事呢。

钦仁多娃　哈哈哈！你当现在还是亚当夏娃时代吗？哪个少女不怀春呢？（懊恼）再说了，管我叫mademoiselle你不乐意？

女占卜师　当然不会，mademoiselle！……您想让我把我所看到的关于您的事情都说出来吗？

钦仁多娃　全部的全部。

女占卜师　Mademoiselle，您十八岁嫁人，二十岁守寡。对不对？

钦仁多娃　没错！……啊！Madame，您真是伟大的占卜师！

女占卜师　您丈夫大您四十岁，死于……

钦仁多娃　啊！这个就别说了，小心人听见……你扯这么远干什么？

女占卜师　我总是喜欢从过去一步步接近当下。

钦仁多娃　好吧；不用全说，捡紧要的说，madame！

女占卜师　Mademoiselle，您有很多情人，他们都对您百依百顺……啊！抱歉，我太大声了。

钦仁多娃　哈哈哈！这个没事儿！Madame！

女占卜师　您花钱大手大脚，债台高筑，您的情人们承诺替您还债。

钦仁多娃　我不否认。

女占卜师　您离开城市来到这里，是欲擒故纵，为了俘获一位大牌情人。

钦仁多娃　您简直神啦！

女占卜师　叭！昨天您的卧室招了贼，丢了不多不少十二把簇新的银勺子。

钦仁多娃　正是！我找你来就是想请你帮我揪出小偷。

请为我描述他的外貌特征，
身高长相体型发色年龄。

女占卜师

我看见——小偷身量不高，
长着两道浓黑的眉毛。
皮肤黝黑，身强体壮，
岁数不大，年富力强。

钦仁多娃　嗯……好像是彼得！

女占卜师

他很快就要结婚，
新娘也是本地人，
婚礼马上就举办，
不是今天就明天。

钦仁多娃　新娘子长什么样？

女占卜师

新娘个头也不高，
圆圆的脸蛋儿瘦瘦的腰。
约莫有个十七八，
一岁上下总不差。

钦仁多娃 没错！你再仔细描述一下小偷的特征！Madame！

女占卜师

他顶多不超过二十岁，
眉毛浓密，头发乌黑。
鼻子不大也不小，
身材不瘦也不胖。
他昨天晚上来过这儿，
十二点左右下的手。

钦仁多娃

够了，占卜到此结束，
案子已经水落石出。
偷我银勺子的罪犯，
就是彼得那个混蛋。

女占卜师

我占卜的本事如何？
对这个结果您可满意？

钦仁多娃

你的技艺相当不错，
对小偷的描述清晰无比。

女占卜师

事情既然已经结束，
我也该趁早打道回府。
别忘了您的承诺，
请奖赏我的占卜。

钦仁多娃

唯独这点你没猜对，
今晚我要留你在这里睡。
对你的占卜我绝无二话，
想请你为我卜上一卦。

女占卜师

如果您愿意，
现在就可以。
无论早晨或傍晚，
黑夜或白天，
占卜之神总在我身边。
我的占卜随时随地，
一切事情都能获悉。

钦仁多娃 现在不行。我要立即处置偷勺子的混蛋。来人！（女仆上）把桌子撤下，叫管家来。

女仆带桌子下。太太和女占卜师站起身，走下门廊。一直在旁偷看的管家现身。

钦仁多娃 管家，小偷找到了。

Madame 已查明真相，

小偷彼得已经落网。

她描述得分毫不差，

偷勺子的一定是他！

管　家

我早就知道，一定是他！

Madame，您的占卜简直出神入化！

钦仁多娃

我今天总算开了眼，

这样的占卜确实少见。

以后谁敢说占卜不灵，

我一定要和他争辩。

管　家

女占卜师个个天赋异禀，

她们的卜问能通达神灵。

现在是时候提审罪犯，

好好教训彼得这混蛋。

钦仁多娃　（想了一会儿）

不，我们先去用餐，

饭后再将他惩办。

管　家

对待小偷绝不能留情，

干脆直接卖到兵营！

钦仁多娃

我又何尝不想这么做，

可这儿的人手已经不多。

何况彼得平日里挺不错，

卖到兵营有点儿舍不得。

管　家

别看他表面上挺不错，

实际上都是装模作样。

如果不对他加以严惩，

他早晚会把家里偷光！

钦仁多娃

你说得也有道理，

对付小偷不能大意。

对彼得我一定严办，

现在我们先去用餐。

管　家　咳，太太！万一走漏了风声，被他开溜了怎么办？

钦仁多娃　有道理！现在就把他带过来！

管　家　（走上门廊，打开门，吩咐道）去通知彼得，让他立刻到这儿来，就说太太要问话。（关上门，走回来）

钦仁多娃

我要教训这个混蛋，

严惩偷勺子的罪犯。

我要解除彼得的婚约，

让他和阿纽塔诀别。

先打掉他半条小命，

再把他卖去兵营。

对待小偷绝不轻饶，

彼得这次在劫难逃。

管　家

对彼得一定要严惩不贷，

以儆效尤，杀一儆百！

女占卜师

太太和管家真是英明，

惩治罪犯绝不留情！

（三人同时）

钦仁多娃	管家	女占卜师
要让泥腿子心存敬畏，	要让泥腿子心存敬畏，	要让泥腿子心存敬畏，
偷盗如老鼠见不得光。	偷盗如老鼠见不得光。	偷盗如老鼠见不得光。
彼得的例子就是榜样：	彼得的例子就是榜样：	彼得的例子就是榜样：
小偷绝没有好下场！	得罪我绝没有好下场！	穷小子绝没有好下场！

钦仁多娃　彼得怎么得罪你了吗？

管　家　那个……当然！他得罪了您，不就等于得罪了我吗？

钦仁多娃　您瞧瞧，多好的管家！……哟，彼得来了。

彼得上。

彼　得　太太，您找我？

钦仁多娃　啊，彼得，你好哇！

管　家　呵，说彼得彼得就到！

太太夸你故事讲得好，

对于工钱却不计较。

彼　得

只要太太高兴，

就是我的荣幸。

只要太太吩咐，

我能做任何事情。

管　家

这个仆人真不赖，

得了便宜还卖乖。

你学了猫儿偷腥，

却忘了把嘴擦干净！

彼　得

您在说什么呀？

我一点儿也不明白。

管　家

少在这儿跟我装蒜，

趁早老老实实交代！

（四人同时）

钦仁多娃、管家、女占卜师	**彼得**
敢做就要敢当，	敢做就要敢当，
何苦拼命赖账？	我彼得从不赖账。
你还是早点儿认罪，	我根本没有犯罪，
不要负隅顽抗。	为何对我栽赃？

钦仁多娃　你这个滑头，难道昨天在我这儿讲故事的不是你？

彼　得　太太，是您吩咐的呀！

钦仁多娃　难道你不是等我睡着了才离开的？

彼　得　这也是您的意思。

管　家　那十二把银勺子也是太太让你偷的吗？

钦仁多娃　快说，你把银勺子藏哪儿了？

彼　得　什么啊！我根本没拿！

钦仁多娃　真是岂有此理！还敢抵赖！

彼　得　我说的是实话！我真没拿！

钦仁多娃　十二把银勺子，送过来的时候你不是还在吗？

彼　得　没错，崭新的银勺子，我看见了。我走的时候，它们还在桌子上啊！

钦仁多娃　不对，被你偷走了！

彼　得　您说什么哪，太太！我从来没偷过东西。

钦仁多娃　你再不从实招来，我就板子伺候！

彼　得　看在上帝的分上，太太，我真没拿！

钦仁多娃　管家！把他拖到马厩，往死里打，直到吐出银勺子为止。然后卖到兵营。

彼　得　太太，您不可怜我，也可怜可怜阿纽塔啊！

管　家　你趁早把银勺子交出来，也许太太会发发慈悲。

彼　得

我根本没偷银勺子，

让我怎么交出来？

就算你们打死我，

没偷就是没偷。

管　家

既然你死鸭子嘴硬，

那我只好对你用刑。

打到你招供为止，

看你能撑到几时。

彼　得　（给太太跪下）太太，您明察啊！

管　家　怎么办，太太？

钦仁多娃　我现在没工夫搭理他，吃饭时间到了。Madame，我们先去用餐，饭菜已经准备好了……吃完饭再收拾他。（下）

管　家　是！太太！来人，先把他带下去。

（幕落）

第三幕

舞台布景为钦仁多娃屋内。幕启，钦仁多娃和管家正审问彼得，女占卜师旁观。

钦仁多娃　彼得！你还是不肯交出勺子？

彼　得　太太，我根本没拿，怎么交出来？

钦仁多娃　好吧……管家，现在就派人把他送进城，先关在我家里，然后卖到兵营。

管　家　是，太太！

阿纽塔、菲诺根和阿夫罗西尼亚上。

钦仁多娃　你们怎么来了？

菲诺根　太太！我听说您要把彼得送去当兵？

钦仁多娃　没错！这个滑头，不光是送去当兵，还该打他一顿板子！

阿夫罗西尼亚　求您开恩，可怜可怜我家闺女！

钦仁多娃　不行，我说到做到。至于阿纽塔，我再给她找个更好的。难道我们村除了彼得就没别人了吗？

菲诺根　可是俩孩子就相中彼此啦，我们连喜宴都准备好了，您看看……他到底怎么得罪您了呢？

钦仁多娃　他偷了东西。

阿纽塔、菲诺根和阿夫罗西尼亚　他偷东西？不可能，我敢拿性命担保！

钦仁多娃 占卜师已经算出来了！

阿纽塔 也许有人栽赃呢？他偷了什么？

钦仁多娃 整整一打簇新的银勺子。

阿纽塔 它们值多少钱呢？

钦仁多娃 四……五十卢布！

女占卜师 （转向一旁）肯定是多说了十卢布！

菲诺根、阿夫罗西尼亚、阿纽塔和彼得 好！我们就算砸锅卖铁，求爷爷告奶奶，也把这钱给您还上！

钦仁多娃 这就又是另外一回事了；不过，钱必须今天补上，否则阿纽塔就别想嫁给他。

菲诺根和阿夫罗西尼亚

五十卢布不是个小数目，
这个大窟窿着实难补。
但为了阿纽塔和彼得，
我们一切家当都舍得。

（两组人同时）

菲诺根、阿纽塔和阿夫罗西尼亚

我们不在乎钱，
只要能一家团圆。
我们有手有脚，
一定能渡过难关。

彼得

我们不在乎钱，
只要能转危为安。
我们有手有脚，
一定能渡过难关。

钦仁多娃

抓紧时间去筹钱，

拿钱赎人换条命。

不然别怪我无情，

把他卖去到兵营。

菲诺根、阿夫罗西尼亚、阿纽塔和彼得下。

管　家　（气急败坏地）太太！太太！您就这么放他走了？

钦仁多娃

壮劳力本来就不多，

地里已经没人干活。

如果全部卖到兵营，

这个村子还怎么活？

管　家

三条腿的蛤蟆不好找，

两条腿的人有的是！

钦仁多娃　哈哈哈！难道你真以为我会这么轻易地放过他？告诉你吧……（看见女占卜师，停下）

管家给女占卜师使眼色让她离开。

女占卜师　太太，请允许我去花园走走？

钦仁多娃　去吧，madame！请不要太久，我们还要卜卦呢。

女占卜师下。

管　家　您刚才要说什么，太太？

钦仁多娃　我答应他们不把彼得卖去兵营，可没说不让他做仆役呀。先剥夺他的自由身，将他罚为仆役，再随便给他安个罪过，照样打发他去兵营，这样五十卢布不就白赚了吗？

管　家　妙极！阿纽塔也一块儿收进来吗？

钦仁多娃　不，我不会让他们结婚的。

管　家

抢走他的未婚妻阿纽塔，

这才是他应有的惩罚！

要让奴才们知道知道，

得罪主子就得付出代价！

钦仁多娃　他们来了……还像傻瓜一样高兴哪！等会儿就笑不出来啦。

菲诺根、阿夫罗西尼亚、阿纽塔、彼得上。菲诺根和彼得各自带了一袋钱，放在地板上。

四人齐唱

既然无端卷入灾难，

就要拼命咬紧牙关。

与其哭哭啼啼，

不如一起努力。

您的条件已经完成，

五十卢布按时交清。

请您履行您的约定，

就此了结这件事情。

钦仁多娃

且慢，这件事情还没完，

小偷彼得还不能走。

彼　得

我根本就没偷东西，
为什么揪着我不放？
就算是我偷了银勺子，
五十卢布已经赔偿。

钦仁多娃

这次赔偿理所应当，
谁担保你以后不再手痒？

菲诺根

那您想怎么样？

钦仁多娃

我答应不把他卖到兵营，
但是得让他长点儿记性！
我要把他罚为仆役，
剥夺自由，哪儿也不能去。

菲诺根　那他不是不能跟阿纽塔结婚了吗？您为什么这么做？

钦仁多娃　就因为我喜欢。行吗？

菲诺根　那……那请您把钱还给我，太太！

钦仁多娃　不可能。这钱呢，一来是赔偿勺子的，二来是免去他兵役的。

彼　得　开恩啊，太太，我哪里对不起您？

钦仁多娃　不必再说了！

彼　得　管家老爷，您好歹替我们说句话啊！

管　家

太太的意志不容违背，
你最好也能乖乖听话，
坦然接受命运的安排，
不要再做无谓的挣扎。

钦仁多娃

先让他干上一两年，
如果他不再偷奸耍滑，
我可以考虑放他回家，
太太我向来说话算话。

管　家　带他下去换衣服……至于你们，以后不要再来找我！

管家带彼得下，阿纽塔、菲诺根、阿夫罗西尼亚随下。

彼得等四人齐唱

大地啊，请你张开巨口，
吞下真正的小偷。
上天啊，请你降下天雷，
把栽赃陷害者惩罚！

钦仁多娃

不管别人怎么想，
我可不会上奴才的当。
我先把彼得收为仆役，
让他干上一阵苦力，
然后随便寻个罪名，
把他卖到兵营。

这笔买卖真是划算，

小偷越多我越赚。

好的地主就得这样，

要让佃户温驯如羊。

哪个地主说了不算，

不是糊涂就是笨蛋！

管家上。

钦仁多娃 怎么样，收拾好了？

管　家 好了。给他绞了头发，换上了仆役的装束。

钦仁多娃 按计划，找个由头，把他卖掉。我不能留个小偷在家里。

管　家

这事您尽管放心，

全都包在我身上。

惩治奴才我最拿手，

编排罪名我最擅长。

今天还是个好奴才，

明天就成了大头兵。

钦仁多娃 好。这事你来办。我现在去花园找 madame。

太太出门去花园，女占卜师从另一侧的门走进来。

女占卜师 怎么样，我的差事办得不赖吧！

管　家 不赖！简直比撒旦还精！

女占卜师 勺子拿来吧！

管　家 我拿别的东西抵吧。

女占卜师 要么勺子，要么现钱，其他一概不要。

管　家　那我给你钱吧。要多少？

女占卜师　你该我六把银勺，折四十卢布吧。

管　家　嚯！好大的嘴！你疯了？两打银勺也值不了四十卢布呀！

女占卜师　那就给二十卢布，再不能少。

管　家　我还是给你勺子吧。

女占卜师　最好不过，赶紧拿来！

管　家　（从兜里掏出来）给，五把！

女占卜师　六把！

管　家　你这女巫！咳！……给你！（又拿出一把）永别了！我亲爱的勺子！

管家将六把银勺交到女占卜师手上，一不小心掉了两把，刚巧钦仁多娃走了进来。菲诺根、阿夫罗西尼亚、阿纽塔、彼得等人跟在后面求情。

钦仁多娃　（对四人）不要再说了……啊！哪儿来的勺子啊？

女占卜师　（慌张）是……我的！太……太！

钦仁多娃　（捡起来，端详）好精美呀！……咦？上面有我的标记！

女占卜师　不是的，太太……

钦仁多娃　怎么不是？这就是我定做的勺子！怎么会在你这儿？

彼　得　太太，我跟您说什么来着，东西不是我偷的！

女占卜师　太太，我……这不关我的事。

钦仁多娃　（对管家）原来是你！

管　家　（跪下）我知罪！太太，饶了我吧……

阿纽塔　太太，就是他！他想让我嫁给他，所以栽赃陷害彼得！他还贪污您的租子，是他亲口跟我说的！

钦仁多娃　好哇！罪不可赦！我要把你卖到兵营！

管　家　啊，太太，您开恩哪！

钦仁多娃　（对女占卜师）至于你，你这个女骗子，我要把你关进监狱！

女占卜师　不要啊，太太，饶命啊！

钦仁多娃　你们自作自受……勺子呢，还不交出来！

女占卜师和管家把各自身上的勺子交出来，共十二把。

钦仁多娃　来人！（男仆上）把这两个骗子带下去，明天送到城里，男的卖到兵营，女的送进监狱！

男仆带二人下。

钦仁多娃　彼得！看来我的确错怪了你。为了补偿你，我要提拔你做管家。你和阿纽塔的婚礼按原计划进行，我还要亲自为你们证婚。这五十卢布，也还给你们！

彼得等四人　谢太太恩典！

钦仁多娃

一切磨难都已过去，
现在可以开始欢庆。
祝你们和和睦睦，
一起度过幸福人生。

其余人

一切磨难都已过去，
现在可以开始欢庆。
愿我们和和睦睦，
一起度过幸福人生！

（幕落・全剧终）

菲洛梅拉[①]

五幕诗体悲剧

|剧中人物|

◇**桀烈易**——色雷斯国王

◇**普罗格涅娅**——色雷斯王后

◇**菲洛梅拉**——王后的妹妹，希腊公主

◇**林谢伊**——菲洛梅拉的情人

◇**卡尔汉特**——色雷斯大祭司

◇**阿加梅特**——桀烈易的心腹

◇**赫列斯**——桀烈易的心腹

◇**士兵数人**

故事发生在色雷斯王宫。

① 此剧原题"Филомела"，创作于 1786 年，故事情节取自古罗马诗人奥维德（前 43—约 17）《变形记》中关于菲洛梅拉的传说。1793 年与亚·克尼亚日宁的反暴君悲剧《瓦基姆·诺夫戈罗德斯基》刊登在同一期《俄国剧院》杂志上，后来连同该剧被叶卡捷琳娜二世销毁。

第一幕

舞台布景为游廊；两侧是王宫入口，远景是寺庙。幕启，普罗格涅娅神情悲痛。

普罗格涅娅

天上的众神，睁眼看看吧！
普罗格涅娅快把眼睛哭瞎。
请送回我亲爱的丈夫桀烈易，
和我最亲爱的妹妹菲洛梅拉。
今天能否终结这煎熬的等待？
我的亲人何日能够归来？
他离开我和儿子已整整一年，
只留在我的心底和脑海。
那天我眼含热泪对他哀叹，
没有菲洛梅拉我不会幸福，
看不到妹妹我无法心安。
夫君将我的话奉为圭臬，
他放下王座和儿子远赴希腊，
像一支利箭一去不返。
眼看今天就要过去……

见不到他我心如油煎。

我的亲人仍无消息，

众神的惩罚仍在继续！

林谢伊

王后，请不要胡思乱想，

虔诚的祷告绝非徒劳。

祭司已经前往神庙，

结果如何即将揭晓。

我恨不得马上见到他，

又害怕他把厄运通报。

我深爱着菲洛梅拉，

痛苦别离令我煎熬。

失去她，我就失去了一切，

她是我幸福的唯一源泉。

厄运将我们生生拆散，

又将权杖压在我的双肩。

终于，我收到您的消息，

令妹就要来到您的身边。

我不远万里飞奔前来，

满心欢喜准备与她相见。

然而，将我们拆散的众神，

似乎并没有收手的打算，

眼看希望越来越渺茫，

可怕的念头令我胆寒！

普罗格涅娅

残暴的野兽撕扯着我的心灵，
痛苦不给希望留下一点位置。
狂暴的大海在我眼前肆虐，
它嚎叫着，要把我的亲人吞噬。
我仿佛看见了你们的不幸，
看见你们在海浪间浮沉。
你们为我献出了生命，
是我，将你们推进深渊！
是我，是我害死了你们！
亲爱的亡灵啊，请站一站！
没有你们，人世无可留恋，
我愿追随你们奔赴黄泉。
没有你们，宇宙如同地狱，
我的内心烈火油煎！

林谢伊

王后，请不要如此伤心，
请不要如此哭泣，
你的痛苦和呻吟，
折断了我残存的希冀。
你的脸色比太阳还要惨白，
让我确信无法再见我的爱人。
痛苦残暴地撕扯着我的胸膛。
看！祭司已经打开神庙的大门。

他的眼神如此忧郁，

他的神情如此恐惧……

普罗格涅娅

他的面色如此苍白……

林谢伊

灾难！正朝我们走来！

神庙大门洞开；祭司卡尔汉特面带恐惧地走出来，双手平摊。

卡尔汉特

可怕的征兆已经降临，

不幸的国度在劫难逃，

五雷轰顶，死路一条！

普罗格涅娅

他颤抖的声音令我心惊，

众神的旨意我不敢闻听。

（对卡尔汉特）

哦，天上众神的朋友！

告诉我，我的眼泪是否白流？

请你晓谕众神的旨意，

告知夫君的消息。

说吧……

啊，你面色忧郁，沉吟不语……

天雷于我也算不上惩罚，

无非是延缓了厄运的到达。

冰冷的死亡在我血管里流窜，

你的眼神向我宣告了灾难。

上天啊！惩罚我吧！放过我的夫君……

他的平安是我最大的幸运。

我心惊胆战地等你开口，

等待我的，究竟是何种命运？

卡尔汉特

不幸。

林谢伊

天啊！

普罗格涅娅

众神！我有什么罪过？

卡尔汉特

神的面前人人有错。

普罗格涅娅

心灵啊，你将我狠狠地欺骗！

可怕的预言将我的幻想斩断！

林谢伊

命运要如何将我们摧残？

菲洛梅拉遭遇了何种苦难？

卡尔汉特

王后，容我将神谕禀告：

我走进神庙，

在众神面前跪倒，

抓住一个颤抖的无辜生灵，

将他杀死作为牺牲。
用他的鲜血浇灌祭坛，
暗红色蒸汽直冲霄汉，
遮天蔽日，聚成血云，
一个地狱在天上显现。
狂风呼啸，雷声怒号，
乌云急卷，霹雳狂飙。
最后的时刻即将来到，
众神现身，将天机预告。
可怕的声音穿透血云，
盖过惊雷，震颤神庙：
“睁眼看看，罪孽的激情
带来怎样的痛苦和折磨，
这座城邦将陷入灾难，
残忍，报复，血流成河。”
说罢，血色云团闪电交加，
可怕的大乌鸦如同一朵黑云，
在将一只可怜的鹁鸪追杀。
翅膀的阴影遮住了半个神庙，
像一块巨石朝鹁鸪重重压下。
它那剃刀般锋利的锐爪，
眼看就要将鹁鸪的胸膛割开，
这时，如同两支利箭射向乌鸦胸前，
雄鹰和白鸽加入了战团。

狂暴的乌鸦怒不可遏，
三次发动致命攻击，
三次拼命以死相搏，
终于，它从云间坠落，
将鹁鸪一同拽下地狱，
雄鹰和白鸽向云后隐去。
滚滚雷声再次响彻神庙，
可怕的声音再次宣告：
灾难和毁灭即将来到。

普罗格涅娅

暴君！迫害！守卫者！
这些景象令人惊愕。
我的命运到底如何？
谁是暴君，谁又是守卫者？
难道我是那个可怜的鹁鸪？
我将失去我的丈夫？
神的暗示如此模糊，
难以参透个中迷雾。
但这预感如此不详，
我的血管仿佛冻僵！
残酷的厄运将我击倒，
心灵发出不幸的预兆。
我已经参透了死亡的命运，
可怜的鹁鸪就是我的爱人。

那迫害的暴君是谁？

哦，天啊！

是众神的捉弄，还是我昏了头？

那暴君正是桀烈易！

这个念头让我胆战心惊，

但我的眼睛却看得分明！

我的爱人……何处传来号声？

啊，是阿加梅特！无畏的忠诚！

请带回我的夫君，结束我的悲痛！

林谢伊

让我和菲洛梅拉劫后重逢！

阿加梅特上。

阿加梅特

尊贵的王后！

征途已经结束，

陛下即将驾临。

普罗格涅娅

上天！请赐予我力量，

迎接这突然的幸运！

桀烈易面色黯然上。

普罗格涅娅

夫君，站在我面前的真的是你吗？

桀烈易

是我，被残酷的命运折磨的人。

普罗格涅娅

眼下你难道还在承受折磨?

哦，天啊!

为什么没有看到我的妹妹?

林谢伊

菲洛梅拉没有回来!

可怕的预言变成了现实!

普罗格涅娅

难道我的痛苦还无法收场?

亲爱的夫君，原谅我的眼泪，

你知道妹妹对我何等珍贵，

请告诉我，她到底身在何方?

桀烈易

亲爱的……公主已经不在人世!

普罗格涅娅

什么?! 妹妹已经不在人世!

林谢伊

天啊，菲洛梅拉已经不在人世!

难道我们从此阴阳两隔?

我不相信! 一定有什么差错!

我的心灵告诉我：她还活着!

桀烈易

我也希望如你所愿!

我该如何讲述我的遭遇，

我的痛苦你们已经看见。
厄运留下的伤痕尚未退去，
它对不幸之人何等凶残！
假如在我前往希腊之前，
预见了所有这些灾难，
我断然不会贸然犯险。
但人的预感多么荒诞，
我一心想要结束你的哀叹，
妄想上天与我站在一边。
我在你父王面前陈诉，
用你的名字苦苦哀求。
老国王终于被我打动，
决定放爱女离开身边。
他用颤抖的双手送她出海，
谁料死亡正虎视眈眈。
我们满心欢喜扬帆起航，
大海的伪善将我们欺骗。
我们紧随风神的脚步疾驰，
我的心早就飞到了你身边。
眼看就要抵达色雷斯，
地平线上已经出现远山。
谁料，明媚的太阳忽然黯淡，
乌云狂卷，蔽日遮天。
转瞬之间，狂风大作，

雷鸣电闪，海浪滔天！
整个宇宙陷入黑暗，
恐惧的双眼看不到一丝光线！
巨浪和乌云相互纠缠，
重重跌落，如坠深渊。
菲洛梅拉无比慌乱，
面带惊恐来到甲板，
眼含热泪向上天乞怜。
忽然，一个巨浪将她卷起，
上天的狂暴让人魂飞魄散！
旋流将她卷入深渊。
一声撕心裂肺的呼喊，
湮没在无边的黑暗。
海浪连天，白茫茫一片，
两眼什么也看不见，
我拼命搜索，全是徒然！

普罗格涅娅

可怕的预言变成了现实，
死神夺走了它的祭献。
妹妹的哀号让我五内俱焚。
亲爱的妹妹，残酷的众神！
这就是你们守护的神圣真理？
这就是你们交给世人的正义？
难道你们的祭坛为此设立，

以便舔舐无辜者的鲜血？
享受牺牲品无助的呻吟？
或者不分黑白一律施加厄运，
任他们的鲜血如河水翻滚？
难道你们只是一个幻象？
你们不配祭拜，枉为众神！
众神的职责是救苦救难，
而你们对哀号却充耳不闻！

卡尔汉特

请莫因悲伤亵渎神明，
莫因绝望对上天心冷，
众神不会无视世人的不幸，
只要流下的泪水足够虔诚，
令妹的安危全在众神手中。

普罗格涅娅

我现在就去祈求众神。

林谢伊

我终日对众神虔诚敬拜，
每天含泪向上天祈祷，
但结局仍然如此不幸。
我断然不愿坐以待毙，
我要翻遍海洋找回我爱，
付出一切让她复生，
用我的热泪，鲜血乃至生命。

桀烈易

别傻了，林谢伊！

你知道你在做什么吗？

林谢伊

做我心中所想。

桀烈易

你难道忘了你的职责？

忘了国家对你的重托？

林谢伊

没有了菲洛梅拉，

世间的一切都无可留恋。

但我的内心清楚地告诉我，

她还活着——我听到了她的呼唤！

跨越海洋，沙漠，整个世界，

我一定会来到她的身边。

我忠实地追随心灵的指引，

一步也不会踏错、走偏。

如果……哦，这个念头让我害怕：

如果她真的已经不在人间，

那我就向心脏扎入致命的利箭，

下到阴曹地府，搜它个底朝天！

林谢伊、卡尔汉特、普罗格涅娅下。

桀烈易

心里总有些不踏实，

阿加梅特！

交代你的是否办妥？

阿加梅特

在都城郊外，有一间毁弃的建筑，

里面关押着你情欲的猎物。

菲洛梅拉在那里以泪洗面。

不幸的公主实在令人可怜！

桀烈易

为了爱情，管不了许多！

阿加梅特

但罪孽的情欲注定无果。

桀烈易

阿加梅特，你想说什么？

阿加梅特

我想让你记起国王的职责。

难道你真的不明白，

肆虐的激情会带来祸害？

众神的利剑在头顶高悬，

任何罪行都无法欺瞒上天。

一旦事情败露，真相大白，

你该如何向世人交代？

色雷斯公民正直无私，

个个视道德为神圣天职，

他们不会容忍一个暴君，

更不会助纣为虐做一个顺民。
你的王后和臣民，
菲洛梅拉的父王和情人，
复仇的怒焰会将你吞噬，
你丢掉的将不仅是菲洛梅拉，
还有国王的权杖和宝座。

桀烈易

住口！不要再加重我的折磨，
一切后果我心知肚明，
我也知道这爱情何等致命。
我知道我触犯了公理天条，
面对神谴，我插翅难逃。
良心的谴责让我寝食难安，
但情欲的烈焰让我色胆包天。
激情和理智在疯狂搏斗，
菲洛梅拉让我变成野兽。
她的倩影勾引起我的冲动，
恐惧消失得无影无踪，
只剩下爱情在血管奔腾。

阿加梅特

她的心对你嗤之以鼻，
得到她的身体又有何用？

桀烈易

爱情总是在磨难中生长，

我会把这个高傲的公主驯服，
用温存或粗暴将她的棱角磨平。
我将无所畏惧地迎接报复，
为了情欲什么都可以牺牲。

阿加梅特

你爱她，却毫不在乎她的不幸！
她的父王潘蒂汶必将报复！
你毫不顾及王后的痛苦！

桀烈易

不，我的朋友，对王后我仍有感情。
若非这新生的罪恶情欲，
我依旧会沉迷于她的爱情。
她为我生下了心爱的王子，
这是我们爱情的见证！
但我已经失去理智，
我的朋友，请速到城内严密监视，
防备臣民发现我的罪行。

阿加梅特

你的命令让我心惊，
但作为臣下我必须执行。

（幕落）

第二幕

林谢伊救出了菲洛梅拉。

菲洛梅拉

难道灾难已经过去？
林谢伊……我的爱！
让我早日见到姐姐，
在她怀里寻找慰藉。

林谢伊

亲爱的公主！
从现在开始什么都不用怕！
忘掉你所受到的惊吓，
恶棍已经受到惩罚。
他们妄想瞒过我的双眼，
但卑鄙和怯懦同样明显。
囚禁你的那栋建筑，
已经变成了他们的坟墓。
……
为何你一点儿也不开心？
难道还有什么难言之隐？

放下忧伤，忘掉所有的悲痛，

不要让我的欣喜蒙上阴影。

你在哭泣……告诉我为什么？

难道让我眼睁睁地看你哭泣？

你沉默不语……我的话毫无意义。

菲洛梅拉

请不要追究我的遭遇，

因为我不想伤害你。

你只要知道一点，林谢伊：

我是不幸的——我的眼泪就是证据。

我不能向你揭开真相，

它会像毒蛇啃噬你的心脏，

给你带来无尽的痛苦，

毁掉你的大好前途。

林谢伊

我不在乎什么前途，

只想分担你的痛苦。

我只知道，我爱你，

不忍心看你哭泣。

向我隐瞒你的不幸，

只会加重我的心病。

你在哭泣……你在哀叹……

我的命运因此变得讨厌……

请不要对我有任何隐瞒，

向我倾诉你所有的苦难。

亲爱的菲洛梅拉，让我们

像从前一样没有秘密。

说出你的痛苦吧！为了你，

死一千遍我也在所不惜。

菲洛梅拉

你真的这么想知道真相？

好吧……但它会将你重创，

给你带来无穷无尽的痛苦，

像万千毒箭洞穿你的心脏。

我不幸的姐姐在哪里？

我要当着她的面对你讲。

这场灾难如同天降，

她的不幸和你我一样。

地狱已经给我们安排好：

同样的悲痛，毒药和死亡！

普罗格涅娅神情恍惚上。

普罗格涅娅

没有妹妹，全世界都黯淡无光……

哦，老天，我看到了妹妹的幻象！

菲洛梅拉

姐姐，我是妹妹，菲洛梅拉！

请张开怀抱，拥抱我吧！

普罗格涅娅

我是不是在做梦？
梦见了你的魂灵？
还是我的祈祷感动了上天？
我能否相信我的双眼？
亲爱的妹妹……你真的回来了！
我幸福得着了魔……

菲洛梅拉

姐姐……
我们的劫难还未度尽！

普罗格涅娅

还有什么比失去妹妹更残忍？
失去你，我失去了全世界……
你的归来是我最大的慰藉。
感谢众神把你还给我……

菲洛梅拉

可怜的姐姐，你错了，
请你鼓起勇气，
准备迎接新的灾难。
关于我死亡的噩耗，
不过是桀烈易编造的谎言，
他是个衣冠禽兽，
将我们推进了不幸的深渊。
我们都被他的伪善蒙骗……

普罗格涅娅

残酷的命运！

夫君的背叛！

原来，他的誓言……

菲洛梅拉

全是无耻的欺骗！

他是暴君，道貌岸然！

林谢伊

原来如此！

普罗格涅娅

妹妹，请告诉我你的委屈，

将他的罪行一一揭露：

他如何将我从脑海放逐，

如何坠下罪恶的渊薮，

如何背叛了爱情、律法、荣誉和一切！

又对你施加了怎样的毒手？

我绝不会怯懦地忍受，

我必让他自作自受！

菲洛梅拉

你可曾记得那一天，

他受你委托来到希腊。

当我第一次和父王露面，

他的心头就被情欲点燃。

他按捺住情欲不动声色，

再三请求父王让你我姐妹团圆。
他用你的名字向我哀求，
让我和他一起向父王进言。
难道我能拒绝姐姐的心愿？
终于到了临行的那一天。
可怜的父王被他蒙骗，
亲手将女儿送上贼船：
“我的朋友，事成之后，
请尽快将她送还我身边，
你知道，我离不开她。
临死之前我希望有她陪伴，
当我走下宝座，踏进棺材，
我愿在她的怀里离开人间。”
很快，父王和陆地消失在视线，
茫茫大海和天空连成一片。
强盗撕下了他的假面，
像野兽戏耍猎物，
色眯眯地盯着我看。
“我赢了，”他得意地说，
“谁也无法将我们拆散。”
我一时间如同五雷轰顶，
恨不能坠入海底深渊。
我对上天苦苦哀求，
惶惶终日，以泪洗面。

上天没有回应我的祈祷，
漫长的航行终于靠岸。
他把我带进了黑森林，
那里毫无光线漆黑一片。
森林深处有一间地牢，
我在那里变成囚犯。
感谢上天终于开眼，
林谢伊听到了我的召唤，
带着我逃出生天……
我才能活着与你相见。

普罗格涅娅

够了，不必再多讲……
他的真面目我已然看清。
等待他的将是折磨和死刑。
我要召集祭司、贵族和民众，
让暴君得到应有的报应！
我的复仇将毫不怜悯，
我的残忍将超过他的罪行。
哦，天啊！……
桀烈易正朝这里走来，
他的外表依然令我心动……
叫我如何忘记：这该杀的眼神，
曾向我的心田灌进致命的爱情？
但他的灵魂已经交付给魔鬼，

仇恨啊，请充斥我愤怒的心灵！

桀烈易毫不知情上。

桀烈易

亲爱的，请不要过分悲伤……

（看见菲洛梅拉）

哦，天啊，怎么会这样？

普罗格涅娅

暴君！不要再装模作样！

你这只披着羊皮的狼！

赶紧交代你的罪行，

你的丑陋嘴脸已经曝光。

你看看我可怜的妹妹，

她被你折磨成了什么模样，

你残忍地将她囚禁，

只为满足你可耻的欲望。

当着她的面认罪忏悔吧，

王后的报复即将登场！

桀烈易

王后！天啊！

这纯粹是陷害栽赃！

你的怀疑让我心冷，

我怎么可能犯下那种罪行？

菲洛梅拉

暴君，你不要狡辩，

企图掩盖你的罪行，
我就是你暴行的见证！

桀烈易

哦，天啊！……我坦白，
这一切都是因为爱情！

普罗格涅娅

住口！你这无耻的昏君！
罪恶已经占据你的灵魂，
你将荣誉律法统统背弃，
你有何面目面对世人！

桀烈易

既然你已知道了真相，
我也无须再对你隐瞒。
我心中烧着灼热的火焰，
我身上铐着无形的锁链。
我清楚地明白我的罪孽，
我有多爱她，就有多恨我自己。
普罗格涅娅，你尽情地诅咒吧！
命运、众神、我，一切的一切！
请你将我的胸膛挖开，
将我的心脏狠狠捏碎。
报复吧，报复桀烈易，
但你无法杀死我的情欲。
请你对我施加一切刑罚，

因为我对你、美德和律法的背弃！

你曾经是我的世间挚爱，

我可怜的妻！

我爱过你！

但那爱情已经过去！

我可以放弃王冠，乃至生命，

但死亡也无法让我回心转意！

普罗格涅娅

你把我当成什么人？

竟敢对我说出这样的话？

你看好了：我是堂堂王后，

而不是你的奴隶。

既然你如此无情，

那就休怪我不义。

我要让你承受一切惩罚，

为你的罪行付出代价。

我要把妹妹嫁给林谢伊，

你今生今世休想再见到她。

我会将你流放天涯，

或者将你永世关押。

你尽可以将我咒骂，

但你逃不掉可怕的惩罚！

普罗格涅娅带菲洛梅拉下。

桀烈易

普罗格涅娅……狠心的女人！
你带走菲洛梅拉，
等于要我的命！
不！我要将她夺回来，
以抚慰我受伤的心灵！

林谢伊

站住，残暴的昏君！
不要妄想暴行得逞！
除非踏过我的尸体，
否则休想伤害菲洛梅拉！
我要为她把正义伸张！

桀烈易

就凭你，能奈我何？
我是王，至高无上！

林谢伊

如果有人将王冠玷污，
那他就没有资格称王。
一切封号都是幻象，
唯有正义至高无上。
昏暴无道，罪行累累，
岂是一国之君的作为？
为了你那罪孽的情欲，
你夺走老父亲的爱女，

让父女永世不得相见，

又对少女百般摧残。

你忘记了曾经的誓言，

将你的结发妻子背叛。

桀烈易

住口，傲慢的敌人，

收起你那堂皇的指责！

不要妄想娶公主为妻，

你不可能得到菲洛梅拉。

为了她，我敢与众神相抗，

又岂能容你如此嚣张！

如果命运从中作梗，

让我的爱情落空，

我定会疯狂报复，

绝不会让你得逞。

既然我得不到菲洛梅拉，

那任何人休想得到她！

我会让她芳魂消散，

让你们在棺材里团圆。

从我的双眼，你能够看见灾难，

你们的婚礼不在教堂，乃在阴间！

林谢伊

凶残已经在你心里生根，

暴君想要夺走我的灵魂。

你的情欲只配得上死亡！

不是你死，就是我亡！

桀烈易

我的忍耐已经到了极限，

你既然想死，我就把你成全！

桀烈易和林谢伊拔剑相向，卡尔汉特上。

卡尔汉特

快住手！怨毒的傀儡！

你们这是在犯罪！

我王！难道你忘了，

在祭坛边发过的誓言：

为众神和民众甘愿牺牲？

谁给你权力暴戾横行？

桀烈易

我是王，至高无上！

林谢伊

你这暴君！

卡尔汉特 （对林谢伊）

让我跟他说。

林谢伊

大祭司之命我自当遵从，

但暴君的罪行我绝不放过！

复仇的脚步绝不耽搁，

我必与他你死我活！

桀烈易

我乃堂堂一国之王，
岂能容你如此嚣张？

卡尔汉特

住手……且收起你的傲慢；
难道你不会感到犯罪，
当你将无辜之人诛杀？
请你摸着良心对我回答，
有罪之人如何将别人审判？

桀烈易

大胆！你怎敢对我出言不逊？

卡尔汉特

你的狂暴已经惹怒众神，
滔天罪行令他们震惊，
审判之箭会将你严惩。

桀烈易

什么都瞒不过你的双眼，
只不过一切为时已晚。
我已经背上了暴君的骂名，
就索性与天下背道而行！
你以为我会畏惧神谴？
那你实在是将我看扁。
等待我的折磨我一清二楚，
所爱与所恨都带给我痛苦。

但凡良知能怯怯低语，
我也会对地狱心存畏惧。
但众神和良知都被我抛于脑后，
我只想以暴行令大地颤抖！
你的劝诫对我毫无作用，
只会为我的怨毒火上浇油。
我是暴君，是情欲的奴隶，
而你是臣子，是王的仆役。
准备好吧，接受王的审判，
纵然是大祭司也无法幸免！

卡尔汉特

坚定的内心无所畏惧，
身为祭司我必须宣扬真理。
无论罪人是国王还是奴隶，
众神的惩罚都不差毫厘。
上天借我之口向你宣告，
神圣的意志不容违拗。
若你执迷色心不知悔悟，
等待你的必将是惩罚和报复！
当你戴上王冠高踞王座，
你应守卫而非践踏法则；
当你紫袍加身君临万民，
你应是公平正义的化身。
你曾在神庙对着臣民宣誓，

而我以众神的名义接受了誓词。
而如今，你被罪恶的情欲蛊惑，
践踏了神圣的戒律和法则。
你的内心被色魔浸淫，
忘记了你本应垂范世人。
你本该铲除一切罪恶，
却成了罪恶的庇护者。
睁开你的双眼好好看看，
你的王座笼罩着地狱般的黑暗。
被践踏的真理不住地哀叹，
离开了你，你的王座和宫殿。
谄媚和欺骗像一条条毒蛇，
将荣誉的圣地变成蛇窝。
它们将毒液注入你的心脏，
催眠了荣誉、正义和希望。
死神将镰刀高高举起，
大地开裂，现出终极地狱。
上天只需要动一动手指，
就能让你永远从地面消失。
坠入那燃烧的地狱之河，
永世无法从绝望中挣脱。
罪人啊！快快悔悟！
莫要等到万劫不复。
趁着神谴还未开启，

赶紧斩断罪孽的情欲。
人世的忏悔永远不晚，
地狱的呻吟却传不到上天。

桀烈易

如果忏悔并非发自内心，
无非徒增新的罪孽。
我的灵魂已被罪恶流放，
情欲让我远离天堂。
我不敢将众神的名号亵渎，
也不指望任何救赎。
神谴也无法让我悔悟，
桀烈易已经无可救赎！
何苦用呻吟向众神提醒，
有个罪人违抗了天命？
何必以罪行督促神谴？
它已经在我的头顶高悬！
我已经听到了那个声音，
我的生命只剩下一线光阴。
但如果我能够如愿以偿，
即刻死去又有何妨？
命运啊！求你给我最后的期限，
而后我甘愿领受一切天谴。
在我下到地狱之前，
我要让全世界为我震颤，

卡尔汉特，请你做个见证，
绝望的灵魂无所不能！

卡尔汉特

颤抖吧，暴君！为你罪恶的情欲！
准备好承受上天的打击！
上天之眼已经睁开，
可怕的神谴就要到来。
无底的深渊在你脚下裂开，
神箭从星际向你胸口射来。
我已经听到了雷霆的怒吼，
整个王宫在恐惧中颤抖。
准备受死吧，
我要离开此地。

卡尔汉特与林谢伊下。

桀烈易

罪孽的企图将我拽入地狱，
但至少有一点合我心愿——
我可以化成厉鬼咒怨人间。
而在这里，我所想的无法实现，
我所爱的却让我遭受天谴！

（幕落）

第三幕

桀烈易将菲洛梅拉再次掳走。幕启，桀烈易痛苦纠结。

桀烈易

残酷的爱情，我情感的暴君，
你搅动我的血液，扯碎我的心，
将我的胸口灌满残暴，
将我的世界变成地狱。
为了你，我背叛了全世界，
王后、王子、众神和自己。
受伤的心灵将展开报复，
以炽烈的爱情和残暴的怨毒。
我不要你的倩影，
我要你的呻吟，
我要降服你那傲慢的灵魂。

阿加梅特

你的话让我无比震惊，
你要对菲洛梅拉做什么？
难道爱情……

桀烈易

她根本就不懂得爱情!
只有冷酷占据了她的心灵!
我要对她展开报复!

阿加梅特

我王！这岂不有损英雄的威名?

桀烈易

不要玷污了“英雄”这个字眼，
我的作为与英雄毫不相干。
我是暴君，是地狱的恶魔，
要给世人带来无尽的灾祸。
我背弃了一切神圣义务，
是渎职的国君、父亲和丈夫。
我将荣誉和爱情狠狠地践踏，
重新占有了可恨的菲洛梅拉。

阿加梅特

哦，天哪!

桀烈易

我已经把她从这里偷走，
驱动我的不是爱，是复仇。
当狠心的普罗格涅娅走进神庙，
为我的灭亡向众神祷告;
当无情的菲洛梅拉高高在上，
对我的哀告投来鄙夷的目光;

当我泪流如注，茫然失措，
她却傲慢地指责我的罪过。
绝望、愤怒、怨恨突然发作，
罪恶烧成复仇的烈火。
不幸的爱情化为怨毒，
我将她变成待死的囚徒。
监牢于她是人间地狱，
于我却是祭祀的庙宇。
她在那里遭受着折磨和不幸，
而我享受着她的眼泪和悲痛。

阿加梅特

我王！请停止这样的暴行！
真理神圣不可侵犯……

桀烈易

不必多言！
理智所无法战胜的爱情——
这是我唯一信奉的神明。

阿加梅特

你难道不怕林谢伊复仇？
你该如何自保，
假如他的大军杀到？

桀烈易

林谢伊……我已经为他备好毒药。
死神的镰刀已经悬在他头顶，

令我嫉妒的情敌将痛苦凋零。

阿加梅特

当无辜者的鲜血沾满你的双手，
你的心，难道不会颤抖？
一连串的暴行令你疯狂，
我已经认不出你，我的王！

桀烈易

桀烈易已经变成了混世魔王，
不要幻想为我的心灵注入阳光，
就把我交给我的罪恶，
我的灵魂已无法挣脱。
情欲将是我唯一的旗帜，
如果我倒下，请为我收尸！

普罗格涅娅绝望地跑上。

普罗格涅娅

可怜的妹妹……你在哪里！
我仿佛置身莽林，呼喊被无声吞没。
周围野兽丛生，而我惊慌失措。
暴君，回答我，我的妹妹是死是活？
不要再做暴虐情欲的傀儡，
对可怜的公主施展淫威。
哪怕你伤害她一根头发，
我的复仇将不计代价。
我要向民众揭露你的暴行，

向众神哭诉你的罪名。
我要用哀恸激起汹涌的民变，
用眼泪祈求可怕的天谴。
死神的身影将随处可见，
我要让你死上一千一万遍。

桀烈易

你的咒怨让我怒不可遏，
我已经受够了你的指责。
难道我会惧怕婆娘的威胁?
难道我有义务解释一切?
令妹失踪着实遗憾，
但此事与我绝对无关。

普罗格涅娅

不要妄想抵赖!
你的伪装已经将你出卖，
你阴郁的眼神里隐匿着罪恶，
狂妄的胸膛里良知已经干涸。
你的惺惺作态源自心虚，
偷走我妹妹的一定是你!

桀烈易

就算我犯下滔天罪过，
照样能够轻易逃脱。
别忘了，
我是王，至高无上!

普罗格涅娅

我只知道，你是我灵魂的暴君，
是可恶的骗子，狡诈而残忍。
你是不称职的父亲，
忘恩负义的夫君。
你对我的妹妹百般摧残，
又将我的尊严狠狠践踏。
桀烈易，请不要再折磨我们，
难道你就这么享受痛苦的呻吟？

桀烈易

可怜的不幸的王后，
不必对我苦苦哀求。
我劝你顺从命运的残酷意志，
就算眼睛哭瞎也无济于事。

普罗格涅娅

暴君，你为何对我如此野蛮！

桀烈易

请不要试探我残暴的底线！

普罗格涅娅

我只求你把妹妹还给我，
我可以宽恕你的一切罪过。
原谅你对妻子的背叛，
忘却你对儿子的辜负。
尽管它们如同诛心的剧毒，

一遍又一遍地将我杀戮。

但我会把痛苦深深隐瞒，

不给你带来一点儿麻烦。

不要以为我能轻易摆脱，

我只会对漫漫黑夜诉说。

当安眠将你的眼睑闭合，

泪水才会涌出我的眼窝。

我会拼命压抑我的啜泣，

不让这恼人的声音搅扰你的休憩。

我将独自承受命运的沉重打击，

这样的隐忍能否让你满意？

只要你放过菲洛梅拉，

我们的恩怨就此一笔勾销；

如若不然，

我就是化成厉鬼也决不轻饶！

林谢伊愤怒地跑上。

林谢伊

暴君，把公主还给我！

不然就把我的性命拿去！

亲爱的公主！……你在哪儿？

没有你，世界了无生趣！

无论我把目光投向何处，

眼里全是忧郁和痛苦。

王后，菲洛梅拉到底在哪里？

普罗格涅娅

掠夺者残暴到底，
他全然不顾我的哀告，
我的眼泪只换来他的狞笑。
你的爱人，可怜的公主，
也许正在承受痛苦……

林谢伊

桀烈易！你何等凶残！
你我二人不共戴天！
要么夺去我的性命，
要么抵偿你的罪行！
你对无辜的囚徒百般凌辱，
给亲人带来无尽的痛苦，
直到我不幸的生命结束，
你都要承受我狂怒的报复。
我乐意死去，如果这是上天的旨意，
但我的尸体要躺在色雷斯王座的废墟！
战栗吧！……我的宝剑将插入我的胸膛，
但在此之前，它先要把你的血喝光。

桀烈易

我堂堂国王岂容恐吓？
匹夫之怒能奈我何？

林谢伊

你的狂妄让你践位称王，

你的狂妄也让你走向灭亡！

桀烈易

收起你那自不量力的张狂，
我的王位凌驾于律法之上。
世界将见证我的无所畏惧，
地狱也将为我颤抖战栗。
恐惧还是留给你们自己，
它在我心里无立锥之地。
可怕的时刻终将来到，
请准备好眼泪和哀号。

桀烈易转身欲下，普罗格涅娅将其拦住。

普罗格涅娅

不！你还想要干什么？
我知道你不怕任何恐吓，
但请你可怜可怜我吧！
（跪下）
你的妻子跪倒在你的脚下。
我愿意承担一切过错，
但求你把妹妹放过。
我知道，你并非恶魔，
你的灵魂我曾经爱过，
请不要再去顺从罪恶。
请睁开被蒙蔽的双眼，
可怜的妻子在你面前。

在你我分别的日子里，
我终日以泪洗面，
用胆怯的目光仰望上天，
用颤抖的祈祷寄托思念。
在神庙，在任何地方，
你是我心中唯一的信仰。
你来了，却带着背叛和死亡，
作为对我痛苦的回报与奖赏。
桀烈易！请斩断这罪孽的情欲，
重新找回真理和荣誉。
请不要再折磨你可怜的发妻！

桀烈易

起来吧，王后！你不必白费力气。
曾经，你的话于我是金科玉律。
但如今，我的心中只有情欲。
它炽烈的焰火灼烧我的心脏，
将我的血液烧得滚烫，
一切情感和理智都被俘虏，
真理和正义被通通遗忘。
不要幻想解救公主，
你的哀告于事无补。
狠狠地报复我吧，向我复仇！
诅咒我吧，我自己也把自己诅咒！

桀烈易下。

普罗格涅娅

他走了，对我的话毫不在意，
无视我的哀告和悲痛。
被情欲和怨毒所挟持，
他的灵魂渴望新的暴行。
想起我可怜的妹妹，
我的胸口就揪心疼。
妹妹！亲爱的，你遭遇了什么？
我仿佛看见了你的不幸。
你的胸口发出沉重的呻吟，
心中的热泪如同泉涌。
而我却无力将你救出，
林谢伊，请做我们的英雄！
你爱着，也被爱着，
厄运却如影随形！
请结束我们的苦难，
终结暴君的恶行！

林谢伊

我的痛苦丝毫不亚于你，
桀烈易的暴行让我怒愤填膺。
我向众神发出誓言，
林谢伊将战斗，直至牺牲！

卡尔汉特上。

卡尔汉特

可怕的时刻是否已经过去？
残酷的厄运是否已经止息？
桀烈易是否重新找回了自己？
哦，我听到了你们沉重的叹息！
这叹息足以震撼大地！
看来……灾难仍在继续。
王后，您的夫君去了哪里？

普罗格涅娅

夫君？……不，他是恶魔，
他无时无刻不在将我折磨，
时时刻刻将自己的暴行增多。
卡尔汉特！我失去了一切希望，
菲洛梅拉重新落到了他的手上。
他的头脑被罪恶的情欲占据，
对我悲恸的哭泣毫不在意，
恣意地享受我不幸的遭遇，
为自己的猎物扬扬得意！
众神啊，你的天谴为何不从天而降？
地狱啊，你的烈火为何不冲天而起？
大地啊，被折辱的大地！
你为何还不开裂，将渎神的暴君埋进地狱！

卡尔汉特

天谴也许迟到，但从不缺席。

众神啊，天上的众神！
请审判桀烈易的罪恶，
垂怜无辜者的叹息，
请你们为我降下神力，
将天雷放到卡尔汉特手里。
我将替天行道，伸张正义！
让世界重新见证：
正义即是天理！

阿加梅特绝望地跑上，手里拿着一封信。

阿加梅特

王后！噩耗！公主她……

普罗格涅娅

她怎么了？

阿加梅特

我的心不停地颤抖……
这些话我说不出口……
请您看看这封信，
上面的暴行骇人听闻……

普罗格涅娅

我的心，仿佛被注入了剧毒！
（展开信）
是妹妹的字迹，一封血书！

林谢伊

天啊！血书！

普罗格涅娅

哦！眼泪啊，不要一直流，
双手啊，不要一直抖！
“亲爱的姐姐，见字如血。
“桀烈易……这个禽兽！
“为了报复我的冷漠……
“他割下了我的舌头！”
天啊！命运何等凶残！
天昏地暗！天旋地转！
我的妹妹，你好可怜！
（跌坐在圈椅上）

林谢伊

该诅咒的命运！
千刀万剐的暴君！

普罗格涅娅

亲爱的妹妹，你多么不幸！
我只能哭……但眼泪又有何用！
只有血，凶手的血，
才能平复我致命的悲恸。
我要亲手血刃暴君，
为我的妹妹报仇雪恨！
阿加梅特，你是他的心腹，
为何没能阻止他的酷刑？

阿加梅特

我的影响对桀烈易几近于零，
我根本没有料到如此酷刑。
我最后一次与他对话，
求他放过菲洛梅拉。
我想救助可怜的公主，
但他对我的请求不屑一顾。
他的心变得愈发冷酷绝情，
终于做出了这种骇人行径。
他满腔怨毒地离开了宫殿，
我想要暗地跟着却又不敢，
眼看他旋风一般消失不见。
后来，他狞笑着回到宫殿，
血淋淋的双手在隐隐冒烟。
手上攥着鲜血淋漓的匕首，
胸口仿佛扎着穿心利箭，
嘴里不住地将“菲洛梅拉”呼喊。
此情此景让我心惊肉跳，
我毫不迟疑地偷偷跑掉，
一心想把公主尽快找到。
在城墙附近有一座古塔，
我顺着直觉走到跟前，
这封信就飘到了我的脚下……
王后，暴君的酷刑应该诅咒，

请您为不幸的公主复仇!

普罗格涅娅

残暴的国王不会有好下场,

等待他的将是痛苦的死亡。

我要挣脱夫妻君臣的锁链,

它们已被暴君玷污,令我生厌。

卡尔汉特

罪人虽是国家的主宰,

而我却是上天的代言,

我以神的名义解除你的锁链。

请对暴君施加最恶毒的诅咒,

为一切的一切向他复仇!

阿加梅特!

暴君的罪行你亲眼所见,

此等暴政必须推翻。

请以你的忠勇捍卫祖国,

天上的众神会襄助你我,

庇护无辜,惩戒罪恶。

我现在要去神庙向众神祈祷,

请他们降下天雷,以暴制暴!

林谢伊

飞去吧!我悲愤欲绝的灵魂!

去狠狠地报复残暴的罪人!

去温柔地抚慰不幸的爱人!

去痛苦，去燃烧，去呻吟！

普罗格涅娅

出发！让我们去准备复仇的利箭，
用它们将罪孽的胸膛射穿！
仇恨啊，请支配我的双手，
让它们完成可怕的复仇。
亲爱的妹妹，你不会等太久，
你的鲜血绝不会白流！

（幕落）

第四幕

普罗格涅娅

不幸的妹妹！……可怜的父亲！
哀号让我的灵魂充满仇恨。
无辜者的鲜血不住地喷涌，
无助的嘶喊升到天空，
和我的呻吟混在一处，
这声音必将令天神震怒。
罪恶的灵魂将脱离身体，
背负沉重的镣铐坠入地狱。
恶魔，你犯下的暴行，
连地狱也会为之震颤。
你让我们痛苦的眼泪流干，
自己终究无法逃脱天谴。
我已经想好了报复的手段，
必须让暴君血债血还！

卡尔汉特上。

卡尔汉特

你的神情为何如此绝望？

普罗格涅娅

天谴为何迟迟不登场?

卡尔汉特

不要错怪了众神，

天雷已经悬在暴君头上。

民众也知道了昏君的暴行，

拿起武器准备推翻国王。

整个都城义愤填膺，

数千利箭已搭在弦上。

普罗格涅娅

推翻国王远远不够，

血债必须用血来偿。

我要让他被绝望撕扯，

我的暴行要与他一样。

我要让他经历人间地狱，

让他把痛苦加倍补偿。

林谢伊率领士兵将菲洛梅拉搀扶上场。

卡尔汉特

我看见了多么可怕的景象!

林谢伊

王后，我把公主解救了出来!

她再也发不出令我心动的声音，

只能用呻吟回答我的呻吟!

普罗格涅娅

我不幸的妹妹！……我的心早已哭碎，

我宁愿替你流血，而不是流泪！

菲洛梅拉口不能言，姐妹二人紧紧拥抱。

林谢伊

光凭泪水无法解脱痛苦，

只有鲜血才能洗刷罪恶！

普罗格涅娅

我的复仇已经展开。

林谢伊

复仇已经展开？我的王后，

为何暴君仍然高踞宝座？

为何他依旧心安理得？

难道这就是他的报应？

唯有死亡抵得过公主的牺牲！

普罗格涅娅

你等着吧……

我的复仇比死亡更加可怕，

暴君会付出应有的代价。

他残害了我的亲人，

我也要让他失去至亲！

桀烈易面色阴郁地上，菲洛梅拉见他走来，尖叫着转过身去。

桀烈易

你们这群乱臣贼子！

你们想让我不得好死。

恶毒的王后，你妄图煽动造反，

可是，在我的国家这难比登天。

不要幻想看到我的覆灭，

你的复仇对我毫无威胁。

不幸的爱情已经化为仇恨，

让我的内心冷酷而残忍，

我以这爱的名义发下毒誓，

死亡将第一个将你吞噬。

只可惜，

上天赐予我杀人的利剑，

我只能用它消灭肉体，

却无法用它诛杀灵魂。

普罗格涅娅

暴君，你造的孽还不够多？

你还想怎样把我们的灵魂折磨？

（用手指向菲洛梅拉）

你睁眼看看，她的痛苦和呻吟，

对你来说难道还不够残忍？

你的灵魂只装得下怨毒，

对无辜者的痛苦熟视无睹。

暴君，你看看她可怜的惨状，

看看这苍白枯萎的脸色，

你难道是地狱的恶魔？

桀烈易

众神！菲洛梅拉！

不幸的公主，被摧残的花！

我的心灵也无法自拔！

我的心感受到了你的疼痛，

暴怒的情欲引发了如此暴行：

请让我的血在此喷涌……

桀烈易欲跪倒在菲洛梅拉面前，被普罗格涅娅拦住。

普罗格涅娅

慢！

桀烈易

请让我跪倒在爱人面前，

让我的泪和血融成一片。

普罗格涅娅

暴君，不要再加重你的罪孽，

你的出现令她悲痛欲绝，

离她远远的吧……

哦，天啊，她快不行了！

林谢伊

赶快把公主抬走，

这个恶魔会要了她的命。

桀烈易

她快不行了？……哦，无情的命运！

林谢伊

全是你的错，残酷的暴君！

普罗格涅娅和林谢伊带领众人保护菲洛梅拉下。

桀烈易

她快要死了……天啊！

还有什么比这更可怕！

我的话全部白费，

我的眼泪全部白流，

我的痛苦全是徒劳，

同情原是心灵的毒药。

既然你们执意与我为敌，

我对你们决不轻饶。

我要让你们血流成河，

杀戮，折磨，惩罚，剥夺。

让暴君的威名赫赫远播。

（对卡尔汉特）

而你，乱臣贼子的庇护者，

竟敢煽动暴民作乱叛国！

你的一切阴谋全是徒劳，

你马上就要自尝苦果。

所有的敌人都要下地狱，

包括你……来人！

兵士上。

卡尔汉特

暴虐吧！昏君！

屠戮吧！罪人！

大祭司就站在你面前，

要杀要剐悉听尊便！

你大可把我的心脏剜出，

就是它，将牺牲者救赎。

来吧，把我的命趁早拿走！

用我的鲜血染红你的双手，

我毫无畏惧，绝不颤抖。

但你记着，天上的众神，

审视着一切世人的灵魂。

他们捍卫真理，疾恶如仇，

时候一到，你必将大祸临头！

桀烈易　（对兵士）

慢！……退下去。

（对卡尔汉特）

你不必花言巧语蒙骗世人，

也不用装神弄鬼蛊惑人心，

想让我死的原本是你，而非众神！

卡尔汉特

暴君，不要让色雷斯陷入劫难，

用你一人的罪孽将国家牵连。

不要说出这种渎神的话语，

以免天雷将色雷斯夷为平地。
我已经找到了灾难的源泉，
是你的渎神招致了天谴。
你根本不以众神为神，
内心的狂妄无法无天。
方才，在虔诚的民众面前，
你若无其事地领受圣餐，
在心里将众神诽谤，
嘴上却将圣名称赞！

桀烈易

你不必再扰乱我的内心，
它已经足够绝望。
你走吧，卡尔汉特，
……哦，那个可怕的声音！

卡尔汉特

你身领圣餐，心里却全是怨毒，
我以众神的名义对你诅咒。
绝望吧，挣扎吧！
痛苦将把你吞噬，
此时此地直至永生永世！

卡尔汉特下。

桀烈易

我内心响起一个可怕的声音……
像是哀号，又像是呻吟。

为何血管里像烈火油煎？
那个声音在可怕地嘶喊！
绝望的野兽无所顾忌，
地狱，就在我的心里！

（幕落）

第五幕

桀烈易

我流泪，我绝望，我忧伤……
我该何去何从？
何处寻找安宁？
四周是稠密的黑暗，
到处是泣血的眼睛……
啊，不要再折磨我，这可怕的幻影！
当我吃肉，我仿佛在吃自己的肉；
当我喝酒，像是我的血化成了酒。
覆灭的幻想如影随形，
良心的折磨，绝望和恐惧，
一步不离地将我追踪。
活着比死去还要痛苦，
罪人的生命是真正的坟墓！

阿加梅特上，神情悲痛。

阿加梅特

不幸的公主！她……

桀烈易

她怎么了，快说！

阿加梅特

我不忍心说！……

桀烈易

她到底怎么了？

请快点儿告诉我！

阿加梅特

她已经不在人世。

桀烈易

天啊！为何如此？

阿加梅特

我看见悲痛的林谢伊和王后，
搀着公主走向宫殿门口，
每走一步都如同万箭穿心，
眼看公主就要香消玉殒，
她用目光注视着林谢伊，
对他好像有千言万语。
气息在她的胸口起伏，
声音在她的喉咙堆积，
最后只变成一声泣血的叹息。
当他们走过那间森然的囚牢，
在那里你曾对她百般施暴，
想起了那些可怖的遭遇，
她的身体剧烈地战栗。
恐怖的回忆将她吓傻，

在绝望中无力地挣扎。
她已经认不出任何人，
无论是姐姐或者爱人，
她用空洞的双眼仰望上天，
在无限痛苦中撒手人寰。

桀烈易

残酷的命运！我听到了什么？
你该满意了吧，残暴的心灵！
你摧残了公主的如花岁月，
也剥夺了我永世的安宁。
亲爱的公主……你真的死了？
在这个可怕的人世，
不管我用什么告慰理智，
不管我用什么填补心灵，
都抵不过地狱烈火的无情。
我将你推进了坟墓，
同时也埋葬了自己。
来吧，众神！
摧毁暴君的性命！

阿加梅特

愤怒的人民要将你推翻，
众神的天谴也不会拖延。
等待你的，将是万劫不复，
死亡，只是无数死亡的序幕！

桀烈易

死亡是罪人的盛宴，
万劫不复是暴君的狂欢！
哦！我听到了可怕的喧哗，
我的末日到了！

赫列斯慌乱跑上。

赫列斯

我王！可怕的暴乱！
人民被暴行激怒，
要来剥夺您的王冠。
火与剑已经包围王殿。

桀烈易

王冠即将坠落，
王座将被推翻，
国王将被废黜，
何以逃出生天？
罪孽的激情已经熄灭，
欢乐的源泉已经枯竭。
宫殿在怒吼声中战栗，
我该去哪里？
我的归宿只能是地狱。

卡尔汉特上。

桀烈易

卡尔汉特，救我一命！

我的生死全在你的手中！
暴民想要血染宫殿，
我的覆灭就在眼前。
请让我躲进神庙，
让我向众神哀告，
他们也许会大发慈悲，
宽恕我的渎神之罪。

卡尔汉特

众神不会饶恕世人的亵渎，
圣洁的神庙岂容罪人玷污？
你曾是宫殿里的王，
就让宫殿做你的审判场；
你既是地狱的恶魔，
地狱才是你的庇护所。
你曾带给无辜者无尽的折磨，
你将在永世的痛苦中寻找欢乐。

桀烈易

狂妄的祭司，你侍奉的众神不人道！
在这宫门外，传来了怎样的喧嚣……
我为数不多的捍卫者情愿为我战死，
但，请你们不必如此。
不要做无谓的牺牲，
不必为暴君搭上自己的性命。
我一人的罪孽，一人承担。

（摘下王冠和宝剑，放在桌上）

向暴民献上我的王冠和头颅，
以此止息他们的仇恨和愤怒。
残暴的昏君就要被废黜，
无能的桀烈易已毫无用处。

（对卡尔汉特）

这是我对众神的祭献，
请用我的鲜血息怒天谴。

（走向宫殿门口，打开门）

来吧，暴民，让暴君血溅当场！
残忍的王后，请畅饮夫君的鲜血！

林谢伊带领众将士入。

林谢伊

暴君！来消灭我，与我决战！
否则，我的宝剑将把你洞穿，
你那沾满罪恶的灵魂，
将随你的鲜血涌出身体。

桀烈易

绝望之人不在乎生命，
我早给自己判了死刑。
无论天谴和地狱多么可怕，
都抵不过对我的惩罚。
我的血液沾满了罪孽，
我的残暴超越了一切。

来吧，刺穿我怨毒的胸膛，
来吧，剜出我罪恶的心脏。
我绝不会反抗，
我期待的正是死亡。

林谢伊

暴君！
一定是可怕的复仇令你绝望，
你幻想用虚伪解除我的武装。
假惺惺的忏悔为时已晚，
愤怒的理智不接受投降。
我见证了你的暴虐和残忍，
带给我无尽的痛苦与仇恨。
不幸公主的身影在我脑海萦绕，
呼唤着我为她复仇，讨回公道。
她看着我，痛苦，呻吟，
任凭铁石心肠也会动心。
亲爱的公主，请你安息！
我会让凶手血流满地。
凶残的敌人，去死吧！
可是，我该怎么做？
难道用剑插进赤手空拳的胸膛？
不，这样卑鄙的复仇我看不上。

普罗格涅娅歇斯底里地跑上。

普罗格涅娅

林谢伊！暴君在哪儿？
我要对他展开我的报复。
让他感受我的全部怨毒。

桀烈易

你的怨毒无法与我相比，
对于死亡我毫无畏惧，
请用一切手段将我折磨，
只有痛苦才能让我解脱，
让我忘记残暴——
这罪孽情欲的恶果。
用我的血染红你颤抖的双手，
用我的头颅向民众交代。
如果你曾经爱过我，
像我曾经爱你那么多，
请暂时忘却我的罪行，
体谅桀烈易的不幸，
我如今遭到了应有的报应。
我被罪孽的情欲蛊惑，
完全忘记了父亲的职责。
我的儿子，亲爱的儿子，
如今只能把他托付给你。
请你忘记他恶贯满盈的父亲，
将无辜的孩子抚养成人。

有父如我是他的不幸。

请你抚慰他幼小的心灵。

我有多么残暴，

就请对他多么柔情。

普罗格涅娅

你的哭诉已经为时已晚，

你的暴虐招致了天谴，

你害死了他，也将随他而去，

你的儿子！……就在这里！

（将一颗血淋淋的头颅扔在桀烈易面前）

桀烈易

啊，天啊！多么恐怖！

告诉我，这不是真的！

我亲爱的儿子！

不要折磨我，他在哪儿？

普罗格涅娅

他在你的肚子里——

你吃的圣餐就是他的肉。

看吧，他正在你的肚子里看着你。

痛苦吧，嘶喊吧，发疯吧！

用你的不幸减轻我的不幸！

桀烈易

我的儿子！

我的内心听到了你的哀号，

这可怕的声音撕扯我的心灵，
让我的血液寒冷结冰。
暴虐的神！狠毒的妻子！
你们终于报复了我，
你们的残忍终于将我盖过！
我的儿子，我亲爱的儿子！
一切都是徒劳……
一切都毫无意义，
飞去吧，我的灵魂！
飞去地狱和儿子相聚！

卡尔汉特

罪恶压不倒真理和正义，
众神的报应从不缺席！

（幕落·全剧终）

疯狂家庭[1]

三幕喜歌剧

|剧中人物|

◇**松布尔**——贵族老爷

◇**格尔布拉**——松布尔祖母

◇**乌日玛**——松布尔母亲

◇**普利亚达**——松布尔妹妹

◇**卡佳**——松布尔女儿

◇**伊兹韦达**——松布尔家女仆

◇**博斯坦**——中年军官，与普利亚达相爱

◇**普罗内尔**——博斯坦的仆人

① 此剧原题“Бешеная семья”，创作于 1786 年。1793 年刊登于《俄国剧院》(Российский Феатр) 第 39 卷。

第一幕

舞台布景为松布尔家。幕启，松布尔上，后面紧跟着格尔布拉、乌日玛、卡佳和伊兹韦达。

格尔布拉、乌日玛、卡佳和伊兹韦达

哎呀，快点儿快点儿啦！
我们要抓紧出门啦！
赶紧给我们拿钱啦！

松布尔

慌里慌张像个啥！
一个一个说清楚，
今天要钱又想干吗？

乌日玛

我要买内衣和手套。

格尔布拉

我要买眼镜和皮帽。

伊兹韦达

我要给主子们买香粉。

松布尔

整天买买买不害臊！

乌日玛

我还要买身连衣裙。

格尔布拉

我还要买个假发套。

卡　佳

法国羽毛头饰我需要。

松布尔

法国羽毛有什么好？

你们让我负债累累，

大手大脚瞎胡闹！

格尔布拉、乌日玛、卡佳和伊兹韦达

买买买，要要要！

香粉口红不能少！

松布尔

一家老小全疯掉！

其余人

拿钱拿钱快拿钱！

松布尔

不给不给就不给！

松布尔　奶奶，妈妈，你们难道忘了，是你们自己教导我要节俭的。如今这是怎么了？一大把年纪了，打扮得花枝招展的，不怕惹人笑话吗？

格尔布拉　谁能笑话谁呢？天下乌鸦一般黑！

松布尔　黑不黑的吧，反正买衣服首饰的钱我一个子儿都不给！

卡　佳　爹爹，我没衣服穿了！

松布尔　怎么没衣服穿？你难道光着身子吗？你要是嫌身上的衣服露得太多，就把我的旧风衣拿去，保证你裹得严严实实。

伊兹韦达　老爷，你那旧风衣，别说眼睛看不透了，连子弹头都打不穿！

松布尔　还是伊兹韦达懂事！太太小姐们，女仆都替我说话，你们不觉得脸红吗？

卡　佳　随你怎么说，爹爹，新裙子我是非买不可。

松布尔　为啥？

卡　佳　什么为啥呀，爹爹！

我天生如此美丽，
再加上衣着光鲜，
一定能成为焦点，
让全城感到惊艳。
每当我参加聚会，
到剧院观看表演，
去舞会或者游园，
总能听到赞美一片：
"啊，她多么奢华，
好像那仙女下凡！"

况且，大家都是这么做的！

松布尔　没脑子的人才这么做！你要小心，女儿，爱情是毒药，它会让你损失大把大把的银子……这是奢侈浪费的溃疡。

格尔布拉　怎么，你要禁止恋爱？生殖繁衍可是大自然的安排！

松布尔　没错，奶奶。可花钱却并非大自然的安排；而你们呢，就差把我的皮扒下来了。

伊兹韦达　扒什么皮呀，老爷！我只要十个卢布买香粉。

松布尔　我给你十个大耳光！

伊兹韦达　打我干吗呀？我是给小姐太太们买！

松布尔　你拿点儿面粉去过过油，法国香粉就有了。

乌日玛　我说的，儿子，你立马拿钱。

格尔布拉、乌日玛、卡佳和伊兹韦达

说，最后再说一遍！
到底给钱不给钱，
不给就一拍两散！

松布尔

不是我舍不得钱，
只是我钱包有限，
而你们花钱没个完。

格尔布拉、乌日玛、卡佳和伊兹韦达

为了报复你的吝啬，
我们要搞出恶作剧，
看谁的动作更麻利。

松布尔

我既要把钱包看好，
还要阻止恶作剧，
看谁的动作更麻利。

格尔布拉、乌日玛、卡佳气鼓鼓地下。

松布尔　哎！我真是受够了。伊兹韦达，告诉我，他们到底想干什么？

伊兹韦达　他们想牵着您的鼻子走。

松布尔　牵我的鼻子？不会吧！我又不是俺老爹，老娘牵我鼻子干什么？

伊兹韦达　难道老太太喜欢牵老太爷的鼻子？

松布尔　别提啦！我老妈一生气就死命揪我老爸的鼻子，直到红得像个胡萝卜——愿老爸安息！高兴了呢，也揪老爸鼻子，疼得直流汗！总之，每次老妈一生气或者一高兴，老爸的鼻子就遭罪啦。

伊兹韦达　那老太爷可是没少遭罪！

松布尔　那可不，有人觉得我跟我爸一样；才不会呢，我那死去的老婆，都是我拽着她的鼻子。我从没吃过软饭，所以我不怕她。

假如妻子貌若天仙，
对她不妨婢膝奴颜，
让她随便抛个媚眼，
就能招来金山银山。
穷人从此变成富人，
小兵一路晋升将军，
哪怕脑袋空空如也，
照样被人奉为上宾。
对此何必躲躲藏藏，
实话实说又有何妨？
世上多少幸运的小兵，
凭借妻子当上大将！

我可不会这么做，我要让她们立马改掉挥霍浪费的毛病。

伊兹韦达 想让小姐太太们不去取悦自己？难啊，老爷！

松布尔 我要让她们学会用头脑取悦自己，而不是钱包。这样她们轻松，我也省钱。再说了，这么大手大脚地花钱合适吗？尤其是我奶奶！她早该考虑天国的事儿啦。

伊兹韦达 依我看哪，老爷，老祖宗越是不久于人世，对人世就越是留恋！

松布尔 那你知不知道她们为什么这么花钱？

伊兹韦达 我不确定。

松布尔 不确定？那就是知道喽？

伊兹韦达 老爷，我……七八天前发现……

松布尔 七八天前，就是她们开始乱买衣服的时候？你快说，发现什么了？

伊兹韦达 我发现，她们开始乱买衣服。

松布尔 咳！真是！没别的了？

伊兹韦达 我还发现，老爷，也是在七八天前，有一位中年军官，身材笔挺，头发油光，衣着光鲜，您想想……

松布尔 你跟我兜什么圈子，我想个啥？赶紧说，你看见啥了？

伊兹韦达 他从咱家窗前经过，后来就经常从这儿过。

松布尔 啊，下流军官！都是他闹的！绝不能轻饶了他。伊兹韦达，得把他的住址打听出来！

伊兹韦达 干吗用，老爷？

松布尔 干吗？我要去政府告他！让政府把小姐太太们买衣服首饰花的钱全从他薪俸里扣出来！我呢，现在要去吩咐人印发一份全城通告，任何人不许卖东西给我奶奶、我妈妈、我妹妹、我女儿乃至我本人，不管是赊账还是现钱！

松布尔下，普罗内尔上。

普罗内尔　（探头探脑地）伊兹韦达！

伊兹韦达　啊，普罗内尔！快来！老爷出去了，家里就剩下女士们了。

普罗内尔　这是博斯坦老爷给普利亚达小姐的信，麻烦尽快！

伊兹韦达　尽快？你就不想和我待一会儿？啊，有人敲门！

普罗内尔　糟啦！……我该怎么办？

伊兹韦达　别急，别急，赶紧钻到桌子底下去！

普罗内尔　会不会被发现？

伊兹韦达　不会。

普罗内尔　那你怎么办？你也钻进来吧！还有地方。

伊兹韦达　不用！我去开门，你别吱声。

普罗内尔　你就放心吧，我肯定比鱼还安静。

格尔布拉、乌日玛、卡佳和普利亚达上。

四人同

他在哪儿？从实招来！
赶紧把他交出来！
我看见他爬进来，
又从窗前溜过来，
然后朝楼梯走过来，
一定是到了这里来。

伊兹韦达

这儿真的没人来!

格尔布拉、乌日玛、卡佳

我们自己找出来!(在舞台上搜索)

伊兹韦达 (低声对普利亚达)博斯坦老爷给您的信。

普利亚达 我的心里多么害怕!真怕被人看见……然而,爱情战胜了恐惧!

伊兹韦达 爱情这东西真是神奇,它让再胆小的姑娘都不再恐惧!

普利亚达 啊,伊兹韦达,你能想象得到什么是爱情吗?我简直没法跟你形容!

我的灵魂,
被炙热的爱情俘获。
爱人的慰藉,
是我唯一的幸福。
因他朽灭,
为他重生。
在他身上,
找到全世界。

格尔布拉 伊兹韦达,你刚才为什么插着门?

伊兹韦达 太太,因为主子们都在自己房间,而老爷又出门去了,所以我就把门插上了,免得外人进来。

格尔布拉 可外人已经进来了!

普罗内尔忍不住咳嗽了一声。

格尔布拉 你们听见了吗?

格尔布拉、乌日玛、卡佳、普利亚达　（跑到桌子跟前，尖叫起来）有人！

格尔布拉　（戴上眼镜，朝桌子下看）你好啊，朋友，你在桌子底下干什么呢？

普罗内尔　太太，对不起，我，我迷路了。（被众人拖出来，仍坐在地上）哎！

格尔布拉　别害怕，你没偷什么东西吧？

乌日玛　得搜搜他。

卡　佳　当然！万一你偷了我的识字课本，我还可以给你讲讲情。

格尔布拉、乌日玛、卡佳将他团团围住，各自从他口袋里掏出了一封信。

伊兹韦达　我也来找找看。（掏出一些钱）

普罗内尔　伊兹韦达，把钱还我！把我抢光啦，真是岂有此理！

格尔布拉　我的朋友，你看上去呢，是个老实人；虽然干了糊涂事，可也不是不可饶恕。看在上帝面上，你走吧。（普罗内尔想站起身，格尔布拉按住他，低声说道）告诉你家老爷，让他别灰心。

普罗内尔　（又想站起身，被乌日玛按住）哎呀！

乌日玛　（低声）告诉你家老爷，他很幸福。

普罗内尔　（又想站起身，被卡佳按住）哎呀！

卡　佳　（低声）告诉你家老爷，我为他痴狂。

普罗内尔　啊，听到啦，听到啦，小姐太太们！行行好，让我起来吧，放我走吧！（站起身，低声）你们都见鬼去吧，把我全身骨头都弄碎啦。

格尔布拉、乌日玛、卡佳、普利亚达　（靠近普罗内尔）代我向他问好！

伊兹韦达 啊，快放他滚吧！

格尔布拉和乌日玛 （低声）告诉他，我爱他，我心里只有他！

普罗内尔 （暗自）他听了一定吓一跳！（对二人）他听了一定很高兴！

卡 佳 （低声）请你相信，我疯狂地爱着他！

普罗内尔 （对卡佳）当然，我相信！（暗自）相信你是个大傻瓜。

普利亚达 （低声）去吧，告诉他，我的心属于他！

普罗内尔 （对普利亚达）哎，我也想走，可是摸不到门口！

格尔布拉、乌日玛、卡佳和普利亚达 （对普罗内尔）代我向他问好！

普罗内尔 哎呀，快放我滚吧！

（两组人同时）

普罗内尔	**格尔布拉、乌日玛、卡佳和普利亚达**
我被折磨得快要死去，	我现在就放你出去，
不知道怎么从这儿出去。	告诉他我的心随他而去。
魔鬼从此都不敢登门，	让他像你一样悄悄潜入，
这倒霉的房子该下地狱！	我在这儿等着与他相聚。

（幕落）

第二幕

舞台布景为街道，街道尽头为松布尔家房子。幕启，博斯坦和普罗内尔上。

博斯坦

美丽的普利亚达，
她爱我绝不掺假！
要用多大的容器，
才能把我的幸福装下？
我要亲口对她讲，
她的美丽胜过朝霞；
我要尽快找到她，
跪倒在她的石榴裙下。

普罗内尔 （拦住博斯坦）小声点儿！老爷！您忘了我跟您说的啦？

博斯坦 我没忘。老实说，虽然我也看出来其他三位女士对我同样抱有好感，但我仍然不大相信。

普罗内尔 哎呀，老爷！我敢打包票，除了普利亚达小姐，她的奶奶、妈妈、侄女都看上您啦！您可不能为了见一个，捅了三个马蜂窝！

博斯坦 亲爱的普罗内尔，你帮我出出主意！

普罗内尔 哦，老爷，主意咱有的是！我们来分析分析，障碍主要来自松布尔先生、格尔布拉太太、乌日玛太太和卡佳小姐，一共四个。对不对，老爷？

博斯坦　没错。那么，我该怎么做？

普罗内尔　别急……您嘛，老爷，您应该……应该耐心地等待，把他们一个个都熬死！

博斯坦　馊主意！没用的东西！

普罗内尔　别嚷，别嚷。您的美人们来啦，注意形象！您听！

格尔布拉、乌日玛、卡佳和普利亚达四人来到窗口，齐唱：

我多么中意你，
我迷人的情郎。
你点燃我的血液，
让它变得滚烫！

普罗内尔　您听听，老爷，激情似火呀！您可不能冷了她们哪！

格尔布拉、乌日玛、卡佳和普利亚达　亲爱的，为了抚慰我的相思之苦，请你至少喊一声“啊呜”！

普罗内尔　啊呜！啊呜！啊呜！老爷，还是您自己来吧，我可不想把嗓子喊哑喽！

博斯坦

我亲爱的心上人，
你赐我爱的痛苦。
你点燃我的激情，
温柔地将我俘虏。
你的倩影挥之不去，
你的眼睛就是天堂。

有你在我身旁，

一切都熠熠生光。

假如我看不到你，

世界就如同地狱，

充满痛苦和呻吟，

一切都了无生趣。

（下）

格尔布拉 孩子们，他可真害羞，看都不敢看我！

乌日玛 我的爱情太火热，让他不敢看我。

卡　佳 现在我终于确信，他爱上我了。啊！多么美妙——爱情！我只不过爱了一个星期，但收获的幸福比读识字课本一年还多！

普利亚达 我真幸福！

四人对普罗内尔挥手。

格尔布拉 普罗内尔，你家老爷会不会嫌我老？

普罗内尔 夫人，难道您自己猜不到吗？

乌日玛 普罗内尔，你家老爷爱不爱我？

普罗内尔 太太，这个还用我说吗？

卡　佳 普罗内尔，我的美貌能不能让你家老爷倾倒？

普罗内尔 小姐，您自己心里有数。

普利亚达 我能否指望他的忠诚？

普罗内尔 就像城墙一样。

格尔布拉、乌日玛、卡佳和普利亚达

亲爱的普罗内尔，

你家老爷真的爱上了我。

我打心眼儿里高兴，

他如此向我表白。

请回去转告他，

他也拥有我的爱。

至于你，

请接受这个礼物，

感谢你的忠诚。

四人各自扔给他一条手绢，下。

普罗内尔 给老爷当跟班就是好，礼物满天飞！（捡起一条手绢）这条手绢，老爷一定会给我双倍价钱，因为这是普利亚达的。（捡起另一条）这是乌日玛的，可以用来当抹布。（捡起第三条）啊，这是格尔布拉的，跟她脸上的褶子一样多。（捡起第四条）这是卡佳的，要是这姑娘的心跟这手绢一样花哨，那可就……啊，谁来了？（匆忙将手绢放在衣袋里，还有一部分没塞进去，想跑）

松布尔上。

松布尔 站住！哼哼，可逮住你了！（抢过手绢）这是我家的手绢，这儿有标记！呵，一共四条！说！哪儿来的？

普罗内尔 先生，这可不是我偷的，是她们送我的。

松布尔 为什么送你这个？

普罗内尔 因为我家老爷年轻、英俊又风流。

松布尔 呸！不要脸！这跟送手绢有什么关系？

普罗内尔 因为，她们看上了我家老爷。

松布尔 我家的女人全疯了！见一个爱一个！我要把警察叫来，把她们看上的所有男人抓起来！

普罗内尔　要是贵府的女士真这么多情，那么多的男人您打算往哪儿放呢？

松布尔　往哪儿放？我要建议把全城改造成监狱，任何男人不许出门半步；至于你，我要把你送进疯人院。（抓住他的衣领）

博斯坦上。

普罗内尔　（对博斯坦）啊，老爷，救命啊！这位大人说他府上的女士们都疯了，要把我关进疯人院。

博斯坦　先生，何必如此？

松布尔　先生，照您看自是不必。您乐得做好人，反正他得罪的又不是您！

博斯坦　普罗内尔，他是谁？

普罗内尔　老爷，他是您的仰慕者的爸爸、哥哥、儿子和孙子。（对松布尔）大人，这位就是贵府女士们的心上人。

博斯坦　啊，我的先生！

松布尔　（松开普罗内尔）啊，这就是让家里所有女人，包括我在内，集体发疯的先生！告诉你，我正准备跟你法庭上见呢！你别妄想在我家里凭着油头粉面糊弄我的钱！

哪里推崇穿金戴银，
哪里尊敬脑袋空空，
哪里习惯惺惺作态，
哪里流行拍马逢迎，
哪里才是你的所在。
去吧，先生，到那里去！
在那里你尽可以：

纸醉金迷烂醉如泥，
跟所有人亲吻拥抱，
对所有人点头哈腰。
为自己的忠心耿耿，
讨得赏赐得到回报。
只是今后我的家门，
半步不许你再靠近。

博斯坦 我怎么得罪您了，先生？

松布尔 怎么？先生！我是个穷人，勉强度日，可是您呢，一个星期就让我断了炊！

博斯坦 我干什么了，先生？

松布尔 您从我家窗前过了！

普罗内尔 大人，我有一招能解决您的问题。

松布尔 说，要真管用，我就饶恕你的罪过，而且呢，等我这件衣服穿烂了，我让人用它给你做一顶帽子。

普罗内尔 您可真大方！我的办法就是，要想让您的祖母、母亲和女儿断了念想，您得把您的妹妹许配给我家老爷。

松布尔 哼，老弟！你这一招可就不止一顶破帽子了，而是三百卢布现大洋！

普罗内尔 您算算，如果我们每天从贵府窗前过，一年下来您的损失又有多少呢？

博斯坦

先生，请您发发善心，
难道您要无视我的忧伤？

松布尔

我倒是可以对您慈悲，

可是谁来将我补偿？

（二人同时）

松布尔	**博斯坦**
我怎么舍得放手，	请体谅我的苦衷，
这么多的嫁妆？	可怜我的忧伤，
我会一辈子悔恨，	请把普利亚达的手，
从此念念不忘。	放在我的手上。

格尔布拉、卡佳、普利亚达上。格尔布拉颤颤巍巍。

格尔布拉　（对普利亚达）乖孙女，帮我拿会儿拐杖。

普利亚达　奶奶，没有拐杖您会不方便的。

格尔布拉　难道你觉得我的腿真的不行了吗？我抓着你的手就行！（把拐杖交给普利亚达，整个身子压在普利亚达胳膊上，两人脚步踉跄地在舞台上走）

卡　佳　（暗自）他可真帅！姑妈！把拐杖给我吧。（接过来拐杖耍弄）

普利亚达　咳！没有拐杖奶奶怎么办？

格尔布拉　什么怎么办？你当我是走不动路的老太婆吗？

普利亚达　我的胳膊都快被您压断啦，奶奶！

格尔布拉　你是嫌弃我啦！那你走开吧，没有你、没有拐杖，我照样走得好好的！（推开普利亚达，走了两步，停下）不行，卡佳，地板有点儿滑，给我拐杖。

卡　佳　您不是不需要吗，那就再给我玩一会儿吧。

格尔布拉　需要倒是不需要，只不过……（摇摇晃晃，双手乱抓）给我，快给我！（要倒，被松布尔扶住）

松布尔　奶奶，您看看您！都这把年纪了，还装什么呢？卡佳，快拿拐杖！

格尔布拉　不用你管！我就是坐到地上，也不用拐杖！

孙女重孙女不要笑，
我年纪虽大人不老。
我浑身力气有的是，
不用拐杖也摔不倒。
（对博斯坦）
爱的烈火将血煮沸，
爱的滋润让人不老。
我的心灵品味着爱情，
迷人的狂乱如此美妙。

普罗内尔　（低声对博斯坦）您还看不出来吗，老爷，就是冲您来的。

博斯坦　夫人，请允许我扶您一把。（和普利亚达一起扶住她）

乌日玛上。

卡　佳　（对乌日玛）啊，奶奶！

乌日玛　你这丫头片子，跟你说过多少次了！

（对松布尔）
我的儿，把你闺女管好：
一天到晚就知道胡闹，

从来不听大人管教，

左耳朵听右耳朵冒，

不分轻重没大没小，

还敢骂我嘲笑我老！

松布尔 她怎么您了，妈？

乌日玛 这不，总是冲我喊“奶奶”“奶奶”，不叫她喊偏喊，每喊一次都像在打我的脸！

松布尔 您可不就是奶奶吗？

乌日玛 你还向着她！你知道的……哟，奶奶这是怎么啦？

博斯坦 没什么大事儿。

格尔布拉 是压根儿就没事儿。卡佳，把拐杖给我。

卡　佳 给，太奶奶。

卡佳趁着递拐杖的机会往博斯坦口袋里塞了一封信。与此同时乌日玛也往这个口袋里塞了一封信，而普利亚达和格尔布拉往另一侧口袋里各放了一封信，四人的手在口袋里两两相互抓住。

乌日玛 （对卡佳）被我抓住啦！

卡　佳 （对乌日玛）小声点儿，奶奶！

格尔布拉 （对普利亚达）哈，抓住你啦！

普利亚达 （慌张）我该怎么办？

松布尔 （对博斯坦）敢问先生，您口袋里装着什么呢？

乌日玛 你看看，你闺女干的好事！（把信递过来）

松布尔 我们来看看。妈妈，这是您的字。

乌日玛 哎呀，我搞错啦！拿回来吧！（想抢）

松布尔 不要紧，还是来看看。（读）“可人的人儿，亲爱的博斯坦，你将我的心牢牢俘获，我决心主动向你揭示你的幸福。请不要利用我的软弱，而我全部是你的。乌日玛。”看看，博斯坦先生，这就是您散步的收获！

格尔布拉　（对乌日玛）你不害臊吗，女儿，难道我是这么教你的吗？连普利亚达都被你带坏啦。你看看吧，孙子，这是她的信！（递信）

松布尔　（读）“致信我亲爱的宝贝儿，博斯坦，祝愿福寿延年。”开头不错！

格尔布拉　（暗自）糟糕，拿错啦！

松布尔　（继续读）“多希望你能知道，我很中意你；至于我，年事虽高，风韵犹存；感谢上帝，牙齿和头发都还没掉。如果你尽早跟我结婚，我还来得及送你丰厚的嫁妆，做你忠诚的爱人。格尔布拉。”真是好榜样！卡佳，把你的信拿来！

卡　佳　还是不用了吧，爸？

松布尔　我叫你拿来！不然的话……

卡　佳　那好吧。给。

松布尔　（读）“亲爱的博斯坦！我……我……”写得跟蜘蛛爬的一样，根本认不出来……“我……我……爱你：请你告诉我，你也爱我；我……我会……”一点儿也看不出来！这就是现在的女学生，字还认不全，就开始写情书了！妹妹，你的信呢？

普利亚达　哥哥，信不必读了；至于爱，我坦白。

心灵为爱的事物占据，
不会把情感一味隐藏。
感恩命运的妥善安排，
尽情享受幸福与安详。

我的心被博斯坦融化，

他让我燃烧让我迷狂。

我的心灵只为他而活，

我的幸福全在他身上。

松布尔 女士们，你们不害臊吗？竟然搞出这种事情来！

格尔布拉和乌日玛

不管你说来说去，

年纪不是问题。

卡佳和普利亚达

就算你说破大天，

爱情永远有趣。

松布尔 （对四位女士）

我要结束你们的争吵。

（对博斯坦和普罗内尔）

我绝不会把你们轻饶。

博斯坦和普罗内尔

您的威吓我们根本不怕。

松布尔

我要让人把你们打趴下。

女人们

他有什么过错？

难道就因为我爱他？

松布尔

因为你们把我捉弄，

明里暗里搞鬼把戏。

因为你们不知分寸，

花钱如流水让人气！

女人们 （对松布尔）

老爷真是小家子气，

为了小事大发脾气，

那么有钱却这么小气。

松布尔

你们闹得乌烟瘴气，

让我怎么平心静气？

你们全都串通一气，

让我怎么能不生气？

我要消除歪风邪气，

改掉你们的臭习气，

彻底清扫这股晦气，

出我心中一口恶气！

（两组人同时）

格尔布拉、乌日玛、卡佳和普利亚达

不，我爱他全心全意，

无法和他长久分离。

博斯坦

不，我爱她真心实意。

无法忍受永久别离。

女人们一起跑过去抓住他。

松布尔

嗤！谁也不许动！

谁想开门也不行！

女人们

为了抚慰我们的相思，

消除我们的苦闷，

请一定常来看望我们。

博斯坦

这是我莫大的荣幸，

我不知何以为报，

愿意经常登门造访。

松布尔 滚吧，拈花惹草的浪子！以后不许踏入我的家门半步。

（三组人同时）

松布尔	女人们	博斯坦
（对女儿和妹妹）	（对松布尔）	（对松布尔）
你们只知道痴心怀春，	你既不许放他进家门，	你既不许我入你家门，
全不顾此人包藏祸心。	哪怕一个小时也不准，	哪怕一个小时也不准，
今后再不许放他进门，	从今以后你不会知道，	从今以后你不会知道，
哪怕一个小时也不准。	他何时登门做我的客人。	我何时登门约会情人。
（对博斯坦）	（对博斯坦）	（对普利亚达）
你胆敢再入我家门，	亲爱的，不要悲伤！	我要和我的爱人相会，
我手持大棒将你教训。	准备好相会，我的情人！	相聚的时光一刻千金。

（幕落）

第三幕

舞台布景为松布尔家的门厅，时间为夜晚。光线昏暗。幕启，松布尔独自在凳子上打盹儿，手里拿着一根棍子。棍子咣当一声掉在地上，松布尔一个激灵跳起来。

松布尔 谁！……哦，没人……我倒要看看，谁敢来。

这些不速之客，

三更半夜来访，

必须好好招待，

请他吃顿大棒。

把他牢牢抓住，

将他五花大绑。

先用棍子捶背，

再用鞭子搔痒。

伊兹韦达上，松布尔听到有人进来，飞奔过去，一把将她抓住。

松布尔 哈！逮住你了！说，你是谁！

伊兹韦达 是我，老爷！

松布尔 啊，原来是你呀！（对伊兹韦达）你来这儿干吗？

伊兹韦达 老爷，我是来认罪的。

松布尔 嗯？怎么回事？

伊兹韦达　老爷，我想过瞒着您把博斯坦带到这儿来。

松布尔　可恶，你当我是傻子吗？

伊兹韦达　老爷，我错了……

松布尔　你肯定以为我脑袋里全是糨糊！

伊兹韦达　我错了，老爷！

松布尔　你肯定觉得我是分不清黑白的蠢驴！

伊兹韦达　啊，老爷！认罪者不杀。

松布尔　杀自然是不会杀你，十个大耳光是免不了的。

伊兹韦达　随您处置，老爷。只是，请让我为您拆穿一个骗局。

松布尔　骗局！……能骗过我的人还没出生呢！我能看穿一切。你们撅什么屁股拉什么屎我全知道。不过，你还是一五一十地跟我说说。

伊兹韦达　您看，老爷，我原本也参与了阴谋，但我弃暗投明啦！

松布尔　好。

伊兹韦达　我就想啊，老爷，老爷您是这么好的一个人……

松布尔　当然。

伊兹韦达　只可惜，太太小姐们把您当成傻瓜耍……

松布尔　没错。

伊兹韦达　不过我想，老爷，您经过了这件事，今后一定会很谨慎，就像从前和现在这样……

松布尔　当然。

伊兹韦达　我就说嘛，我家老爷这么聪明，任何事情都瞒不过他的眼睛……

松布尔　我就喜欢听实话。

伊兹韦达　但我最后还是决定，还是要把您女儿、妹妹、妈妈、奶奶的阴谋诡计告诉您。

松布尔 哦，我真心高兴！

伊兹韦达 您知道她们想怎样吗？

松布尔 怎样？

伊兹韦达 她们想瞒着您举办婚礼！

松布尔 哎呀，完蛋了，伊兹韦达，我该怎么办？她们这是要我倾家荡产……竟然想要举办婚礼！她们怎么就不想想，一个婚礼少说得三百卢布，都得从我头上出！

伊兹韦达 咳，老爷！这些人想结婚都想疯了，哪儿还有什么理智呢？

哪里举办婚礼，
哪里就喝酒唱歌。
花钱多少不计，
只管尽情吃喝。
主人欲哭无泪，
唯恐囊中羞涩。
座上杯盘狼藉，
席间酒流成河。
众人烂醉如泥，
纷纷亲吻打架，
还把主人戏耍，
然后各回各家。
主人一觉醒来，
欠了一屁股债。

一次婚礼账单，

一年也还不完。

松布尔 你说说，她们打算怎么办？

伊兹韦达 她们想把博斯坦放进来。

松布尔 我早就提防着呢。我之所以整宿不睡，就是等着他们呢。

伊兹韦达 您在这儿堵着，可她们打算把他从窗户里放进来；然后抽签决定由谁嫁给博斯坦，然后幸运儿再跟博斯坦一块儿从窗子跳出去，到教堂举办婚礼……

松布尔 跟这个混蛋私奔?！不过，伊兹韦达，我只有一半担心：如果普利亚达抽到签，她那么胆小，也许不会同意；如果是我奶奶抽到签，那么，感谢上帝，她那把老骨头也许根本就到不了教堂；怕就怕是我女儿或者老妈抽到了签，那就二二得四，肯定完蛋！哦，该死的女儿！我现在就去……

伊兹韦达 等等，老爷，您想怎么做呢？防得了初一，备不住十五。

松布尔 不，伊兹韦达，不管谁抽着签，婚礼我是不会办的。我现在就叫人把家里所有的盘子碗儿都送到当铺去，叫他们没办法吃喝。

伊兹韦达 她们早就料到您会这么做，已经派人去租赁陶瓷碗碟儿，现在差不多都快送到啦。

松布尔 我就说她们是疯了吧？婚礼上怎么能用陶瓷餐具呢？你想想，那些个官老爷五分钟就能酩酊大醉，把桌子掀翻！

伊兹韦达 上帝保佑，老爷！她们跟铺子签了协议，每打碎一个盘子赔偿六卢布，一个酒杯一个半卢布；但愿她们会小心……

松布尔 不，我有预感，明天肯定会打碎点儿什么……我该怎么办？帮我出出主意。

伊兹韦达 老爷，您得到门外边去守着博斯坦，一旦他去爬窗户……

松布尔 对，没错！我就让他滚回去。哎呀，伊兹韦达！我现在就去，带上我的看家狗；博斯坦那个混蛋敢来，我跟狗一起上！

伊兹韦达 看，餐具送来了。

运送工挑着两个大筐上，里面分别藏着普罗内尔和博斯坦。

松布尔 （帮忙抬筐子）轻点儿，轻点儿，老兄！看在上帝的分上，千万别打碎喽！把它们放在这儿吧。（亲自把两个筐逐一放好）这下好了，心里踏实了。（运送工下场）伊兹韦达，让我们打开盖子来看看，有没有打碎的。

伊兹韦达 有这个必要吗，老爷？

松布尔 当然有必要。你现在就当着我的面儿把它们数清楚。省得到时候哇，赊个鸡蛋还只鸡。

伊兹韦达 还是算了吧，老爷，趁这个工夫博斯坦也许就得手了。

松布尔 对，没错！我现在就去，你呢，留在这儿守着这些东西，如果需要的话，你得做证，我接手的时候还是好好的。（下）

伊兹韦达 嘻嘻，我呀，要找太太小姐们领赏去啦！（下）

普罗内尔 （从筐子里探出头来）

多么可怕的黢黑！
伸手不见五指，
心里害怕得要命，
简直快要发疯。
真是可怕的幻觉，

眼前有影子晃动。

好像是长角的魔鬼，

还有勾魂的小鬼儿，

老爷！您在哪儿？

博斯坦 （探出头来）普罗内尔！

普罗内尔 （吓一跳）谁?!

博斯坦 别怕，是我！

普罗内尔 吓死我了！老爷！

（二人同时）

普罗内尔

这里恐怖漆黑一片，

陪着老爷以身犯险，

把我吓出一身冷汗。

要不是老爷许我酒钱，

给我十个胆儿也不敢！

博斯坦

这里恐怖漆黑一片，

但我心中光明无限，

为了爱情甘愿犯险。

普罗内尔我的仆人，

不要做个尿包软蛋。

博斯坦 普罗内尔，别再装尿啦！你是怕鬼吗？

普罗内尔 怕什么鬼呀，老爷，我是怕松布尔！我怕他来检查餐具。

博斯坦 行啦，起来吧，去门口把风，看见普利亚达立马报告。

普罗内尔 随您怎么说，老爷，您不起，我就不起。我总感觉，随时可能把小命儿丢在这儿。

博斯坦 （站起身）起来吧！我起来了。

普罗内尔 （起身）老爷，伊兹韦达真狡猾，竟然想出了这么个好主意！下一步您打算怎么办？

博斯坦 劝普利亚达跟我走，私订终身。

普罗内尔 老爷，我也想娶伊兹韦达。

博斯坦 嘘，有人来了。

伊兹韦达带着格尔布拉、乌日玛、卡佳和普利亚达上。

格尔布拉 小声地回应我，亲爱的博斯坦！

乌日玛 大声地呼吸，亲爱的，好让我听见你。

卡 佳 跺一下脚，我的好人儿！

普利亚达 你在哪儿，我的博斯坦？

伊兹韦达 普罗内尔！普罗内尔！你死哪儿去了？

她们用手摸索，唱歌。

（两组人同时）

女人们

心灵啊，请为我指引方向。
俏冤家啊，你在哪里躲藏？
请你出现在我的面前，
满足我热切的渴望。
亲爱的俏冤家，
你是否爱我，
像我爱你一样？

男人们

心灵啊，请为我指引方向，
心上人啊，你身在何方？
请你出现在我的面前，
抚慰我心灵的忧伤。
亲爱的心上人，
你是否爱我，
像我爱你一样？

卡佳和格尔布拉各从一侧靠近普罗内尔，博斯坦和普利亚达走到了一起，乌日玛和伊兹韦达走到一起；三组人手牵手，唱。

所有人

心脏突突乱跳，
血液都在燃烧，
心事纷纷扰扰，
全被黑夜笼罩。

男人们

激情让我忘乎所以，
爱情让我瘫软融化。
我心爱的人儿，
在我身边的是你吗？

博斯坦和普利亚达

心灵难以把持，
爱情渴望激情！
你那甜蜜的枷锁，
带给我幸福的折磨，
我的生命因你燃烧，
你是我生命的燃料。

（两组人同时）

博斯坦

为了断我的忧愁，
请给我你的玉手。

普利亚达

亲爱的，我属于你！
我的命运如此甜蜜！

格尔布拉、卡佳、乌日玛和伊兹韦达

为了我不再难受，
请你亲吻我的手。

普罗内尔

啊，你的小手多么细腻！
（暗自）我身陷魔掌无处逃避。

松布尔上。

松布尔 （大喊）谁在那儿！

除松布尔之外的所有人 我听见了谁的声音？

格尔布拉和卡佳 （将普罗内尔当成博斯坦往自己这边拽）亲爱的，我们赶紧到那边去！

松布尔

我听到脚步声，
有人小声吵嚷，
这里肯定有鬼，
而且不止一个。
我动也不敢动，
挪也不敢挪。
沉默我不甘心，
喊叫又没胆量，
我要立刻行动，
不发出任何声响，
召集人手来抓贼，
带着火把和大棒！

松布尔跑下。

博斯坦 亲爱的普利亚达，我能把自己当成世界上最幸福的人吗？

普利亚达 请相信，亲爱的博斯坦，我的忠贞海枯石烂。

格尔布拉 （将普罗内尔当成博斯坦）可怜的人儿，你吓坏了吧？来，快亲亲我的手。

卡　佳 （将普罗内尔当成博斯坦）亲爱的博斯坦，真遗憾我看不见你，你可以先亲亲我的手。

普罗内尔　（暗自）呸，完蛋！怎么亲起来没个完！

二人将自己的手送到普罗内尔唇边，抓住了彼此的手。

卡　佳　博斯坦，这是你的手吗？

格尔布拉　这是谁的手？

普罗内尔　什么谁的手？我两只手都在口袋里呢。

格尔布拉　啊！这里面有古怪！

二人仍然牵着手，都把普罗内尔往自己这边拽。

普罗内尔　好心的太太，您快让我喊救命啦！

格尔布拉　啊，不忠的人！谁在你的那一边？

普罗内尔　别说那边了，这边是谁我都不知道！

格尔布拉　哦！你这没良心的，我可是一下子就认出你来了！

卡　佳　我一秒钟就认出来了。

二人朝反方向跑开，仍然手拉着手，将普罗内尔撞倒在地。

普罗内尔　啊，我要死了！

卡　佳　死就死吧；反正我是不会松手的，不管是情人，还是情敌。

两个人按住他，不让起身。

乌日玛　那儿怎么了？（拽着伊兹韦达朝普罗内尔走过来）

普利亚达　谁还在这里？（和博斯坦也一起走过来）

所有人

安静！安静！谁在叫？

上帝保佑，不要叫！

谁在这里瞎胡闹？

三更半夜不睡觉？

安静！安静！不要吵！

这里为何乱糟糟？

轻手轻脚不要吵，

把人吵醒可不妙！

松布尔举着蜡烛，带着手持棍棒的一群人跑上。

松布尔 所有人跟我来，把他们都给我抓起来！

博斯坦 谁敢上前一步，我的长剑就将他刺穿！先生，我们最好心平气和地谈一谈。

格尔布拉 （看清楚普罗内尔）原来你不是博斯坦！

卡　佳 见鬼去吧！

普罗内尔 （站起身）没错，被十个鬼抓住也比落在两个女人手里强。再晚一分钟，我的灵魂就见上帝去啦！

乌日玛 （看清楚伊兹韦达）你这个小蹄子，竟敢骗我？

伊兹韦达 太太，谁叫您不戴上眼镜看清楚呢？

松布尔 安静，安静，女士先生们！我是来给你们调解的。我看出来了，嫁妆我必须得出，如若不然，这位先生一年之内就能让我光脚丫子。所以，他可以凭自己意愿娶你们其中任意一位。

所有女人 我多么幸福！

博斯坦 先生，我该如何回报您的恩典？

松布尔 先生，等您完婚以后，别再做那些让我倾家荡产的散步就行。您选吧！

博斯坦 先生，点燃我内心火焰的美人，是令妹。

卡　佳 什么？不是我？

乌日玛 博斯坦！博斯坦！你是不是忘了我的名字？

格尔布拉 博斯坦，我的好人儿！你错啦，我不是他的妹妹！

博斯坦 我明白，尊贵的女士们，请接受我的敬意。

格尔布拉、乌日玛、卡佳 我不要敬意，我要爱情！

博斯坦 爱情？我只给普利亚达一人。

乌日玛 叛徒！你给我的情书上怎么说的？

卡　佳 你说你爱我。

格尔布拉 你给我也写情书了呢！

普利亚达 这是怎么回事？博斯坦！

博斯坦 情书我只给你一个人写过！信是谁给你们的？

三　人 （指普罗内尔）他给的！

普罗内尔 我给的？小姐太太们？分明是你们从我口袋里抢过去的，那些信是我写给伊兹韦达的！

松布尔 真是乱弹琴！博斯坦先生，行行好，赶紧和普利亚达完婚吧，只有这样才能治好几位女士的相思病。

普罗内尔 （对松布尔）先生，您行行好，把伊兹韦达许配给我吧！

松布尔 你同意吗，伊兹韦达？

伊兹韦达 我同意，老爷！

松布尔 对了，陶瓷盘子没碎吧？

伊兹韦达 没碎，老爷！（指着普罗内尔和博斯坦）这不是吗！

松布尔 这个小蹄子，竟敢骗我！普罗内尔，你要替我教训她。

普罗内尔 听见了吗，伊兹韦达。以后你可别往我房间里运陶瓷。

格尔布拉 我可真是，老母鸡掉进汤锅里！

乌日玛　竹篮打水一场空！

卡　佳　到头来全是空欢喜！

松布尔　（问格尔布拉等三人）好了，怎么样，你们同意吗？

格尔布拉等三人　同意，不然又能怎么样呢？

松布尔　我也同意。该来的爱情，挡也挡不住。

所有人

爱是心灵甜蜜的负担，
当它发生在对的时间；
可如果爱得不是时候，
就只能独饮爱的苦酒。

松布尔

妹妹我倒是愿意放手，
只是舍不得我的钱袋，
我形影不离的朋友，
如今只能和你们分开。
博斯坦，请爱惜钱袋，
它能让你忘掉悲哀，
钱袋是你的庇护者，
关键时刻破财免灾。

所有人

爱是心灵甜蜜的负担，
当它发生在对的时间；
可如果爱得不是时候，
就只能独饮爱的苦酒。

卡　佳

老人们都把爱情责怪，
但所有人都闹着恋爱，
为了什么，我也不懂，
只是我也渴望嫁人。
结婚，结婚，我要结婚！
（对松布尔）
为了熄灭我柔情的烈火，
赶紧给我找个如意郎君，
不然我就和情郎私奔！

所有人

爱是心灵甜蜜的负担，
当它发生在对的时间；
可如果爱得不是时候，
就只能独饮爱的苦酒。

格尔布拉和乌日玛

我们应该懂得自重，
这把年纪不该动情。
光阴似箭一去不返，
我们不再貌美年轻。
我们已经人老珠黄，
怎能责怪情郎薄情，
趁早抛弃爱的幻想，
让我们唱首歌儿听。

老年人莫要荒诞不经，
当心成为大家的笑柄。

所有人

爱是心灵甜蜜的负担，
当它发生在对的时间；
可如果爱得不是时候，
就只能独饮爱的苦酒。

（二人同时）

伊兹韦达	普罗内尔
我的情人，迷人的眼睛，	我的情人，迷人的眼睛，
你我订下海誓山盟。	你我订下海誓山盟。
真心实意至死不改，	真心实意至死不改，
激情似火永不消停。	激情似火永不消停。
如果你敢在我面前，	如果你敢对我不忠，
对别的女人抛媚眼，	在我背后偷奸养汉，
那你就是个王八蛋！	那我就跟你没个完！

所有人

爱是心灵甜蜜的负担，
当它发生在对的时间；
可如果爱得不是时候，
就只能独饮爱的苦酒。

（二人同时）

博斯坦

我们曾经哀愁苦痛，

如今终于收获了爱情。

有什么比爱情更甜蜜？

普利亚达，做我的妻！

欢乐如江河滔滔不绝，

我们的幸福胜过王爵！

普利亚达

我们曾经哀愁苦痛，

如今终于收获了爱情。

有什么比爱情更甜蜜？

今生今世永不分离！

欢乐如江河滔滔不绝，

我们的幸福胜过王爵！

所有人

爱是心灵甜蜜的负担，

当它发生在对的时间；

可如果爱得不是时候，

就只能独饮爱的苦酒。

（幕落·全剧终）

门厅文人[①]

三幕喜剧

|剧中人物|

◇**杜博沃伊**——伯爵

◇**钦仁多娃**——贵妇人，伯爵的情妇

◇**梅温采夫**——文人

◇**安德烈**——狙击骑兵，伯爵的亲兵

◇**达里娅**——钦仁多娃的女仆

故事发生在钦仁多娃夫人家的门厅。

① 此剧原题"Сочинитель в прихожей"，创作于 1786 年。1794 年刊登于《俄国剧院》(Российский Феатр) 第 41 卷。

第一幕

幕启，安德烈和梅温采夫上。安德烈走在前面，梅温采夫一手拿习作本，一手拿信跟在后面。

梅温采夫 我这封信想找机会呈给伯爵老爷，可是，听说他有点儿高不可攀？

安德烈 没错，老爷的确不容易接近。不过，还是有路子的。他爱上钦仁多娃夫人了，而钦仁多娃夫人呢，全听自己的女仆达里娅的，而达里娅的情人呢，就是在下我了。

梅温采夫 嗯，这个路子有点儿绕……

安德烈 咳，射程之内！

梅温采夫 您能帮我美言几句吧？

安德烈 当然，先生！我呢，也是粗通文墨，我知道，幸福源自不分贵贱的同情心。更何况，我头一回见您就觉得投缘！

梅温采夫 希望您家老爷也……

安德烈 咳，先生！老爷指不定多稀罕您哪！老爷自己也喜欢舞文弄墨。不过呢，有些事儿还是得嘱咐您——咱还是坐下聊吧！

门厅只有一个凳子，安德烈搬过来，梅温采夫以为是给自己的，行个礼伸手去接，结果安德烈把凳子撂下，径自坐了。

安德烈 别拘礼，先生！

梅温采夫　大人，伯爵他创作什么体裁?

安德烈　伯爵大人博览群书，从里面挑选自己喜欢的章节，再编成自己的作品。他可谓著作等身哪!

梅温采夫　那就是说，我并没有夸大其词。我还生怕伯爵把它看成阿谀奉承哪。

安德烈　不会，先生！您就可劲儿地夸他，他绝不生气！不过，您还是先给我看看您的信吧。

梅温采夫　（行礼）很乐意，请过目。

安德烈　还有剧本。

梅温采夫　（行礼）我的荣幸。

安德烈　（展开信读）“最最尊贵的伯爵……”称呼搞错啦!

梅温采夫　他难道不是伯爵吗?

安德烈　这您就不懂了吧，先生！对这些个大人哪，一定得捧着说。伯爵得说成侯爵，侯爵得说成公爵!

梅温采夫　多谢指教！我现在就改过来!

安德烈　我们再来看看剧本。（安德烈坐得笔直，将剧本放在膝头，当他指出什么问题的时候，梅温采夫就得弯下腰去贴近了看）先生，这是什么?

梅温采夫　这是“第八场”。

安德烈　写得咋样?

梅温采夫　哦！我如果说“写得很好”，那还是自谦呢!

安德烈　（翻）这个呢，先生?

梅温采夫　这是“第十场”。同样精彩。

安德烈　（翻）很好，先生，很好。这个呢?

梅温采夫　（兴奋地）这个？这是神来之笔！能让剧作家名声大噪！让观众把手巴掌拍出茧子……这是第……多少场来着？

安德烈　我说先生，您怎么总是“场”啊“场”的，听着俗气，还是叫“章”，“第一章”“第二章”，多好！伯爵大人肯定喜欢。

梅温采夫　可是亚里士多德说……

安德烈　他是当代的吗？

梅温采夫　两千多年前……

安德烈　您看看，老古董了；那个时候还没咱狙击骑兵呢！现在早就进步啦！（远远看见达里娅）啊，是达里娅。我先去给您递个话，您先出去躲一会儿。

梅温采夫下，达里娅上。

达里娅　安德烈，夫人感谢伯爵送来的塔夫绸和写字台，还命我转告，她今天就不见伯爵了。你刚才跟谁说话呢？

安德烈　我的一个诗人朋友。他想给伯爵献上自己的作品，我想通过你搭个线。

达里娅　很好。他叫什么？

安德烈　他叫……叫……咳！管他呢，叫他诗人就行。

达里娅　你不是说是你朋友吗？

安德烈　朋友就得知道名字吗？算了，不说他啦！还是说咱们的事吧。达里娅，你家夫人怎么总不见我家老爷呢，我家老爷可没少往你家夫人身上砸钱哪！

达里娅　你胡说什么呀！你把我家夫人当成什么人了？她可是正派人，怎么可能收别人钱？我告诉你，我们一个铜子儿都没收过你家老爷的！

安德烈 没收钱，收东西了呀！塔夫绸啊、缎子啊、手表啊、戒指啊、耳环啊，值不少钱哪！

达里娅 你觉得你家老爷的爱情太破费了？

安德烈 约一次会就多一张欠条。

达里娅 可是，他不是会娶夫人吗？

安德烈 哈哈哈！我还会娶你呢！你家夫人和我家老爷，简直是天造地设的一对儿！你家夫人是最摩登的交际花，我家老爷呢，脑袋里……（*看见伯爵走过来*）倒了四瓶法国发蜡！

伯爵上。

伯　爵 你这是说谁呢？

安德烈 伯爵大人！我说，您为了见钦仁多娃夫人，往自己脑袋上倒了四瓶法国发蜡！

伯　爵 哈哈哈！有意思！“倒”发蜡！亏你想得出来！真不赖！我要把它流传开来！不说“涂”发蜡，而说“倒”发蜡！真有你的！给我一个拥抱，我的朋友！你不会相信，达里娅，我多么想向我们的语言中引入自创的摩登词汇，为了给香粉换个新名词，我都想了快一个月啦！

达里娅 老爷，这个说难也不难，比方说，这个怎么样——“脸上灰”？

伯　爵 “脸上灰”！不错！达里娅，你满可以当一个摩登词汇女专家。说起来，你家夫人呢？

达里娅 夫人今天不能见客。

伯　爵 又来！今天是怎么了？

达里娅 夫人今天偏头痛。

伯　爵　什么症状？

达里娅　头疼，说话、看人都费劲儿！

伯　爵　太好啦！简直完美！你知道的，我要的不是她的头；她不说话没关系，听我说就行；她不看我没关系，我看着她就行！对了，塔夫绸和写字台她觉得怎么样？

达里娅　她非常满意，只是呢，塔夫绸上有四五块污渍，写字台有个部件掉了，不过都没什么大碍。

伯　爵　你这个骗子！你不是说夫人偏头痛，看不清楚吗？这些东西可是刚送到的！

达里娅　啊，这个……老爷……偏头痛……它……我上哪儿知道去呢！我又没得过偏头痛！没准儿得了偏头痛只是不能看人，看污渍和桌子可以呢！

伯　爵　臭丫头！桌子能看，看我为什么不行？你去告诉她，就说我等着！

达里娅　是，老爷！（下）

伯　爵　安德烈，你给我看看，有没有哪儿不妥帖的？

安德烈　没有，伯爵大人！只是头上有点儿……我给您弄弄。

伯　爵　别动！一会儿再弄乱喽！你今天没去邮局？你知道的，我急着收到舅舅关于我的地产分配的来信。钦仁多娃夫人的家人不同意她嫁给我，除非我拿到地产证明。我想最近就把婚事办了。所以，我需要信！

安德烈　我去过了，大人，没有。

伯　爵　真是混蛋！没听我说吗，我需要信！

安德烈　伯爵大人，可邮局没有哇！难不成要我给您写一封！

伯　爵　笨蛋，总之，明天一定要把信给我！我呢，要证实自己的怀疑——我怀疑我的情妇不忠……

安德烈　为什么，伯爵大人？依我看，夫人是个专一的……

伯　爵　她是“一次性专一”。我的朋友，你知道什么叫“一次性专一”吗？

安德烈　不知道，伯爵大人！

伯　爵　“一次性专一”就是说女人虽然不会脚踩两条船，但是会经常换船。我不想让她换。你知道，现在有多少戴绿帽子的……

安德烈　大人，我觉得钦仁多娃夫人肯定会对您忠贞不渝；达里娅总是这么对我说，她对我同样是忠贞不渝的。

伯　爵　照实说了吧，我之所以不想戴绿帽子，完全出于我那强烈的，想要独一无二的愿望。

安德烈　伯爵大人！您本来就是独一无二的，不信您去问问那些债主，他们肯定能从一千个欠债者中间一眼把您给挑出来！

伯　爵　大人物永远与众不同！你知道吗，安德烈，我要给我的未婚妻送一颗两万块的钻石，结婚前送给她……你觉得怎么样？

安德烈　正该如此！以伯爵大人的身份，彩礼还能轻得了吗？

伯　爵　好极了！你这话像个哲学家。我只是奇怪，我送给她那么多东西，怎么在她家里一件儿都看不见呢？（看见达里娅）哟！美人儿回来了！

达里娅上。

伯　爵　怎样，我能觐见我的女神了吗？

达里娅　老爷，夫人让我回复您，请您再等上一个小时，她就能见您了。她还让我问问您关于那条钻石项链……

伯　爵　我现在就飞去钻石匠那里。我的美人儿，为了这样的好消息，请允许我亲吻你的脸颊。

达里娅　哎呀，伯爵老爷！

伯　爵　别扭扭捏捏的，难道你觉得，我爱着你家夫人，就不能亲你了吗？小傻瓜！咱们来亲一个。（闭眼去亲达里娅的脸，安德烈将自己的手放在达里娅的脸上，伯爵亲到了安德烈的手，睁眼，大怒）啊！你这混蛋！

安德烈　（跪下）大人！求您了！她是我的情人啊！

伯　爵　哈哈哈！真是天真！我的朋友，你难道觉得你有权……

安德烈　我错了，伯爵大人，但我就是受不了别人亲她。我希望，等您和夫人完婚之后，也允许我们结婚；伯爵大人如此仁慈，宽宏大量……

伯　爵　（给安德烈一些钱）喏，拿着，算补偿你的。跟我走，我必须立马去找钻石匠。（下）

安德烈　（对达里娅）瞧见没，达里娅！老爷亲了我的手，还得给我赏钱！瞧咱这差事当的！（跑下）

达里娅　要是伯爵跟太太结了婚，不到一年就得把家产挥霍光喽！不过，管他呢，老话说得好：老爷吃肉，下人喝汤……咦，那是谁？哦，对了，是那个诗人。他看上去很失落！

梅温采夫上，手里的习作本皱皱巴巴，满脸绝望。

梅温采夫　真是见鬼！干什么什么完蛋！什么都干不成！

达里娅　您这是怎么啦，先生？

梅温采夫　是这么回事，小姐。我本来想向伯爵大人呈上我的作品，我看见他奔向自己的马车，就跑过去鞠躬，可他头也没回就坐进马车里去了，我急忙把本子递过去，结果一下子掉在车轱辘下面，整个儿被碾烂啦！把我肠子都悔青啦，比从我肚子上碾过去还难受！

达里娅 没事，伯爵大人一会儿还回来呢，您还能见着他呢。

梅温采夫 可是本子已经不成样子啦……

达里娅 不碍事，我用烙铁给您熨熨就成。

梅温采夫 （喜出望外）您能把它弄好，小姐？

达里娅 这不算事儿。我马上就要熨头巾了，正好一起。

梅温采夫 跟您的头巾一起？真是太好啦！只是，您不会把它烧煳了吧？

达里娅 不会，我把它放在头巾下面。

梅温采夫 放在头巾下面？您真是太好啦！哦，小姐！我……

达里娅 怎么了，先生？

梅温采夫 我，小姐……

达里娅 嗯？

梅温采夫 我，我已经爱上您了！

达里娅 什么，您疯了吗？

梅温采夫 我是认真的。

达里娅 好嘛！我可不信！

梅温采夫 为什么呢？

达里娅 我听说，你们这些诗人，除了自己，谁都不爱！

梅温采夫 我从前的确谁都不爱；可如今，您的倩影已经深深刻入我的脑海。

达里娅 千万别，先生！您脑子里那么多墨水，肯定会把我的倩影弄脏的。

梅温采夫　您可真尖刻！但我发誓，我会非常非常爱您！

达里娅　先生，我甚至都不知道您是谁！

梅温采夫　小姐，我是九位缪斯女神的宠儿。

达里娅　哟，九位——不少哇！缪斯女神是谁？

梅温采夫　她们是最美丽的仙女，和您一样；她们教我创作。

达里娅　啊，先生！您爱上我也是为了教您创作喽？那我可得告诉您，我大字不识一个，您的习作本我也就只能帮忙熨熨，要我看我可看不懂。

梅温采夫　（暗自）多么天真无邪！多么可爱迷人！这才是黄金时代的女性！（对达里娅）小姐，我不需要您教，您的爱能赐予我灵感。

达里娅　请问您是几品呢？

梅温采夫　我有佩剑特权。

达里娅　真的吗？先生？哦，那您就拥有爱我的特权；不过，先生，我对名分十分在意。

梅温采夫　哦，小姐，我可以娶您！

达里娅　我也愿意嫁给您！啊，我们如此情投意合！不过，先让我为您效劳，我去弄您的习作本。

梅温采夫　谢谢您，小姐！

达里娅　（返回）啊，先生，我忘了跟您说，咱俩的事先别声张，您有一个情敌，他可能会打乱您的计划。

梅温采夫　您爱他吗？

达里娅　没有爱到那种程度……

梅温采夫　那就不必担心，我能一口气给他写二十首讽刺诗，谁叫咱是诗人呢？

达里娅欢欢喜喜拿着习作本下。

梅温采夫　（自言自语）衣着漂亮，举止优雅，谈吐动人！肯定是这家的小姐！……哦！我幻想的马上就要实现了！——我要把伯爵和他的情人一块儿套牢！以我的锋芒，再加上伯爵的庇护，肯定连鬼见了我都得绕道走！

（幕落）

第二幕

幕启，钦仁多娃在房间里踱步，达里娅拿着习作本跟在后面。

钦仁多娃 伯爵真是烦死了！在我所有的情人当中，他是最无趣的一个。达里娅，你查一查，富尔布仁先生和赖库利大人什么时候来，——他们两个我一辈子都不会腻烦。

达里娅 （翻开登记簿）富尔布仁先生周三上午十点；赖库利大人周六下午四点。

钦仁多娃 好极了。你难道不觉得，我是一个聪明绝顶的女人吗？这样的本子可不是谁都有的！多亏了这个本子，现在伯爵都为我痴狂啦。

达里娅 没说的，夫人，您简直无与伦比。谁能这么精于算计呢？

钦仁多娃 很多女人哪，就是因为不会安排，才经常慌乱。在这个本子里还记着谁送了什么礼物……说起礼物来了，你会算术吗？

达里娅 只会加法，夫人！

钦仁多娃 会加法就够了。你算算，我这个月收了多少礼，这样我的婚礼就有个数了。

达里娅 夫人，我也打算请您准婚。

钦仁多娃 和谁？

达里娅 就是那个诗人。您不知道，他有多么爱我！

钦仁多娃 哈哈哈！诗人娶女仆——这是违背社交法则的。

达里娅 爱情和金钱混在一起，还谈什么法则呢，夫人！

钦仁多娃 把他给我带进来吧！

达里娅下。

钦仁多娃 （自言自语）说良心话，像伯爵这样的金龟婿，我这样的女人确实不容易钓到。可是呢，爱情和心机能创造奇迹，既如此，我为什么不好好利用呢，如今整个上流社会都是如此！

梅温采夫神情窘迫地上。

梅温采夫 尊贵的夫人，我，很荣幸……能受到……您的接见，我想请求您……请您……如果您……（行礼）

钦仁多娃 当然，请我为您引荐伯爵大人。请您放心，我一定对伯爵大人说。我为诗歌而痴狂，单凭这一点难道还不足以证明我是一位出色的女性吗？

梅温采夫 当然，尊贵的夫人！对诗歌的喜爱是一种天赋，上天只赐予优选之人，而您正在其中之列。

钦仁多娃 您创作哪种体裁？

梅温采夫 尊贵的夫人，渊博的头脑和炽热的想象力从不拘囿于某一种体裁；我对任何一种体裁都驾轻就熟，炉火纯青，登峰造极。（钦仁多娃没有听他的，走到镜子面前，开始哼哼咏叹调，而梅温采夫自顾自地继续）我写悲剧、喜剧、长诗……（发现夫人没听他的）夫人……

钦仁多娃 很好，先生，您继续，我听着呢！

梅温采夫 （走近她，对着耳朵喊）尊贵的夫人，我写长诗、回旋诗、叙事诗（她走到舞台另一侧，他追到另一侧），还有十四行诗、讽刺诗（她走开，他追着）、书信、小说（把她拦住），还有，夫人……

钦仁多娃 够啦，够啦，先生，够多了。

梅温采夫 还没呢，尊贵的夫人，我还会写赞美诗。

钦仁多娃 啊！先生，您能不能写一首赞美诗送给……

梅温采夫 乐意效劳，您只需要告诉我他的优点就行，需要我献给谁？

钦仁多娃 我的狗。

梅温采夫 咳，尊贵的夫人！与其给狗写，还不如给您写哪！

钦仁多娃 您可以赞美狗的美丽、忠诚、活泼、温顺……

梅温采夫 这些品质您全具备，请相信，尊贵的夫人，我一定写一首超赞的赞美诗来赞美您的优点。

钦仁多娃 呶，既然您不想赞美狗，那您就赞美我吧——只是因为，我实在是一个诗歌迷，说来不怕您笑话，我自己还想学习作诗哪！

梅温采夫 尊敬的夫人，您具备作诗所需要的最重要的东西——兴趣。请相信我，什么都不需要，光凭兴趣，您就能作出好多诗来。

钦仁多娃 我希望的就是这样，只是我不懂规则。

梅温采夫 咳，夫人！规则是小事！您相信吗，我什么规则都不用，就写了六大卷。

钦仁多娃 多么炽热的想象力！您写诗大概很快吧？

梅温采夫 我嘛，夫人，一晚上能写六百首。

钦仁多娃 真的吗？那您现在就给我写几首短诗如何？我吩咐人搬桌子，拿笔墨。

梅温采夫 现在？……现在也未尝不可，但也不必急于一时。

钦仁多娃 来嘛，就现在吧！来人！（达里娅走进来）搬张桌子，准备墨水和纸……您需要多少张？

梅温采夫 您想要长诗还是短诗?

钦仁多娃 十二行的。

梅温采夫 那四十九张就够。

钦仁多娃 来四打。

达里娅下。

梅温采夫 这位姑娘难道是女仆吗?夫人?

钦仁多娃 是的。您喜欢的话,我就把她许配给您。伯爵和我都很喜欢她,这样一来您也是自己人了。

梅温采夫 (暗自)看走眼了!(对夫人)不行,尊贵的夫人,我不想跟她结婚,请原谅!……我根本不想结婚。

钦仁多娃 怎么?您不是自己说要娶她的吗?

梅温采夫 是吗?……没有,夫人,她在撒谎。撒谎的人怎么能做阿波罗的伴侣呢?

钦仁多娃 这个小蹄子!喏,这是书桌,我出去,省得打搅您。(下)

梅温采夫 (边构思边走来走去)见鬼!一点儿头绪都没有,她要是让我给她写讽刺诗,我张嘴就来;写赞美诗,可真是不知道从何下笔……嗯……有了!“美丽的美好,最美的美丽/的美好。将开放、成熟、明亮集于一身/的美好。”太赞啦,诗歌天才梅温采夫!全城都写不出更好的来了。赶紧写下来……啊,已经开始忘却了……美丽的……

达里娅怒气冲冲跑上,朝梅温采夫肩膀打了一下,把他吓了一跳。

达里娅 我未来的夫君先生,我听说,你又不打算娶我了……

梅温采夫 谁?我?

达里娅 对,就是你!我可告诉你,本姑娘可不是好惹的,你娶也得娶,不娶也得娶!

梅温采夫　怎么呢?

达里娅　我告你去……

梅温采夫　（暗自）呀，完蛋了!（对达里娅）亲爱的，你告我什么呀?

达里娅　我告你跟我……

梅温采夫　上帝呀，你在说什么呀!

达里娅　本来就是，你跟我说好了要娶我的。

梅温采夫　（暗自）哦，吓死我了!（对达里娅）说好了也能改呀。

达里娅　要这么说，你也得不了好果子吃!我现在就去把我刚熨好的习作本撕个稀巴烂，再到伯爵那儿说上一堆你的坏话，让你不仅巴结不上伯爵，还得从这儿滚得远远的。

梅温采夫　我滚得远远的?

达里娅　你以为呢?你以为只有你们诗人能骂街?就算你会写讽刺诗，伯爵可是会放狗咬人。我现在就去!

梅温采夫　（着急）别，达里娅，等等!

达里娅　干吗，等着被你笑话?

梅温采夫　不是!请相信我，我想跟你和好。

达里娅　懒得理你。假如现在和好了，你能保证不再反悔了吗?

梅温采夫　我发誓。

达里娅　呸，刚才你还发誓了呢!想让我信你，你得跪下跟我起誓，和真正的情人一样。

梅温采夫　什么，让诗人下跪?

达里娅　那我现在就去撕本子!

梅温采夫　（忙不迭地）我跪，我跪!

达里娅　这还差不多！等等，我先坐好。

梅温采夫　（跪下）我对天地日月星辰起誓，我会娶你，会……嗯，满意了吧？

安德烈走进来，达里娅和梅温采夫没有察觉，继续谈话。

达里娅　眼下满意了。先生，你可记住了，我接受了你正式的起誓，现在再盖个章。

梅温采夫　盖什么章？

达里娅　亲我的手！

梅温采夫　哎呵！

达里娅　怎么？不亲就不算！

梅温采夫　（皱着眉头亲了一下，暗自）啐，真咸！

安德烈　好哇，你个女骗子！被我逮住了！你不是发誓对我永不变心吗？

达里娅　可现在有人对我发誓了。难道你想让我为了你放弃一切吗？

安德烈　不然你以为呢？我可告诉你，小贱人，你要爱我就好好爱，你要敢往门外边伸鼻子，我就给你打掉！

达里娅　野蛮！反正鼻子又不是脑袋，我呸！

安德烈　你给我记着，女骗子！

达里娅满不在乎地下。

安德烈　你这个写诗的，你到这儿来难道是钓别人马子来了？你知不知道，她已经被许配给我了？

梅温采夫　我钓她？上帝保佑！

安德烈　呵！刚才跪在她面前的不是你吗？你知不知道，聪明的脑袋瓜，我能让你这样跪一辈子？我不愿意有情敌，不管他是写诗的，还是剃头的。

梅温采夫　（暗自）我真是老鼠钻进风箱里——两头受气！可是呢，不能输了志气……（高声地）听着，先生，请不要妨碍我写诗。

安德烈　鬼才妨碍你呢！可你为什么妨碍我恋爱？

梅温采夫　我对你无可奉告！你知道吗，我可是在给钦仁多娃夫人写赞美诗。

安德烈　我现在往你的脊梁骨上也写上一首。

梅温采夫　不要胡闹！你可知道，现在我脑袋里有九位缪斯，外加阿波罗！

安德烈　听着，诗人先生，如果你现在不自己乖乖走出去，我就用大棒子把你轰出去，连同你那些个穷酸朋友！

梅温采夫　安德烈，我要向伯爵大人和夫人状告你！

安德烈　哼，我拿一只手套赌你的脑袋：今后你再也见不着他们啦，我让你连大门都进不来！

梅温采夫　朋友，那我就走到街上，在夫人的窗前告你的状！

安德烈　你难道忘了，我们住的是四楼！

梅温采夫　你觉得我是哑巴吗？感谢上天，我这嗓门能盖过一打人去。我走到街上，站在窗下扯着嗓子喊：尊贵的夫人，（梅温采夫仰着脖子喊叫，安德烈把他架起来往外带）为了给您写十二行诗，我备了四十八张纸，已经用了一半。我在您的门厅里写诗，可是狙击骑兵安德烈给我捣乱，莫名其妙地把我轰到街上来了，在我想象力最炽热的时候。

安德烈　得了，得了，别喊了！见鬼去吧！怎么遇见这么个对手！

梅温采夫大喊大叫着跑下，与上场的伯爵撞个满怀。

伯　爵　安德烈！这个人怎么回事？

安德烈　他呀，是个诗疯子。您受惊了……

伯　爵　原来是个诗人。他刚才也追我来着，我还以为是哪个债主，就赶紧躲进马车里了。你瞧，我给未婚妻带来了多美的项链！

安德烈　您要跟她结婚，大人？

伯　爵　你不是都知道了吗。

安德烈　不过，伯爵大人，在此之前，是不是应该先进行您的计划呀，验证她的忠贞？我在这儿经常见到一些可疑的人。

伯　爵　别瞎猜疑了，也许只是些熟人？

安德烈　什么熟人啊！要只是熟人，那她为什么要瞒着您呢？

伯　爵　有道理，安德烈，我也这么想。不过……啊，她来了！让我们看看，她怎么对我。我可不想花钱养一个……你去吧！

安德烈　伯爵大人，您小心……

安德烈下。

钦仁多娃和达里娅上。

钦仁多娃　啊！伯爵！您回来啦！今天要是见不着您，我都要死掉啦！您一定不相信，我今天早上一直在用纸牌给您算命哪！抱歉，我刚才没见您，我发誓，我偏头痛痛得厉害！

伯　爵　（暗自）看她能不能自圆其说。（对夫人）夫人，我出去只是为了向您再奉上一件小小的贡品——这条项链。虽然它没有资格装饰您迷人的胸脯，但看在我一片热忱的分上，请您戴上它。

钦仁多娃　伯爵，您让我脸红啦。但是我爱您，也接受您的礼物……您的地产有消息了吗？

伯　爵　今天来信说地产证明很快就到。怎样，夫人，这下我们可以举办婚礼了吧？

钦仁多娃　只要我的家人同意，我全听您安排。还是到我房间来吧，站在这儿，好像一个送信的。

伯　爵　我的确挺像一个送信的，夫人！不过，我听您的。

钦仁多娃　您先去，我马上来。我有句话交代达里娅，跟您也有关系。

伯　爵　那我就让你们单独聊，我可不想提前获知你们的秘密。（下）

钦仁多娃　在我和伯爵结婚之前，你最好把安德烈给稳住。你不知道，如今这些个笨蛋老爷，听亲兵的话胜过自己的爹妈。

达里娅　可是安德烈已经气急败坏了，我要跟他待在一个屋，非打起来不可。

钦仁多娃　不会，你哄哄他嘛！

达里娅　可那个诗人怎么办呢，我非常想嫁给他。

钦仁多娃　没问题。这些个穷酸文人，只要一见着金子，肯定乐意娶你……

达里娅　啊，那好吧，我来对付安德烈。

钦仁多娃　回见。我的伯爵肯定已经等得不耐烦了。（下）

达里娅　要是能当上诗人太太，该有多美！凭良心说，我对太太的忠心也值得上这样的恩典。我帮她一起骗过的男人哪，肯定比我未来的丈夫写过的诗都多；可要说到夫人被男人骗，那里头肯定没我。

安德烈上。

安德烈　怎么，女骗子，你现在还有脸见我啊？

达里娅　怎么了？

安德烈　呵！真会装无辜！跟没事人一样！还是说，这些事对你是家常便饭，你忘了我为什么生气了？

达里娅 哈哈哈！不过是一个写诗的，你还真吃醋啦？

安德烈 你还想抵赖！这难道还不算不忠吗？

达里娅 傻瓜！告诉你，是他自己爱我爱得发疯，非要向我表白，我只不过是耍着他玩呢！难道你真的以为，我会拿狙击骑兵换一个写诗的？

安德烈 当然不是，你不至于那么没品位……那么说，我的美人，你对我是真心的？

达里娅 那还用说！

安德烈 咳！我真傻，白生一肚子气！哈哈哈！竟然会跟一个写诗的争风吃醋！

达里娅 今后你可长点儿心吧！我们还是到我房间去吧。**（二人同下）**

（幕落）

第三幕

幕启，梅温采夫正在向钦仁多娃展示他的献诗。

梅温采夫 夫人，这才是配得上您的诗！

钦仁多娃 您让我受宠若惊！我保证，伯爵一来，我就举荐您。您赶紧给我读读。

梅温采夫 您听好——

风用风把风吹跑，
倒的正来正的倒。
时间是把杀猪刀，
唯独对您微微笑。
即便再活一百年，
您比花儿更娇艳。
您的美貌千人醉，
您的芳名万年传。
您是不灭的太阳，
您是不落的月亮。
您的智慧世无双，
叫人如何去猜想。

钦仁多娃 好极啦！先生，尤其是最后一句，简直是神来之笔。

梅温采夫 英雄所见略同，尊贵的夫人！

钦仁多娃 您就在这儿等伯爵吧。他很快就来了。而且呢，今天我们就结婚了，明天就出城去了。

梅温采夫 我今天就献。

钦仁多娃 还有，请容我问一句，您为什么不肯娶达里娅呢？您要知道，我很宠她。我宠她，就是伯爵宠她。您不知道，自己拒绝了怎样的幸福！您是诗人，您难道不知道，爱不分尊卑贵贱吗？

梅温采夫 咳，夫人，您说的那是黄金时代，为爱结合的年代。如今……

钦仁多娃 如今为的是利，我明白。娶了她，我保您获利。

梅温采夫 获什么利呢，夫人？

钦仁多娃 跟大家一样，您好好看看如今的上流社会就明白了。更何况，是我求您这么做呢……

梅温采夫 夫人，只要您高兴，我什么都答应。

钦仁多娃 我和伯爵会记着的。请再稍等，我想伯爵应该快来了，我去把您的未婚妻叫来。（下）

梅温采夫 真是鬼催的，让这个可恶的小妞爱上我！可是有什么法子呢！……等着吧，等我得偿所愿，我非得让你们知道知道，逼着诗人娶女仆是什么后果！

达里娅上。

达里娅 亲爱的，你想什么呢？我想啊，你脑袋里的新鲜事肯定比全城人都多；不过，这不碍事，我慢慢地就让你顾不上想事情啦。

梅温采夫 为什么？

达里娅 因为我喜欢快活的情人，而不是沉闷的丈夫。

梅温采夫 你知不知道，人跟牲口的区别就在于思考……

达里娅 光会思考能成人吗？你看看如今那些个年轻先生，有谁思考过？他们以思考为耻，永远快快乐乐，彬彬有礼，温柔体贴，我要把你改造成这样的丈夫。

梅温采夫 我怎么可能跟那些个轻浮浪子为伍？

达里娅 全交给我吧。你可当心，你有一个情敌。他很快就来了，你一定要表现得非常非常爱我。这对夫人和你我都好，至于原因我回头再跟你解释。趁他还没来，我们还有时间说会儿话。

梅温采夫 随便。要不然我给你讲讲荷马的七个出生地之争以及我对荷马出生地的考证？

达里娅 说吧，我听着。

梅温采夫 首先，荷马出生在……在……哪儿来着，那个地名总记不住……我们还是讲点儿别的吧。

达里娅 好啊。比方说，你给我讲讲，是谁吃饱了撑的没事干想出来要写诗的，还把它们装进人们脑子里，让世界上的书越印越多？

梅温采夫 这个……你等我回头查查我的学术笔记。达里娅，你知道我有多少藏书吗？

达里娅 真的吗，太好了！等我们一结婚，这些书就派上大用场啦！

梅温采夫 那是当然，你可以从书里明白自己的职责所在；从古代圣贤的训诫当中，你能够学会一切妻子的美德，总之，我的丰富藏书能把你调教成完美的妻子。

达里娅 我早就完美啦。你的书够烧几个月的？

梅温采夫 烧？

达里娅 对呀！你那些书可以用来烧壁炉，省着劈柴烧大炉子。

梅温采夫 什么！你想把我的书给烧了？你知不知道，里面有苏格拉底、柏拉图、亚里士多德、赛内卡等。

达里娅 难道是写在石头上的？

梅温采夫 不是，写在纸上的。

达里娅 那不得了，说了半天还不是一样好烧。

梅温采夫 真是愚昧无知！苏格拉底、柏拉图、亚里士多德、赛内卡乃大学者、伟丈夫，岂可亵渎？

达里娅 照我说，这帮人跟你这样的傻瓜结交就是为了蹭上门来喝个臭醉。我丑话可说在前头，你要是敢把他们给我往家里带，我就把你们的眼珠子都给挖出来。

梅温采夫 哦，天啊！我可怎么活呀！

达里娅 哦，安德烈来了。亲爱的，记住我跟你说的。你要装作很爱我的样子，不然有你受的！

安德烈上。

安德烈 你们好哇，我的朋友！梅温采夫先生！你好！让我们和好吧！

梅温采夫 （*悄声对安德烈*）听着，你要是愿意，就把她要回去，我让给你。

安德烈 （*暗自*）搞什么鬼？他并不爱她。（*对达里娅*）你的新欢爱你吗？

达里娅 你爱我吗，先生？（*悄声对梅温采夫*）小心着点儿！

梅温采夫 啊，我的公主！我全身心地爱你！你想不想让我发誓，全世界我就爱你一个人。

达里娅 （对安德烈）看见了吧，他已经为爱痴狂了。（对梅温采夫）可是，先生，你用什么证明你的爱？

梅温采夫 （皱着眉头吻她的手）你难道还不相信？

安德烈 （暗自）见鬼！一会儿爱一会儿不爱的，把我都给搞糊涂了。（对梅温采夫）你到底爱不爱她？

梅温采夫 （低声对安德烈）不爱！所以才烦哪！求你了，让她重新爱上你吧。我保证，给你写一首五十二行颂歌。

安德烈 （低声对达里娅）我算明白了，是你爱他，你这骗子！

达里娅 怎么可能，不信我现在就证明给你看。——听着，先生，我不能爱你，实话实说，我爱的是安德烈。

梅温采夫 （站起身）啊，那我……（看见达里娅悄悄做了一个威胁的手势，重新跪下，高喊）哦，天哪！我听到了什么！这是真的吗？你不爱我！我死了算了！（猛然站起，达里娅把他按住）

达里娅 啊，先生，等等！

梅温采夫 （暗自）说实话，真想抹脖子，因为苦恼，而不是爱。（低声对达里娅）达里娅，我快要倒了，撑不住了。

达里娅 （高声）先生，请站起来，我可怜你。

梅温采夫 （暗自）我自己都觉得可怜！（低声对安德烈）求你啦，赶紧出手吧。你一言不发，已经将她俘获，你随便说句什么，她就乖乖跟你走啦！

安德烈 咳！我受够了！（抓住梅温采夫的领口和达里娅的袖口）听着，先生小姐，赶紧从实招来！不然，我把你们两个像花盆一样碰个碎！

达里娅 哎呀，安德烈！你干吗呀！

安德烈 告诉你们，别耍花样！达里娅，你先来。跟我说实话，你爱他吗？

达里娅 （高声）你知道的，我不爱。

安德烈 你呢，先生，爱她吗？说！

梅温采夫 哎！当然，爱！（低声对安德烈）我发誓，我恨死这个泼妇啦！

安德烈 你们两个简直该死！

钦仁多娃上。

钦仁多娃 安德烈，你干吗呢？

安德烈 哦，夫人，我审问他们半天了，也没问个明白。

梅温采夫 如此对待诗人，简直该死！

达里娅 夫人，我的忍耐到极限啦！

安德烈 我也是。

梅温采夫 尊贵的夫人，我也是！

钦仁多娃 到此为止，都别闹啦！安德烈，伯爵大人快来了吗？

安德烈 他应该就在我后边，坐着豪华马车，打算跟您去举办婚礼，派我先来通知您。

钦仁多娃 你到楼下去盯着，看见伯爵赶紧报告。等着吧，我一嫁给伯爵，达里娅就是你的了。

达里娅 我愿意。

梅温采夫 （暗自）这个达里娅真的是谁都愿嫁！

安德烈 遵命，夫人！（暗自）鬼知道是怎么一回事！（下）

钦仁多娃 伯爵已经在路上了，我也在准备婚礼了。你无法相信，达里娅，这个新的身份让我多么不安！

达里娅　咳！夫人，这些事以后再想，现在应该高兴才对！

梅温采夫　若您允许，夫人，我可以作一首二十四行叙事长诗，将它献给您聊表贺意。我要描写忠诚、爱情、愿望、分别的忧愁、您的美德以及被您拒绝的情人的痛苦。

钦仁多娃　很好，先生，伯爵一定会重赏您的。至于我，我得坦承，非常希望献给我的颂歌能传之后世。

达里娅　夫人，我的丈夫是不是个宝哇？

钦仁多娃　哦！达里娅，你本人也是出自书香门第呀！

安德烈上。

安德烈　伯爵车驾到了，夫人！

梅温采夫　（不知所措）尊贵的夫人，请准许我向伯爵献上诗作。

钦仁多娃　很好。

达里娅　在我那儿。我现在就拿过来，只是，先生，你得说话算话。

梅温采夫　我再给你跪一次都成！快去吧！

达里娅跑下。

伯爵上。

伯　爵　夫人，一切就绪。地产证明到了，我来接您去教堂。

钦仁多娃　现在？您可真是猴儿急，伯爵！

伯　爵　没错！这不正是我爱的标志吗，夫人！您相信吗，爱的煎熬已经让我不知道是死是活啦。

钦仁多娃　您活得好好的哪！您瞅瞅，您穿得多漂亮，死人能有这么漂亮吗？

达里娅急上，把一个本子交给梅温采夫，梅温采夫连看也没看地接过来，跑到伯爵跟前，递上信和笔记本。

伯　爵　（上下打量梅温采夫）这是谁，夫人？

钦仁多娃　一位诗人，自己的诗作想请您指正。

梅温采夫　请您赏眼一观，伯爵大人！

伯　爵　嗯！谈吐不凡，我敢保证，他的作品一定很不错。（打开本子，走到一旁，低声读）《追求者约会日程表及送礼记录簿》！天啊！这是什么呀！

钦仁多娃　（在一旁纳闷）怎么回事？伯爵为什么看上去这么生气？

梅温采夫　这就对了，夫人！身为作家，最重要的才华和职责就是煽风点火，如您所见，我在这方面可是炉火纯青！伯爵大人刚开始读就已经激起了愤怒的火焰，我敢打赌，等他读完，一定会忍耐不住喊叫起来。

伯　爵　（低声）岂有此理！我被耍得团团转！究竟有多少情夫……根本数不过来！（低声读）包税人杜兹达周四晚餐前来；梅尔德大尉下午一点；商人富尔布仁两点；书记官赖库利三点……我可真是谋了个好差事！（继续低声读）

梅温采夫　他的怒火愈演愈烈！多么喜人的景象！夫人，连我自己都没想到效果竟如此之好！

钦仁多娃　你们诗人个个都有这本事吗？

梅温采夫　怎么可能！夫人，这种才华凤毛麟角，必须勤学苦练方能达到。

伯　爵　（低声咒骂）水性杨花的女人！

钦仁多娃　好极了！（走近伯爵）这作品不错吧，亲爱的？

伯　爵　好极了！

钦仁多娃　作者的想象力炽热吗？

伯　爵　如火如荼！一共四十四个情人，每个星期逐个约会一遍！你看看，寡廉鲜耻的女人，这是不是你的杰作？

钦仁多娃　（看见自己的本子）啊！这怎么回事？达里娅！

达里娅　（暗叫）见鬼！

梅温采夫　怎么啦，达里娅？

达里娅　我拿错本子啦，你交给伯爵的那个，是夫人的情夫记录簿！

伯　爵　我的美人儿，你去骗别的傻瓜吧，我祝你幸福，只是呢，以后要把自己的本子藏好！我们走，安德烈！（下）

安德烈　遵命，伯爵大人！（对达里娅）再见吧，美人儿。我的工作是驯狗咬人，可跟你在一块儿呢，我自己恐怕要被狗咬。你娶她吧，诗人先生！如果你给来这里的每位客人都献一首诗，那你肯定饿不着。（下）

钦仁多娃　哎！达里娅，你可把我坑惨啦！你的罪过不可饶恕！快给我拿巧克力，我要回房间休息，偏头痛又犯啦！（下）

达里娅　遵命，夫人！

梅温采夫　把我的本子还我，咱们也拜拜吧！等我回去，要把你们狠狠地讽刺一回。

达里娅　啊，诗人先生！你不是以自己的良心和美德发誓要娶我的吗？

梅温采夫　那个不算数，我又没向诗神发誓！

（幕落·全剧终）

美洲人[①]

三幕喜歌剧

在巴那斯山上，和在讲坛上一样，不仅要给人教诲，而且要令人愉悦。

——让·巴蒂斯特·卢梭[②]

剧中人物

◇**古斯曼**——西班牙大将军

◇**叶丽维拉**——古斯曼的妹妹

◇**佛列特**——新移民的西班牙人

◇**阿采木**——美洲部落酋长

◇**齐玛拉**——阿采木的大妹，古斯曼的情妇

◇**索列塔**——阿采木的小妹，佛列特的情妇

◇**菲尔吉南特**——古斯曼的下属

---

① 《美洲人》创作于 1786 年，因克雷洛夫与克尼亚日宁的冲突而被长期搁置，1800 年 **А. И.** 克鲁什受剧院领导委托对剧本进行改写，仅保留了原作的诗体部分。修改后的剧本于 1801 年上演。

② 17 世纪法国抒情诗人、戏剧家。

◇**西班牙士兵数人**

◇**美洲士兵数人**

◇**美洲女人数人**

故事发生在美洲。

第一幕

舞台布景为荒野；一面高山，一面森林，远景处可见美洲人的窝棚。幕启，古斯曼和佛列特在寻找齐玛拉和索列塔，而她们躲在灌木丛后。

古斯曼

她们肯定到这儿来过，
我们要找到她们，佛列特！

佛列特

我看她们根本不在这里，
找来找去也是白费力气！

古斯曼

你是害怕了！

佛列特

我才不怕！

古斯曼

你我分开各找一边，
所有地方都要找遍！

佛列特

这样找人难比登天，
不如放开喉咙高喊。

古斯曼

齐玛拉！

佛列特

索列塔！

齐玛拉和索列塔 （在灌木丛中）

我看见了佛列特，

他身边是古斯曼。

（三组人同时）

古斯曼	佛列特	齐玛拉和索列塔
她们孤身二人，	我们孤身二人，	他们孤身二人，
迷失在莽莽密林，	闯入这莽莽深林，	来森林将我们找寻，
实在是让人担心。	实在是步步惊心。	我们得出去见他们。

齐玛拉和索列塔 （从灌木丛中走出）

我们在这儿！

就我们俩！

古斯曼

你们在这儿！

佛列特

这下不用再害怕。

所有人

离别多么煎熬，

重逢多么美好，

与你一刻春宵，

胜过一世无聊。

古斯曼 亲爱的齐玛拉，我来找你，有事跟你商量，为了我们共同的幸福。

齐玛拉 你说吧，我什么都听你的。

索列塔 我们美洲姑娘很爽快，不喜欢拖泥带水。

佛列特 我也一样，亲爱的索列塔！喜欢快刀斩乱麻！

齐玛拉 你想说什么？

佛列特 我们想让你们和我们一起离开这里，翻过这座山，两百米外有一个村子。

古斯曼 从那里再前往马德里。我接到了命令，要返回首都。至于我那被土著劫走的妹妹，我已经完全失去了找回她的信心。齐玛拉，亲爱的，跟我离开这野蛮的美洲，去往美好的马德里吧！

佛列特 对，跟我们走吧，我的美人！你们会迷倒众人，给我们脸上贴金。

齐玛拉 为什么要去那么远的地方呢？你们留下来不是更好吗？

索列塔 我们的人会把你们当成亲兄弟。

古斯曼 不行。我们曾经发誓，要返回祖国。

索列塔 不是有十五个西班牙人留下了吗？

佛列特 因为他们没有荣誉感。谈到荣誉感，古今中外的哲学家无不推崇。所谓荣誉感，就是要……

古斯曼 佛列特！欧洲人都搞不懂的事情，你跟美洲人……

佛列特 我的职责就是要给这里带来文明！

索列塔 还是你们留下来吧！佛列特！

我们永远不分开，

没有烦恼乐开怀。

一天到晚在一起，

相亲相爱多甜蜜。

如果天上出太阳，

我们就把风景赏；

如果大雨从天降，

就往灌木丛里藏；

要想打猎进山林，

要想捕鱼有河塘。

每时每刻好时光，

一天好比一年长。

齐玛拉 你们那儿的生活有这么快活吗？

佛列特 快活！简直快活死了！那里有吃不尽的美味佳肴，接连不断的舞会聚会，还有温柔体贴的情人，永远迷人的财富、官衔……

齐玛拉 管弦？管弦是什么东西？

佛列特 官衔，官衔好比糖果。只能小口小口舔，一不小心就能把舌头吞进去。

索列塔 你也有官衔吗？

佛列特 当然，你忘了吗，我可是佛列特大人！

齐玛拉 古斯曼！如果你喜欢财富，这里有的是；如果你没有官衔活不下去，那你让人从马德里运一批过来不就得了？

古斯曼 你的天真让我吃惊，亲爱的齐玛拉！官衔可不是用来运的。

索列塔 怎么不能呢？我听说你们那儿的官衔不都是用来卖的吗？

古斯曼　光有钱还不行，齐玛拉，想要获得官衔还要有心机、胆量和知识。

齐玛拉　我明白了，你宁肯要官衔，也不要我，对吧？那就再见吧！（气冲冲下）

古斯曼　等等，别这么狠心！

佛列特　“狠心”这个词还是留给西班牙女人吧。形容美洲女人，那得是“天真”“结实”“丰满”。

古斯曼　我听到喧哗声——是美洲人！我把大部分士兵都派出去搜索她们了，我们的村庄没人守卫。我得赶回去。佛列特！你留在这儿说服索列塔，让她跟齐玛拉到我们村庄来；其他的再从长计议。（急下）

佛列特　（暗自）要能把索列塔给骗回去，那我可真是捡到宝了。这样的美人儿到了欧洲，可不仅仅是妻子，而是一座大金矿！

索列塔　（暗自）我要说服他留下来。（对佛列特）你爱我吗？

佛列特　索列塔什卡！我爱你，发了疯地爱，没有脑子地爱……

索列塔　那你就留下来！

佛列特　跟你们那些野人在一起？那我还不得吓死！

索列塔　别怕！你很快就能赢得他们的尊重。

佛列特　可能吗？你们的部落还没开化，不懂得包装，智慧和勇气都得是真材实料，我上哪儿找去？

索列塔　我教你怎么融入我们。早起晚睡，打猎积极——就这！

佛列特　谢谢吧！这种生活我压根儿就没想过。我可是西班牙人，我就喜欢抄手坐着，坐一辈子！

索列塔　那你就找个机会杀死一头豹子或狮子。

佛列特　我？杀死豹子和狮子？算了吧！我国的法律禁止决斗，这是我最乐意遵守的一条。

索列塔 那你就在战场上奋勇杀敌。

佛列特 奋勇杀敌？如果敌人离我十万八千里，我很乐意；如果敌人就在眼皮子底下，我没兴趣。这是我的恩师，伟大的哲人扎帕托·佩德里罗·费尔迪南多的金玉良言！

索列塔 西班牙人好像没这么爱好和平吧。

佛列特 没错，我从前也很好斗！可是自打我上了大学，我的恩师，伟大的哲人扎帕托·佩德里罗·费尔迪南多对我说："我的朋友，要做一位智者！与其打人，不如被人打。"我从此谨遵教诲。

索列塔 不管怎么说，我的部落肯定会欢迎你的。

佛列特 哦！不，不！我绝不可能留在这里。打猎，跟狮子豹子打架——我可不成！还是你跟我回欧洲吧！亲爱的！

索列塔 你在这儿没事干，我去了那儿又能干什么呢？

佛列特 什么都不用干！

索列塔 什么都不干？那我还不无聊死？

佛列特 别说蠢话啦！等你习惯了犯懒和发呆，你就啥也再不想干啦！

索列塔 犯懒和发呆？我可不稀罕！

佛列特 一方水土一方人；在我们那儿，这是时尚。我们那儿的女人，就好比荷兰奶酪，漏洞越多，男人越爱。你跟齐玛拉可以先到我们的村庄去感受一下。要是你实在不喜欢，我们再商量。

索列塔 要是这么说，那好吧。我现在就去找齐玛拉。

佛列特 （害怕）你要把我一个人留在这儿？

索列塔 别怕，我马上回来。

佛列特　怕？谁怕了？我告诉你，我永远不会害怕——只要你们的野人离我远远的。

索列塔　你们欧洲男人哪，还不如我们美洲女人！

佛列特　可我们欧洲女人哪，比你们美洲男人还厉害！

索列塔下。

佛列特　（自言自语）话说回来，我感觉我回欧洲是白折腾。在这里，我能轻易蒙骗所有人，像骗傻瓜一样，在那儿呢，我自己像个傻瓜一样上当受骗。伟大的吾师扎帕托·佩德里罗·费尔迪南多不是说了吗，“与其被人骗，不如骗人”。

左思右想没个主意，
我到底应该怎么办？
跟索列塔留下来，
还是带她去欧洲？
咳，还有什么好想？
美洲的生活无忧无虑，
欧洲的生活昂贵无比。
等我好不容易回到故里，
被人戴绿帽子也保不齐。
索列塔早晚学会逢场作戏。
可按照西班牙的习气，
我非但不能生气，
还得沾沾自喜，
为的是妻子这么有魅力，
能让年轻的公子哥着迷。

戴绿帽子还不算，

我的钱财也难保全。

如果遇上骗子或法官，

他们会耍手段欺骗，

变着法地把我的钱鼓捣完，

让我变成个戴绿帽子的穷光蛋。

算了，我还是不回西班牙，

那里总是麻烦不断。

哎呀，天黑了！恐惧和懦弱分分钟击溃了我好不容易鼓起来的勇气。可别让美洲野人把我烤着吃喽！

齐玛拉走到佛列特身后，拍了一下他的肩膀，把他吓了一大跳。

佛列特 啊呀呀！——哦，是你呀！吓死我了！

齐玛拉 你怕什么呀，你不是带着枪呢吗？

佛列特 咳，人要是尿了，枪也不好使！

齐玛拉 索列塔叫我跟她一起去你们村庄，虽然我生了古斯曼的气，但我还是没办法拒绝他。

佛列特 像你这样的女人真是难找！

齐玛拉 你去跟他说，我们很快就来。只是现在不行，我哥哥跟着我呢。

佛列特 什么？他带着美洲人？完蛋了！我真恨不得长四条猞猁腿！这里一览无遗的，可往哪儿躲呢？还是西班牙好，躲起来保管找不到！

齐玛拉 你经常躲藏？

佛列特 那是！你知道的，我这人脾气暴躁，每次我跟人打架，总把人打趴下。所以伟大的吾师扎帕托·佩德里罗·费尔迪南多教导我说：“发怒要保持距离。”

齐玛拉 可是他就在跟前啦！

佛列特 跟前？你瞅着吧，我一生起气来，跑得比兔子还快！（没命地跑下）

齐玛拉 （自言自语）我感觉，我哥哥在严密地监视我。如果被他发现我爱上了西班牙男人！他恨他们，但他自己也爱着抢回来的那个西班牙女人——叶丽维拉。我原本也不喜欢西班牙人，可后来认识了古斯曼，我的心跳呀、跳呀，他是我爱的第一个男人，我爱他！

我今生今世永远爱他，
至死对他保持忠诚。
除非把我的心掏出来，
才能了断我的痴情。
是他让我爱上整个世界，
没有他，世界如此糟糕。
没有他，生活毫无乐趣，
没有他，周边全是烦恼。
有他在我身边，
什么都消失不见，
眼睛里只有他，
他就是我的天。

阿采木带着叶丽维拉上。

阿采木 忘掉恐惧，亲爱的叶丽维拉，你会发现，美洲男人的心比欧洲男人更温柔，更体贴，你会发现的——齐玛拉？你在这儿干什么？

你难道不知道，这片山后就是西班牙的村庄？（暗自）我现在越发怀疑了！

齐玛拉 知道。那又怎么样？

阿采木 你小心，别被我发现！

叶丽维拉 古斯曼！我的哥哥！我什么时候能再见到你？

齐玛拉 （暗自）啊，原来她就是古斯曼的妹妹！（对叶丽维拉）别哭了，叶丽维拉，你把我当姐姐吧！

阿采木 叶丽维拉！我希望你能忘了西班牙。我不像欧洲男人那么花言巧语，但是我有心，有灵魂，我愿意对你好！

亲爱的，跟我在一起，
你丝毫不用惊慌。
我会用钢铁一样的臂膀，
为你筑起结实的城墙。
我将是你忠实的仆人，
在我心中你至高无上。
我的部落都听命于你，
你是这里唯一的女王。

叶丽维拉 （对阿采木）我相信你。（转向一旁）我爱上了我的敌人，他的意志是我的法律。

索列塔跑上。

索列塔 （对齐玛拉耳语）他们很快就到！

阿采木 （对妹妹们）你们嘀咕什么呢？小心！美洲人爱起来有多么温柔，怒起来就有多么可怕！（对叶丽维拉）叶丽维拉！你的忧愁让我心痛！

叶丽维拉

让我如何不苦恼?
不哭泣，不煎熬?
在这广袤的美洲，
我的心失去自由。
我被你终身软禁，
再难和哥哥亲近。
我尽管并不后悔，
但安宁再难找回。

阿采木 时间会治愈你的悲伤。

索列塔 （低声对齐玛拉）我们带她去窝棚，跟哥哥说绝不离开；等哥哥一走，我们就带上她去找古斯曼!

齐玛拉 （低声）好！你什么时候变得这么狡猾啦!

索列塔 （低声）因为我认识了欧洲人啦!

阿采木 妹妹们！带叶丽维拉去窝棚吧！我去看看，防止西班牙人偷袭。（暗自）还得盯着你们!

众人分两边下场；场上灭灯。佛列特极度恐惧地上场。

佛列特 哎呀呀！黑得瘆人！（环顾）每棵树都像树妖！这样的黑夜，只有鬼才出来约会！深更半夜的，孤身一人在树妖、猛兽、美洲人中间穿行！哦！伟大的吾师扎帕托·佩德里罗·费尔迪南多！怪不得你教导我说，“恋爱和交战都要保持距离!”唉！有人吗？真要命！四周全是鬼哭狼嚎！全世界的树妖怕是都上这儿来了!

千万别让我撞见鬼，
否则会被撕成碎片。

浑身起了鸡皮疙瘩，

连个大气都不敢喘。

还是让我找个地方，

喝点儿烈酒壮壮胆。

（掏出一瓶酒，喝）

为了佛列特，干！

为了索列塔，干！

为了西班牙，干！

为了哲学，干！

还有齐玛拉、古斯曼！

俗话说酒壮尿人胆，

现在我可是胆大包天，

别说是区区小鬼儿，

哪怕是魔王撒旦。

只是脑袋昏昏沉沉，

四肢乏力睁不开眼。

（摸到一块石头，躺下）

别管他三七二十一，

先睡他个天昏地暗。

佛列特睡着，阿采木摸索着从另一侧上场。

阿采木 我的妹妹们出走了！该死的欧洲人！你们的手伸得太长了！我找找看，她们有没有在这儿？（撞到了佛列特）谁？

佛列特 （迷迷糊糊地坐起来）是我，索列塔！你的佛列特！

阿采木 （发怒）你是谁？

佛列特　我就是我呀！索列塔，快让我亲亲你的手！（亲阿采木的手）多么娇柔的小手啊！

阿采木　呸！混蛋，说！你怎么认识索列塔的？

佛列特　真是奇怪！你难道不是索列塔？

阿采木　当然不是，混蛋！

佛列特　既如此，那你就滚吧！

阿采木　我是她哥哥！我要教训你！

佛列特　别这么大火气嘛！哈哈哈，我真羡慕你有这么两个美人儿妹妹。跟我们去马德里吧，她们会给你带来荣华富贵的。

阿采木　你是个疯子！

佛列特　我可不是疯子，我是哲人，当代西班牙头号哲人！

阿采木　我忍无可忍！

佛列特　（走过去拥抱他）让我们和好吧，亲吻吧，亲爱的大舅哥！

阿采木　（击打佛列特头部）滚开！

佛列特　哎哟！这哪儿是人手啊，简直是熊掌！

阿采木　快说，我妹妹在哪儿？不说我打死你！

佛列特　（挣脱出去）见鬼去吧！算你走运，你打的是我这样的头号哲人，我的信条是“愤怒要保持距离”。（跑开）

阿采木　（寻找）你休想跑。

佛列特　（低声）我才不跑呢；我藏起来。（藏到灌木丛后面）

古斯曼摸索着上场。

古斯曼　（低声）佛列特！

佛列特　（低声）古斯曼！

齐玛拉和索列塔上场。

齐玛拉和索列塔　（低声）古斯曼！佛列特！

古斯曼和佛列特　（低声）齐玛拉！索列塔！

四人循着声音会合到一起。

（两组人同时）

阿采木（摸索着找人）

真是该死，这里漆黑一片，

连个鬼影都看不见！

让我抓住欧洲的混蛋，

我一定让他小命玩儿完！

古斯曼和佛列特

谢天谢地，这里漆黑一片，

连个鬼影都看不见！

千万别被美洲人找到，

否则小命就要玩儿完！

阿采木　（喊）

没良心的妹妹们！

我听到了你们的声音！

不管你们藏到哪里，

我都要把你们揪出来！

齐玛拉和索列塔　（低声）

听到这个可怕的声音，

我浑身变得冰冷，

吓得一点力气也没有，

古斯曼，快救救我们！

古斯曼

我会鼓起全部勇气，

让你们脱离恐惧。

我不会把你们交给蛮夷，

不让你们受一丁点儿委屈。

佛列特

我们不要和他斗气，

愤怒要保持距离。

我们神不知鬼不觉地溜走，

从树林里悄悄地逃出去。

四人绕过阿采木，蹑手蹑脚下。

阿采木

这里突然安静下来，

他们好像是逃了出去！

我要召集我的族人，

把他们全部抓回来！

可恶的西班牙人！你们偷走了我们的金子还不算，还想夺走我们最大的财富——纯贞和美德！我绝不会放过你们！

（幕落）

第二幕

舞台布景为古斯曼家的豪华房间。幕启，索列塔拽着佛列特的手跑上。

佛列特 要不是因为你，亲爱的，我早就把那些美洲野人的脑袋给拧下来了！

索列塔 吹牛！你刚才跑得比兔子还快哪！

佛列特 那当然！伟大的吾师扎帕托·佩德里罗·费尔迪南多说过："要跑，就不能让人追上。"

索列塔 你的扎帕托跟你一样是胆小鬼！你到现在还在发抖哪！

佛列特 我的发抖是出于愤怒，因为没有人可以搏斗！

索列塔 那你刚才怎么不跟我哥哥打呢？

佛列特 原因有二：第一，我不想伤到你的哥哥；第二，我的愤怒需要保持距离。

古斯曼和齐玛拉上。

齐玛拉 索列塔！佛列特！你们已经到了？刚才可真险，要不是古斯曼，我都快被吓死啦！

佛列特 索列塔也怕得要命，多亏了我的勇敢！

索列塔 （讽刺地）你可真勇敢！

佛列特 那是自然！

齐玛拉和索列塔一起坐到地板上。古斯曼和佛列特坐到圈椅上，跷着腿。

古斯曼　美人们！还是坐到这边来吧！

索列塔　佛列特，你倒是给我说说，马德里有什么好的？

佛列特　什么都好！女人，房子，最好的还是哲学！那里是智慧的殿堂。

齐玛拉　你们造这么高的窝棚干什么？

索列塔　就是，还造这么大！像我们那样的多好！

古斯曼　齐玛拉，你难道不喜欢这些画儿吗？

齐玛拉　不喜欢。这上面画的人啊，树啊，河啊，都是一个样；在我们的原野上，每天晚上的月亮都不一样。

索列塔　这些人画得挺不错的，但到底没活人好。跟活人在一起多有意思！

佛列特　没错，我的索列塔！伟大的吾师扎帕托·佩德里罗·费尔迪南多也这么说！作为当代西班牙头号哲人，我也喜欢活人胜过画上的。

索列塔　你们有很多画出来的女人吗？

佛列特　全马德里的女人都是画出来的！不画，谁敢出门见人呢！

齐玛拉　古斯曼，你想向我证明欧洲好过美洲，可依我看，你们那儿聪明是聪明，却并不见得好。

佛列特　那是因为你没有学习哲学！

古斯曼　你的天真无邪让你无法领会欧洲的好处。但是，你能够带给我幸福，这难道还不够吗？

在那里我们如在天堂，
生活仿佛包裹着蜜糖。
我们在爱河里沐浴徜徉，

深情凝望彼此的目光。

血管里翻涌着爱的热浪，

身体里充满爱的能量。

一切荣誉归属于你，

全部财富与你同享。

你是我唯一的女王，

你的旨意至高无上。

齐玛拉！如果你不愿意与我分享幸福和财富，那就等于宣判了我的死刑！跟我走吧！让我们结为夫妇，白头偕老！

佛列特 索列塔！跟我去马德里吧！你知道的，我爱你，一如爱你的黄金。黄金需要打磨，爱情需要见证——就是说结婚。

索列塔 然后呢，佛列特？

佛列特 然后，爱情会引导我们。

索列塔 然后，你会将我抛弃！

佛列特 抛弃！我？抛弃你？当代西班牙头号哲人抛弃自己的妻子，自己全部哲理和财富的源泉？不，绝不可能！

齐玛拉 哎！古斯曼！听说你们西班牙男人总爱抛弃妻子。

古斯曼 你的怀疑让我痛心。负心汉哪里没有呢？可是我古斯曼，你的爱人，我的心不懂得背叛，它会永远如此柔情、体贴、专一。

索列塔 你也是这样吗？佛列特？你也会永不变心？

佛列特 啊，索列塔！石头也会开裂，钢铁也会生锈，但我的心不会！

古斯曼 跟我走吧！等待你的将是幸福和享乐。

齐玛拉 不，古斯曼，我还是不能跟你走。

古斯曼 什么？我要死了！

索列塔 （对佛列特）佛列特！他会死吗？

佛列特 死不了。他要干的事通常都干不成。

齐玛拉 走吧，妹妹！天快亮了，我们得快点儿回去。（二人起身欲下）

古斯曼 （阻拦）

齐玛拉，你好狠心！

佛列特 （阻拦）

索列塔！不要走！

古斯曼

没有你我活不下去！

佛列特

没有你生命毫无意义！

古斯曼

齐玛拉！不要用你的离去，

夺走我的全部欢喜！

齐玛拉

虽然我很爱你，

但我不能与你同去！

佛列特

索列塔，请不要离我而去，

否则我会痛心不已。

索列塔

我也想和你在一起，

但我岂能把姐姐抛弃？

古斯曼给齐玛拉跪下，佛列特给索列塔跪下。

古斯曼和佛列特

请可怜可怜我的命运，

不要对我如此狠心。

齐玛拉和索列塔

都怪这狠心的命运。

要将我和爱人拆分！

我们心里无比挣扎，

该离去，还是留下？

啊，亲爱的古斯曼（佛列特）！

我决定和你在一起！

古斯曼

啊！我多么幸福！

佛列特

啊！我多么满足！

四人同

我们会彼此相爱，

一生一世不分开。

有了爱人的陪伴，

生活被幸福充满。

只要在爱人身边，

每天都欢乐无限。

幕后传来喧哗声。

古斯曼

什么地方吵吵闹闹？

齐玛拉

什么声音如此喧嚣？

索列塔

我的感觉非常不妙！

佛列特

我被吓得心惊肉跳！

古斯曼 （对佛列特）

你快去打探打探！

佛列特

要去你去，我可不敢！

索列塔

咳，佛列特，勇敢一点！

佛列特

打死我，我也不敢！

所有人

喧嚣声越来越近，
让我忍不住担心，
我们得赶快藏起来，
美洲人已经找上门！

古斯曼吹灭蜡烛，将齐玛拉和索列塔带到其他房间，佛列特独自置身于黑暗。

佛列特

没有一个人在我身边，
眼前更是漆黑一片。
从来不曾如此凶险，
这条小命眼看玩儿完！
祈祷命运将我可怜，
助我渡过这次危难。
恐惧让我浑身打战，
我早就被吓破了胆。
两只眼睛吓得紧闭，
恨不能钻进地缝里。

阿采木带着手持武器的美洲人上。

阿采木

赶紧把人交出来，
你们这两个混蛋！
（对美洲人）
仔细搜查每个房间！
（发现佛列特）
把他给我捆起来，好生看管！
（下）

佛列特

等他们抓到古斯曼，
我们再也无力回天！

索列塔急忙跑上。

索列塔

佛列特，别害怕！

佛列特

快救我，索列塔！

索列塔、佛列特

我们已经绝望，

只能祈求上苍！

美洲人将齐玛拉和古斯曼带出来。

齐玛拉

古斯曼！都怪我，

为你惹来这场灾祸！

古斯曼

亲爱的，别这么说，

为你我情愿下油锅！

齐玛拉、古斯曼

真心相爱有什么错，

为何对我们如此折磨？

四人同

我们一起承担灾祸，

共同品啜爱情的苦果！

阿采木急上，大怒。

阿采木

没良心的妹妹！

狡诈的欧洲人！

善恶到头终有报，

清算的时刻已来到！

（对美洲人）

把他们带回去好好看管，

我要将他们献给火焰！

古斯曼

我死不足惜，

请将令妹放过！

齐玛拉和索列塔

我们可以去死，

请将他们放过！

佛列特

我们谁都不想死，

请将我们全都放过！

阿采木 （对妹妹们）

我要用欧洲人的鲜血，

洗刷你们的耻辱。

齐玛拉和索列塔

求你放了他们！哥哥！

阿采木

够了！你们不必多说！

古斯曼和佛列特

请你熄灭自己的怒火，

阿采木

报复的火焰愈烧愈热!

齐玛拉和索列塔

你不是哥哥,你是恶魔!

古斯曼、佛列特

他不是哥哥,他是恶魔!

(两组人同时)

古斯曼、佛列特、齐玛拉、索列塔

我们毫无希望获救,

恶魔的复仇没有尽头。

等待我们的将是折磨,

这是我们爱情的苦果。

阿采木和美洲人

你们毫无希望获救,

正义的复仇没有尽头。

等待你们的将是折磨,

这是你们罪孽的后果。

(幕落)

第三幕

舞台布景为美洲村落，四周是山林，远处是大海。幕启，叶丽维拉在焦急中眺望。

叶丽维拉 阿采木召集了所有人攻击哥哥的驻地。这场战斗胜负如何？哥哥和阿采木对我同样珍贵。我该期盼谁获胜呢？我的命系在他们两个人身上，我不能失去任何一个。

我看到了激烈的战场，

我看到了刀刃的反光。

我听到了厮杀的呐喊，

我听到了刀枪的铿锵。

一个是我挚爱的情人，

一个是我至亲的哥哥。

他们正以命相搏，

拼个你死我活。

不管谁获得胜利，

等待我的都是失败。

不管谁受伤死去，

于我都是致命打击。

不幸的命运无可逃避，

何时传来那可怕的消息？

是谁从山里走来？我的恐惧在增长。哦，哥哥！哦，阿采木！无论谁死谁活，我都无法再活下去！

阿采木走在前面，后面跟着齐玛拉和索列塔，一群手持武器的美洲人押着古斯曼和佛列特走在后面。一群美洲女人从窝棚走出，唱着歌迎接。

女人合唱

我们的英雄平安回归，
我们的尊严得到捍卫，
敌人的恶行遭到严惩，
美洲大地重获安宁！

男人合唱

我们的痛苦难以计数，
敌人的罪行不可饶恕。
天上的太阳为我们做证，
我们要将敌人严惩。

阿采木 （对妹妹们）你们的过错要受到惩罚。你们居然被这帮人迷惑！他们不敢和我们打，就用这种下三烂的招数！叶丽维拉，把她们带下去！

叶丽维拉 （暗自）看来我的哥哥出事了。我迫不及待想要知道他的消息，索列塔和齐玛拉肯定知道。（带二人下）

阿采木 （对美洲人）把俘虏带过来！

佛列特 我浑身骨头像散了架，抖个不停！哦，我这当代西班牙头号哲人，难道要葬身于此？

古斯曼 佛列特！你的怯懦只会衬托敌人的勇敢，别犯尿！

佛列特 我们马上就要被扔进油锅啦！他们会把我的肋骨全拆下来！

阿采木 窝囊废！干坏事的时候胆大包天，面对惩罚胆小如鼠！

佛列特 （鼓起勇气）我胆小如鼠？你错了，美洲猫！我之所以发抖，乃是因为我害了寒热症。

古斯曼 野蛮人！你尽管来吧！失去了齐玛拉，我死都不怕！

佛列特 哦，我亲爱的西班牙！哦，我珍爱的哲学！为什么让我来到这个鬼地方！

阿采木 （对美洲人）准备火堆！现在就把这两个罪人烧死！

佛列特 烧死？你在开玩笑吗？怎么能烧死一个基督徒？更何况是一位哲人？你当我们是乳猪吗？你难道就没有一丁点儿的智慧和人性？

阿采木 跟西班牙人还讲什么人性！不要玷污了这个神圣的字眼！你们为什么践踏我们的尊严和生活？你们才没有人性！美洲人是善良的、爱好和平的，但对于残暴的西班牙人，我们绝不留情！（下）

几个美洲人准备生火。

古斯曼 我就要失去你了，亲爱的齐玛拉！

佛列特 我就要被烤熟了，亲爱的索列塔！你的族人要将我吃掉——我的肉能好吃得了吗？美洲人真是野蛮！别了，亲爱的马德里！别了，赋予我灵感和勇气的酒馆！别了，亲爱的哲学，教会我“愤怒要保持距离”的哲学！别了……我快站不住了。

古斯曼 你说这些废话有个屁用！

佛列特 面对这群不知哲学为何物的野人，我有什么办法？他们连伟大的吾师扎帕托·佩德里罗·费尔迪南多都不知道！

古斯曼　让你的扎帕托见鬼去吧！

佛列特　可不敢这样说，大人！要是有他在就好了！他永远不会将自己置于被烧烤的境地！就算他不能够说服这些美洲野人，至少他也会留下流传千古的临终讲演！

古斯曼　看在上帝的分上，闭嘴吧！

佛列特　你让我再多说几句吧，等我们一烤熟，我想说都说不成啦！

古斯曼　你身上带刀了吗？

佛列特　只带了一把削笔刀，又有什么用呢，美洲人又不是鹅毛笔。

古斯曼　至少我们可以自行了断！

佛列特　自杀？那得多疼啊！

古斯曼　该死的胆小鬼！

佛列特　不是我胆小，是因为伟大的吾师扎帕托·佩德里……

古斯曼　你赶紧闭嘴吧！

佛列特　闭嘴就闭嘴——在被烤熟之前，我还得忏悔哪！（嘴里咕哝）以至高无上的哲学及伟大的吾师扎帕托·佩德里罗·费尔迪南多之名，我以所有的三段论和诡辩发出忏悔：我是一个罪行累累的骗子。我当着阳光偷窃了某人，借着月光勒索了某人，以哲学和吾师之名招摇撞骗，我将夫妻拆散，又为情人拉纤，花天酒地，坑蒙拐骗。原谅我吧！我也原谅对我做同样事情的人。

古斯曼　你嘟嘟囔囔的，快把我烦死啦！

佛列特　也请您原谅我——看在您的钱袋的分儿上。我的美德令它充盈了不少。而我同样原谅您——您害我被烧死。

古斯曼 住嘴！（对美洲人）朋友们！请救我们一命！请拿去这个钱包，放了我们吧！

佛列特 对，对！钱可是好东西，只要有钱，肚子就永远不会痛！

美洲人将钱包夺过来，扔掉。

古斯曼 看见了吗，佛列特？我们连最后的指望也没了。

佛列特 看见啦，这群人比驴子还蠢！换作在马德里，就算是绞刑架也能逃脱！

阿采木上。

阿采木 将他们扔进火堆！

佛列特 啊！我的胳膊已经燎着了！

美洲人手持火把，围着篝火合唱。

美洲人

太阳！请接受我们的献祭，

带走这些自然的天敌。

请对他们施展报复，

延长我们自由的天赋。

阿采木 跟这个世界告别吧！

古斯曼 没有齐玛拉，世界无可留恋。

佛列特 啊，我可不想死！

叶丽维拉惊慌跑上，冲向古斯曼。

叶丽维拉

亲爱的哥哥！

古斯曼

亲爱的妹妹！

阿采木 （暗自）

这个人是她哥哥？

佛列特

多么感人的一刻！

古斯曼

我今天要死在这里。

叶丽维拉 （对阿采木）

亲爱的，求求你，

请放过我的哥哥！

佛列特

请你把我们全部放过！

阿采木

为了我的心上人，

我愿意做任何事情。

暂且放你们一条性命，

再来追究你们的罪行。

（三组人同时）

阿采木	**叶丽维拉和佛列特**	**古斯曼**
叶丽维拉我的女王， 你的愿望至高无上。	心里终于不再惊慌， 总算躲过灾难一场。	多亏妹妹及时出现， 阻止了这个杀人魔王！

佛列特 啊，我又从油锅里被捞上来啦！感谢吾师！伟大的扎帕托·佩德里罗·费尔迪南多，让我逃过油锅！

阿采木 （对叶丽维拉）你先下去吧，我有话对他们说。

叶丽维拉下。

古斯曼 （暗自）他又要干什么！

佛列特 （暗自）他该不是反悔了吧？

阿采木 （对古斯曼）我给你两个选择：要么把妹妹嫁给我，做我的朋友；要么死去。

佛列特 又要死一回？

古斯曼 什么？你想让我把妹妹嫁给你，永远留在这儿？

佛列特 （对古斯曼）快答应吧！换作我，别说是一个妹妹，就是把老妈、老婆、姐姐妹妹，甚至是哲学，吾师，一切的一切都留在这儿我都乐意！

古斯曼 闭嘴，懦夫！

佛列特 阿采木先生，请您息怒，听我一言：一个来自文明世界的女士怎么能在这蛮荒之地生活呢？她会无聊死的。马车、摩登铺子、华服、珠宝，你们这里一概没有；这是哲学的巨大损失。

阿采木 我们有能让人幸福的东西：心灵、美德、安宁。

佛列特 好吧，我同意。（对古斯曼）把妹妹给他吧，也没什么大不了的。

古斯曼 住口！阿采木！听我说，最好还是你放弃美洲，跟我们一起回欧洲去。那里是我的地盘，我保你荣华富贵。

阿采木 古斯曼！这里是我的地盘，我是这里的王！

古斯曼 像你这样的猛士，在我们那里更有用武之地，你将学会真正的勇气！

佛列特 我还可以教你弹吉他、跳舞——好得很！我现在就教你第一招。（阿采木将他拦住）你不喜欢？那我教你学问好了。

阿采木 什么是学问?

佛列特 真是没开化!学问是美妙的东西,它启迪智慧,让人在黑暗中看见光明,在光明中看见黑暗,把黑的说成白的,把死的说成活的。明白了吗?这就是学问!

阿采木 然后呢?

佛列特 然后你就可以随心所欲,要啥来啥!

古斯曼 你这张乌鸦嘴要把我们害死了!

阿采木 听着!我们没有学问活得很快活,而你们有学问却受折磨。通往善良和幸福的最好学问,就在我们心里。

古斯曼 在我们那儿你可以成为一个大人物。

佛列特 就跟我一样。所有人见着我远远地就脱帽致敬,特别是我的债主们。真的!

阿采木 在这里,没有人向我行礼,但也没有人存心害我。不用再讲了。这里不是马德里!你们合计合计吧,要么答应我的条件,要么被烧死。(下)

古斯曼 没脑子的东西!差点儿坏了大事!我回头跟你算账!

佛列特 (傲娇地)您请息怒,古斯曼先生!我们可不是在马德里。您的官衔在这里毫无意义,只不过让您比我优先上烤架而已,而且跟我一样是篝火堆,可没有专门的烤箱。

古斯曼 什么?!你这混蛋!

佛列特 您还是省省吧!我们现在可是在吃人族手里,不是在马德里的舞会上!您的官衔,跟我的哲学一样,在这儿根本派不上用场。不过呢,我还是会对您保持恭敬。若您有机会回马德里,请您务必代我拜会伟大的吾师扎帕托·佩德里罗·费尔迪南多,向他学习如何从远处愤怒。我要留在这儿跟我的索列塔长相厮守。齐玛拉是不会跟你走的。如果你中意阿采木，倒是可以把他带上。只是小心别让他半道给撸了串！

古斯曼 （大怒）混蛋！你怎么敢！（暗自）我得稳住他，不能让他坏了大事！（耐着性子）我说，佛列特！我刚才是开玩笑呢，你还当真了？你知道，我是爱你的。

佛列特 （滑稽地模仿）你知道，我是爱你的！我可是知道你的爱——拉到马厩，大板伺候！你的三段论历来如此：大前提——五十大板；小前提——继续打；结论——手断脚断！我还是免了吧！对于这样的逻辑，任何哲学都无能为力。

古斯曼 （假意安抚）别这样，亲爱的佛列特！

佛列特 你别装模作样啦！告诉你，任何的哲学，就算是伟大的吾师扎帕托·佩德里罗·费尔迪南多本人也无法劝阻我；我要发怒了，从近处发怒了。

古斯曼 （抓住他）混蛋！那我就让你知道知道！

佛列特 啊，救命啊！杀人啦！

索列塔跑上，将二人分开。

索列塔 这是怎么回事？古斯曼，佛列特！你们不害臊吗？你们西班牙人可真是：不敢打别人，自己窝里斗！

佛列特 放开我！我像美洲人一样发怒了。我现在满腔怒火，看谁都想咬上一口。

索列塔 够啦！别闹啦！

佛列特 他向我炫耀自己身世显赫！你去问问伟大的吾师扎帕托·佩德里罗·费尔迪南多，他会雄辩地证明，古斯曼的家世根本就不值一提。我可就不一样了，你去翻翻古罗马神话，朱庇特的奶妈，母山羊阿玛尔忒亚，那不是别人，正是我远祖母的堂姐！

索列塔 你还有完没完？

佛列特 没完！我满腔怒火，就像一只雄火鸡！

我乃当代西班牙头号哲人，
岂容他如此出言不逊？
我的胆汁都在沸腾，
如同火山岩浆喷涌。
我在燃烧，我在发抖，
忽而炙热，忽而冰冷。
我已经出离了愤怒，
胸口好似被巨石压住。

（对古斯曼）

快回你的马德里去吧！
坐上马车追风逐电，
无数仆人随意使唤。
你一摇手铃——叮叮叮，
他们立刻就会出现。
啊，你怎么不开心？
难道这不是你的心愿？
那么，就请你留下来，
这里同样值得留恋。
先给你来上五十大板，
再将你烤成肉串。
火焰吱吱作响，

铁签子不停翻转。

怎么样？

这种安排你可如愿？

不管你怎么想，

马德里我再不稀罕。

只要有我的索列塔，

给我个欧洲我也不换。

索列塔 好啦，佛列特！别吵啦！跟我进窝棚吧，我们已经跟哥哥和好了。他想平心静气地听一听你们的计划。只要你同意留下，我们就立马结婚，我会给你最热烈最持久的吻。

佛列特 热吻？哦，再见吧，西班牙母亲！（郑重地对古斯曼）我以哲学之名建议你，请求阿采木把你用火烤烤！这有助于驱除体内湿气！（随索列塔跑下）

古斯曼 （自言自语）我快要发疯了！这个混蛋的羞辱让我忍无可忍！换作在西班牙，我不知道自己会做出什么事情。（远处传来喧哗）这是什么声音？肯定是要来取我性命了。

菲尔吉南特带着西班牙士兵上，押着几个被俘的美洲人。

菲尔吉南特 属下来迟，万请恕罪！遵照您的吩咐，我们到山后追击敌军。西班牙士兵的勇猛在您被俘虏的村子达到顶峰，救出了自己爱戴的首领。美洲人全体被俘，马上就会被带到您的面前。

古斯曼 菲尔吉南特，我的勇士！我的弟兄们！你们不愧是西班牙的勇士！

齐玛拉跑上。

齐玛拉 古斯曼！古斯曼！哥哥同意我们结婚啦！

古斯曼　我太幸福啦！

齐玛拉

你的眼睛是我的天堂，
向我的心灵注入阳光。
我的心田是枯是荣，
全凭你的微笑决定。

古斯曼

齐玛拉的呼吸是我的宇宙，
世界是荒漠，她是绿洲。
心灵，思想，全被她俘获，
她的眼神是唯一的祖国！

齐玛拉

你愿意为我……

古斯曼

做一世的仆人。

齐玛拉

永不变心？

古斯曼

永不变心！

二　人

幸福的日子缓慢流淌，
溪流般平静而悠扬。
心灵与心灵合二为一，
像叶片和花瓣一样亲密。

戴镣铐的阿采木上，叶丽维拉紧随其后。

阿采木 命运无常！昨天的胜者，今天的俘虏。命运主宰一切，但心灵从不屈服。我和自己的兄弟族人一起被俘，愿意勇敢从容地赴死。面对武力和残暴，无辜和公平有什么办法！来吧，举起你们的屠刀，给我们来个痛快！我们美洲人宁做自由的鬼魂，也不愿做屈辱的奴隶！

古斯曼 听着，阿采木！我曾经是你的俘虏，原本必死无疑。我不想死，但我没有卑微地求你饶命。你想像美洲人那样报复我，但我，作为西班牙人，却宽恕你。来人，解开镣铐！

阿采木 （惊讶）怎么！西班牙人也懂得宽恕？

古斯曼 西班牙人战胜而后宽恕，行善但不宣扬。

阿采木 真是没想到！你的仁义能感动石头。你的行为令我这个誓与欧洲世代为敌的人改变了主意。我该怎么做？我爱美洲，爱部落，也爱叶丽维拉！

齐玛拉 哥哥！

叶丽维拉 阿采木！

阿采木 古斯曼！仁慈胜过一切武器。我决定跟你去欧洲。但请相信，我有多幸福，就有多悲伤。不要以为是欧洲诱惑了我，不，是叶丽维拉和你的宽容。

叶丽维拉 我该怎么奖赏你，我亲爱的阿采木！

阿采木 用你的心。

叶丽维拉 （温柔地）我的心早就是你的。

齐玛拉 哥哥走，我也走。哪里有我的古斯曼，哪里就是我的美洲！

有你在我身边，

天空无比湛蓝。

哪里有我的古斯曼，

哪里就有欢乐无限。

余生有你陪伴，

可谓此生无憾。

真心千金不换，

爱你永远不变。

索列塔和佛列特上。

齐玛拉　（对索列塔）妹妹！妹妹！我们决定去欧洲啦！

佛列特　好啊！一路顺风！请代我向老太婆欧罗巴问好！我早就看透她了，从她骑着朱庇特牛背漫游大海的时候起！

古斯曼　索列塔，扔下这个笨蛋，跟我们一起去欧洲吧。我在马德里给你找一个配得上你的人。

佛列特　我是笨蛋？我可是当代西班牙头号哲人！

古斯曼　我看你是当代西班牙头号尿人！欠打！

佛列特　还是老一套！我就说嘛，你是三句话离不开板子。

索列塔　什么？要把我和佛列特拆散？没有他，我哪儿也不去！

齐玛拉　我不能和妹妹分开。

佛列特　你们去欧洲住宫殿去吧，把窝棚留给我们：有了哲学和爱情，窝棚就是天堂！

古斯曼　我们把整个美洲留给你们。

佛列特　整个美洲？拿来！我立马分给伟大的吾师扎帕托·佩德里罗·费尔迪南多一半！

古斯曼　齐玛拉，你的妹妹跟着他不会幸福的！

索列塔　我不会幸福？我比你更了解他！

佛列特　哦，我聪明的爱人！可惜你没有修习法学，否则你能驳倒一切律条！

叶丽维拉　哥哥！看在我的分上，就成全了佛列特吧！

齐玛拉和索列塔　求你啦！

古斯曼　看在你们的分上！不然我饶不了他！（对佛列特）我允许你和我们一起走。

佛列特　（开心地）哦！感激不尽！回马德里喽！

古斯曼

既然如此，何必耽搁，
让我们扬帆起舵！

齐玛拉

我会紧紧将你追随，
余生和你一起度过！

阿采木

西班牙尽管令人厌恶，
但为了你我毫不在乎。

叶丽维拉

爱情会赐予我们幸福，
我亲爱的阿采木！

阿采木和叶丽维拉

从此我们不再分离，
一起走过人生旅途。

佛列特

从此有你在我身边，
爱你是我唯一的消遣。

索列塔

你是我欢乐的源泉，
除此之外我别无所愿。

所有人

只要爱人在我身边，
不必惧怕任何苦难。
让我们忘掉一切不幸，
一起驶向幸福的彼岸！

古斯曼

我为命运感谢上天！

齐玛拉

感谢爱人在我身边！

阿采木

你对我而言至高无上！

叶丽维拉

你是我的生命之光！

佛列特

是上天将你赐给我！

索列塔

你带给我无限欢乐！

所有人

我们维持着爱情的热度，
一起品啜甜蜜的幸福！
漫游在欢乐的海洋，
共同度过美好时光！

（幕落·全剧终）

鸡飞狗跳①

五幕滑稽剧

|剧中人物|

◇**皮奥切斯基**——剽窃作家

◇**塔拉朵拉**——皮奥切斯基之妻

◇**普里亚塔**——皮奥切斯基的外甥女

◇**阿兹布金**——乡下地主

◇**米隆**——阿兹布金的外甥，普里亚塔的未婚夫

◇**特罗伊金娜**——公爵小姐，阿兹布金同母异父的妹妹

◇**兰采金**——医生

◇**贾尼斯洛夫**——蹩脚诗人

◇**普卢塔娜**——米隆的女仆

◇**伊万**——塔拉朵拉的理发师

故事发生在圣彼得堡。

---

① 此剧原题“Проказники”，创作于 1788 年，1793 年刊登于《俄国剧院》（Российский Феатр）第 40 卷。

第一幕

舞台布景为皮奥切斯基家的客厅。幕启，塔拉朵拉坐在梳妆台和书桌中间，一会儿看镜子，一会儿写东西；理发师伊万没法梳头发，很懊恼。

伊　万　太太，您的头一直动来动去。

塔拉朵拉　嘘！（继续写）你是我灵魂的良药……良药！……伊万！什么字跟良药押韵？

伊　万　割掉！把他的耳朵割掉！谁让他害得我没法剪头发！

塔拉朵拉　放肆！你信不信我把你的耳朵割掉？好好剪你的头发吧！

伊　万　我有什么错？您一直转来转去，我根本没法下剪子！

塔拉朵拉　好啦！你难不成忘了，今天是我外甥女普里亚塔跟米隆大喜的日子，我得比往常早点儿，11点之前就得拾掇好。（看信）差不多啦……总感觉还没夸到位。伊万，你知不知道我们的兰采金医生有什么才华？

伊　万　菜花，什么菜花？

塔拉朵拉　就是优点，长处。

伊　万　我上哪知道去呢？我一个下人。反正我没觉得他有什么好。

塔拉朵拉　不知好歹的东西！兰采金医生上这儿干吗来了？还不是

给你们这些奴才看病来了？

伊　万　您还说呢！他只看了两个，两个都死了。感谢上帝，他还没看到我们哪。

塔拉朵拉　那能怪他吗？一定是他们该死了。真该让鬼把你们都踩死！……你倒是梳哇！

伊　万　差不多啦。

塔拉朵拉　写完啦！真开心！这文采简直啦……哎呵！亲爱的兰采金，见信知我心！

伊　万　我用纸卷给您把头发卷起来。这样好看。

塔拉朵拉　我真是太有才啦！……等等，我得拿张白纸，重新誊一遍……肯定轰动全城！

塔拉朵拉起身到墙边书桌上拿了一张白纸，回到原位。伊万趁太太起身的工夫从桌子上拿起一张纸，恰好是太太刚写好的那张。伊万顺手将其撕成几片。

伊　万　（暗自）这张纸用完了。我把太太头发全卷起来。

塔拉朵拉　（重新坐下）这样的诗，恐怕连老爷也写不出来！待会儿拿给他看看！咦？我的诗呢？（从伊万手下挣脱出来，满场找）

伊　万　（把梳子一扔，低声咒骂）真是见鬼！哪里像个女人，简直是魔鬼！想给她梳头，没有十个八个人根本摁不住！

塔拉朵拉　伊万！你看见我刚才写的诗了吗？

伊　万　（晃晃手里的碎纸）在这儿呢！赶紧坐下吧，太太！

塔拉朵拉　在哪儿呢？狗东西！

伊　万　这不是嘛！骂人干吗呀！从你脑袋里憋出来的，再用到你脑袋上去，不正合适吗？

塔拉朵拉　岂有此理，你敢这么跟我说话！我要让你知道厉害！

伊　万　我知错啦，太太！——我再给您拿十张白纸来行不行？再不成，我给您找一张写了字的来，保证比您写的那个还花哨！

塔拉朵拉　（抬手欲打）我叫你！死东西！

塔拉朵拉追着打伊万，伊万张开手护着。贾尼斯洛夫面无表情地走上，手里拿着一张纸，一本正经地低声读诗。

贾尼斯洛夫　您还好吗，我亲爱的夫人？

塔拉朵拉　哦，贾尼斯洛夫先生，快帮我教训这个滑头！

贾尼斯洛夫　再容我改最后一句，夫人！（走到桌旁，抓起笔，沉吟）

塔拉朵拉　（对伊万）你这个死东西，赶紧把脸递过来！

伊　万　饶了我吧，太太！

塔拉朵拉　闭嘴，该死的！

贾尼斯洛夫　邦，福特邦！（法语：好，非常好！）您听我读一读，夫人……

塔拉朵拉　咳，你真是的，我现在哪儿顾得上听那个！（对伊万）我要给你点儿颜色看看！

伊　万　（低声）我喜欢看黑色，不过白色也不错！

塔拉朵拉　你说什么！滚！（对贾尼斯洛夫）你倒是帮帮我呀，先生！

贾尼斯洛夫　稍等，夫人！这个韵脚还不够齐整。稍等……

伊　万　我已经滚啦。（跑下）

塔拉朵拉　（埋怨）先生，你难道不觉得惭愧？我们平日里对你的好，你都不记得了吗？你再这样没良心，我就叫人把你撵出去，再不让你登门！

贾尼斯洛夫　刚才您难道在发脾气？

塔拉朵拉　你难道没看见吗？

贾尼斯洛夫　我当您和伊万闹着玩呢！他怎么惹着您了？

塔拉朵拉　他把我的诗稿给撕了！

贾尼斯洛夫　要我说，这事也怪不着别人；您看我，诗稿从来揣在兜里。

塔拉朵拉　我好不容易才写出来的……算了，不提它了！你最近去过哪儿没有，有什么新闻？

贾尼斯洛夫　夫人，我，普列米列曼（**法语：首先**），去了……

塔拉朵拉　不会说法语你就别说！多美的法音，都被你糟蹋了！什么“普列米列曼”，应该是“普瑞麦瑞门特”，先生！

贾尼斯洛夫　有什么法子呢，我就是发不好鼻音。我的特长是发硬音。

塔拉朵拉　那你就干脆别说。快说说，你都去了哪？有什么见闻？

贾尼斯洛夫　我去了很多人家，“闻”倒是闻了挺多，“见”却没见着啥。在斯波兹纳耶夫家，人们说您丈夫的文章是剽窃的。

塔拉朵拉　管他呢。还有呢？

贾尼斯洛夫　拉祖莫夫家说，他总是抄袭别人的文章。

塔拉朵拉　没事。还有什么吗？

贾尼斯洛夫　特维尔德家说，他所有的文章都是偷来的。

塔拉朵拉　拜托！说来说去全是一回事！这事都传了七八年了！

贾尼斯洛夫　还有别的呢；只是我不敢说。

塔拉朵拉　你总是这样婆婆妈妈。快说吧！

贾尼斯洛夫　所有人家都言之凿凿，说兰采金医生和您——我的女恩人——一起，给您的丈夫——我的男恩人——戴了一顶绿帽子。

塔拉朵拉 无耻的诽谤！你呢，你难道就眼巴巴地听着他们造谣中伤我？

贾尼斯洛夫 怎么会，夫人！我怎么能眼巴巴地听着呢？……我低头看医生给我开的药方来着。

塔拉朵拉 统统去死！造谣的人，还有你！你可真是绝品，先生！

贾尼斯洛夫 夫人，是我没品；可这也怪不得我啊……

塔拉朵拉 你给我滚！枉我认识你这么多年！有你这样的朋友吗？你怎么不说，兰采金先生认识我是因为我经常发病，也因为总是给我的几个孩子看病？

贾尼斯洛夫 我今天来，本来是想在宴会上读一篇我的新作助兴的；看来，我只好去别的地方读了。

塔拉朵拉 （暗自）这倒是个好乐子。（高声）回来，先生！你再说说，有没有听到关于阿兹布金和他外甥米隆的近况？米隆马上就是我的姑爷啦，他怎么样……

贾尼斯洛夫 米隆嘛，生瓜蛋子一个；他舅舅嘛，听说有钱得很，但是土包子一个！

塔拉朵拉 咳，有钱就行！我现在去换衣服！我太喜欢婚礼啦！只可惜，我这辈子就当了一回新娘子。（下）

贾尼斯洛夫 （自言自语）她想把普里亚塔嫁给米隆，没门儿！我非得想个法子把普里亚塔抢过来不可！哟，是医生来了！他鬼点子多，我跟他合计合计。

兰采金上。

贾尼斯洛夫 韦恩斯，我的阿米！（法语：过来，我的朋友！）来帮帮我！

兰采金 我已经发誓一个活人也不再帮啦！谁愿意怎么死就怎么死去，我一个手指头也不会碰他。

贾尼斯洛夫 你在生气？那就找篇颂歌读读，消消气。

兰采金 颂歌？我连《传染病医护人员自我防护守则》都读了，也没用。

贾尼斯洛夫 你跟谁置气呢？

兰采金 忘恩负义的人。你信不信，在我的看护下死去的人比你写的诗还多。我给自己要个奖赏，他们却不给。

贾尼斯洛夫 你难道不认识几个大人物？你给他们一人献一首颂歌，准成。

兰采金 我之前倒是认识几个。我给他们开了药，定了食谱；后来一个个全死了。

贾尼斯洛夫 嗬！这倒奇了，罩你的大佬全是死鬼……算了，我的朋友，让那些无知的、既不吃你的药也不读我的诗的人统统去死吧！你最好还是帮帮我，我想娶普里亚塔。

兰采金 你要我怎么帮你？开药还是放血？

贾尼斯洛夫 都不是。我想让你帮我说服她的舅母，塔拉朵拉太太。

兰采金 这可比手术还难。你知道的，她已经答应米隆和他舅舅了；再说，这次联姻可是一本万利；更何况婚礼今天就办！——你哪儿还有机会？

贾尼斯洛夫 八嘎特例！（法语：小意思）你我联手，无所不能！你知道的，你在这里是独一无二的，没人敢反对你。

兰采金　那是因为反对我的人都被我送去见阎王了。

贾尼斯洛夫　啊，医生，多么伟大！你只要说服塔拉朵拉就行——她丈夫全听她的。

兰采金　好！我帮你。其实我这么做，不只是为你，也是为我自己。

贾尼斯洛夫　此话怎讲？

兰采金　你知道，我自己也写诗，而且很不坏。米隆的舅舅，阿兹布金，有一回病了，我错把一篇悼词当成药方给他寄过去了，从此把他给得罪了。不久前他一个富豪亲戚病了，把我请过去了，结果碰上了该死的阿兹布金，硬是派人另请了一位医生，结果怎么样，病人还不是死了？

贾尼斯洛夫　咳！到头来还不是一样！你要是帮我搅黄了他外甥的亲事，也等于出了一口恶气。你现在就去找塔拉朵拉吧。

兰采金　好，就这么定！

兰采金下。

阿兹布金上。

阿兹布金　你好啊，我的朋友！你是不是这家的用人？

贾尼斯洛夫　谁？我？大错特错！

阿兹布金　对不住，我的朋友，我看你长得像。

贾尼斯洛夫　无论我的才智还是样貌，都不应该让你有这种错觉。

阿兹布金　抱歉，我的朋友，那你肯定跟我一样，是这家的“客人”？

贾尼斯洛夫　没错，我是皮奥切斯基夫妇的朋友，你要找他们？

阿兹布金　是的。我是阿兹布金。

贾尼斯洛夫 （暗自）啊，米隆的舅舅！

阿兹布金 我们马上要结为亲家啦，但我们还没见过面，您最好给我指一下，免得我认错。

贾尼斯洛夫 你看发型就知道了，他的头发是竖着的。

阿兹布金 城里样式，我的朋友！在我们乡下，空气中弥漫的是格瓦斯的气味，在这儿呢，到处是呛鼻子的法国香水；再看发型，人人头上顶俩犄角。我怎么认出他来呢，难不成他顶了四个？

贾尼斯洛夫 没错，先生。他的发型特立独行，所以他总是很忙。

阿兹布金 谢啦，朋友！请你跟我讲讲，皮奥切斯基先生是个什么样的人？我听说，他是位大作家。

贾尼斯洛夫 都是骗人的。他所有的东西都不是自己的，全是偷来的！

阿兹布金 我的天哪！那怎么外甥寄信到乡下，说他是个正派人呢？

贾尼斯洛夫 没错，先生，他看上去的确很正派。

阿兹布金 但在我们乡下，正派的贵族是不会偷东西的。你说的是真的吗？

贾尼斯洛夫 那还有假！我可以拿出证据，他偷了伏尔泰、拉辛、克雷比永、莫里哀……

阿兹布金 好家伙！这些可怜人肯定损失了不少吧！谢谢你，擦亮了我的眼睛。只不过，我还是不大相信。

贾尼斯洛夫 我现在就证明给你看！你等着。（急下）

阿兹布金 （自言自语）好个外甥，这么糊弄舅舅！我原本这辈子都不会到城里来，可你非把我骗过来，说什么我结上皮奥切斯基这样的亲家肯定高兴。我一到这儿就什么都看不惯：个个头上顶着犄角，这肯定得花不老少钱；况且还是个偷儿。这样的亲家我可不稀罕！

贾尼斯洛夫抱着一摞书上。

阿兹布金 这是什么，小老弟？

贾尼斯洛夫 这是书，他偷的东西全在这里呢。

阿兹布金 怎么！连书上都有？

贾尼斯洛夫 正是！先生！你听没听说过布雷尼丝？

阿兹布金 没有。听起来好像不是俄国人吧，我跟外国人不熟。

贾尼斯洛夫 伊多梅纽？

阿兹布金 也不知道。他们没到我领地来过吧？

贾尼斯洛夫 咳！怎么可能！他们都是几千年前的人啦！

阿兹布金 哦！怪不得呢。

贾尼斯洛夫 不妨事。我给你读读这些法文和意大利文，都是他偷的。

阿兹布金 什么?！他都偷到法国意大利去了？我的老天爷！他常这么干？

贾尼斯洛夫 天天如此。

阿兹布金 他都爱偷些什么呢？

贾尼斯洛夫 比方说，他要喜欢这幅画面，那他肯定偷了来。

阿兹布金 画面倒没什么，反正我家里也没画儿。他还偷别的吗？

贾尼斯洛夫 偷！什么都偷。比方说这本书里有句话不错，他也得偷了来。

阿兹布金 这个害人精！要这么说，他肯定会偷我的《赞美诗集》，那可是爷爷传下来的！

贾尼斯洛夫 不过呢，他人还是不错的。我待会儿给您引荐。现在我就去通报一声，说您来了。

阿兹布金 感谢！求您跟他说，我是一个穷人，没什么可偷的。

贾尼斯洛夫下。

阿兹布金 （自言自语）原来是一个惯偷！还说什么人不错！在我们乡下，这种事绝不会有，我一辈子都想象不到！他绝对成不了我的亲家！

米隆上。

米　隆 舅舅，请您允许我娶普里亚塔为妻……

阿兹布金 皮奥切斯基的外甥女？胡闹！不可能！

米　隆 什么？为什么呀？

阿兹布金 因为她舅舅是个偷儿！

米　隆 您疯了吗？您在说些什么呀！

阿兹布金 我疯了？你自己看看，法国意大利的书上都说了，他是偷儿！

米　隆 您肯定是误会了吧。

阿兹布金 不可能。这书上写的东西还会有假？还有被他偷的家主的姓名——伏尔泰、拉辛……

米　隆 舅舅！他没偷，他只是模仿。

阿兹布金 那也不行！模仿什么不好，模仿偷！

米　隆 您没听明白我的意思……

阿兹布金 是你没听明白我的意思！我一个小时之后就回去。你别指望了，我不可能让普里亚塔过门。如果她也模仿她舅舅，把我家偷了就完蛋了。老话说得好，家贼难防。（气鼓鼓地下）

米　隆　（自言自语）真是晴天霹雳！不，我不能认命，什么也无法拆散我和普里亚塔！

普里亚塔上。

普里亚塔　你舅舅是怎么啦！他气冲冲地跑下楼去了，看也不看我一眼。他生气了？

米　隆　哎，普里亚塔！

普里亚塔　你怎么愁眉苦脸的？快说，别瞒着我，出什么事儿了？

米　隆　舅舅不同意我俩的婚事。但我对天发誓，我宁可死，也不愿失去你。

普里亚塔　不，米隆，我不想你违拗你舅舅，我宁可自己承受不幸，也不愿让他迁怒于你。别忘了，你可是他的继承人。哎，谁让咱们都是寄人篱下，受人管制呢！

米　隆　不，不管怎样，我都要证明他的不公，爱情自会帮我澄清真相。

普里亚塔　不光你这里有坏消息，我也有一个坏消息。

米　隆　怎么回事？

普里亚塔　我刚才在自己房间里，我的舅母以为我不在，和兰采金在隔壁房间聊我的事。兰采金劝她把我嫁给贾尼斯洛夫，一个刻薄诗人，不光我，连舅母也受不了他，他在我们家就是一个小丑。

米　隆　你舅母怎么说？

普里亚塔　舅母开始也不同意，但后来还是答应了兰采金；如果舅母同意，舅舅是不会帮我说话的，他对舅母历来是言听计从的。

米　隆　为何一切都与我们为敌！可是，亲爱的普里亚塔，难道爱情敌不过阴谋？……爱情一定会帮助我们的。听着，我堂姐不是答应派一个人给你当使唤丫头吗，她叫普卢塔娜，鬼点子多得很，也许她能够帮助我们化解危机。这会儿她应该快到了。呀，那不是！

普卢塔娜上。

普卢塔娜 先生，我是您堂姐派来的。

米　隆 我知道，普卢塔娜！可是……哎，我可能要失去普里亚塔啦！

普卢塔娜 怎么回事，先生？

米　隆 我待会儿再跟你细说，请你先答应我们，帮我们出出主意。

普卢塔娜 乐意效劳，先生！您放心，包在我身上！若论学问呢，我爸是小学教师，我自己也当过老师，什么功课都知道一点儿；若论见识，我跟您堂姐曾经周游世界，德国、英国，在法国也待过三个月，我的法语说得很不赖；若论文艺，我读过很多小说，什么名著都能聊。

米　隆 太好了，这些东西都派得上用场！

普里亚塔 事成之后，我们肯定忘不了你。

普卢塔娜 小姐，我不是唯利是图的人。我能体谅你们的心情。

米　隆 那就太好啦！现在你先躲起来，不要让人看到。

普卢塔娜 怎么，先生？我来这儿不就是要报到的吗？

米　隆 我想到一个计划，现在还不能暴露你的身份。你相信我吗？

普卢塔娜 好，我听您的。

（幕落）

第二幕

特罗伊金娜 （自言自语）多么不幸的一天！所有爱司和大 K 都不找我！连我的贾尼斯洛夫也背叛了我！他要娶普里亚塔了！我宁肯天天输钱，也不愿意听到这个坏消息。不过，我要争取捞回本儿来。我已经安排人在这里设下了牌局。如果手气能回来，不但是钱，连贾尼斯洛夫也会重新回到我身边。亲爱的爱司，全靠你们啦！

阿兹布金怒气冲冲地上。

阿兹布金 该死的房子，见鬼去吧！我连一分钟都不想多待了！

特罗伊金娜 哥哥，怎么了？

阿兹布金 我挂在前厅的斗篷被偷了！

特罗伊金娜 谁偷的？

阿兹布金 还能有谁！要么是老爷，要么是下人，鬼知道！这帮人把我的东西全偷光了，帽子、手杖、斗篷！

特罗伊金娜 这么点小事儿至于吗？假如是我被偷了……

阿兹布金 你也没什么可偷的，妹妹，你就知道打牌。

特罗伊金娜 说话注意点儿，哥哥！你难道忘了我的身份吗？

阿兹布金 忘不了，公爵小姐！

特罗伊金娜 你来这里不是要参加米隆的婚礼吗，怎么好端端地又反悔了？

阿兹布金 好端端地？这还没咋着呢，就把我偷光了！

特罗伊金娜 肯定是下人干的……

阿兹布金 得了吧，妹妹！我已经听说了，这家老爷也是个惯偷！

特罗伊金娜 嘘，哥哥！他跟他夫人来了！别再说啦！

阿兹布金 我就要说！……

特罗伊金娜 （捂住他的嘴）别闹！

阿兹布金 你别……

特罗伊金娜 不行，我不能让你胡来，不管你愿不愿意，我也得介绍你们认识。

皮奥切斯基和塔拉朵拉上。

特罗伊金娜 先生，向您介绍一下，我的哥哥，米隆的舅舅，阿兹布金先生！

皮奥切斯基 先生，感谢您驾临寒舍！

塔拉朵拉 真是奇怪，你们是亲兄妹？为什么你是公爵小姐，而他却不是公爵？

特罗伊金娜 亲爱的，我们是同母异父。我妈妈先嫁给了一位地主，生了哥哥，然后又嫁给了公爵，生了我。这有什么好奇怪的呢？

皮奥切斯基 谁说不是呢！我认识好多这样的弟兄姐妹，母亲是同一个，父亲却有好多个！

特罗伊金娜 我们也是啊，还有好几个兄弟姐妹呢，都是我那已故的妈妈和不同的丈夫生的。

阿兹布金 别再说啦，妹妹！先生，我有一事告知……

皮奥切斯基 不用客气，有事您尽管吩咐！

塔拉朵拉 您不知道，我们家向来热情好客。现在这社会呀，就讲究广交宾朋。要是博学睿智的呢——尽管我还从没见过——能以自己的学识带给我愉悦；插科打诨的呢，同样能给我带来乐子。

特罗伊金娜　我哥哥想说，他很想尽快跟你们成为亲家……

阿兹布金　（对妹妹）你先让我说斗篷的事……

皮奥切斯基　乐意为您效劳，有事您尽管吩咐！

阿兹布金　先生，在您家前厅我……

塔拉朵拉　我家老爷真的是超有耐心的，谁跟他说什么他都能听上一整天，而且从来不会说“不”。

阿兹布金　我还没说完……

皮奥切斯基　说吧，先生，有事您尽管开口。

阿兹布金　今天我的……

塔拉朵拉　不管什么事，您只要跟他说上一次，他保管永远忘不了，简直是过耳不忘。我想，他大概到现在还能背诵两千来首法语诗呢。

阿兹布金　（喊）我的斗篷被偷了！

塔拉朵拉　哈哈哈！这可真好笑！您相信吗，这里很多人家全是靠偷东西为生呢。

皮奥切斯基　主子管教不严，下人怎么会不偷呢！

阿兹布金　可这事就发生在……

塔拉朵拉　不用说也知道，这家的女主人肯定是水性杨花，没工夫着家。

皮奥切斯基　至于老爷嘛，也许是个作家，光顾着写诗了。

阿兹布金　这事就……

塔拉朵拉　要我说，再没有比连下人都管不住的女主人更笨更可笑的了。您不知道，下人们有多怕我。只要有我在，下人绝对不敢造次。

皮奥切斯基　做老爷的，至少得要求妻子把家事管好。

阿兹布金　你们能让我把话说完吗？事实上，我是在你们家的前厅丢了斗篷、手杖和帽子！

特罗伊金娜　哥哥，你不害臊吗，为了鸡毛蒜皮的小事麻烦二位！

皮奥切斯基　我为此感到遗憾。

塔拉朵拉　虽然这只是小事……

阿兹布金　什么小事！那件斗篷又合身又舒适，手杖、帽子，样样值不少钱呢！再说，我所有家当都是自己的，可不是从伏尔泰或莫里哀那儿偷来的！

皮奥切斯基　您说得可真妙啊，先生！

阿兹布金　我还有事告知，我决定……

塔拉朵拉　我家老爷如果说妙，那就绝对是妙，他从来不奉承人！

皮奥切斯基　的确如此，先生！您简直是贵族的骄傲。

阿兹布金　啐！真是该死！根本不让人说话！……听着，我决定不再……

皮奥切斯基　您的决定就是命令，先生……

阿兹布金　真是见了鬼了！在这个家里就只有老爷太太说话的份儿！妹妹，你跟他们说，我宁可让米隆娶撒旦，也不会娶他们的外甥女。再见吧，老爷太太！（下）

塔拉朵拉　哈哈哈！公爵小姐，您这个哥哥可真够逗的！

特罗伊金娜　让你们见笑啦！他就是这么个土包子，打牌都不会算点儿！你们肯定不信，他连老J和老K都分不清楚。

塔拉朵拉　我只是纳闷，他连一句漂亮话都说不出来；可你瞧他那个劲儿，好像自己比所罗门还富有智慧似的！

皮奥切斯基　这正是人性的弱点，我们每个人都自视甚高。

塔拉朵拉　也不尽然！比方说你吧，就过分谦逊；我也从不骄傲自满。

皮奥切斯基　我承认，我确实自我估计不足。

特罗伊金娜　我信，先生！人们常说，您历来如此。听说五六年前您做出了那样的事情，它们充分表明，您对自己的脑袋不够重视。①

皮奥切斯基　此事不提也罢，公爵小姐！还是说说普里亚塔吧。他此番来，似乎是请求我们把普里亚塔嫁给他外甥？

塔拉朵拉　可你看他那副样子，我反正是看着不顺眼。我说，亲爱的，我给普里亚塔物色了一个新对象，你看怎么样？

皮奥切斯基　好极了！你真是我的贤内助！这人是谁？谁引荐的？

塔拉朵拉　我们的医生兰采金先生推荐的，是贾尼斯洛夫先生。

皮奥切斯基　贾尼斯洛夫！很不错的人选！

特罗伊金娜　谁？贾尼斯洛夫？他就是一个酒徒！色鬼！全城的姑娘他都追遍了，包括我在内。

塔拉朵拉　嗯？这小伙子挺不错的呀！

特罗伊金娜　亲爱的，我劝你还是好好打听打听……哎，我反正是上了他的当！

塔拉朵拉　话说回来，你哥哥真是个乡巴佬！一点儿城市气质都没有。

特罗伊金娜　没错。他骨子里就是个乡下人。

---

① 此处影射1773年克尼亚日宁（*皮奥切斯基的真实原型*）因克扣军饷而获罪一事，后于1777年被赦免。

皮奥切斯基 令兄确实有点儿搞笑……他说什么被偷来着？

塔拉朵拉 有他这样的吗？在前厅丢了东西向我们告状？难道我们就该盯着所有人不成？

特罗伊金娜 这当然是他无理取闹。我自己也深有体会，根本就盯不住所有人。

皮奥切斯基 跟人打交道是多么琐碎！我，实在是，有心无力……再者说，我们都是俗人，就算偷了又怎样呢？

特罗伊金娜 没错，先生，将心比心。

塔拉朵拉 既如此，那就嫁给贾尼斯洛夫？我们今天反正也有舞会，不如顺便把婚订了。

特罗伊金娜 （暗自）我该怎么办？

皮奥切斯基 你说了算，亲爱的！你知道的，我一贯不过问俗事。今天晚上什么舞会？

塔拉朵拉 本来是为了给普里亚塔和米隆订婚搞的。多大一笔开支啊！公爵小姐，哪儿哪儿都是钱窟窿！

皮奥切斯基 其实，我的爱，为避免不必要的花销，你应该记一本账。

塔拉朵拉 哪儿记得过来啊！

特罗伊金娜 （暗自）好，贾尼斯洛夫！我叫你背叛我！你等着我的吧！（气鼓鼓地下）

皮奥切斯基 我觉得，就算不知道也能猜得出来，公爵小姐跟阿兹布金是兄妹俩。

塔拉朵拉 咳，老爷！我从来没见过这样的傻女人！不说她，普里亚塔的事怎么办？

皮奥切斯基　我的光，由你做主；你说嫁谁就嫁谁。你知道的，我向来不过问俗事。不过呢，米隆结交广泛，受人欢迎，贾尼斯洛夫有点儿呆头呆脑。

塔拉朵拉　可是普里亚塔也不机灵！毕竟不是亲生的，既不像你，也不像我。

皮奥切斯基　的确，她才智平平，远没有你那种伶俐。

塔拉朵拉　也没有你那种精细，我的命。

皮奥切斯基　她没有你那种深度和广度。

塔拉朵拉　也没有你那样敏锐的洞察力，我的光！所以说，贾尼斯洛夫跟她正合适，也是个憨厚人。

皮奥切斯基　是不是未免太憨了？

塔拉朵拉　憨点儿好哇，我的心，我巴不得咱家所有亲戚都没咱俩聪明。

皮奥切斯基　对了，今天贾尼斯洛夫想让我评判他的诗来着。你知道的，我从来不会说坏，只会说好。

塔拉朵拉　我明白了，你想让我替你给他挑挑毛病。

皮奥切斯基　其实呢，如果诗本身写得好，我肯定会公道的。

塔拉朵拉　它们哪里不好？

皮奥切斯基　这个……我还没见着呢。不过，我们这儿有谁写得好呢。

塔拉朵拉　谁都没你写得好！我的灵魂！到时候你就坐我身边，需要的时候你就拽我的裙子。

皮奥切斯基　好的，好的。我一开始夸，我就拽你，然后你就把它说得一文不值……其实，这个用不着我教你啦，我的欢乐！

塔拉朵拉　知道，老爷！我就喜欢点评别人；你要不是我丈夫，我也能在你身上找出一千处缺点来……你可得早点儿给我信号，你太能忍了，有时候我都等不及了。

皮奥切斯基　放心，我会的。

兰采金和贾尼斯洛夫上。

兰采金　（低声对贾尼斯洛夫）你全看我的，千万别插话。

贾尼斯洛夫　但你得注意语法。

兰采金　（拿腔作势）先生，我为贵府和贵体无数次地驱赶了热病和寒热病，我希望……

贾尼斯洛夫　（拽兰采金的衣角）不应该说“驱赶了”，这是过去时，应该用现在时，说“驱赶着”。

兰采金　啊，这个……我下边该说什么了？真是该死，我准备好的一套演说全被你给搅和了！

贾尼斯洛夫　一点儿也想不起了？

兰采金　只剩下一些疾病名称。

皮奥切斯基　先生们，你们似乎有话说？

兰采金　（发窘）是，先生，那个……你们有……热病……

贾尼斯洛夫　（行礼）以及寒热病，先生！还有什么病？

兰采金　（低声）癫痫、痛风、水肿。

贾尼斯洛夫　还有癫痫、痛风、水肿，先生！

皮奥切斯基　您说得一点儿没错，先生！千真万确！（拽妻子裙子）

塔拉朵拉　哎，兰采金先生，他哪儿来的什么水肿和热病呢？没有，没有。

兰采金　（不知所措）对不起，夫人，他在说胡话。我准备好的话都被他搅和了，我本来想说，贾尼斯洛夫发疯一般地爱上了普里亚塔，就像水蛭钟情于放血。

贾尼斯洛夫　有你这么比喻的吗？你应该说，像亚历山大钟情于荷马！亚历山大将荷马的诗放在金箱子里，而我，愿意将令爱藏在金屋子里！

皮奥切斯基　您如此抬爱，小女荣幸之至，先生！

兰采金　为了医治他的病，相思病，他想娶普里亚塔为妻。

皮奥切斯基　再没什么比这个提议更令我高兴的了。阁下如此年轻才俊，跟小女正是郎才女貌。

贾尼斯洛夫　正是，先生！我自幼就求知若渴，对拉丁语尤为痴迷，所以在辍学的时候，特地从学校顺走了拉丁语法课本。

皮奥切斯基　真是难能可贵，对今天的年轻人而言。您还通晓其他学科吗？

贾尼斯洛夫　很多，先生，在家谱研究方面尤为专注；如果您乐意，我可以以此为您效劳。

皮奥切斯基　不胜感激，先生！用什么方式呢？

贾尼斯洛夫　举例而言。您知道，亚历山大大帝因为痴迷荷马，证明了他的父亲是朱庇特；我可以反其道而行之。您不是痴迷学问吗？请问，您在学问方面最崇尚哪个民族？

皮奥切斯基　开诚布公地讲，我最崇尚法兰西民族。

贾尼斯洛夫　好了，那我就可以证明，您的子女是法兰西人。

塔拉朵拉　（赶紧阻拦）别，别，还是算了吧；我相信你的本事，愿意把普里亚塔嫁给你。

贾尼斯洛夫　夫人，我真是欣喜若狂！我现在灵感迸发，我将写出创作生涯中最好的颂歌!

皮奥切斯基 您的文章全是佳作，先生! 富于希腊语所特有的简洁。

贾尼斯洛夫 非也，我从来没有偷过希腊语，我的简洁是我自己的。

塔拉朵拉 怎么可能? 您本人就像一个希腊人。

贾尼斯洛夫 这有什么奇怪呢，夫人? 很合理嘛! 您想，我们所有人都源自亚当，而亚当很有可能是希腊人，因此，我也是希腊人。

皮奥切斯基 真是可喜可贺，先生。您虽然有俄国姓氏，但这并不妨碍您成为希腊人。

兰采金 好了，事情就这么定了。走吧，我的朋友，为了让你容光焕发，我带你去放点儿血，然后再给你吃上二三十粒回春丸。

贾尼斯洛夫 我还想朗诵一下鄙人的颂歌。

兰采金 还是先去放血吧!

贾尼斯洛夫 也好! 我待会儿回来，夫人! (与兰采金下)

普卢塔娜女扮男装上。

普卢塔娜 Pardonnez moi，monsieur! (法语：抱歉，先生!) 在下斯拉沃柳博夫，冒昧造访，实在唐突! 您的学识，monsieur (法语：先生)，以及您的清誉，madame (法语：女士)，如雷贯耳。在下同样倾心诗艺，不胜仰慕之至，因此觉得必须与您 connoissanee (法语：相识)。

皮奥切斯基 哦，先生，我一向乐意结交才俊!

塔拉朵拉 您真是彬彬有礼，欢迎您常来! (暗自) 好一个美男子!

皮奥切斯基 先生，您专攻哪种文体?

普卢塔娜　想到什么写什么，先生，而且相当好。Sans vanité（法语：毫不夸张地）讲，我很有才气。也许有人会说我自吹自擂，但请您不要相信他们。您要相信我所说的，因为最了解我的人莫过于自己。

皮奥切斯基　这点毋庸置喙。

塔拉朵拉　我很想拜读您的大作，先生，我想它们一定与您本人一样美妙。

普卢塔娜　夫人！过奖了！我写了一首诗赞美您的美貌……这首诗如此生动，就连我的法国理发师都笑得跟俄国的胖商人一样。

塔拉朵拉　哪里，先生！我有那么美吗？

普卢塔娜　您的美貌，夫人……哪里还能更美呢？老鼠的眼睛也不如您的尖锐，您的牙齿不逊于大象；总之，就算您再活上两百五十年，也不可能比现在更完美，我愿意为这颠扑不破的真理而辩护。

皮奥切斯基　请允许我欣赏您的大作！

普卢塔娜　请吧，先生！

不管有多少蜜蜂，
来吸取你的美丽……

我这里用蜜蜂比喻时间，就是说时间飞逝，在跟她的美貌抗衡……事实上，这很好理解，不是吗？

不管有多少蜜蜂，
来吸取你的美丽，
你永远不会枯萎，
会一直华丽绽放。
你那迷人的双眼，
放射出魅惑的光，

你无时不在俘获，

把众人的心收割。

二位觉得如何?

皮奥切斯基 太棒了，先生!

普卢塔娜 那当然！我每写一行诗都得啃坏三支笔。（走近塔拉朵拉）夫人，我把它献给您，（低声）连同我的心。

塔拉朵拉 （低声）我也把心献给您！（拿过诗，转向一旁，低声说）啊，一封信！肯定是写给我的情书！（回过身，低声）再见，先生！我回房间去欣赏。

普卢塔娜 （低声）我什么时候能再见您呢?

塔拉朵拉 （低声）一分钟之后，mon coeur（法语：我的心），你可真是猴急!（下）

普卢塔娜 先生，请您庇护我这个不幸的小女子。

皮奥切斯基 什么？你在开玩笑吗?

普卢塔娜 不，先生！我的不幸会证实我所说的。

皮奥切斯基 我迫不及待想了解您的遭遇，一定竭尽所能……请坐吧，小姐!

普卢塔娜 先生，我本是一位贵族之女，跟贾尼斯洛夫同乡。我们相爱，他发誓对我永不变心；我本已决定以身相许，可他却突然从学校消失。我打听到他在这里，给他写信没有回音。我以为信没寄到，就从家里偷跑出来。到这儿之后我才知道，原来，他要和您的外甥女结婚了，哦……请原谅我的失态，我实在说不下去了!

皮奥切斯基 天啊！您的遭遇可以写成一部伟大悲剧……（转向一旁）她多么楚楚可怜!

普卢塔娜　情急之下，我不得不假扮成刚才那副模样，来向您求助，以免他认出我来。现在，先生，我请求您对不忠的贾尼斯洛夫做出裁决。

皮奥切斯基　（转向一旁）她让我怦然心动！（高声）您希望我怎么做，小姐？

普卢塔娜　（温柔地注视着他）我已经不再爱他了。但是，被爱背叛的心灵永远渴望报复。既然我如此不幸，我怎么能允许他幸福呢？

皮奥切斯基　当然，小姐，您希望我拒绝他和小女的婚事？

普卢塔娜　正是，先生！

皮奥切斯基　但我的妻子已经答应他了，我得……

普卢塔娜　哦，先生！只要能报复这个负心人，我什么都愿意……请允许我跪倒在您脚下求您！

皮奥切斯基　您在干什么呀，小姐？

普卢塔娜　哦，先生！我感觉自己越来越虚弱！我也许活不到复仇的那一刻了！别了，先生！（假装晕倒）

皮奥切斯基　啊，怎么办！……她晕过去了！（把她扶到椅子上）真不忍心看美人受如此摧残！我必须得帮她！

贾尼斯洛夫上。

贾尼斯洛夫　我的未婚妻在哪儿，亲爱的先生？我……（看见晕倒的普卢塔娜）这是怎么回事？他是被您的诗歌催眠了吗？

皮奥切斯基　不是，这位先生自己晕过去啦！我得赶紧派人去药房，再去通知夫人……

贾尼斯洛夫　让我来给他读一读我的颂歌，以便加速他血液的流动。

皮奥切斯基　别！她会着凉的……您千万什么也别读，就在这儿看她一会儿就成。（下）

贾尼斯洛夫　（自言自语）我一定要证明，我的诗歌有起死回生的妙用！（掏出诗歌，在普卢塔娜面前读起来）

黑夜的半夜黑暗涌起，
旋风突然卷上苍穹，
天穹为之抖个不停。
火星登时扔开了病榻，
满腔怒火将它的肚子撑炸。

来看看我的诗歌效果如何！（用手试探普卢塔娜的额头）啊，他身体真烫！我的诗激情若斯！容我继续读来！

花儿蜷曲了花瓣，
叶子卷起了叶片……

普卢塔娜　啊！受不了啦！

贾尼斯洛夫　他活过来了！我真是天才！

塔拉朵拉拽着兰采金急上，边上边争论。

塔拉朵拉　他晕倒了！快点儿，医生！得给他解开衣服，帮他透透气。

兰采金　不行，想要医好他，必须得双手双脚各放三碟子血，然后再给他灌上半桶水。

塔拉朵拉　不！最好用酒精嗅鼻子……

贾尼斯洛夫　（得意）不用担心，我的诗歌比酒精还管用，已经把他救过来了！

塔拉朵拉　他又好了！这是真的吗？

普卢塔娜　Oui，madame（法语：是的，太太！），为您效劳！

兰采金　怎么！您晕倒了，没等我来，就又醒了？简直是岂有此理！

贾尼斯洛夫　这不能怪他，我的朋友，要怪只能怪我的诗歌太神奇。

兰采金　怎么，连你也和我作对？我可是帮了你大忙！告诉你吧，你这笨蛋，你的诗歌只能把活人气死！

贾尼斯洛夫　那是你还没见识我的最新力作哪！你听着……

兰采金　别烦我！救死扶伤是医生的天职，而不是作诗匠的。

贾尼斯洛夫　你听听嘛……

兰采金　我要与你绝交，像躲避病原体一样远离你。（下）

贾尼斯洛夫　我抓也要抓住你，你不听也得听！（追下）

塔拉朵拉　可把我吓坏了，我的灵魂！他们跟我说您死了。我听完所有头发都立起来了。

普卢塔娜　夫人，我死是小事，只是再也见不到您！

塔拉朵拉　您还开玩笑！您的信我读过了，写得真好！

普卢塔娜　Parbleu，madame！（法语：见鬼，夫人！）我从来没写过情书……您还没答复我呢？

塔拉朵拉　我……亲爱的，我何德何能？

普卢塔娜　啊，夫人！您的温柔让我心动，您那闪亮的眼睛如同爱情的火焰，把我的心点燃；我为您嫉妒得发疯，如果再让我看见我的情敌，我一定会绝望地死去。

塔拉朵拉　啊，不要，不要死去！我需要您……您指的情敌是谁呢？您尽管说，我一定让他从这里消失，哪怕是我的丈夫！

普卢塔娜　就是那个贾尼斯洛夫，他对您不怀好意！

塔拉朵拉　啊，可他是要娶我外甥女的呀。

普卢塔娜　由您决定，夫人，我和他非但不能同处一室，甚至不共戴天。

皮奥切斯基上，后面跟着阿兹布金。

皮奥切斯基　（暗自）她已经活了，我真开心！（回头对阿兹布金）先生，我是非常乐意的，只要夫人不反对。

塔拉朵拉　什么事？

阿兹布金　是这样的，今天您的一位朋友跟我说，您丈夫是小偷，我这才想要取消婚约；随后呢，我的外甥请一些正直的人向我解释清楚了，他的偷是文人的偷，而文人的偷不叫偷，于是我又决定履行我们的婚约。

塔拉朵拉　我很高兴，先生。只不过，我们已经答应了别人，所以请允许我们再考虑一下。

皮奥切斯基　没错，先生，我也是这么请求您的，请容我们考虑一下……

阿兹布金　好，老弟，考虑吧，只不过您要用自己的脑袋考虑，人家说您总是用别人的脑袋考虑……

皮奥切斯基　那纯属无端诽谤！我自己同样擅长思考，比如说我想到了……

塔拉朵拉　你想到了什么，我的灵魂？

皮奥切斯基　绝妙的创意！不过，在公开之前，我们得私底下商量一下，免得被别人偷了去！

塔拉朵拉　二位，请先到旁屋稍候，我们马上就来。

阿兹布金和普卢塔娜下。

塔拉朵拉 你想到了什么？

皮奥切斯基 新的诗体。

塔拉朵拉 什么诗体？

皮奥切斯基 我要让每一个音步里都包含四个长音，一个短音。

塔拉朵拉 好主意，我的光！可是，一个短音都不要岂不是更好吗？

皮奥切斯基 这样太难了。

塔拉朵拉 但我喜欢长音，长音情绪更饱满。

皮奥切斯基 好，让我想一想。（暗自）还是尽早找我的美人去吧。

塔拉朵拉 必须承认，妻子的荣耀就是丈夫的荣耀。不管怎样，他的这个创意肯定会让他更加出名。至于他的诗嘛，要是多些长音我就更喜欢了，可惜净是短音。

（幕落）

第三幕

幕启，特罗伊金娜和贾尼斯洛夫在玩儿牌。普里亚塔在弹钢琴。兰采金拿起小提琴，调音，准备给普里亚塔伴奏。普卢塔娜一会儿向皮奥切斯基暗送秋波，一会儿跟塔拉朵拉眉目传情。皮奥切斯基和塔拉朵拉分坐在装有潘趣酒的器皿两侧。桌上有好几只杯子，有些喝了一半，有些喝干了。伊万给众人上茶。

阿兹布金　这酒真不错，酒不醉人人自醉！

塔拉朵拉　感谢夸奖，先生！（*对丈夫*）你怎么不喝，亲爱的，我专门为你调的。

皮奥切斯基　我已经喝两杯啦，我的光！

米　隆　亲爱的，我们的婚事是不是已经定了？

普里亚塔　只要舅舅舅母同意就行。

伊万给特罗伊金娜上茶。

特罗伊金娜　（*看着伊万对塔拉朵拉*）您的仆人可真壮实！您从哪儿弄来的，夫人？

伊　万　我在老爷的领地出生，夫人！后来就到城里来给太太做理发师了。

特罗伊金娜　哟，还挺会答话儿的。梳头肯定也梳得不赖！改天借给我用两天吧！

贾尼斯洛夫 嗬，伊万，又有外快赚啦！

伊　万 夫人，我很乐意，只是……

塔拉朵拉 他是个坏东西！

伊　万 夫人，那可怪不得我啊，谁让您的脑袋老是动来动去来着！

塔拉朵拉 你还敢顶嘴！下去！

伊万悻悻然下。

阿兹布金 先生，我们的亲事就算定了吧？

皮奥切斯基 我都行，听夫人的吧。

塔拉朵拉 我没意见，他说了算。

阿兹布金 啐！到底谁能给个准信儿！

普卢塔娜 （对兰采金）医生，您怎么不拉呀？

兰采金 小姐，我们开始吧！

贾尼斯洛夫 （把牌扔掉）不玩了！全叫你赢了！你这手气也忒旺了吧！

特罗伊金娜 要是没人骗我，我自然不会输那么多钱。

兰采金 让你们得寒热病去吧！该死的赌徒……不让人演奏！

特罗伊金娜 （喊）谁想玩牌？

贾尼斯洛夫 （坐到阿兹布金旁边）先生，整个屋子就属您这儿最欢乐！

阿兹布金 快坐下吧，在我这儿你的口袋不会变轻，只有头会变沉。

特罗伊金娜 （一边洗牌一边喊）谁和我玩儿牌？

阿兹布金 你们刚才玩儿啥了？

贾尼斯洛夫　“十字架”，先生！

阿兹布金　咳！玩儿“十字架”输成这样？我告诉你，你别管三七二十一，见牌就炸，保管输不了！

特罗伊金娜　（*继续洗牌，喊*）谁要玩儿“猜点儿”？

兰采金　该死的赌徒！我去跟她玩儿一局，不然她简直要把人吵死啦。（*在牌桌旁坐下*）发牌吧，夫人！

塔拉朵拉　哇！兰采金玩儿牌了！真是头回见！……夫人，让我跟他玩儿这一局。

特罗伊金娜　那我跟谁玩儿啊？

塔拉朵拉　你先歇会儿吧，你就不累吗？

特罗伊金娜　那我看着你们玩儿好了。

皮奥切斯基　（*暗自*）机不可失！（*对普卢塔娜*）小姐，我决定要拒绝贾尼斯洛夫了……作为对我的奖赏，我希望您能……您脸红了？啊，小姐，这意味着我的不幸吗？

普卢塔娜　不是，先生！是因为我不明白您的意思。

塔拉朵拉　五点，先生！

兰采金　三点，夫人！

塔拉朵拉　你真好笑，五点，亲爱的！

兰采金　你才好笑呢，三点，夫人！

塔拉朵拉　五点，我说是五点！

兰采金　三点，夫人，三点！

塔拉朵拉　哼！跟你没法玩儿！（*把牌砸到兰采金脑门上*）再跟你玩儿牌是小狗！

兰采金　又是脑门！你就不能换个地方？都快把我砸傻了！

贾尼斯洛夫 哈哈哈！我们的夫人连她丈夫的脑门都不放过哪！你还想跑？她就爱打脑门！

塔拉朵拉 够了，先生！我说了，以后再不想跟你玩儿牌了……（暗自）这个贾尼斯洛夫真让我受够了，我得想法子治治他！（对贾尼斯洛夫）先生，请你过来一下。听着，你跟阿兹布金先生说话可得小心点儿，他可是一位将军。

贾尼斯洛夫 啊，原来如此！

特罗伊金娜 （洗牌）谁要“拉长条”？

阿兹布金 公爵小姐！你这么喊，不知道的人还以为你在叫卖法国面包呢！

贾尼斯洛夫 别管她，咱们还是再干一杯吧，阁下！

阿兹布金 什么？什么蛤虾？

塔拉朵拉 （低声对阿兹布金）哦，先生！贾尼斯洛夫总喜欢给别人取外号！

阿兹布金 （生气）听着，我的朋友！我可不是什么“蛤虾”！

贾尼斯洛夫 您可不就是“阁下”吗？

阿兹布金 好哇！（对皮奥切斯基）先生，如果您想我们两家结为亲家，那就必须跟这家伙绝交……竟敢管我叫“蛤虾”，最好把他轰出去！

皮奥切斯基 您别生气，他说着玩儿的。

阿兹布金 我气的就是这个！这个人就知道造谣生事！他还跟我说，您把好些个人都给偷光了，名字我都记不住了。

塔拉朵拉 什么，先生，你竟敢污蔑我丈夫是贼？你忘了，我警告过你，只要你犯一点儿过错，我就叫人把你撵出去；既然你咎由自取，那就请吧！

普卢塔娜 Bravo! Madame!（**法语：好样的，夫人！**）您果然说话算话，我没看错人！

特罗伊金娜 叫他滚！夫人，叫他滚！他这个骗子手，把我也骗得好苦！

贾尼斯洛夫 你们怎么全都针对我？难道你们忘了，我是一位诗人？

塔拉朵拉 诗人怎么了！难不成你要写诗讽刺我吗？

贾尼斯洛夫 还用写诗吗？你本人就是个极大的讽刺！我才华有限，写不出比你本人更讽刺的讽刺诗！（**下**）

普卢塔娜 Parbleu! Eh bien, madame!（**法语：该死！啊，夫人！**）你们家里总是这样好戏连台吗？

塔拉朵拉 天天如此，mon cher（**法语：亲爱的**），总得找点事儿干打发时间啊！

特罗伊金娜 您可真会捉弄人，夫人！（**对阿兹布金**）哥哥，你不知道，夫人就喜欢看客人斗鸡！

阿兹布金 我们的事情到底怎么样呢？

米　隆 我能否指望您的成全？夫人？

普里亚塔 舅母，可以吗？

塔拉朵拉 你快把我烦死啦！

普里亚塔 我哪儿招您烦了？

塔拉朵拉 浑身上下！你看看你，个头竟然比我还高，你都要嫁人了，可个头还在长！

普里亚塔 这也不能怪我啊……

塔拉朵拉　不怪你怪谁？我为什么不长你这么高？我丈夫在结婚前五年就认识我了，当时我多高，结婚时还是多高。

皮奥切斯基　我的欢乐！我听说，在我认识你之前好几年你就没长过了。

塔拉朵拉　我们家族的女性个子都不高，就显得你鹤立鸡群。早点儿嫁了也好，眼不见心不烦。米隆先生，希望你不要让我后悔！

米　隆　夫人，您尽管放心！

塔拉朵拉　（对丈夫）亲爱的，我还有事跟你说。普里亚塔，你先出去一下，特罗伊金娜夫人和米隆先生会陪你。

特罗伊金娜　走吧，新娘子！我来教你玩儿牌。

兰采金　可是……音乐会怎么办？

塔拉朵拉　晚点儿再说，兰采金先生！

兰采金　（懊恼）我都准备好了，还给琴弓涂了松香。……哼！把这些东西都搬到我自己屋里去，独奏！（带着小提琴下）

普卢塔娜　Madame和monsieur，如果你们不反对，我也去加入普里亚塔小姐他们。

塔拉朵拉　您去吧，先生，我很快就来。

皮奥切斯基　我也马上来。

塔拉朵拉　（对皮奥切斯基）亲爱的，我需要和你谈谈。

皮奥切斯基　这个乡巴佬还在这儿呢。

阿兹布金　都走了，我也要走吗？

皮奥切斯基　不用，您走了我们会舍不得的。

阿兹布金　啊，那我就再坐会儿，咱再唠唠！

塔拉朵拉　（暗自）真是不知趣。要不是看在未来女婿的分儿上，我早就把他赶出去了。——啊，您坐！

皮奥切斯基 （低声对妻子）想法子把他支走吧。（没话找话）啊，先生，您来时一路上还顺利吧？

阿兹布金 还行，还行。

塔拉朵拉 （低声）我烦透了！（对阿兹布金）您更喜欢哪儿呢？这里，还是乡下？

阿兹布金 这儿好啊，哪儿哪儿都新鲜。

皮奥切斯基 （低声对妻子）你想跟我说什么来着，说吧！这个傻瓜是熬不死的，哈哈哈！

塔拉朵拉 （低声）当着他的面没法讲。我也快被他笑死啦！哈哈哈！

阿兹布金 你们笑什么呢？说出来，让我也乐乐。

皮奥切斯基 没什么，先生！我笑她呢。

塔拉朵拉 我笑他呢，先生！

阿兹布金 你们俩互相笑什么呢？……我看我还是找他们去吧。（起身）

皮奥切斯基 还是跟我们待会儿吧！您非要走吗？

阿兹布金 我，那个……

塔拉朵拉 （把他的凳子挪开）如果您有事，您就去。

阿兹布金 （想在皮奥切斯基的凳子上坐下）没事，不用。

皮奥切斯基 （用身子挡住自己的凳子）我看出来了，先生，您只是出于礼貌才留下来的，但您完全不需要这样做。您肯定是有事要离开。

阿兹布金 我真没事。我就是想看看他们是怎么教玩儿牌的。（想

坐到塔拉朵拉的凳子上）

皮奥切斯基 （用身子挡住妻子的凳子）不对，先生，您出于礼貌隐瞒了您的真实想法。

塔拉朵拉 我看您的眼睛就看出来啦，我见不得您这样委屈自己。（挽住他的胳膊，往外带）

阿兹布金 （抗拒）亲家母！亲家母！我真的没事儿！

皮奥切斯基 不，先生，我不喜欢人们为我勉强自己。我希望客人随心所欲。没事的，您请便吧。（抓住另一只手，往外带）

阿兹布金 你们太客气啦！

塔拉朵拉 不用客气，先生，洞察并满足客人的心愿是我的乐趣！

皮奥切斯基 不必拘礼，先生，您去吧，去吧！（把阿兹布金往外推）

阿兹布金 好家伙！回见！城里人的礼数可真周到！（下）

塔拉朵拉 哈哈哈！你可真行，我的灵魂！你把他轰出去了，他还得念你的好！

皮奥切斯基 现在这社会就得这么办，我的灵魂！你想说什么来着！

塔拉朵拉 是这么回事，我们商量好把普里亚塔嫁给贾尼斯洛夫之后，我有点儿操之过急，给了贾尼斯洛夫……

皮奥切斯基 给他什么了？

塔拉朵拉 那一万块嫁妆钱。

皮奥切斯基 什么！……现在怎么办？你干吗给他呢？

塔拉朵拉 咳，老爷！关键是拿什么给米隆啊？

皮奥切斯基 你也太草率了，我的光！一万块，闹着玩儿的吗？

塔拉朵拉 我不会便宜了这狗东西。我把他骗到家里来，叫人好好揍他一顿；要不然我跑到他家里去，把他家门全砸了，强迫他吐出来……

皮奥切斯基 不行，这样你要坐牢的。不能强迫，要让他自愿交出来。我是这么想的，让他到家里来，我对他好言安抚，夸赞他的诗歌，许诺把普里亚塔嫁给他，然后再把钱要过来……然后你再说不同意，这不就行了吗？

塔拉朵拉 他要是不给钱呢？

皮奥切斯基 那就把普里亚塔给他算了。

塔拉朵拉 可她爱着米隆啊！

皮奥切斯基 什么爱不爱的。过日子嘛！猫跟狗都能过到一块儿去！我跟你不也过得挺好的嘛！

塔拉朵拉 也好，老爷！那就派人叫他去吧。

皮奥切斯基 不用！他自会登门。他的一部悲剧提纲还在我这儿呢，他肯定会来拿的。我的生命，你去待客吧，叫人把我房间的法国悲剧拿过来，我要写完一个独白。

塔拉朵拉 好。俄国悲剧要不要？

皮奥切斯基 何必？还不都是一个样！

塔拉朵拉下。

皮奥切斯基 （自言自语）写戏剧啊，尤其是悲剧，是非常辛苦的。为了创作，我顾不上家业、妻子、儿女，在拉辛等人的帮助下，我的悲剧写得相当不错。不幸的是，我生活在这样一个世纪，法语成了通用语……（仆人拿书上）啊，悲剧来了！放这儿！滚吧！（仆人下）这里有一行可用，我记一下……（翻开另一本）这里有六行……这两行也不错。啊，这行诗多妙！不仅为整段独白，而且为整个悲剧增光添彩！

就用它来结尾……好了，独白成了！尽管我外表谦逊，但私底下我必须得承认，我是文豪！想想吧，一个独白就花费这么多心血，更何况一整部悲剧呢？

贾尼斯洛夫上。

贾尼斯洛夫 皮奥切斯基先生阁下！

皮奥切斯基 哦，贾尼斯洛夫先生！快请进！

贾尼斯洛夫 可是，夫人她……

皮奥切斯基 咳，大丈夫何必跟小女子斤斤计较？

贾尼斯洛夫 我原本今生今世再不会登门，只是贵府有一样东西对我有莫大的吸引力。

皮奥切斯基 何人有此荣幸？恐怕我本人并没有这样的魅力吧。是我的妻子？

贾尼斯洛夫 不是！夫人也许能迷倒很多人，但我不在其列。

皮奥切斯基 是普里亚塔？

贾尼斯洛夫 也不是。

皮奥切斯基 那我可猜不出来了。是什么呢？

贾尼斯洛夫 您怎么会猜不出来呢，是我的悲剧提纲啊！

皮奥切斯基 不错，先生！只有这块磁石配得上您这样的铁疙瘩！

贾尼斯洛夫 坐下聊吧；让我们忘记过去，探讨悲剧吧。

皮奥切斯基 （暗自）我只关心我的钱，谁稀罕你的破提纲……（掏出一张纸）请吧，先生，在这儿呢。

贾尼斯洛夫 开端、结局还有人物性格您想必已经全部了解了？

皮奥切斯基 没错，先生！写得简直不能再好！实话实说！

阿兹布金上，看见贾尼斯洛夫，躲在桌旁偷听二人谈话。

贾尼斯洛夫　先生，现在还有一事相商，您觉得我该给公爵小姐和她的哥哥安排怎样的死法？

阿兹布金　（暗自）啊！我听到了什么呀！

皮奥切斯基　这随您的便，先生，只要够悲剧就行。

阿兹布金　（暗自）啊！这个混蛋！好像在讨论两只鸡！

贾尼斯洛夫　两个一起杀还是分开杀？

皮奥切斯基　最好两个一起，或者看情况一个一个来。

阿兹布金　（暗自）啊！完蛋！眼看小命不保！我还是赶紧溜吧！

贾尼斯洛夫　天机不可泄露，我去关上门。（阿兹布金藏到桌下，贾尼斯洛夫插上门）现在好了。我决定，看情况，一个一个杀！您建议怎么个死法？

皮奥切斯基　依我之见，为了增添美感，应该先把公爵小姐灌醉……或者在食物里下毒；至于她哥哥嘛……

贾尼斯洛夫　至于她哥哥，我想到了一种新死法，不知是否可行。

皮奥切斯基　好极了，什么新死法？

贾尼斯洛夫　我要把他活活吊死，这肯定会令人大吃一惊。

皮奥切斯基　哦，先生，这绝对是神来之笔！

阿兹布金　（暗自）该死的杀人犯！听他们的口气就像处置一条狗！公爵小姐也就算了，我招谁惹谁了？

贾尼斯洛夫　公爵小姐呢，她该不该死？

皮奥切斯基　您想让她死她就得死！有何不可呢？既然她如此恶毒、高傲、刚愎自用、水性杨花……

阿兹布金　（暗自）这倒说得没错！我可怜的妹妹，你认识这个混蛋算倒了霉！

贾尼斯洛夫 好了。您的普里亚塔什么时候嫁给我？我想越快越好。如果我有外甥女，我也会把她嫁给诗人，这样我们就成了诗人世家；再者说，给我的嫁妆钱已经花了一半儿。

阿兹布金 （暗自）哦，该死的！怪不得要把我吊死！

皮奥切斯基 您简直像雅典智者一样善于思考。（低声）看来，普里亚塔只能嫁给他了。

贾尼斯洛夫 那我们就毒死公爵小姐，吊死她的哥哥，万事大吉。

阿兹布金 （暗自）该死的，绞索留给你自己吧！

皮奥切斯基 一言为定，先生！

皮奥切斯基将贾尼斯洛夫送出门，阿兹布金从桌子底下钻出来。

阿兹布金 我这条小命不知道能活到什么时候！上帝保佑，千万别跟这样的人结亲家。在他家里，吓也得吓死……啊，有人……

皮奥切斯基返回，阿兹布金惊慌失措。

皮奥切斯基 啊，我的先生！您在这儿呢？……我真高兴……

阿兹布金 （暗自）我的死期到了！（屈身行礼）听您吩咐，先生！

皮奥切斯基 见到您真是太高兴了，我得跟您谈谈。（想抓他的手）

阿兹布金 （躲避）我错了，先生！我的手疼。

皮奥切斯基 您似乎想走？

阿兹布金 （惊慌失措）啊，不是，不是，先生！我不走。（暗自）他的兜里是不是绳子？

皮奥切斯基 请坐吧，先生！（自己落座）

阿兹布金 （战战兢兢坐下）遵命，先生！

皮奥切斯基 （搬着凳子靠近他）我想知道，您打算何时举办婚礼。

阿兹布金 （搬着凳子躲避他）听您安排，先生！

皮奥切斯基 （靠近他）先生，我听您的。

阿兹布金 （躲避他）在您家，您做主，先生！

皮奥切斯基 （靠近他）今天都成，先生，我想越快越好！

阿兹布金 （躲避他）我不反对。（暗自）他要动手了！

皮奥切斯基 那请允许我知会夫人一声。

阿兹布金 好，先生！（暗自）你可赶紧走吧！

皮奥切斯基 您在这儿等一会儿，先生？

阿兹布金 啊不，我得走了。

皮奥切斯基 （转身，作势拥抱）您要走了吗？别了，先生！

阿兹布金 （赶忙躲开）啊，不，先生，我不走，我等着您！

皮奥切斯基下。

阿兹布金 （自言自语）啊！好险！我还活着吗？还是已经死了？上帝保佑！让我赶紧离开这个鬼地方吧！城里真不是乡下人待的！看上去好端端一个家庭，却是个杀人谋财的贼窝！

特罗伊金娜生气地上。

特罗伊金娜 该死的贾尼斯洛夫，我该拿他怎么办？他连看都不看我一眼！

阿兹布金 啊，妹妹，你好啊。你还活着呢？我还以为咱兄妹俩都死了呢。

特罗伊金娜 你说什么胡话呢？

阿兹布金 妹妹呀，有人要勒死我呀！我现在时不时地就得摸摸脖子，看有没有绳索。

特罗伊金娜 到底怎么回事儿，你欠下赌债了？

阿兹布金　没有，我什么也没输，可也什么也没赢。你先四处看看，有人没有。

特罗伊金娜　没人。到底怎么了？

阿兹布金　听着！皮奥切斯基和贾尼斯洛夫打算把咱俩……嘘，有人！

特罗伊金娜　哎，你倒是把话说清楚啊……

阿兹布金　把咱俩除掉！给你下毒，把我勒死。

特罗伊金娜　啊?！这些背信弃义的臭男人！

阿兹布金　别喊啦，我们还是赶紧跑吧！

特罗伊金娜　米隆的婚礼呢？

阿兹布金　全是扯淡！他们商量好了，干掉咱俩，把普里亚塔嫁给贾尼斯洛夫。

特罗伊金娜　啊！这个狗男人！（跌坐到椅子上）

阿兹布金　快跑吧！

特罗伊金娜　等等，哥哥，我把最后一圈牌打完……

阿兹布金　你不要命啦……

特罗伊金娜　等等！你的帽子，在那屋呢……还有我的牌……

阿兹布金　顾不上啦，保命要紧！（拽着特罗伊金娜慌张跑下）

（幕落）

第四幕

幕启，普里亚塔、米隆和普卢塔娜三人在商谈。

普里亚塔 （对普卢塔娜）你为什么打扮成这个样子？我不想你欺骗舅舅舅母。

普卢塔娜 这您就别管啦。您舅舅舅母都已经被我迷住了。还差一点儿就大功告成了。

普里亚塔 普卢塔娜，我觉得你胆子太大了，你得跟我说，不然我就告诉舅母你是女人。

米 隆 不要，亲爱的，你会害了我们的！

普里亚塔 为什么不告诉我你们的计划？

普卢塔娜 事成之后再告诉您。

米 隆 亲爱的，为了爱情，你就别再追根问底啦。只要法子管用就行。

普里亚塔 但如果是借助欺骗……

普卢塔娜 您放心，小姐，我不会伤害您舅母的清誉；我们现在只需要想法子把贾尼斯洛夫的嫁妆钱要回来……好像是有人来了，赶紧躲起来。

普里亚塔 普卢塔娜，我们的幸福全在你手上啦！

米 隆 事成之后，我们一定好好酬谢你。

普里亚塔和米隆同下。伊万悄悄上，藏起来。

普卢塔娜 （自言自语）老实说，我真的是棋走险招；不过，我的计划已经成功了一大半，这家的老爷太太全都被我迷住了……

伊　万 （低声）绝对是黑魔法！老爷，太太……

普卢塔娜 事已至此，一不做二不休吧！我要做一个女中豪杰！

伊　万 （低声）咦，是个女的？

普卢塔娜 我要像一位勇士一样！

伊　万 （低声）啐，原来是个男的！

普卢塔娜 等事成之后，继续做我的美少女！

伊　万 （低声）真是奇了怪了，怎么又成少女了？

普卢塔娜 （发现伊万）啊！是你，伊万！你在这儿做什么？

伊　万 （行礼）先生，请您给我讲讲，您到底是男是女……

普卢塔娜 （暗自）完蛋了……（佯怒对伊万）你怎么敢质问我？

伊　万 （畏惧）我错了，先生！我刚才听见……

普卢塔娜 笨蛋！耳朵听见的能算数吗？

伊　万 对不起，先生。我下次改。

普卢塔娜 （暗自）这傻小子鬼头鬼脑的肯定有人指使。我还是小心点儿为好。（对伊万）听着，我的朋友，你家太太邀请我搬到她家里来住。

伊　万 搬到这儿来，先生？可是这里的房间都占满啦，住不下啦！您不嫌挤得慌？

普卢塔娜 这可用不着你操心，太太自有安排。听着，如果太太问起我，你就说我出去办事，很快就回来。（下）

伊　万 （自言自语）怪不得兰采金先生给我钱让我打探秘密呢，

这个家里到处是怪事！这个人阴阳怪气的。可是谁知道呢，耳朵听见的有时候确实不算数。

兰采金上。

兰采金 （*自言自语*）塔拉朵拉夫人对我突然冷淡了，肯定有隐情。我给她做了检查，一切正常，不像有病。我也没惹她不高兴啊。那么说，肯定是她另有新欢了。一定是新来的那个！不怕她！我借口有法子让钱生钱，把那一万块嫁妆钱从贾尼斯洛夫那儿全骗过来啦！只要她对我表露出哪怕一点儿不耐烦，我立马卷钱走人！

哦，伊万！（*对伊万*）我的朋友，你打听到什么没有？

伊　万 说有也有，说没有也没有。

兰采金 怎么说？

伊　万 是这样的，那个年轻的先生，就是新来的那个……

兰采金 他怎么了？

伊　万 他不是男人，是个女的。

兰采金 女的？……这里面肯定有猫腻儿……我很满意，我的朋友；作为奖赏，我免费承诺今后给你治疗任何疾病。（*冲一旁*）我说的是免费承诺，可不是免费治疗。

伊　万 别别别，先生！作为奖赏，我求您永远别给我看病！

兰采金 我答应你无知的请求，我的朋友，尽管救死扶伤是我的天职。

伊　万 （*转向一旁*）我看是救谁谁死，扶谁谁伤。

兰采金 你确定他是个女的？

伊　万 也不很确定，他急匆匆地走了；但我相信肯定是。

兰采金 你为何没有揭穿他，我的朋友？

伊　万　我哪儿敢哪？万一我弄错了呢？不是找死吗？

兰采金　不妨事，我的朋友。万一弄错了，你就找我来，我给你吃上一些鸦片，让你疯掉，然后我就跟老爷太太说，你是疯了才这么干的。

伊　万　谢谢你吧，先生！

兰采金　我觉得这里一定有鬼。我一定得查个水落石出。（*坐下写字，折成一封短笺交给伊万，对伊万耳语*）听着……对任何人不要讲这是我写的——我特意改了字迹——赶紧去吧，记住我吩咐的。

伊万下。

塔拉朵拉上。

塔拉朵拉　啊，是兰采金先生！你见没见着斯拉沃柳博夫先生？

兰采金　您现在光惦记着这位公子哥了，把我都忘到后脑勺啦！

塔拉朵拉　咳，先生，你整天在我眼前晃来晃去，想忘都忘不了！斯拉沃柳博夫先生不一样啊，他年轻，是新人……

兰采金　是，是，我知道您凡事喜欢新的。

塔拉朵拉　没错！旧的招人烦！您凭什么要求我向您汇报呢？我可是全城有名的女人。

兰采金　知道，知道，您当我是瞎子不成？

塔拉朵拉　这叫什么话？您倒是说清楚，医生！您这话我不爱听，你是不是瞎子关我什么事？你就是长着一千只眼，也不见得比两只眼好使！

兰采金　您怎么还生气了？我就不能抱怨两句？错又不在我！

塔拉朵拉　难道是我错了？真是好笑！你什么时候看见主家在医生面前犯错了？错的人是你，我可以惩罚你。

兰采金　在您面前，人人都有罪！

塔拉朵拉　有罪就要受罚！

兰采金　您干吗发这么大火？

塔拉朵拉　我乐意，你不高兴？先生，这是我家，我愿意怎么着都行。

兰采金　可发火总得有原因哪。

塔拉朵拉　发火就发火，要什么原因？没原因就不能发火？笑话！

贾尼斯洛夫上。

贾尼斯洛夫　兰采金先生，我的钱能还给我了吗？

兰采金　什么钱？我根本没拿。

贾尼斯洛夫　怎么，你是在开“不拉狗”（法语：玩笑）吗？这可一点儿都不好笑！

兰采金　你自己还欠着我两次放血的钱呢！

贾尼斯洛夫　我还帮你写过两首滑稽诗呢！

塔拉朵拉　别提这个了。你说的是什么钱？

贾尼斯洛夫　就是您给我的普里亚塔的嫁妆钱。我让他帮我暂存着，他现在不认账了。

兰采金　先生，不要诬陷人！你肯定是写诗写得走火入魔，忘记把自己的财富藏到哪儿了。

贾尼斯洛夫　就在你那儿，先生！

塔拉朵拉　（对医生）他怎么不赖别人呢？

兰采金　您觉得我有这么卑鄙吗？您知不知道，我有多少家产？

贾尼斯洛夫　这得问问那些被你亲手送到阴间的冤死鬼！

塔拉朵拉　医生，您还是把钱还给他吧，免得我叫人来。

兰采金 你叫就叫。

塔拉朵拉 好！你等着，来人——

兰采金 啊，别别别，我知错。

塔拉朵拉 赶紧滚吧！

兰采金 好好好。（转身跑下）

贾尼斯洛夫 夫人，钱！

塔拉朵拉 对了！快，把他拦住！

兰采金 （站住回头喊）真是个疯人院！（跑下）

贾尼斯洛夫 夫人，他说这里是疯人院！

塔拉朵拉 别管他，他这是搬起石头砸自己的脚。这里的人全吃了他的药！

贾尼斯洛夫 对，疯也是他给弄疯的！夫人，您可真聪明！我现在就去把他拦下来！（跑下）

塔拉朵拉 （自言自语）让他们疯子咬疯子去吧。为什么看不见我的心上人呢？

普卢塔娜上。

普卢塔娜 Ah！Madame！Pardonnez！（法语：啊，夫人，请原谅！）我在您面前有罪！

塔拉朵拉 没关系，mon coeur（法语：我的心），没关系！

普卢塔娜 我请您惩罚贾尼斯洛夫，因为他伤害了我的尊严，用他的无知。我爱您，愿意住在您家里，但我不希望您与他结交。否则，不是他死就是我亡。

塔拉朵拉 可是普里亚塔怎么办，她得嫁人啊。

普卢塔娜 把她嫁给米隆吧。我与他素不相识，但看得出来，他是个很好的年轻人。虽然他不如您这么聪明优雅，诗才不及您丈夫千分之一，但他行为正派，一定能成为一位好丈夫。

塔拉朵拉 我也想这么做。不幸的是，普里亚塔的嫁妆钱已经给了贾尼斯洛夫，就算我不在乎这钱，老爷也不肯哪。

普卢塔娜 Madame，请让我去跟老爷谈！

塔拉朵拉 也好……等等！我想到了，我现在就吩咐普里亚塔，让她跟米隆偷偷去教堂找一位神甫，那神甫是我的老熟人，我派人给他带信儿，让他给俩人举办婚礼。咱们给他来个先斩后奏！

普卢塔娜 Que diable，madame！（法语：见鬼，夫人！）我没想到您这么聪明！

塔拉朵拉 我现在就去安排，完事来找你。

普卢塔娜 如果您不立刻来见我，我就会死去；如果您晚来一分钟，您就见不到我啦。

塔拉朵拉 你吓到我了，我的光！我一定快去快来！（下）

普卢塔娜 （自言自语）事情比我想象的还顺利。啊，皮奥切斯基先生来了，我要双管齐下！

皮奥切斯基上。

皮奥切斯基 哦，小姐，您为何一直躲着我？

普卢塔娜 我，躲着您？您怎么会这么想？

皮奥切斯基 我一直到处找您……

普卢塔娜 （假装害羞）我也在找您，先生！

皮奥切斯基 多么巧！我们彼此找，却谁也没找到谁！

普卢塔娜 您在哪里找我了？

皮奥切斯基 我满院子找您。

普卢塔娜 而我在诗坛——也就是您的书房。

皮奥切斯基 哦，小姐！我真该死……您不反对的话，我们换个地方聊？

普卢塔娜 不用，就在这儿说吧，我需要您，先生！

皮奥切斯基 如果您对我的需要和我对您的需要一样，那我简直比拉辛还幸福！

普卢塔娜 先生，我一个小女子，您需要我什么呢？

皮奥切斯基 啊，小姐，我需要您的……

普卢塔娜 什么，先生？

皮奥切斯基 您的心，小姐！

普卢塔娜 啊，先生！……请原谅，我感到心慌……

皮奥切斯基 啊，小姐，您又要晕倒了吗？我们还是离开这儿，我们想个法子。

普卢塔娜 等等，先生，在我向您托付我的心之前，您必须得满足我的请求——把普里亚塔嫁给米隆，好让贾尼斯洛夫死了这份心。

皮奥切斯基 可是嫁妆钱已经在贾尼斯洛夫手上了；我倒是没什么，可是妻子不同意……

普卢塔娜 （暗自）真不愧是两口子！（高声）您可以捎信儿给神甫，请他悄悄地给俩人主持婚礼。等完事之后，俩人再来请罪，您大可以假装生气……

皮奥切斯基 这真是个精彩绝伦的好主意，小姐！您真是太聪明了……来我书房吧，我给您写条儿。

普卢塔娜 我就不必去了吧，先生，我怕妨碍您的文思。

皮奥切斯基 怎么可能，小姐？恰恰相反，没有您我什么都写不出来。

普卢塔娜　先生，请您放过我这脆弱的小心脏吧……啊，我几乎要坦白了！

皮奥切斯基　坦白吧！小姐！在我面前坦白吧！这会让我和我的九位缪斯灵感迸发！

普卢塔娜　等等吧。我难为情……

皮奥切斯基　那就让我来对您坦白吧！

普卢塔娜　哦，不要，等等吧，我太虚弱啦。

皮奥切斯基　（暗自）啊，她多么楚楚可怜！

贾尼斯洛夫上。

贾尼斯洛夫　请问，我什么时候和普里亚塔去教堂？我连献诗都写好了。

皮奥切斯基　（暗自）肯定无聊至极！（高声）啊，先生，快读来听听吧！

贾尼斯洛夫　我没带在身上，我正让六个人誊写呢。

皮奥切斯基　要誊写这么多份？看来您是准备名声大噪啊！

贾尼斯洛夫　不是，就一份，分头抄写而已。

普卢塔娜　（低声）先生，您跟他废什么话？您不想惩治他了吗？

皮奥切斯基　（低声）我这是缓兵之计，把他稳住，好让普里亚塔溜走。

普卢塔娜　（低声）我受不了他，特别是当着您的面。

皮奥切斯基　（低声）这个人最讨厌，没人受得了他！

贾尼斯洛夫　先生们，你们在说什么呢？

皮奥切斯基　我们在称赞您的献诗，先生！

贾尼斯洛夫 没事，你们大可以当着我的面称赞，我一点儿都不介意。可是，这位先生看见我似乎有些不悦。

普卢塔娜 如果您记着自己的所作所为，那您就该知道我为何愤愤不平。

皮奥切斯基 （低声）别说了，小姐，别让他认出你来！

普卢塔娜 （低声）别担心，他不会认出我来。（转向一旁）他根本就不认识我。

贾尼斯洛夫 我怎么完全没印象……啊，我知道了，您肯定是一位诗人，恨我盖过了您的风头！您不必失望，先生，像我这样的脑袋，全欧洲独一份。

皮奥切斯基 您太谦虚啦，先生！何止全欧洲，全世界都找不出第二个！

贾尼斯洛夫 正是！您岂敢奢望与我并驾齐驱？更何况，您的命都是我给的哪。我的诗歌有起死回生之力！

皮奥切斯基 哦，伟大的诗人！应该为您竖起一座纪念碑！

贾尼斯洛夫 我正有此意。我正跟一位雕塑家筹划此事。婚礼什么时候举行？普里亚塔换好衣服了吗？我早就准备好了。

皮奥切斯基 正在换。我给她订了宝石头饰，但珠宝商坚持先付款再交货。你用嫁妆钱来付吧。

贾尼斯洛夫 可以。不过，要宝石干什么？

皮奥切斯基 没有宝石怎么能配得上您大诗人的身份呢？没有宝石她可不能去教堂。

贾尼斯洛夫 （暗自）看来，今天这婚是结不成了。钱还在兰采金那儿呢！（高声）那个……婚礼也不急于今天！

兰采金和特罗伊金娜上。兰采金在跟特罗伊金娜解释。

兰采金 夫人，那个不过是悲剧的剧情而已，我早就知道了。根本没人想杀死您，再说，我是医生，要死人的话我肯定头一个知道。

特罗伊金娜 您看看，真是闹了个大误会，把我吓得连牌都没顾得上拿。（对皮奥切斯基）对不住，我刚才没打招呼就走了。都怪我哥哥，老糊涂了。

皮奥切斯基 没事，夫人，没事。我早就发现，令兄的脑袋不太灵光。

特罗伊金娜 可不是！先生，我哥哥连新房都收拾好啦，就等新娘子过门啦。

贾尼斯洛夫 别，别。你跟他说，我跟新娘子不会在他家住的。

特罗伊金娜 什么！负心汉，你要娶她？

贾尼斯洛夫 当然！不娶她娶谁？

特罗伊金娜 怎么，皮奥切斯基先生，您同意了？……

皮奥切斯基 啊，这个……我夫人来了，她代表我的意见。

塔拉朵拉上。

塔拉朵拉 （暗自）我原本以为只有我的心上人一个，结果这么一大帮……（低声对普卢塔娜）我的心，我都已经交代清楚啦。

普卢塔娜 那就好，夫人！

贾尼斯洛夫 夫人，您倒是说说，普里亚塔您打算嫁给谁？是我，还是米隆？

特罗伊金娜 夫人，难道您想把普里亚塔嫁给这个笨蛋？

贾尼斯洛夫 我笨蛋？哪个笨蛋懂拉丁语？

特罗伊金娜 懂拉丁语了不起吗？讲俄语是笨蛋，讲拉丁语还是笨蛋！

贾尼斯洛夫 非也！拉丁语和俄语天上地下。

兰采金 但俄语药方和拉丁语药方的功效是一个样。比方说吧，我可以用拉丁语药方治好你的俄国病。

贾尼斯洛夫 你最好别惹我，医生！我反正是不会死在你手里，你可得小心，别死在我手里。

兰采金 我死？你别忘了，我才是医生。

贾尼斯洛夫 医生也白搭！你趁早还钱，不然我就跟你决斗！

塔拉朵拉 喔，有决斗看了！

兰采金 你以为我怕你不成！你知不知道有多少人死在了我手里？

贾尼斯洛夫 没错……都是吃你的药吃死的！

伊万上，将一封信交给塔拉朵拉。

伊　万 这封信是门口的一个陌生人给我的，要我转交给您。

兰采金 （暗自）是我的信。等着看好戏吧！

塔拉朵拉 什么信？（读）“小心被骗：有位熟人，女扮男装。”什么鬼！我怎么想不出有这样的人？

皮奥切斯基 （低声对普卢塔娜）我们暴露了。有人要揭穿我们！

普卢塔娜 （低声）糟糕！

特罗伊金娜 在场的有谁会是女扮男装呢？

皮奥切斯基 我很震惊！

塔拉朵拉 我更震惊！要真是如此，那我就太伤心啦！

兰采金 必须彻查清楚。

贾尼斯洛夫 我可以证明，我是男人，因为我有胡子。

普卢塔娜 Parbleu，madame！（法语：天啊，夫人），至于我嘛，很多人都可以证明我不是女人。

皮奥切斯基　（*低声对普卢塔娜*）您想要那张纸条的话，就来花园，我等你。

普卢塔娜　我一定来，先生！

皮奥切斯基　（*低声对伊万*）你帮我守着，除了这位先生，谁也不能进入花园。（下）

伊　万　是，老爷……

贾尼斯洛夫　走吧，医生！我们去花园商定决斗事宜。我可不是说着玩儿的。（下）

兰采金　我要让你看看，我也不是吃素的。你先去，我随后就到。（*低声对伊万*）你帮我看着，除了我和他，花园里谁也不能进。知道了吗？（下）

伊　万　是，先生。

兰采金　跟我来，我还有事吩咐。（下）

伊　万　一张纸条，鸡飞狗跳！等着看怎么收场吧！（随下）

特罗伊金娜　我得去打听打听，到底怎么回事。米隆也没个人影儿。新娘子准备好了，新郎官人选还没定！（下）

普卢塔娜　您在想什么，夫人？

塔拉朵拉　平生第一次，我心里如此不安。

普卢塔娜　怎么了？

塔拉朵拉　在我认识的所有男性中间，就您如此貌美，比女人还美；请您说实话，您在骗我吗？

普卢塔娜　您怀疑我，夫人！……我要怎么做，才能让您相信？

塔拉朵拉　想让我相信的话，来花园吧！

普卢塔娜 花园？……您不怕别人说闲话吗？

塔拉朵拉 不怕，我早就习惯了。

普卢塔娜 眼下不一样，马上就要举办婚礼了。谨慎起见，您最好换上男装。

塔拉朵拉 好。我再找人给我们把风。伊万！伊万！（*伊万跑上*）伊万，你在花园门口把着，除了斯拉沃柳博夫先生，谁也不能进花园！我们走吧。（*下*）

普卢塔娜 （*暗自*）糟糕！这下就是撒旦也得穿帮！（*下*）

伊　万 真是见鬼！人人让我守着，不让外人进——这能守得住吗？

特罗伊金娜上。

特罗伊金娜 （*自言自语*）我得赶紧派人去请哥哥，不然贾尼斯洛夫就要去教堂了。（*对伊万*）伊万，麻烦你跑一趟，请我哥哥立即到这儿来！

伊　万 又一桩差事！他住在哪儿呢？

特罗伊金娜 出门直走，过了桥第一个路口右拐，右手边上第二栋二层楼就是，楼下住的是达尔多茹普太太，楼上住的就是他。去吧！

伊　万 （*跑出几步又跑回来*）那个什么“大耳朵肉铺”太太住在楼上还是楼下来着？

特罗伊金娜 楼下！榆木脑袋！你管她干什么，你就记着我哥哥在楼上就好了。

伊　万 好嘞！（*跑出几步又跑回来*）我去了跟他怎么说？

特罗伊金娜 就说让他立即到这儿来一趟！

伊　万 好嘞！（*跑出几步又跑回来*）他要是不来呢，夫人？

特罗伊金娜　一准儿来！除非他醉得下不了床，那你就把他拖过来！

伊　万　拖过来！这样好吗，他会不会生气？

特罗伊金娜　不会，就说是我说的。赶紧去吧！

伊　万　真是见鬼！要不就是我疯了，要不就是老爷太太们全疯了。（跑下）

（幕落）

第五幕

舞台布景为花园，夜晚，漆黑一片。幕启，伊万守在花园入口，普卢塔娜上。

普卢塔娜 你还留在这儿干吗？去吧。

伊　万 先生，我不能离开这儿半步。

普卢塔娜 我的朋友，你难道看不出来，我来这儿有要紧事儿要做？这事儿可不能被别人看见。你去吧，你在这儿会碍事的。

伊　万 我在这儿就是防止有其他人进来。

普卢塔娜 谁让你这么做的？

伊　万 老爷、太太、医生和贾尼斯洛夫——所有人，他们个个命令我在这儿守着，直到他们让我离开为止。

普卢塔娜 （暗自）得把他从这儿支走。（对伊万）听着，我的朋友，我帮你在这儿守着，你先到前厅去等我，一会儿跟新郎新娘一起去教堂。这些钱拿着去买点儿酒，解解闷。

伊　万 小姐到底要嫁给谁？

普卢塔娜 看情况。赶紧去吧！

伊万下，塔拉朵拉身着男装上，二人撞在一起。

塔拉朵拉 （抓住伊万的手）啊，亲爱的，我正找你呢！

伊　万 小心被老爷看见，太太！

塔拉朵拉 呸！原来是你！谁在这儿呢？

伊 万 就是新来的那个。

塔拉朵拉 啊，我的预感没错……你在门口守着。

塔拉朵拉走进花园，把信交给普卢塔娜。

塔拉朵拉 我的灵魂，这是给神甫的信。我一直在找你哪……其实，我很爱普里亚塔，也希望她幸福。她动不动就唉声叹气，我的心那么软，实在看不下去。

普卢塔娜 Mais je crois，madame（法语：我想，夫人），所有女人都会嫉妒你这样的好心肠，你真是一位模范女性！

塔拉朵拉 谁说不是呢。不过，谁又能无动于衷呢。先生，每次看到你不开心，我就恨不得做一切事情让你高兴。

普卢塔娜 你可真好。

皮奥切斯基上。

伊 万 （低声）谁？

皮奥切斯基 （走近，吻他的手）是我，小姐！

伊 万 您这是干吗呀，老爷？

皮奥切斯基 呸，活见鬼！原来是你！还有谁在这儿？

伊 万 还有那位年轻的先生。

皮奥切斯基 啊！好极了。你去盯着吧，别让别人进来。你还愣着干吗？

伊 万 这就走，老爷！（下）

普卢塔娜 夫人，你在这儿坐着。有人来了，我去看看是谁。

塔拉朵拉 不会的，我的光，整个花园里就我俩，我拿性命担保。你别撇下我一个人，我需要你！

普卢塔娜　你先别急，我去看看。（把她按在座位上，自己溜出来，跟皮奥切斯基撞上，低声）谁？

皮奥切斯基　啊！我终于找到您了，我的美人……可惜，我无法让您立即感受到我内心的火焰，点燃它的，是您的美貌以及我刚刚读到的拉辛的悲剧……这是信，我遵守了承诺。

普卢塔娜　我真得感谢已故的拉辛，先生！

皮奥切斯基　哦，他是伟大的作家，今天他那柔情的诗歌确实帮了我很大的忙。可惜这里太黑，不然我真想给您读一读他悲剧里最好的场景。就装在我衣兜里。

普卢塔娜　我们以后有的是时间，先生……现在我们去那边的长凳上坐一会儿，请您闭上眼，径直往前走……

皮奥切斯基　好。我全听您的。啊，多么幸福的时刻！您让我的悲剧更加完美……

皮奥切斯基走到塔拉朵拉旁边坐下，两人均将对方当成了普卢塔娜。普卢塔娜偷偷溜下，撞上伊万。

普卢塔娜　伊万，跟我走吧。我需要你的帮助。

伊　万　老爷跟太太怎么办？

普卢塔娜　他们还能把对方吃了不成。走吧！（二人同下）

塔拉朵拉　我的灵魂，我穿男装好看吗？

皮奥切斯基　好看！你穿男装比穿女装好看一百倍！

塔拉朵拉　我也这么觉得，可惜女人们都不肯穿。男装多紧致，身材显露无遗。只是，我的光，你知道男装有哪点儿我不喜欢吗？

皮奥切斯基　（暗自）听她跟我说话的语气，怎么好像跟我过了三十年似的！……哦，女人！……哪点儿你不喜欢呢？

塔拉朵拉 扣子太多！真烦人！我恨不得剪去一半儿。

皮奥切斯基 深有同感！

塔拉朵拉 我的光，你为什么这么拘谨呢？在女士面前你应该更主动些。真奇怪，你跟刚才好像换了个人似的。

皮奥切斯基 是吗？（暗自）她说得没错，刚才她那么娇羞，激发了我的男人气概；可现在，我感觉她比我还主动，我反倒尿啦！

塔拉朵拉 你怎么不说话？你难道怕黑吗？

皮奥切斯基 不是的！（暗自）真奇怪！在她面前我怎么变得跟个孩子似的？

塔拉朵拉 我的灵魂，你太害臊啦！你难道不觉得，这会让一个见多识广的女人笑话吗？男人就应该勇敢一点儿，做女人的征服者！

皮奥切斯基 （暗自）我本想捉只小羊羔，怎么感觉掉进了母老虎洞！

塔拉朵拉 你们这些年轻人哪，就是太骄傲，总是希望我们不经抵抗就缴械投降。

皮奥切斯基 （暗自）年轻人？我看她是爱得昏了头，我都四十出头啦！

塔拉朵拉 你倒是进攻啊，我的灵魂！你怕什么呢？快来啊？

皮奥切斯基 （暗自）天啊！她怎么比我老婆还饥渴！……啊，亲爱的！那个……好像是有人来了！我去看看！（站起身，溜走）

塔拉朵拉 （片刻后不见人回）他走了？我得去追他！（朝舞台另一侧追下）

兰采金和普卢塔娜上。

兰采金 啊，先生！请您做我们决斗的见证人。

普卢塔娜　（暗自）小姐和少爷已经去教堂了。钱在兰采金手里，我要试着弄过来。（高声）没问题，先生。您能接受挑战真是太勇敢了。只是这太危险啦。

兰采金　不怕！我都准备好了，十瓶创伤药。

普卢塔娜　可是，如果您真的死了，您的钱留给谁呢？

兰采金　什么钱，我根本没拿他的钱……

普卢塔娜　您不用装啦。您以为我会向着他吗？他是一个诗人，而诗人，不是阿谀奉承就是辱骂诽谤，医生就不一样啦，我希望医生个个发大财。

兰采金　看得出来，您喜欢汤药胜过墨水，喜欢手术刀胜过羽毛笔。

普卢塔娜　正是，先生！我恨不得把所有诗人都交给医生看管。

兰采金　拥抱我吧！很明显，您也跟诗人有仇。好吧，我承认，我确实拿了他的钱。在这儿。您先帮我收着吧，我的朋友！等决斗完再还给我。

普卢塔娜　要是您死了呢？

兰采金　那……那您也得还给我！

普卢塔娜　有人来了……

兰采金　（害怕）是他！您跟他说，我马上就来。我先去抹创伤药。

普卢塔娜　还没受伤抹什么创伤药？

兰采金　这样的话我就哪儿都不怕受伤啦！（下）

普卢塔娜　钱也到手了。我得把这钱交给少爷！让他们自己决斗去吧！（下）

贾尼斯洛夫上，双手双脚各贴了几张纸条。

贾尼斯洛夫 （自言自语）我给双手双脚各写了一首悼词，这样一来，不管哪里受伤都将得到歌颂！……我等不及要宰了他啦……（四周看）我先看看出口在哪儿……啊，就在这儿！没什么好怕的……只是，何苦要决斗呢？西塞罗和苏格拉底都歌颂友谊，有谁歌颂过决斗呢，我们难道不都是亚当的子孙吗？……我把他杀了还行，可要是他把我杀了呢？那得损失多少好诗啊！……不会，缪斯女神会保佑我的……正义的诗人杀死无良庸医！……谁来了？

伊万上。

伊　万 麻烦事一件接一件！小姐跟米隆跑了，老爷太太到处找不到人。我去花园里找找。

贾尼斯洛夫 伊万！是你！

伊　万 啊，贾尼斯洛夫先生！坏事啦，小姐被人拐走了。

贾尼斯洛夫 被拐走了？不可能。

伊　万 怎么不可能，我亲眼看见的。

贾尼斯洛夫 她又不是小孩，怎么会被“拐”走呢？被“抢”走、被“偷”走、被“骗”走还差不多。

伊　万 咳，都什么时候了，您还跟我较什么真儿啊！赶紧追他们去吧！

贾尼斯洛夫 等我先把医生杀了，我再去追他们。

伊　万 咳，我还是去找老爷和太太吧！（下）

兰采金上，头上缠满绷带。

兰采金 （自言自语）创伤药全抹到了，感觉怎么好像已经被捅了似的。（用手试剑锋）这把剑够锋利了，就是短了点儿。

贾尼斯洛夫 （自言自语）糟了，我忘了给脑袋上贴上一首哀诗了！真是失误！

兰采金 有人吗？

贾尼斯洛夫 （拔剑）我在此，你受死吧！

兰采金 啊，决斗者先生，我要好好教训教训你！接招吧……等等，你用的什么武器？

贾尼斯洛夫 芬兰刀。

兰采金 等等，不行，你的武器比我的长，这不公平！

贾尼斯洛夫 你撒谎！别想逃，我要教训你！

兰采金 （躲在大树后面）你要防好，我要进攻了！

贾尼斯洛夫 （站在长椅后面）接招吧，不然就还钱！

兰采金 等等，不能伤我的手，我用牙齿可没法手术。

贾尼斯洛夫 你也不能伤我的脑袋，我忘了在上面贴哀诗。

兰采金 我数三下，一，二……（藏到树后面）怎么样，怕了吧？

贾尼斯洛夫 我怎么摸不到人？来啊，你走近点儿！

兰采金 我还是从后面偷袭他。

二人朝对方走过去，撞在一起，倒地。

贾尼斯洛夫 哎呀，哎呀，我死啦！

兰采金 救命啊，救命啊！

特罗伊金娜、阿兹布金、伊万上。伊万拿着蜡烛。

特罗伊金娜 你们这是干吗呢？先生们，怎么跟疯狗咬架似的！

阿兹布金 快说是谁死了？我好赶紧上报哇！

兰采金 他像个小偷一样，从背后偷袭我，而我后背没缠绷带！

贾尼斯洛夫 你骗人，这里的所有人都可以做证！你还不赶紧给我包扎一下，你这条狗！

兰采金 你说谁是狗？

特罗伊金娜 （嗔怪贾尼斯洛夫）你呀你！你要是死了我可怎么办？你伤到哪儿了？

贾尼斯洛夫 我上哪儿知道去？他是医生，这事该问他！

兰采金 我待会儿再给你看吧。我得先把自己的伤给弄清楚。

阿兹布金 你们俩这是为什么呀？

兰采金 为钱，先生……糟糕！斯拉沃柳博夫呢？我把钱都给他了！

贾尼斯洛夫 啊哈，你承认了吧！还不快还给我！

兰采金 都在斯拉沃柳博夫那儿呢，看样子，他是卷钱跑了！

塔拉朵拉揪着皮奥切斯基的耳朵上。

塔拉朵拉 （气急败坏地）走！走！我要当着所有人的面揭穿你的不忠。

皮奥切斯基 （讨饶）夫人，还是别了吧，不然咱俩都丢人！

塔拉朵拉 几十年来我忠贞不渝，百依百顺，贤妻良母，相夫教子，到头来你就这么报答我！我要跟你离婚！你不配拥有我这么好的妻子！

皮奥切斯基 好啦，别喊啦，这么多人呢！

塔拉朵拉 人多才好呢！我就要曝光你！

皮奥切斯基 已经曝光啦。可是你凭什么怀疑我？你怎么知道我是干什么来了？你自己又干什么来了？还穿成那样？

塔拉朵拉 好哇，你还想倒打一耙！你敢怀疑我？我告诉你，这事要是闹到法庭上去，我所有的朋友都愿意帮我签名做证！娶了我这样的好妻子你是祖坟冒青烟啦！没我，你能这么出名？我沾你什么光了？我就是不嫁人照样能出名。

皮奥切斯基　我也没跟你争啊，我的光！你确实很聪明，但我的头脑也……

塔拉朵拉　你的头脑还不如豆腐脑！你这个负心汉！你到花园里来是为了……

皮奥切斯基　那你又是为什么呢？

塔拉朵拉　我为了试探你！考验你的忠诚。

阿兹布金　（问特罗伊金娜）妹妹，他们吵什么哪？我怎么一句没听懂？

特罗伊金娜　鬼才知道！他们结婚都快三十年啦，审美疲劳了呗。

兰采金　他们两人都需要立即把头剃光，用冰水洗净，再放血；否则恐有生命危险。

贾尼斯洛夫　别吵啦，先生夫人！还是赶紧去追普里亚塔吧。她跟人跑啦！

塔拉朵拉　她跟人跑了？跟谁？什么时候？跑哪儿去了……先生，你看看，你是怎么教育的，啊？

皮奥切斯基　可是，教育子女不应该是妻子的责任吗？

普里亚塔、米隆和普卢塔娜上，后者身着女装。

特罗伊金娜　他们回来了！（招呼米隆等人）快来，大家都等着急啦。有人说你们跑了。

阿兹布金　跑了就跑了呗，回来了就成！

米隆和普里亚塔　（对皮奥切斯基和塔拉朵拉）舅舅，舅母，我们已经结婚啦！

塔拉朵拉 你真不害臊！没经长辈允许就跟人私订终身？

皮奥切斯基 没错，她说得完全正确。我不管你嫁给谁，但必须得光明正大！

普里亚塔 （跪在皮奥切斯基面前）舅舅，请原谅！……您不是允许了吗？

皮奥切斯基 （赶忙拦住）嘘，小点儿声。

米　隆 （跪在塔拉朵拉面前）夫人，您为我们说两句啊，是您让我们这么做的啊……

塔拉朵拉 （赶忙拦住）嘘，嘘，别喊！

普卢塔娜 老爷，太太，感谢你们成全少爷和小姐。我本名叫普卢塔娜，是米隆少爷的女仆。我骗了你们，请求你们宽恕我！

塔拉朵拉 啊，你这个骗子！你真是个女的！

皮奥切斯基 啊？女仆？你不是贵族小姐！

兰采金 你这个女骗子！你还我的钱！

贾尼斯洛夫 什么你的钱，是我的钱！

普卢塔娜 这钱是普里亚塔小姐的，我已经物归原主了。

普里亚塔 （对皮奥切斯基）舅舅，请原谅我们，我以后一定做一个好女儿。

米　隆 （对塔拉朵拉）请原谅，夫人，我以后一定做一个好女婿。

普卢塔娜 我一定做一个好仆人。

塔拉朵拉 （暗自）看来上当受骗的不止我一个。（高声）好吧，我原谅你们了。

皮奥切斯基 我也原谅你们啦。（对妻子）让我们忘了这一切吧，我的灵魂，今天发生的事情够多的啦！

特罗伊金娜 （对贾尼斯洛夫）先生，普里亚塔已经嫁人啦！你想要结婚的话，我可以考虑嫁给你。

贾尼斯洛夫 等我的文集出第四版吧！

特罗伊金娜 好，我等着，你可别让我等太久哟！

阿兹布金 先生们，女士们，现在让我们去庆祝吧！这真是难忘的一天！

（幕落·全剧终）

被偷的村姑[①]

三幕歌剧

|剧中人物|

◇**伯爵**

◇**伯爵的师爷**

◇**布莱兹**——农民

◇**茹丽叶**——布莱兹的女儿

◇**菲利普**——茹丽叶的未婚夫

◇**尼涅塔**——茹丽叶的妹妹

◇**扎涅塔**——茹丽叶的妹妹

◇**布莱兹同村农民数人**

◇**菲利普同村农民数人**

① 此剧原题"Сонный порошок или похищенная крестьянка"，系由意大利文译出，原作者不详。1800 年 2 月 9 日于莫斯科首演，是克雷洛夫剧作中最早公演的剧目。剧本首次发表于 1905 年《俄国科学院俄国语文所学报》第 10 卷第 2 辑。

第一幕

舞台布景为一处村庄。一侧是布莱兹的家，门口是一个木头凉亭，下设一桌。尼涅塔、扎涅塔和给布莱兹帮工的两个农民正坐着煮饭。布莱兹从屋里走出。

布莱兹

干呀，干呀，抓紧干！
把活计一起来分担。
手脚麻利别偷懒，
快点儿把活儿全干完！
赶紧把鸡毛煺好！
赶紧把面和好！
鸡毛要煺干净，
面要和得蓬松！

尼涅塔

鸡毛已经煺好啦！

扎涅塔

面团已经和好啦！

二人合

还要把胡椒捣成粉，

仔仔细细捣均匀！

尼涅塔

总有一天，我相信：

我的好日子也会来临。

所有人

马上就要开始喜宴，

婚礼，吃喝和狂欢。

还要跳起欢乐的舞蹈，

没有舞蹈算什么喜宴！

还要跳起欢乐的舞蹈，

这样的喜宴才算狂欢！

布莱兹 （*对帮工*）把这些都拿到厨房去！一切都要尽善尽美，因为伯爵大人要亲自驾临。他肯定是来为小女贺喜的。

扎涅塔 伯爵大人可真好！他对茹丽叶姐姐比对我强一百倍，总是送她好东西，给我的净是些小破玩意儿。

尼涅塔 给我的也是。

布莱兹 那是因为你们还太小啦，你们的姐姐茹丽叶可就不一样啦！嘘！伯爵大人来啦！还愣着干什么，赶紧行礼呀！

伯爵和师爷上。

布莱兹 恭祝伯爵大人健康长寿！

伯　爵 布莱兹，你好哇！姑娘们好哇！美丽的茹丽叶呢？她是在躲着我吗？

扎涅塔 不是的，老爷，因为未婚夫马上就到啦，她去打扮啦。

伯　爵 啊，这个幸运儿是谁？

布莱兹 是菲利普，邻村村长。

尼涅塔 我们都盼着他早点儿来哪！他会带来小提琴和风笛，虽然婚礼明天才举行，但歌舞今天就要开始啦！

布莱兹 伯爵大人，请进屋坐吧！

伯　爵 我还是在外边透透气！你家的窝棚搭得不错。

布莱兹 （对两个女儿）赶紧去告诉茹丽叶，就说伯爵来了，让她快来行礼。（女儿们下）伯爵大人，如您允许，我去接姑爷了。

伯　爵 好，请便！

布莱兹下。

师　爷 终于没有旁人了，伯爵大人能否示下，您这么老远跑这儿来干啥？

伯　爵 问得好。告诉你，我来这儿是要带茹丽叶走，免得一朵鲜花被蠢猪拱了。

师　爷 请伯爵恕罪，但小人对此有不同看法。茹丽叶也许宁愿嫁作农妇，也不愿做贵族老爷的情人。这里可不是巴黎，这里的姑娘都老实本分。

伯　爵 哼，那可不一定！

师　爷 老爷，我真是搞不懂，您怎么突然喜欢上村姑牧女了？您以前可是只追求辉煌的胜利，可现在……

伯　爵

你听我跟你说：

草地上，花园里，

一只蝴蝶上下翻飞。

无论高贵的郁金香，

还是不知名的小花，

在它看来一样芳菲。

我就像只蝴蝶一样，

不管是城里的贵妇，

还是乡下的村姑，

在我看来各有其美。

每朵花各有独特香味，

每个女人都别样娇媚，

男人就该像蝴蝶一样，

雨露均沾，不分尊卑。

师　爷　伯爵化蝶，奇思妙想！只是，别忘了，老爷，您是谁，她是谁，反正打死我也不敢想，你们之间能产生真正的激情。

伯　爵　保证激情四射！你瞧好吧，师爷！

师　爷　不过，婚礼眼看就要开始了，我觉得最好还是……

伯　爵　闭嘴！你知道的，我不喜欢别人反对我，反对我的人都没有好果子吃。

师　爷　（*转向一旁*）真是见鬼！这个老爷真是油盐不进！

伯　爵　我带你来是让你帮忙出主意来了，不是扯后腿来了。

师　爷　上帝啊，我真是迫不得已！

为了享用片刻温存，

您要把柔情诉诸蛮力。

假如您真正爱过，

您就会明白爱的真谛——

她用什么滋养身体，

又把什么埋在心底。

您想用权势攫取柔情，

这种柔情得来何益？

但我不会谴责您的炽热，

只会顺从您的心意。

伯　爵　这才对嘛！这才是忠心耿耿的好奴才！但光嘴上说没用，你得拿出行动来。只要你帮我把茹丽叶弄到手，我就赏你一千卢布。

师　爷　既如此，老爷，您瞧我的吧！（转向一旁）一千卢布！不是小数目！有几个人能不动心，又有哪种美德值得上一千卢布呢？

伯　爵　她出来了！我们快躲起来。在跟她见面之前，我得跟你合计合计。

伯爵二人下，茹丽叶手持玫瑰上。

茹丽叶

无比娇艳的玫瑰，

把我的胸脯点缀。

红宝石色的花瓣，

为我增添一抹韵味。

你曾经轻快生长，

在大自然悄然怒放，

如今休憩在我的心房，

作为我新娘的梳妆。

伯爵和师爷上。

伯　爵　你好哇，亲爱的茹丽叶！

茹丽叶　给您请安，伯爵大人！

伯　爵　听说你要嫁人了？美丽的茹丽叶！

茹丽叶　恳请伯爵大人允许。

伯　爵　哎，如果我说允许，那一定是违心的。

茹丽叶　难道我的出嫁会令您伤心？

伯　爵　你难道看不出来……你难道全没察觉，我……

布莱兹跑上，将伯爵的话头打断。

布莱兹　高兴吧，女儿！新郎官来啦！带着全村的小伙子们，他呢，手舞足蹈，又唱又跳，就知道傻笑！

伯　爵　（对师爷）真该让他们统统下地狱！

师　爷　真可惜，刚要谈到正题。

菲利普弹着吉他上，边唱边跳。

菲利普

想要生活变得幸福，
想要获得无上欢乐，
那就要找到心上人，
一生一世跟她结合。
每天为你热血沸腾，
每天享受甜蜜爱情，
在你面前我无限温柔，
发誓永远对你忠诚。
你是我唯一的欢乐，
和你在一起无比欢畅。
茹丽叶，我亲爱的，
我就要成为你的新郎。

伯　爵

情敌的欢乐令我痛苦，

嫉妒的野火将我灼伤！

茹丽叶

伯爵大人面色铁青，

他为何看上去如此失望？

菲利普

啊，茹丽叶，我真高兴！

你马上就是我的新娘！

为了这期待已久的婚礼，

我要弹琴跳舞把歌唱！

伯　爵　别得意忘形，朋友！看看谁在这儿！

菲利普　尊贵的大人，请您恕罪……请允许我向您……（*低声问布莱兹*）他是谁？

布莱兹　这是伯爵大人，这个村的主人。

菲利普　啊！原来如此！老爷，对不起，您看，我不知道……这不是嘛，我是个穷小子，这个是我未婚妻，我俩明天就结婚啦，所以我才高兴坏啦。

伯　爵　很好，很好！只是你应该……

布莱兹　菲利普，过来！你看看你，满头大汗，肯定累坏了吧，你进屋去歇会儿，我一会儿要和你好好喝两盅。

菲利普　听老爹的！（*走向屋子，低声说*）这个老爷的嘴脸我看不过去，要让我留在这儿，我肯定要说点儿不中听的。（*高声*）茹丽叶，你不进来吗？

伯　爵　我有两句话对她说……她马上就来。

菲利普　（低声对布莱兹）这是怎么回事，老爹？我看着不痛快。

布莱兹　进屋去，回头我跟你解释。（推菲利普进屋，菲利普不情愿地进屋去，农村小伙子们跟他进去）

伯　爵　（低声对师爷）你进去盯着他。我感觉这个菲利普对我起疑心了。

师　爷　得令！（走进屋）

伯　爵　现在就剩我们两个了，请你大胆对我说实话，你爱你老爹为你挑的丈夫吗？

茹丽叶　我爱不爱他？

伯　爵　你尽管说实话。

茹丽叶　我爱他，老爷！

伯　爵　（愤怒地）什么！

茹丽叶　（畏惧）啊……不爱，老爷！

伯　爵　为什么一会儿爱，一会儿不爱！你到底爱不爱？

茹丽叶　那个……您说了算吧。

伯　爵　听我说，亲爱的茹丽叶，难道你对我一点儿感觉都没有吗？

茹丽叶　老爷，您为我做了那么多，我要是一点儿不念情，岂不是太忘恩负义了吗？

伯　爵　那，你愿意随我到城里去生活吗？

茹丽叶　和您，去城里？我愿意，老爷！

伯　爵　好极了。

茹丽叶　那等我跟菲利普完婚，就跟他一起去城里投奔您，您有权有势又仁慈，一定会关照我们的。

伯　爵　你没听明白我的意思。

茹丽叶　要不然，我们现在就去跟爹爹说？

伯　爵　不，别跟任何人说，我不许你这么做；这事全交给我安排，肯定让你满意。喏，这份小礼物你收下（掏出钱包），比起我想给你的，这只是九牛一毛。

茹丽叶　这怎么好，老爷！（接过来打开）啊，这么多金子！给我的？

伯　爵　给你的。

茹丽叶　全给我？

伯　爵　全给你。

茹丽叶　您可真好！

伯　爵　让我抱抱你。（抱住茹丽叶）啊，我真开心！

茹丽叶　啊，他多么高兴！我也很开心……

伯　爵

能博美人一开颜，
散尽千金又如何。
千金散尽寻常事，
美人一笑不易得。

茹丽叶

世人都道金钱好，
有钱能使鬼推磨！

菲利普上。

菲利普　（愠怒）

老爷，您是在求慰藉？

抱吧，亲吧，不用顾忌我。

（低声对一旁）

我不会生气不会悲伤，

但是疑心却暗自增长。

伯　爵

把新娘子还给你，

我去走走透透气！

茹丽叶

我的菲利普似乎不高兴，

我做了什么让他生气？

（三人同时）

菲利普	**茹丽叶**	**伯爵**
疑心让我快发狂，	什么让他不开心，	他为什么不开心，
只是嘴上不好讲！	真是让人费思量！	心知肚明无须讲！

伯　爵　我去四处转转！（下）

茹丽叶　看，亲爱的，伯爵老爷送了我这么多钱！

菲利普　黄鼠狼给鸡拜年——没安好心！

茹丽叶　伯爵老爷不是你想的那样！

菲利普　你还向着他说话！我太伤心啦！（下）

茹丽叶　哎，你等等！（追下）

（幕落）

第二幕

幕启，师爷和扎涅塔从布莱兹屋里出来。

师　爷　亲爱的扎涅塔，你跟我一起去树林找老爷吧，我地方不熟，你可以给我引路。

扎涅塔　哦，老爷，我可不傻！我们农村姑娘是不会跟陌生男人进树林的。

师　爷　那你至少告诉我，我该走哪条路去找老爷？

扎涅塔　不会很难找……他……那不是，他来了。

伯爵上，扎涅塔进屋。

伯　爵　现在屋里什么情况？

师　爷　菲利普醋意大发。您送给茹丽叶的钱让他起疑，外带她两个妹妹告诉他，您早就和茹丽叶有来往，送了她好多礼物。

伯　爵　我看明白了，我只有一个法子——带茹丽叶走！

得不到茹丽叶，

我就活不下去。

只有如愿以偿，

才不算白忙一场。

虽说也有不安，

偶尔良心发现。

但就算遭人唾骂，

我也将她拿下。

因为顺从情欲，

是我唯一的使命。

师　爷　大人，我有主意了！等婚礼的时候我们给他们送几瓶好酒！

伯　爵　送酒做什么？

师　爷　我在里面掺上蒙汗药，把他们全给撂倒，我们就可以动手了。

伯　爵　好！好极了！简直绝了！啊，布莱兹和菲利普来了。走，我们再好好合计合计。

伯爵二人从右侧下。菲利普和布莱兹出。

菲利普　老爹！一完婚我立刻带茹丽叶走，我不想让伯爵经常过来勾搭她。你也是的，对这种事竟然睁一只眼闭一只眼。

布莱兹　我不是跟你说了吗，城里的老爷都是这样的，光看他们说话做派，好像个个是花花公子，可事实上什么都没有。他们就是这种礼数和教养，也就像你这种没见过世面的，才会跟这儿怄气！

菲利普　你说的这些我不信，我觉得你乐意让伯爵迷上茹丽叶，这让我心里别扭。

布莱兹　相信我，不是的。我在城里当了很长时间的花匠，我知道那边的习俗。你听我跟你讲——

城里的先生和太太，

黑价白日在一块儿，

敢情不是夫妻俩，

而是情人和情妇。

我们觉得不像话，

他们却习以为常。

我们谴责勾勾搭搭，

他们偏爱惹草拈花。

夫妻恩爱不值一提，

风流韵事才算佳话。

白天手挽手游园，

夜里嘴对嘴幽会，

人生无非图个乐，

根本无人去指责。

拥抱亲吻不算事儿，

眉来眼去更寻常。

天下老鸦一般儿黑，

城里贵族一个样！

茹丽叶上。

布莱兹 （对女儿）去，劝劝他。我看见伯爵在林子里，我去找他。（下）

茹丽叶 亲爱的，你还在为那些小事儿不开心？

菲利普 小事儿？这可不是小事儿！我也说不上来，我只怕伯爵的殷勤让你昏了头，年轻姑娘很难抵得住这帮贵族老爷的诱惑。

茹丽叶

你真是错怪我了。

你无缘无故瞎猜疑，

让我感到满心委屈。
明天就要做你的妻，
你还不懂我的心意？
赶紧驱散额头的皱纹，
你的猜忌毫无道理，
别再这么愁眉苦脸，
婚礼就该欢欢喜喜！

菲利普 你说得没错，但是我跟你讲，你一进我的门，就得彻底忘了这个伯爵，权当没有这么个人！

茹丽叶 怎么，你不想让我和他见面？

菲利普 当然！不想，也不允许。

茹丽叶 也不想让我拿他的礼物？

菲利普 你想要的我全都能给。

茹丽叶 要是他自己找上门来呢？

菲利普 那你就躲起来。

茹丽叶 要是在路上碰见呢？

菲利普 那你就跑得远远的。

茹丽叶 要是他把我拦住呢？

菲利普 那你就用拳头打他。

茹丽叶 啊，打伯爵！这可不行！他对我那么好，我也希望他好。

菲利普 我让你这么做，就是为了他好！

茹丽叶 我不！

菲利普 你！

茹丽叶 我就不！

菲利普　你敢！

茹丽叶　我就不做！

菲利普　你敢不做！

茹丽叶　不做，不做，就不做！

菲利普　你知道每次我妈犯倔的时候，我爹都是怎么治她的吗？一回不听，两回不听，三回直接开打！

茹丽叶　那你知道我爹打我妈的时候，我妈是怎么做的吗？就是这样！（啪地给了他一个大耳光，转身跑开，边跑边喊“救命、救命”，菲利普追过去，她把门关死了。）

菲利普　好，臭丫头，你给我等着！

伯爵随布莱兹上。

布莱兹　（拦住菲利普）怎么了，怎么了这是？你要打我女儿？

伯　爵　你这个混蛋，好大的胆子！

菲利普　见鬼！是她打了我一个大耳光，直到现在眼前还冒金星呢！

布莱兹　不可能！

伯　爵　你撒谎！

菲利普　您看看我的脸，还肿着呢！放我进去，我找她算账！

伯　爵　（挥舞手杖威胁）你敢动一下，小心我不客气！你若想让我们相信，就讲明白为什么！

菲利普　（惊慌失措地）因为……鬼知道，该怎么跟您讲……

布莱兹　您看他支支吾吾的，肯定是在撒谎。

伯　爵　（朝菲利普扬起手杖）该好好教训教训他。

菲利普

老爷老爷请息怒！
看您生气我心里怵，
您的样子真可怕，
请把手杖先放下。
这事说来真荒唐，
听我从头跟您讲，
是她抡圆手巴掌，
给我一个大耳光。
我什么错事都没干，
平白无故真冤枉。
我只是跟她讲明白，
漂亮姑娘人人爱，
就像一片金子地，
哪个不想租来种？
又像一根好蜡烛，
哪个不想拿来用？
只是可恨的大地主，
田地不许别人种，
蜡烛不许别人用，
全都霸着不让动。
老爷您别不耐烦，
我的话马上就讲完。
我认真跟她讲道理，

可她就知道笑嘻嘻；
我耐着性子把她劝，
可她却一下翻了脸，
一句废话不多讲，
抬手就是个大耳光。
要是哪个倒霉蛋，
像我这样被打了脸，
我劝他一定要忍耐，
女人的心思像妖怪。
不用跟她来计较，
自有老爷讲公道。
老爷您可要记好：
她的巴掌可不得了，
打在脸上火辣辣，
好像挨了一钉耙。

布莱兹　我开始相信他说的是真话了，我闺女确实有点儿急脾气。

伯　爵　我警告你，不许动茹丽叶一根手指头。

师爷上，将伯爵拽到一旁。

师　爷　事情办妥了，送酒的就在旁边候着呢，另有两个站岗的，马车也停在附近。

伯　爵　小声点儿！别让菲利普听见，免得他起疑心。我们到一边去说。（高声）布莱兹，再见了，你劝劝小两口儿，我要回了。

布莱兹　伯爵大人，请您明天务必驾临婚礼。

伯　爵　好，一定来。（和师爷从右侧下）

菲利普 啊，总算走了！要是我说了算，就不请他来参加婚礼。

布莱兹 我们进屋去吧。——你怎么站着不动？

菲利普 那个，我就不进去了，我心里还别扭着呢。

布莱兹 （暗自）一会儿就好了！（进屋）

菲利普 （自言自语）这个茹丽叶，把我气坏了。下手可真狠！（坐到右侧的草皮长凳上）我该不该原谅她呢？

茹丽叶推开门，看见菲利普独自坐着，悄悄出门。

茹丽叶

如果菲利普嘲笑我，
如果他不拿我当回事，
我也忍不住不生气，
我就是这种急脾气！

菲利普

她来了，这个臭丫头，
平白无故打人！
下手还那么狠！
我得给她一点儿教训，
假装拒绝跟她结婚。

茹丽叶

他连看都不看我，
我得主动跟他讲和。
亲爱的，是我！
菲利普，我亲爱的！

菲利普 （暗自）

我要装作很生气，

也让她为我着着急。

茹丽叶 （暗自）

我才不要低声下气，

我现在转身就离去。（走开）

菲利普

她走了，真糟糕。

我还得自己去把她找。（走过去）

茹丽叶

他过来了，我要装作很气恼。

菲利普

亲爱的，亲爱的，亲爱的！

她不想跟我说话。

那我也不管啦，

不说话就不说话！（走开）

茹丽叶

他走了，我该怎么办？

应该跟他谈一谈，

为了小事和我吵，

一辈子都没法好！

菲利普

为了小事动手打人，

跟她和好她还不肯，

这么久了还在生气，

跟她说话也不搭理！

茹丽叶和菲利普

我心里根本没恶意，

我知道他（她）也一样，

但他（她）气性这么大，

而我却早已不生气。

众人手拿酒瓶酒杯上。

布莱兹

婚礼就该欢天喜地，

不要让争吵冲了喜气！

你们两个赶紧和好，

彼此和睦不要争吵。

扎涅塔和尼涅塔

今天是大喜的日子，

烦心事要全部忘掉。

师　爷

将烦恼统统赶跑，

婚礼就该热热闹闹！

菲利普

为了我尊敬的岳丈——

师　爷

要赶紧把酒杯满上。

伯爵专门送来了好酒，

现在喝酒正是时候。

所有人

为了婚礼更热闹，
为了帮小两口儿和好，
就得赶紧喝上两杯，
这个提议真是好！

师　爷

让我们来尽情喝酒！
让我们一醉方休！

所有人

尽情喝酒，一醉方休！

菲利普

亲爱的，让我们停止争吵。

茹丽叶

亲爱的，让我们永远和好。

菲利普和茹丽叶

你愿意吗？我愿意！
真爱自有天意。
我愿和你结为夫妻，
不管贫富都在一起，
生老病死不离不弃！

师　爷

菲利普请喝这一杯，
布莱兹请喝那一杯。

布莱兹

这个酒味道有点儿怪，

看来好酒就是不一样。

师　爷

这是上好的香槟。

菲利普　（对茹丽叶）

你也喝呀，亲爱的！

师　爷　（对扎涅塔和尼涅塔）

姐妹们，你们也喝呀！

菲利普和布莱兹

让我们再来干一杯！

师　爷

朋友们，让我们喝起来！

茹丽叶、扎涅塔和尼涅塔

我们不能再喝啦，

再喝就要喝醉啦！

（打哈欠）

菲利普和布莱兹

让我们再来喝一杯，

我们可是千杯不醉！

咦？怎么回事？

为什么这么头晕？

为什么会这么困？

布莱兹

耳边好像敲锣打鼓。

菲利普

我感觉天旋地转。

茹丽叶

我感觉双腿酸软。

扎涅塔

睡意阵阵袭来，

眼睛睁不开。

尼涅塔

浑身没有力气，

我要沉沉睡去。

众人昏睡过去。伯爵上。

师　爷　（对伯爵）

老爷，事情已经搞定，

一切按计划进行。

我们不要浪费时间，

赶快进行下一步行动。

（二人扶起茹丽叶，往下走）

茹丽叶

我感觉有人在拽我。

伯　爵

别怕，有我在你身边。

我带你去休息。

师　爷

你已经烂醉如泥，

需要我们来帮你。

茹丽叶

可我不认识你们。

师　爷

是我和伯爵。

茹丽叶

我几乎要晕过去，

菲利普在哪儿？

他为何不在我的身边，

我需要他强壮的手臂。

伯　爵

请抓住我的手臂，

它们同样强壮有力。

茹丽叶

黑夜如此深沉，

记忆一片迷雾。

伯爵和师爷

趁着夜黑无人，

我们要把美人劫走。

伯爵和师爷带茹丽叶下，其余人昏睡不醒。

（幕落）

第三幕

舞台布景为伯爵家富丽堂皇的大厅。茹丽叶在沙发上躺着昏睡，舞台一角为梳妆台。幕启，茹丽叶醒转。

茹丽叶

啊，我这是在哪儿？
这里如此金碧辉煌，
简直让人眼花缭乱！
真不敢相信自己的双眼！
（站起身）
啊，我看见了谁？
一位小姐朝我走来，
她长得跟我多么像！
哦，原来那是我自己！
哈哈哈！真好笑！
看见自己还不知道！
真奇怪，我穿的什么衣服！
发型真好看，真新潮！
是谁把我变成了这副模样？
肯定是巫婆跟我开玩笑！

（在梳妆台前坐下）

我头一回发现自己这么美：
面色红润像三月的桃花，
双眸明亮像夜晚的星星。
啊，多么美的羽饰，
多漂亮的花边！
但我的心里又惊惶不安，
不知道会遭遇什么不幸。
我为什么会在这儿？
等待我的会是什么？
可怕的念头让我心神不宁。
但愿是我胡思乱想，
不会发生任何不幸。

伯爵上。

茹丽叶 啊，伯爵，是您！

伯　爵 没错，我亲爱的，是我，你在我家。

茹丽叶 （惊讶地）我在您家里？

伯　爵 你看，你穿这身裙子多迷人！

茹丽叶 是的，大人……可是……菲利普呢？婚礼呢？爹爹呢？……我穿成这样回去可怎么见人呢，会被人笑话的。

伯　爵 那你就不要回去了，我们永远在一起。

茹丽叶 那爹爹呢？菲利普呢？

伯　爵 你爹爹我自会关照，至于菲利普，以后他再也见不到你了。

茹丽叶 什么？我难道不要嫁给他了吗？这到底是怎么回事？

伯　爵 不要再提这个菲利普了，把他忘掉吧。

茹丽叶 上帝啊，我该怎么办？大人，请您告诉我，我为什么会来这里？

伯　爵 如果你爱我，就不该问这种问题。

茹丽叶 我一直把您当成老爷和恩人去尊敬。但菲利普是我心爱的未婚夫。如果他不立即出现，那我一分钟也不想在这儿多待。

伯　爵 断了这个念头吧！我已经吩咐下去，他根本无法靠近伯爵府！

茹丽叶

如果您不是铁石心肠，
请不要将我们生生拆分，
请您收回成命，
这是对我们最大的怜悯。
我跪倒在您面前，求您开恩。
求求您，仁慈的伯爵，
求您成全一对恋人。
我在您脚下匍匐，
含着热泪向您哭诉。
……
啊，原来你这么残忍，
我的眼泪只让你更加心狠，
你只顾满足自己的情欲，
我总算把你看清，你这罪人！

师爷上。

师　爷　伯爵，有个自称男爵的人硬闯了进来，非要见您不可。

伯　爵　亲爱的茹丽叶，请到那个房间去，不要让人看到你。

茹丽叶　不，我想回家。

伯　爵　（把她拽进隔壁）进去吧，我把来人打发走，立刻来找你。

菲利普穿成男爵模样，戴着很大的假发，样子很滑稽；走进屋子，不伦不类地行礼，尽量装成纨绔子弟的样子。

菲利普　伯爵大人，向您问好，祝您身体健康。

伯　爵　（低声对师爷）他看起来很像个乡村男爵！稀奇古怪！

菲利普　在下是卡尔多莫姆男爵。

伯　爵　很荣幸，男爵阁下，敢问来此有何贵干？

菲利普　（拿凳子坐下）我现在就告诉您，请坐……您看，我不太喜欢拘礼。

伯　爵　（坐下）看出来了。

菲利普　我想来您这儿吃个早饭。

伯　爵　就为这个吗？师爷，吩咐下去！

师　爷　男爵先生用咖啡吗？

菲利普　（转向一旁）喀飞？喀飞？喀什么飞？（高声）哦，喀飞！喀飞！要！要！我最喜欢喀飞啦！

师爷下。

伯　爵　您应该不只为了咖啡而来吧？

菲利普　没错，我来是有事求您。我听说您是一位博学的伯爵，特意来向您请教，怎样在上流社会混。实不相瞒，我是头一回出自己的领地。

伯　爵　看出来了。

菲利普　我也知道，自己还差得远，可是我也有自己的本事。（抓过伯爵的手，使劲儿攥）对不对，伯爵？

伯　爵　轻点儿，哟，轻点儿！您把我弄疼了。

仆人端着咖啡壶和两只杯子上。给伯爵和菲利普倒上咖啡。菲利普见到咖啡黑乎乎的，惊讶不已。他仔细模仿伯爵的一举一动，喝掉咖啡，不停四处张望。

菲利普　嗯……大人，要是我没来，难不成您一个人吃早饭吗？

伯　爵　当然。

菲利普　哎呀，那多无聊！我还以为，你们这些大老爷，总会抓个漂亮女人陪着呢。就像我，别看我是乡下的，要是没有美人陪着，吃什么都没胃口。

伯　爵　没错，您看起来的确像个好色之徒！

师爷上。

师　爷　老爷，借一步说话！

伯　爵　（站起身）失陪！

菲利普也站起身，趁伯爵二人说话的时候四处打量。

师　爷　您的伯父和茹丽叶的老爹在楼下。老头说您偷了他女儿，您的伯父大怒，命您赶紧把茹丽叶还回去，不然就剥夺您的继承权。

伯　爵　（大惊）

爱情让我犹豫，

伯父令我恐惧，

我遇到了麻烦，

真是进退两难！

一边是茹丽叶的美丽，

一边是伯父的暴脾气，

让我一时没了主意！

伯父呀伯父，

我完全被您捏在手心里，

您偏要插手我的爱情，

您对它宣判了死刑！

（对师爷）

你快去执行伯父的命令！

立刻，马上，一刻不停！

（师爷欲下，伯爵将其喊住）

等等，等等，不要慌！

我若是就这么放了茹丽叶，

岂不是白忙活一场？

岂不让我愁断肠？

可是，伯父那边如何交代？

他岂能由我任性胡来？

你快去，照伯父说的做！

等等，等等，再想想！

有没有什么办法一举两得？

既留下美人又能不惹祸？

啊！急得我六神无主，

啊！慌得我晕头转向！

师　爷　老爷，我建议您自己下去一趟，免得老太爷自己找上楼来，他要是在您这儿搜查的话，您可就抓瞎啦！

伯　爵　（对菲利普）抱歉失陪。

菲利普　请允许我在这儿等您，我有很多事要跟您谈。

伯爵二人急下。

菲利普　（自言自语）我乔装打扮混进了伯爵府，可是要找到茹丽叶还很难。她肯定是被藏起来了。我对这里一无所知，可怎么办呢？啊，这里有两个房间，我来敲敲门试试。（先到茹丽叶藏身处对面的房间敲门）再来看看这边。（敲茹丽叶藏身的房间的门）

茹丽叶　老爷，您又想做什么？

菲利普摘下假发，装进衣服口袋。

茹丽叶　（打开门）啊，是你，我的菲利普！

菲利普　菲利普不再是你的了！你跟别人跑了，我无法原谅你！

茹丽叶　亲爱的，是他们把我偷到这儿来的！

菲利普　那这些衣服首饰呢？你看看你现在的样子！我现在全明白了，我要走了！

茹丽叶　亲爱的，请你相信我，事情不是你想的那样……

伯爵急忙跑上。

伯　爵　啊！菲利普！原来是你，你好大的胆子！

师　爷　真见鬼，我竟然没认出他来！

菲利普　对，是我！我、我来找我的未婚妻，不行吗？

伯　爵

放肆！大胆！

我要好好把你教训！

菲利普

我有什么罪过，
你能否说清楚？
就因为我擅自登门，
就让你如此愤怒？

茹丽叶

求您了，不要发怒，
难道您看不见我的痛苦？

师　爷

你赶紧滚吧，
不要自讨苦吃，
把伯爵大人惹恼，
没有你的好！

伯　爵

我要让你知道厉害，
除非你立马给我滚，
从此再也不要登门！

菲利普

你吓不到我，
我就要留在这里，
我为什么要离开？
打死我也不愿意！

茹丽叶

哦，我好害怕，

恐惧堆积在心里！

师　爷

你还是赶紧走吧，

不要白费力气！

菲利普

不，我就要留在这里。

嫉妒和爱情交织在心底，

悲伤和愤怒将它变成地狱！

嫉妒、悲伤、爱情、愤怒，

我只能将它们拼命压抑！

伯　爵　（对茹丽叶）跟我来，你父亲在楼下想要见你。

茹丽叶　啊，爹爹来了！

菲利普　我也去。

伯爵示意师爷将菲利普拦住。

师　爷　别动，乡下男爵！

伯　爵　你不是愿意留在这儿吗？等我给你安排一个好地方。师爷，传我命令，把这个人关进大牢。

师　爷　得令！

菲利普想跟众人下，被师爷关在屋里。

菲利普　他说什么？要把我关进大牢？就因为我来找我的未婚妻！原来贵族老爷都是这样的，你稍有违抗，他们二话不说就把你抓起来……茹丽叶如今穿上了这么好的衣服，肯定不会再想和我回乡下了。很明显，她抛弃了我，选择了这个狗伯爵，可无论如何，我还是爱她！哎，我真不想活了！未婚妻把我甩了，她的情夫要把我关进大牢。我死了算了，一了百了！可是，怎么个死法呢？对这事儿我还真是没有经验，让我想想看。

自杀有很多种方法，
服毒要有毒药，
抹脖子需要用刀。
两样相互比较，
当然用刀更显英豪。
只是……
胆量不够。多么糟糕！
这里就有一把长剑，
只可恨我不够种，
不敢把它插进身体，
捅它一个血窟窿！
选择慷慨赴死，
还是忍辱偷生？
一时半会儿难以决定。
不，我不要当孬种，
我要以死把尊严证明！
永别了，朋友！
你们不用为我难过，
我要用鲜血洗刷耻辱，
结束这痛苦的生活！
（用别人的声音）
菲利普，安息吧！

一路走好，早上天国！

（用自己的声音）

啊，永别了，朋友！

我的灵魂要去天国！

……

啊，啊，不行！

我还是下不去手，

冰冷的剑尖让我发抖。

哎，算了，算了，

与其这么死了，

还不如从头来过，

老话说得好，

天涯何处无芳草，

好死不如赖活着！

茹丽叶上。

茹丽叶 亲爱的，我趁着伯爵去找他伯父，摆脱了看守我的女仆来找你，我决定再也不和你分离，不管伯爵会怎样。

菲利普 如果他把我关进大牢呢？

茹丽叶 我跟你一起坐牢。

菲利普 你说的是真心话？

茹丽叶 真心话。

菲利普 我一见到你穿得这么华丽，又看见你好像很喜欢的样子，我就立刻失了方寸，赌气说不想再和你结婚了。可是你又向我证实了你的爱。说不定我可以原谅你到了伯爵这儿，只要我相信你不是自愿的……

茹丽叶 上帝啊，我当然不是自愿的，我发誓！

菲利普 那请你一五一十地告诉我，到底是怎么回事？

茹丽叶 啊，我什么都不记得了。

菲利普 （搔脑门儿）啧啧。

茹丽叶 我只记得他一把抱住了我。

菲利普 啊！

茹丽叶 把我关进了马车，里面有两个女人。

菲利普 嗯？

茹丽叶 然后我就睡着了。

菲利普 啊？

茹丽叶 等我一觉醒来，就发现自己在这里了，身上穿着这身衣服。

菲利普 伯爵呢，他对你说了什么，做了什么？

茹丽叶 他骂了我，因为我告诉他我爱的是你，不是他。

菲利普 就这？然后呢？

茹丽叶 然后？然后就有人通报说有位男爵来了，他就把我关进了那间屋子，后来你就找到我了。

菲利普 就这样吗？

茹丽叶 对，就这样！

菲利普 （挥舞帽子）喔！总算一块石头落了地！茹丽叶，让我们和好吧，请把手给我。（握紧她的手）

茹丽叶

你对我根本不信任，

现在又把我的手亲。

菲利普

如果你的爱和我一样深，

你就会理解我的用心。

茹丽叶

我对你一往情深……

菲利普

可是你下手真狠。

茹丽叶

我希望我们不再吵。

菲利普

吵了和好，好了再吵。

茹丽叶

我们的爱情永远不变，

我的柔情始终不改。

菲利普

你心里什么都明白，

可嘴上却死活不说。

茹丽叶

你嘴上虽然说不信，

但我知道你的心。

菲利普

再让我亲亲你的小手！

茹丽叶

亲吧，让你亲个够！
哎，不是冤家不对头，
今生注定跟你走！

两人合

我是你的，你是我的，
你爱我爱到血液，
我爱你爱到骨头。
你是我的，我是你的。
你对我永不背叛，
我对你永不松手。

布莱兹上。

布莱兹 你对穷小子菲利普不变心，真是好样的！

师爷上。

师　爷 菲利普，你完蛋了！
好言相劝你不听，
一意孤行你偏逞强，
刁民岂敢跟官斗，
得罪伯爵没有好下场。
逮捕令已经下发，
要把你关进大牢房！

茹丽叶

啊，心狠手辣山大王。

菲利普

没有王法太嚣张！

布莱兹

一点道理也不讲！

茹丽叶

只因为我爱的人不是他，

他就要把我的爱人关押。

师　爷

不必抱怨自己的不幸，

虽然我对你们也很同情。

请你乖乖跟我走，

伯爵的命令必须执行。

茹丽叶、菲利普、布莱兹

无故蒙受牢狱之灾，

全是伯爵为非作歹，

光天化日强抢民女，

滥用刑罚将情敌迫害！

茹丽叶

我要和爱人一起去，

牢房也无法将我们分离！

菲利普

啊，我勇敢无畏的情人，

你的爱情多么忠贞！

布莱兹

这就是贵族老爷的本性，
哪个姑娘拒绝跟他调情，
他就残忍害人性命！

师　爷

你们不必哭哭啼啼，
也不必指天骂地，
就算你们磕头求情，
我也没法帮忙通融。

菲利普

难道相爱也是罪过？
又或者你们觉得，
穷人没有心灵，
不配拥有爱情？

茹丽叶

难道我们没有心灵，
不配拥有爱情？

伯爵上。

伯　爵

你不要再执迷不悟，
我会让你获得幸福，
跟这个穷小子有什么好？
跟着我穿金戴银快乐逍遥！

布莱兹

比起快乐逍遥，

夫妻名分更重要！

伯　爵

我迟早会娶你。

菲利普

她选择和我在一起。

我会娶她为妻，

我家房子虽小，

却只有她一位女主人。

布莱兹

伯爵大人，您看我的女儿，

她泪流满面，悲痛欲绝。

我求您大发慈悲，

高抬贵手放过她。

伯　爵

你难道选择这个穷光蛋？

茹丽叶

没错，我爱他并非为了钱！

伯　爵

你甘心拒绝荣华富贵？

茹丽叶

一切无非过眼云烟！

布莱兹

你听见了，她并不在乎。

伯　爵

哦，纯洁高尚的美德，

我见证了你的力量，

爱情获得了胜利，

我答应放你们自由。

布莱兹

感谢您宽大的仁慈，

我们放心地离去，

今后再来登门致谢！

茹丽叶

这可真是喜出望外，

您的仁慈无以为报！

伯　爵

我放你们自由，

成全你们的爱情，

这也许是最明智的选择。

菲利普和茹丽叶

有情人终成眷属，

我们终于美梦成真。

我们不愿意再耽搁，

现在就要回去完婚。

（幕落·全剧终）

波德西帕，或特鲁姆夫[1]

两幕诗体滑稽悲剧

|剧中人物|

◇**瓦库拉**——国王

◇**波德西帕**——公主

◇**特鲁姆夫**——德国亲王

◇**伊戈诺夫**——公爵，波德西帕的未婚夫

◇**杜尔杜兰**——宫内大臣

◇**切尔娜夫卡**——公主的贴身丫鬟

◇**巴什**——国王的小丑

◇**茨冈女巫**——占卜师

◇**瓦库拉宫廷众贵族**

故事发生在瓦库拉宫廷。

① 此剧原题“Подщипа，или Трумф”，1800年克雷洛夫创作于卡扎茨基，曾在戈利增公爵的家庭剧场秘密上演，剧本仅以多种手抄本传世，在自由派知识分子中间广受欢迎。1871年首次刊印。20世纪初被重新发掘，1910年在莫斯科和圣彼得堡两地公演。

第一幕

幕启，波德西帕愁容满面，切尔娜夫卡在劝慰她。

切尔娜夫卡

公主，请不要再如此煎熬，
您的身体会吃不消。

波德西帕

哎，哎，哎！

切尔娜夫卡

您这样已经好几天，
既不梳妆打扮，
也没吃下一口饭。
您已经瘦得像根火柴，
憔悴得像个女佣乞丐。
您就听我一句劝，
好歹把这块牛犊肉吃完。

波德西帕

亲爱的，我一点儿胃口也没有，
硬塞下去又有何用？
哎！我现在哪里顾得上这张嘴？

像恶狼撕碎羊羔，忧伤把我撕碎。

切尔娜夫卡

我知道您有千万种理由悲伤，
但一味悲伤派不上任何用场。
自从德国亲王被您的美貌俘获，
一回国就向我王派来了媒婆，
您的拒绝让特鲁姆夫大发雷霆，
您对伊戈诺夫的爱让他发疯。
他率领大军大举入侵，
烧杀抢掠坏事干尽。
您的父王英勇迎战，
面向全国做出动员。
家家赶制军靴战袍，
户户准备干粮面包。
为了鼓舞军队士气，
旧台布织成面面军旗。
面对强敌的大举进犯，
一切抵抗为时已晚。
敌人的军队攻占了王城，
旋风一样肆虐横行。
百姓陷入了无尽的痛苦，
眼睁睁看着敌人劫掠财物。
我们的将军被当成马夫，
国务大臣被贬为奴仆。

王公贵族被剃光头发，
国王的宝座眼看坍塌。
为了拯救国家和黎民百姓，
他只好将自己的公主牺牲。
他将您献给了特鲁姆夫，
以此化解强盗的怨毒。
特鲁姆夫这才志得意满，
开始酿造啤酒准备婚宴。

波德西帕

我可怜的爱人，伊戈诺夫，
他如何承受这样的打击？
我俩从小青梅竹马，
彼此之间毫无秘密。
我们一起从小玩到大：
滑雪板，捉迷藏，荡秋千，
还一起去菜园里偷黄瓜。
过往的一切温存和甜蜜，
如今只能含着眼泪去回忆。
厄运将我们生生拆散，
叫人如何不肝肠寸断？

切尔娜夫卡

我知道他肯定也痛不欲生，
为了您他宁肯丢掉性命。
但您拯救了父王和百姓，

世世代代会将您称颂。

历史会铭记您的光荣。

波德西帕 可我牺牲了自己的爱情！

杜尔杜兰手拿一只阉鸡上。

杜尔杜兰 （深深行礼）

公主殿下！向您传达我王命令：

请准备好，婚礼一小时后举行。

我刚刚奉命从市场买回一只阉鸡，

并为晚会雇用了古多克琴和风笛。

波德西帕

什么！……啊，我要死了！

……啊！我的肚子……

（晕倒在圈椅上）

切尔娜夫卡

糟了！她悲伤过度晕过去了！

杜尔杜兰

我知道她所付出的代价！

（对切尔娜夫卡）

赶快拿生姜给公主闻一下！

切尔娜夫卡

可怜的公主！爱情已幻灭！

是不是该给她放点儿血？

杜尔杜兰

现在没法将她翻过儿，

最好给她肚皮上拔两个火罐儿。

波德西帕 （悠悠醒转）

我这是在哪儿？……

现在是黑夜还是白天？

切尔娜夫卡 （触摸她的额头）

公主，有没有好一点？

波德西帕

我头晕得厉害。

杜尔杜兰

坚持住，公主！

国王要您嫁给特鲁姆夫……

波德西帕

不！我不能承受这样的痛苦！

我宁愿自杀也不愿忍受屈辱！

切尔娜夫卡

面对现实吧，公主！

（对杜尔杜兰）

如果公主真寻短见怎么办？

杜尔杜兰

国王预见到了这种可能，

因此特地下了命令：

给公主的鲸骨裙里装上气囊，

一旦她跳河就能派上用场。

只能给她流食，撤下刀叉，

还要去掉她的丝巾和长袜。

你们千万要小心在意，

我还有很多事情要处理。

厨房想必已经等得着急，

我现在把阉鸡亲自送过去。

杜尔杜兰下。

波德西帕

我是不是在做梦？

切尔娜夫卡

公主！您坚强些！

啊，是特鲁姆夫！

波德西帕 （起身）

是他！德国亲王！这个恶魔！

都是他带来这场灾祸！

特鲁姆夫上。

特鲁姆夫 （带着浓重的德国口音）

里（你）好吗，我的甜死（天使）？

我美丽的公主！

我想要 auf ein mal（德语：马上）见到里。

我整夜没睡，心里全死里（是你），

里的倩影在老海（脑海）挥之不去。

我抽烟，烟圈里死里，

我喝加菲（咖啡），杯子里死里。

哪里哪里都死里！

我等不及要娶里为妻。

和里分享王位，财富和荣誉。

波德西帕

对您的垂爱我深感荣幸，

但你我的脾性毕竟不同。

您喜欢牡蛎，而我却无法忍受；

您讨厌奶渣饼，而我却爱得要命。

您惯于沙场，耐得住酷暑严寒，

为填饱肚子什么都可以下咽。

而我对食物挑挑拣拣，

吃鸡只吃鸡胗和鸡冠。

您无所不吃，甚至是癞蛤蟆，

而我只靠奶妈做的奶渣饼养大。

您勇猛有余，却不知温柔和品位，

老远就能闻到您身上的烟草味儿。

您想想看，我怎么和您一起生活？

请您可怜可怜我，将我放过。

特鲁姆夫

咳，区区小事何足挂齿，

里很快就能适应我的生活。

我们用一个杯子喝啤酒，

抽烟共用一个烟斗。

里将拥有很多的房间，

衣服、珠宝和丫鬟，

不要担心，mein herz（德语：我的心肝），

我将死一个好战俘（丈夫）。

波德西帕

不，这样的生活难以想象！

我害怕得要命，心里发慌！

特鲁姆夫

里害怕谁？我把他们全杀光！

不用怕，我不会让里受尾气（委屈）。

如果里讨厌谁，尽管告诉我，

我立刻把他拖出去喂狗。

波德西帕

我离不了音乐。

特鲁姆夫

我国的音乐好极了！

我让乐队给里演奏进行曲，

两只铜钹外加两只竖笛，

吃饭时再用大鼓敲交响乐。

波德西帕

我还酷爱舞蹈。

特鲁姆夫

我天天给里办舞会，

谁不跳舞我就揍他。

我让人给里表演魔术，

炸鸡（杂技）、小丑，什么都有。

波德西帕

我不爱你，你的嘴脸让我讨厌！

特鲁姆夫

好大的胆子！

里竟敢如此放肆，

我要重重地惩罚里！

我知道里爱着一个懦夫（伊戈诺夫），

我要把这个对手除去。

至于里，要么嫁给我，

要么我就把里贬为奴婢！

波德西帕

你无法强迫我的内心，

我宁死也不嫁给暴君。

只要心上人在我身边，

吃什么苦都觉得甜。

特鲁姆夫

Der teufel！（德语：见鬼！）不可饶恕！

我要狠狠地将里报复。

我要下令军队开火，

连个苍蝇也不放过。

波德西帕

来吧，暴君！

我不怕你的大军，

我只为爱人感到痛心。

特鲁姆夫生气地下，伊戈诺夫从幕布后面蹑手蹑脚走出来。

伊戈诺夫

公主！他走了吗？

我真为你担心！

他发起怒来真可怕，

我真怕他动手将你打！

波德西帕

要真是这样，你会怎么办？

伊戈诺夫

面对这么个暴君，我能怎么办？

波德西帕

难道你不能用你的宝剑

将暴君的胸膛刺穿？

伊戈诺夫

可是，这把剑是木头的！

切尔娜夫卡

大人！这原来是木头的？

伊戈诺夫

不然你以为呢？

真的我妈不让带。

切尔娜夫卡

如果有人将您冒犯？

波德西帕

那你该怎么办？

伊戈诺夫

这不是还长着脚呢吗?
再说谁敢攻击公爵呢?

波德西帕

哦,尊贵的公爵,
您可真让人失望!

伊戈诺夫

哦,我该怎么办,
你要嫁给别人了!
我这么爱你……
没有你我不会幸福。
我们该如何摆脱不幸,
挽救我们的爱情?

波德西帕

只要想想我就浑身发抖。
切尔娜夫卡,我的朋友!
快去向我的父王告知,
就说他的女儿生不如死。
我不愿离开我的爱人,
更不愿嫁给野蛮的暴君。
恳求父王偷偷与我会面,
我们的密谋生死攸关。
我们要设法将暴君欺骗,
将他的脖子像公鸡一样拧断。

快去！快去！

切尔娜夫卡

我这就去！（下）

波德西帕

也许我不过是心存幻想，

但终究还有一线希望，

能够帮助我们摆脱厄运。

公爵，你对我的爱可是真心？

伊戈诺夫

我可以对天发誓，

难道你还信不过我？

波德西帕

你可愿意和我一起去死？

伊戈诺夫

那是当然！

波德西帕

如果活着不能在一起，

我们宁愿一同死去！

来吧，我们现在就从这里跳下去，

粉身碎骨也在所不惜！

（抓住他的手，往窗边走）

伊戈诺夫

等等，你也知道，

我有点儿晕高！

波德西帕

我知道你害怕这种死法，

但暴君的惩罚也许更加可怕。

那我们就去花园里的池塘，

用一湖清水将我们埋葬！

伊戈诺夫

等等，让我想想……

我不会游泳，不敢下池塘！

波德西帕

哎！你为何如此胆小！

看，我从厨房偷了一把刀。

一刀下去，一了百了，

让我们死在彼此的怀抱！

伊戈诺夫

呃……好。

波德西帕　（把刀递给他）

你先来！

伊戈诺夫

那个……公主！你先来，

我去门口看看有没有人！

波德西帕

哼！我算看透了你！

这难道就是你的爱？

你的柔情和激情都去了哪里？

你滚吧，我不想再见到你！

你胆小怕死，忍辱偷生，

你根本配不上我的爱情。

你不是伊戈诺夫，

你就是“一个懦夫”！

（气愤地下）

伊戈诺夫 （自言自语）

爱情诚可贵，

生命价更高。

留得青山在，

不怕没柴烧。

好汉不吃眼前亏，

好死不如赖活着。

就算你说出大天，

我可不寻短见。

瓦库拉、杜尔杜兰、巴什（带着陀螺）及众贵族上。

瓦库拉

诸位！那个，我们要摆上桌子，

召开，那个，国王顾问会议。

杜尔杜兰

赶紧摆上桌子，

趁德国人还没把我们杀死！

瓦库拉

不会，他去了市场买舞鞋，

一会儿要和我们一起跳舞，

那个，我已经收买了敲钟人……

巴　什　（对国王）

现在要不要转陀螺？

瓦库拉　（对巴什）

等一下。

（对众人）

我命敲钟人严密监视德国佬，

等他快回来时，那个，敲钟，给我们信号。

请坐吧！

（众人落座，瓦库拉坐了首席）

诸位，那个，是这么回事：

说出来是，那个，耻辱，

不说，那个，是罪恶。

自从德国人将这里，那个，占领，

所有王公贵族都成了，那个，笑柄，

大街上对我们指指点点。

走到哪儿，都那个，嘘声一片，

连我这个国王也，那个，毫无尊严！

特鲁姆夫对我们任意捉弄，

让我们把，那个，衬里穿在外面。

还打算扒下你们的假发套，

用它们做成，那个，马鞍垫。

为什么我们不把他的皮扒下？

或者暗地里，那个，给他一顿毒打？

诸位！我们要把他们从这里赶走，

怎么样？我们，那个，要准备战斗！

伊戈诺夫

陛下，我好像不需要参加议会？

瓦库拉

你还小，公爵！

你等着参加，那个，晚宴就成。

公主已经说了你的事情……

伊戈诺夫 （暗自）

糟糕！

瓦库拉

没事，我会帮你跟她，那个，和好。

伊戈诺夫

谢陛下！（下）

瓦库拉 （站起身，走向一位贵族）

你有何高见，我的顾问？

我们并非，那个，没有援军！

（交给他一封信）

你来读一读这封国书，

邻国答应，给我们，那个，援助。

嗯？你为什么不读？

杜尔杜兰 （欠身）

他是个瞎子，陛下！

瓦库拉

好嘛!

巴　什

陛下，要不要转陀螺?

瓦库拉　（对巴什）

等等。

（走向第二位贵族）

你来说说自己的看法，

我们，那个，该如何谋划，

这场仗该怎么打?

嗯?你为什么不说话?

杜尔杜兰　（欠身）

他是个哑巴，陛下!

瓦库拉　好嘛!

（走到第三位贵族面前）

你看上去像个正常人，

你来，那个，告诉我，

我到底该怎么做?

哎，我跟你说话你听到了吗?

（推他一把）

杜尔杜兰　（欠身）

他是个聋子，陛下!

瓦库拉　（走近第四位贵族）

你来说!

杜尔杜兰　（欠身）

他老糊涂了，陛下！

瓦库拉

上帝啊！

巴　什

陀螺准备好了，陛下！

瓦库拉

好吧，我们去宴会厅吧。

（对众贵族）

你们都不许离开，

全留在这儿，那个，给我想！

杜尔杜兰

谁也不许说话！

马上开始想！

想到什么立刻呈上！

众人一个个开始打哈欠，瞌睡，最后全体睡着，鼾声大作。

（幕落）

第二幕

幕启，瓦库拉和波德西帕在交谈。

瓦库拉

我平生从未见过这样的灾祸！

波德西帕

又有什么新的灾祸发生？

难道又有敌人向我们发动战争？

瓦库拉

发动战争我才不怕，

自有士兵打打杀杀。

波德西帕

难道有人谋反篡权？

瓦库拉

不是，谁敢这么大胆？

波德西帕

难道说粮食歉收，

百姓遇到了灾年？

瓦库拉

粮食歉收与我何干？

我堂堂国王不愁吃穿，
我管它灾年不灾年？
我的麻烦比这个大得多，
自打出生从未见过……

波德西帕

那就是特鲁姆夫……

瓦库拉

也不是！

波德西帕

到底是什么呢？

瓦库拉

该死的巴什，那个，
弄坏了我的陀螺！

波德西帕

原来是为这个！……
父王，我听说您召开了议会……

瓦库拉

没错！为了让他们愿意转动脑袋瓜，
我特地命人送去了鲱鱼和伏特加。
万一谁能想到一个好主意，
我们就能把德国佬赶出去！
要不是该死的巴什弄坏了我的陀螺，
我自己没准儿早就想到了计策。
哦，杜尔杜兰来了！

杜尔杜兰上。

瓦库拉

我的军师，你有什么消息？

杜尔杜兰

多亏了鲱鱼和伏特加的帮助，

我们想到了伟大的茨冈女巫。

她拥有无边的智慧和法力，

能够预知未来一个世纪。

她使唤小鬼儿就像使唤家奴，

魔王本人也经常为她服务。

总之，全体顾问一致决定：

女巫比所有人加在一起还要聪明。

波德西帕

父王，去请女巫吧，

好让她给我算一算，

我的命运到底如何。

瓦库拉

好！既然如此，那就快去请吧！

杜尔杜兰

我已经派人去请，

她应该很快就到。

瓦库拉

只是，她的酬劳该怎么办？

国库空虚，根本没钱。

杜尔杜兰

您可以下令征收咳嗽税，

让百姓承担这笔花费。

瓦库拉

如此甚好！哦，她来了！

茨冈女巫上。

茨冈女巫

人的心事写在脸上，

人的命运刻在手掌。

给我一个卢布硬币，

我来帮您占卜凶吉。

波德西帕　（把手递过去）

请您给我测一测，

我的命运到底如何？

茨冈女巫

我有通天的法力！

您的手相很吉利……

瓦库拉　（打掉波德西帕的手，把自己的手递过去）

儿女私情先等一等，

先以国家大事为重。

你快说说，

我的国运如何？

茨冈女巫　（看瓦库拉的手相）

一看您就是贵人相，

富于智慧头脑灵光！

瓦库拉

真是技艺高超！

茨冈女巫

但您也有烦恼。

瓦库拉

没错，我该怎么办？

你可有办法消灾解难？

让德国佬早点儿滚蛋？

茨冈女巫

这个德国人身材高大，

长着一头浓密黑发，

陛下说的可是他？

瓦库拉

没错，就是他！

茨冈女巫

我已经知晓一切，

但天机不可轻泄。

我只能告诉杜尔杜兰，

只要他照我说的去办，

德国人很快就会完蛋。

瓦库拉 （对杜尔杜兰）

一切听从巫师安排！

杜尔杜兰

遵命，陛下。

波德西帕

伟大的巫师，

请您告知我的命运……

茨冈女巫

您的手相很好，

代表幸福和才智，

但是您也有烦心事……

波德西帕

哦，请您小点儿声，我会害羞。

茨冈女巫

有一位漂亮的公子哥，

长得像那多汁的苹果。

他像根刺扎在您的心头，

甜蜜的痛苦难以忍受。

波德西帕

啊……我会不会嫁给他？

瓦库拉

女儿！也得让他，那个，考虑考虑！

茨冈女巫

给我一个卢布硬币……

瓦库拉

闭嘴！等我，那个，大仇得报，

我命人给你做件，那个，大红袄！

特鲁姆夫狂怒跑上。

特鲁姆夫

该死的亡国奴！

我饶里们不死，

里们却密谋抵抗！

我要把里们全杀光！

瓦库拉

陛下，请饶命！我，那个……

特鲁姆夫

我不能容忍任何背叛！

我要把里寿司饭团（碎尸万段）！

杜尔杜兰

我们完蛋了！

瓦库拉

糟糕！

波德西帕

哦，残酷的命运！

特鲁姆夫

我要对里们严厉惩罚，

把里们全部贬为奴隶，

让里们整天干苦力，

还不给里们吃东西。

瓦库拉

陛下，饶命啊！

我以后再也不敢啦！

我是被鬼迷了心窍啦！

特鲁姆夫

滚！里这条老狗！

瓦库拉仓皇逃下。

波德西帕

难道你连我也不放过？

特鲁姆夫

里长得如此美丽，

杀了有点儿可惜。

里先下去，

我回头再瘦死里（收拾你）。

波德西帕下。

杜尔杜兰

饶命啊，陛下……

特鲁姆夫

里，罪过大大的！

我一定要教训里！

杜尔杜兰

不要啊，陛下……

特鲁姆夫

里先滚下去！

晚上再好好橱子里（处置你）！

杜尔杜兰下。

茨冈女巫

我也先行告退？

特鲁姆夫

等等，这位女士！

里是谁？为什么会在这里？

茨冈女巫

陛下！我是一位女巫，

公主请我来为她占卜。

特鲁姆夫

赞普？什么是赞普？

茨冈女巫

占卜，就是预测未来。

特鲁姆夫

啊！那里来告诉我，

公主会不会嫁给我？

茨冈女巫

陛下，那还用说？

她心里只爱您一个，

能嫁给您她求之不得！

特鲁姆夫

里没胡说？

茨冈女巫

怎么会？您自己想想：

有谁拥有比您更英俊的脸庞？

更浓密的胡须和更乌黑的头发？

有谁长着像您这样的鼻子眼睛和嘴巴？

有谁的步态像您这样威武？

哪个女人能不被您迷住？

特鲁姆夫

可是，她不是爱着一个懦夫（*伊戈诺夫*）吗？

茨冈女巫

没错，但那只是曾经，

如今您占据了她的全部心灵。

把手给我看看……唔！

这里有位美人，正是公主！

特鲁姆夫

如果里没有说谎，

我一定重重有赏。

茨冈女巫

您可以照照镜子，

它会告诉您真相。

特鲁姆夫

嗯，里说的一点儿没错！

我长得的确很英俊。

等我和公主一完婚，

我要重重地赏赐里。

里现在可以回家了。

茨冈女巫 感谢陛下！

（转向一旁）

只有鬼才信我的话！

（下）

特鲁姆夫 （自言自语）

这个女巫说得一点儿没错。

一个懦夫哪里比得上我？

伊戈诺夫跑上，没看见特鲁姆夫。

伊戈诺夫

我来啦！

特鲁姆夫 （抓住他）

里，过来！

伊戈诺夫

哦，完蛋！

特鲁姆夫

我正找里呢！

伊戈诺夫

我的末日到了！

请饶命啊！大王！

特鲁姆夫

里死定了！

伊戈诺夫

我死定了!

特鲁姆夫

里让我肥肠燕窝(非常厌恶)!

伊戈诺夫

大王,饶命啊!

特鲁姆夫 (拔出剑)

准备寿司(受死)吧!

伊戈诺夫

饶命啊,我哪里得罪您了?

特鲁姆夫

为了让公主对我死心塌地,

我一定要让里下地狱。

伊戈诺夫

哎呀,妈妈呀!

特鲁姆夫

不,里这么懦弱无用,

我要让公主把里看清!(插入宝剑)

伊戈诺夫 (虚张声势)

哼!我可是堂堂公爵,

你怎敢对我如此无礼?

(转向一旁)

我吓唬吓唬他!

特鲁姆夫 (抽出两把手枪)

随便挑一把。

伊戈诺夫 （暗自）

哈哈！他果然害怕了！

（对特鲁姆夫）

谢谢你的礼物，有子弹吗？

特鲁姆夫

当然！两把枪都已上膛！

公平决斗，不是里死就是我亡！

伊戈诺夫

啊！我的天哪！

我自打娘胎里出来就没放过枪！

特鲁姆夫

来呀！我现在就要开枪了！

伊戈诺夫

这可是要闹出人命的呀！

特鲁姆夫

里这么个懦夫，

哪里像一位公鸡（公爵）？

伊戈诺夫 （深深行礼）

我错了！我不想死！

特鲁姆夫

不行，开枪吧！

伊戈诺夫

啊，不要！

特鲁姆夫

里不想和我决斗？

伊戈诺夫

我哪里是您的对手？

特鲁姆夫

可我看上了里的未婚妻。

伊戈诺夫

您要是喜欢，尽管拿去！

特鲁姆夫

里听着，一个懦夫！
既然里怕死贪生，
那我就饶里一条狗命！
我现在让公主来见里，
里要当面跟她说清！
一定要劝她嫁给我。
里只要有一句话说错，
我绝不会把里放过。
（下）

伊戈诺夫 （自言自语）

希望公主已经不再爱我，
这样我才能躲过灾祸！

波德西帕跑上。

波德西帕

亲爱的公爵！让我们和好吧！

请原谅我对你说的那些话！

伊戈诺夫 （暗自）

糟糕！她要跟我和好！

波德西帕

没有你我无依无靠！

伊戈诺夫 （暗自）

你最好别往我身上靠！

波德西帕

你好狠心，为什么不说话？

就算石头也会被我熔化！

伊戈诺夫 （暗自）

正是这个令我害怕！

波德西帕 （哭泣）

请你看着我的眼睛，

难道你不懂我的柔情？

伊戈诺夫

公主！你要是真的爱我，

就请你嫁给特鲁姆夫。

波德西帕

你说什么？你竟然如此狠心？

伊戈诺夫

我也是被逼无奈。

特鲁姆夫如果得不到你，

那他就会把我送进地狱。

波德西帕

亲爱的，下地狱就下地狱！

我的爱会随你同去！

伊戈诺夫

你不肯嫁给他？

波德西帕

我宁愿为你守寡，

也不愿委身于他！

伊戈诺夫

啊，这下我死定了！

波德西帕

我的公爵，不必担心，

我的身体注入了你的灵魂，

你将永远活在我心中，

我将永远记得……

伊戈诺夫

对你的爱我无比感激，

如果你对我如此在意，

就请你……

波德西帕

怎么，你还是想让我嫁给他？

哦，天啊！

你难道一点儿也不爱我？

否则为什么会说出这种话？

伊戈诺夫　（暗自）

我先保住小命再说！

（高声）

哦，美丽的公主！

你的拒绝会激起他的怒火，

会给我带来杀身之祸！

波德西帕

就算他把你杀死，

吊死或开枪打死，

也无法更改我的意志。

伊戈诺夫　（暗自）

啊，这个女人真是要命！

波德西帕

想让我离开你绝不可能，

你对我而言比什么都贵重。

伊戈诺夫

啊！可别这么大声喊！

被他听见我要玩儿完！

波德西帕

就算你为爱情丢掉性命，

这样的牺牲也很光荣。

我爱你胜过一切，

我要大声喊出来！

伊戈诺夫

啊，糟糕，完蛋！

波德西帕　（更大声）

我爱你胜过一切！

我要大声喊出来！

巴什上。

巴　什

公主！德国亲王有令，

请您立即移步教堂！

倘若您有半步迟延，

伊戈诺夫立刻命赴黄泉。

伊戈诺夫

我的美人，请你快去！

波德西帕　（对巴什）

你回去告诉他，

我永远不会……

伊戈诺夫

你疯了吗？

我要死了……

（对巴什）

你回去复命，

公主马上来。

波德西帕

不！告诉暴君……

伊戈诺夫

公主！

波德西帕

我对伊戈诺夫矢志不渝，

就算暴君把他吊死，

也无法更改我的意志！

伊戈诺夫

这爱情可真要命！

波德西帕

告诉暴君，我们誓死不从！

伊戈诺夫

这要命的爱情！

特鲁姆夫狂怒跑上。

特鲁姆夫

我已经忍无可忍！

既然里决意如此，

我现在就把他处死！

波德西帕

想让我嫁你纯属做梦！

我毫不畏惧你的酷刑！

（抱住伊戈诺夫）

他才是我的如意郎君，

他拥有我整个心灵！

特鲁姆夫　（将伊戈诺夫拽过去）

去死吧！

伊戈诺夫

救命啊！我的魂儿没啦……

特鲁姆夫

去死吧，里的小命马上玩儿完！

呸，里怎么突然臭气熏天？

伊戈诺夫

我也不知道……

特鲁姆夫

里不知道？……

呸，简直是臭气扑鼻！

伊戈诺夫

这能怪我吗？

我一害怕就会拉稀！

瓦库拉跑上。

瓦库拉

乌拉！孩子们！

我们的人得胜啦！

特鲁姆夫

什么，里说什么？

瓦库拉

我国军队成功复仇，

德国鬼子死到临头！

特鲁姆夫

不可能！我把你们……

来呀，来人！

瓦库拉

你不必白费力气！

你的军队已经放下武器！

这一切都归功于茨冈女巫，

她的神机妙算，那个，简直无敌！

她在敌人的菜汤里下了泻药，

搞得敌人，那个，狼狈可笑，

我的勇士们一拥而上，

敌人乖乖举手投降！

特鲁姆夫

糟糕！我这回完蛋了！

波德西帕

啊，一切灾难已经终结，

我们的爱情感动了上天！

伊戈诺夫 （又唱又跳）

啦啦啦！这真是太好啦！

我的小命得以保全，

可恶的敌人就要玩儿完！

特鲁姆夫

你住口！

伊戈诺夫 （害怕）

哟哟哟！

切尔娜夫卡、茨冈女巫、杜尔杜兰上。

茨冈女巫

哈哈，我的预言已经实现！

杜尔杜兰

我王！特鲁姆夫的军队全体归顺！

瓦库拉 （对茨冈女巫）

你为我立下大功一件，

我封你做，那个，宫中女官。

切尔娜夫卡

公主，一切已经准备妥当，

请您即刻移步教堂。

特鲁姆夫

我怎么办？

瓦库拉

不用担心，我不会把你忘记。

我会请你参加公主的婚礼。

我还要把你打扮得漂漂亮亮，

让你扮演小丑为婚礼献唱！

伊戈诺夫

你的小命总算得以保全！

特鲁姆夫

哦，这可比死还难堪！

杜尔杜兰将他押下。

波德西帕

怎么样，我们去结婚吧！

瓦库拉

走！

伊戈诺夫

走！……等等！

波德西帕

为什么？

伊戈诺夫

请稍等片刻。

瓦库拉

你，那个，还要干吗？

波德西帕

难道你又要反悔？

伊戈诺夫

我怎么会反悔，我的公主？
我对你的爱有目共睹。
为了你我无所畏惧，
就算牺牲也在所不惜。

波德西帕

那你还不快去婚礼？

伊戈诺夫

可我得先去换身新衣，
刚才一不小心拉了稀！　　（幕落・全剧终）

松鸡肉饼[1]

独幕喜剧

|剧中人物|

◇**弗斯佩什金**——贵族老爷

◇**乌日玛**——弗斯佩什金的太太

◇**普丽斯塔**——弗斯佩什金与乌日玛的女儿

◇**米隆**——平民青年，普丽斯塔的心上人

◇**法丘耶夫**——贵族老爷，父母为普丽斯塔选定的未婚夫

◇**达莎**——弗斯佩什金家的女仆

◇**伊万**——法丘耶夫的仆人

◇**波塔普**——村庄管家

---

① 此剧原题“Пирог”，创作于1799—1801年。1802年7月20日于圣彼得堡首演，1804年于莫斯科首演。剧本首次刊载于1869年俄国科学院出版的文集中。

幕启，伊万上，手里用餐巾布托着一个特别定做的超级豪华的松鸡肉饼。

伊　万　妈的！胳膊都累折啦！从城里到这儿，八里路，还拿着这么多东西！……可算是到地方了！（把餐巾布打开）呵！这肉饼！还热乎着哪！呵！要不是怕挨揍，我真想咬上一口！说来真是丧气，主子们坐着，我站着，主子们吃着，我看着！他们过谢肉节，我过大斋节！我可真是饿坏了，这肉饼，看得我心里直痒痒！

达莎上。

达　莎　哎？伊万！你怎么在这儿？

伊　万　你好哇，达莎！我给你家主子送肉饼来了。我家老爷不是请你家主子来这儿野餐嘛。

达　莎　正是！我们就是冲这个来的。主子们早就到了，这会儿还在林子里逛呢！

伊　万　都有谁？

达　莎　老爷太太小姐，还有米隆。米隆可真可怜，想娶小姐娶不成，走又舍不得走。

伊　万　他哪儿能跟我家老爷比！比他强得多的都被咱撵走了。哎，达莎，你看看，多好的肉饼，胜过未婚夫！

达　莎　真香！跟城里的一样。

伊　万　我真恨不得把它拿下！可我就怕老爷把我拿下！

达　莎　你瞧这皮儿！

伊　万　馅儿更好！我盯它看了老半天啦！不瞒你说，达莎，我已经啃了三天干面包啦！我家老爷，一人吃饱，全世界不饿。我已经两个月没领着伙食费了。

达　莎　倒霉蛋儿！伊万，咱俩能不能偷偷尝一点儿啊？老爷他们还要逛很久呢！

伊　万　好是好啊，达莎，可是……

达　莎　可是什么？心里过不去？

伊　万　不是！心里过得去，背上过不去！——怕挨打呀！

达　莎　没事，有我呢。咱又不多吃，就是尝尝。

伊　万　好主意！可是，一掰开，不就露馅儿了吗？

达　莎　别嚷！我有办法叫他们看不出来。

伊　万　咋？

达　莎　你照我说的做。把两张餐巾布折成四折。

伊　万　嗯。

达　莎　放到盘子上。

伊　万　嗯。

达　莎　我看看……不行，再垫两张餐巾布。

伊　万　嗯。

达　莎　可以了。把肉饼倒扣在上面。

伊　万　嗯。

达　莎　有小刀没，拿出来。

伊　万　喏！

达　莎　在肉饼底上挖个小洞。

伊　万　然后呢?

达　莎　好了呀，就从这小洞里往外掏吧。有啥算啥。

伊　万　啊！明白啦！亏你想得出来，达莎！要说我脑袋也不笨，可我就是把脑袋想穿喽，也想不到这么绝！来吧，达莎！（坐下开吃）

达　莎　怎么样，是不是看不出来?

伊　万　绝对的！——给，来条鸡腿。

达　莎　入口即化！别说，那些老爷们哪，过的简直是神仙日子！

伊　万　就是，特别是有咱这样忠心耿耿的仆人！呵！这肉饼！我真恨不得从这个小洞洞里钻进去。

达　莎　没错，这个小洞洞马上就越挖越大啦!

伊　万　没事，没事。问起来我就说，馅儿在路上颠簸洒了。不过，达莎，你猜我想说啥。

达　莎　啥?——嗯！鸡翅膀太美味啦!

伊　万　我每次见老爷太太们吃饭，有事没事总聊个没完；怎么咱俩坐下来吃肉饼，就没啥好唠的呢?

达　莎　你说，我听着！——哎呵！鸡头太好吃啦!

伊　万　不，还是你说，我听，我乐意听你说。你的声音真好听！你随便说点儿啥，这样我开心，咱这肉饼也不白吃。你看看，我捞到一整个小鸡仔儿!

达　莎　你家老爷在哪儿呢?

伊　万　早饭前会到。我说达莎，你家小姐什么时候嫁给我家老爷？给你，吃个鸡腿儿。

达　莎　我打心眼儿里不愿意他俩结婚。可怜的小姐爱的是米隆，更何况，咱俩私底下说，你家老爷人太坏，脑袋里头没东西……

伊　万　没错，还不如这个肉饼里剩的多哪！可是达莎，老爷聪明对咱有啥好处？老爷越笨，咱们仆人越吃香。这是我的名言。吃吧，尽情地吃吧。

达　莎　说实在的，我家老爷太太，放在傻子堆里挑不出来！老头子神经质，火药桶，人来疯，像个十五六的愣头青；老太婆装的一副贤妻良母样，看小说，听歌曲，人前天使圣母，家里阎王奶奶。——哎，你有勺子没有？

伊　万　怎么没有，我带了四副餐具哪！你瞅瞅，达莎，我拿的这些个东西，比一头驴驮的一点儿不少！

达　莎　所以说嘛，有个好仆人比啥都强！一会儿我帮你拿。

伊　万　就是，达莎！这肉饼里头简直能种个大花园啦！空荡荡的啦！……糟糕！我们干了什么呀！

达　莎　我也看见啦。该怎么办？

伊　万　哎呀，哎呀！闯祸啦！你看看，光顾着说话啦！这一顿棍子是免不了啦！我不管，达莎，我得告诉老爷，这里头也有你的错！

达　莎　你可真行！难道我挨上几个嘴巴子，你背上就疼得轻点儿吗？还是赶紧想想办法吧！

伊　万　想啥办法？难不成抓把干草放进去？该死！我真是笨蛋，听了你的话！我是亚当，你就是夏娃！

达　莎　这能赖谁？你自己说的只吃一条腿儿，到头来比十个人吃的都多！

伊　万　还说我，达莎，你看看，咱俩谁吐的骨头多！罪证明摆着哪！

达　莎　贼喊捉贼！你把你的骨头渣都推到我这边来啦！有什么好说的呢，跟傻瓜在一块儿，自己也变大傻瓜！我还是走我的吧！（下）

伊　万　（自言自语）这个没良心的！都是她撺掇的。为了她，我把脊梁骨都豁出去啦，她可倒好，得了便宜还卖乖！哦，老天！女人哪！你喂她肉饼，她当你是傻子！我可真笨！这肉饼被开了膛破了肚，我这脊梁骨是跑不了啦！这下可怎么办？我赶紧把肉饼放好，就当没事人一样！爱咋咋的吧！先躲过白天再说，等到晚上啊，管它呢——挨顿揍，睡得香！（把肉饼放好）

法丘耶夫　（在场下说话）吁！去，把马遛遛。多酷的马车！等我一拿到嫁妆钱就付马车钱！伊万！他们在这儿呢吗？

伊　万　（心不在焉地）肉饼好好的呢！老爷！

法丘耶夫　笨蛋！我问的是弗斯佩什金一家！

伊　万　（转身想走）是！老爷！

法丘耶夫　你是喝醉了还是梦游呢？我问你，畜生，弗斯佩什金一家人在这儿吗？

伊　万　知错了，老爷！他们在这儿呢……

法丘耶夫　他们看见了吗？

伊　万　看见什么？肉饼吗？——还没呢，老爷！

法丘耶夫　没脑子！我问的是我的马车！全城独一份儿！

伊　万　啊，老爷，只怕是烤得不太熟。

法丘耶夫　我的马车！畜生！

伊　万　不是，老爷，我说的是肉饼！掂着有点儿沉。早饭如果吃不舒坦那可真扫兴，特别是您还亲自来了。

法丘耶夫　怎么可能？拿给我看。（接过肉饼掂量）这不是轻得很吗？

伊　万　（转移话题）哦，老爷，您说马车咋了？

法丘耶夫　蝎子拉屎——独一份儿！把刀拿来，我切开看看。

伊　万　（急忙打岔）老爷，这马车，绝了！您跟小姐往上一坐，那就是一幅画儿！

法丘耶夫　没错！刀！我切个角儿。

伊　万　（打岔）散步的人都盯着您看哪！

法丘耶夫　（得意）哈哈哈！他们看见我来了？真是见鬼，这肉饼怎么这么轻？

伊　万　（打岔）是啊，您可以驾着马车从他们面前过一下。他们就在池塘边上呢。

法丘耶夫　有道理。让他们开开眼。豪华马车！哎，跟他们在一起的是谁？

伊　万　是谁？……管他是谁，老爷！您快去驾车吧！

法丘耶夫　我只是怕，别是我的债主。

伊　万　（暗自）哈哈，有了！（高声）跟他们在一起的，老爷，是格鲁比宁！

法丘耶夫　是他？见鬼！怕啥来啥！他都快把我折磨疯啦，就因为打牌欠了他两千卢布。

伊　万　没错，老爷！他就喜欢动粗。上次来讨债，给了我老大一个耳帖子！……又不是我欠他钱！他还让我转告您……

法丘耶夫　我记着呢，记着呢。他怎么来了？

伊　万　他们在这儿碰上的。

法丘耶夫　看来这早餐是吃不成了！伊万，我得走！

伊　万　哎呀，那太可惜啦！您不知道，这肉饼可好吃啦！

法丘耶夫　带着你的肉饼见鬼去吧！我可不想碰见格鲁比宁，特别是当着他们的面……

伊　万　真是可惜！这么好的马车，这么好的天儿！

法丘耶夫　可是我该怎么跟他们说呢？啊，有了！我之前一直跟他们说，有人想撮合我和斯纳菲金公爵家的千金。老头子着了慌，这才把我抓得死死的。

伊　万　我知道，老爷。只是斯纳菲金小姐根本没动过这种念头。

法丘耶夫　管她呢！我现在写个条，就说我舅舅派人来叫我去相亲，我要过去拒掉这门亲事。

伊　万　好主意！

法丘耶夫　把背弓起来，给我当书桌。

伊　万　（*暗自*）要是这样就能把我的背饶了该多好。（*法丘耶夫停笔，思考措辞*）您怎么不写呀，老爷？

法丘耶夫　听着，你朝那边望望，格鲁比宁走了没？

伊　万　没走，老爷，没走！我刚才听见他们说要留他一起吃早餐呢。

法丘耶夫　（*在伊万背上狠狠捶了一下*）真他妈见鬼！

伊　万　哎哟，老爷！

法丘耶夫　这个格鲁比宁，真该死！

伊　万　赶紧写吧，老爷，等他们一会儿回来就晚啦！

法丘耶夫　我要用定做的肉饼为这封信增光添彩！——对！真是好主意！

伊　万　快点儿，老爷！我快撑不住了！

法丘耶夫　（写了一会儿）好了！——不错，我很满意，伊万！我这想象力简直像火一样！

伊　万　哎哟，老爷，我的后背像着了火一样！您快走吧，他们好像往这边来了！

法丘耶夫　哪儿？在哪儿呢？

伊　万　在林子里头哪，就在那儿！还有格鲁比宁，在杉树底下呢。

法丘耶夫　格鲁比宁！我走了！把条子转交给他们……该死的格鲁比宁！完事告诉我，他们对肉饼和纸条是否满意。（急急忙忙下）

伊　万　（自言自语）哦！好不容易把他给糊弄走了。我得赶紧想想，接下来怎么应付。

乌日玛、普丽斯塔、米隆、达莎上。

乌日玛　上帝！我能体会你们的痛苦……没有什么比爱情悲剧更不幸的了；可是，此事并不取决于我。

普丽斯塔　妈妈！请您求求爸爸！

米　隆　请成全我们！

乌日玛　上帝啊！你们知道我的心。看到你们这样相爱却不能在一起，我也很难受，可是老爷完全是另外一种脾性，跟他没法通融。

伊　万　（对乌日玛行礼）我家老爷命我向您问好，并送来了肉饼。

乌日玛　他可真客气！看来我们要有一顿浪漫早餐啦——树林旁，小溪边，对不对，米隆？哎，若是再有夜莺那美妙的歌喉该多好！

伊　万　太太，要不然我去村子里问问管家，兴许他们笼子里养有，我们就借来挂在树上。

米　隆　（暗自）一大把年纪了还装清纯！真受不了！（对乌日玛）可是，太太，难道您忍心看我们这样忍受折磨？

乌日玛　哎呀，上帝！看你们难受，我也揪心！

普丽斯塔　看来，我注定要忍受不幸！

米　隆　（悲痛）既然如此，再见吧！太太！

普丽斯塔　米隆！你要离开我？

达　莎　（暗自）他们真可怜！

乌日玛　啊，不要，别走！先生！留下来吧！吃罢早饭，我们找棵枝繁叶茂的柳树，往树荫下一坐，我给你们唱一首我最拿手的歌——《我想做只小小鸟》……达莎！我的歌谱带来了吗？

达　莎　没有，太太，我没想到……

乌日玛　不像话！跟你说过多少遍了，没有歌曲我就没有了灵魂！

达　莎　太太，都怪您的嗓音太动听啦，我总是记不住您具体说了什么！

乌日玛　这倒是没错，我的嗓音变得愈发柔和动人了，不过呢，以后还是要长点儿记性。

普丽斯塔　我煎熬！

米　隆　我绝望！

乌日玛　我也揪心！你们来听，这首歌刚好应景儿，刚好符合我们现在感伤的心境。（唱）

我愿变成小小鸟，
飞上高空直入云霄。
一切消息打探清楚，
不再有忧愁和烦恼。

沿着足迹一路追寻，
把我的心上人找到。
唱起那欢乐的歌儿，
忧愁烦恼统统忘掉。
为我黯然悲伤的人，
我会想法儿逗他笑。
与他分担忧愁苦闷，
让他重温爱的味道。
他会对我温存爱抚，
热烈亲吻把我拥抱。
我像小鸟将他依偎，
对他报以甜蜜微笑。
我们从此再不分离，
忘却那年轮与四季。
品味着爱情的甘露，
享受那安宁与美好。
我没法变成小小鸟，
这种想法太过奇妙，
假如给我爱人的怀抱，
我宁愿不做小小鸟。①

弗斯佩什金　（*在场外说话*）听见了吗，让他们把一切准备好，在

---

① 《我想做只小小鸟》是19世纪初俄国贵族阶层中间广为流行的一首情歌。原剧仅引前两句，此处为方便阅读，将歌曲全文译出。

那儿等着！（上）这真是个好主意！

乌日玛　怎么了，我的生命？

弗斯佩什金　我得跟你谈谈，老婆！

乌日玛　上帝啊！这个词儿真俗！你为什么总改不了，我的灵魂！

弗斯佩什金　想起一出是一出！我都叫了三十年了，老了老了你叫我改！

乌日玛　三十年又怎样？浪子回头金不换！

弗斯佩什金　好啦，好啦！鸡毛蒜皮值当吗？你听我说，马拉尼娅·瑟索耶夫娜！

乌日玛　哎呀呀！真是大老粗！你管我叫“尼娅”就行！小说里都是这样的。

弗斯佩什金　咱们又不是小说！别扯这些个没用的啦！我有事跟你说。普丽斯塔、米隆，你们跟达莎去走走，一会儿再回来。（看见伊万）哎，你也在这儿呢？

伊　万　老爷，我家老爷派我向您问好，并送来了肉饼。

弗斯佩什金　好！为这肉饼我出大价钱，他绝对不吃亏！你也跟他们一块儿去吧。

普丽斯塔等四人下。

弗斯佩什金　听我说，说实在的，法丘耶夫变着法地讨咱们欢心，咱们许给他的也该兑现了——把女儿嫁给他……你皱个眉头干什么？

乌日玛　老爷，这真可怕，我所有的激情和温存都没法让你对我温柔以待。你不会知道，我有多么多愁善感！

弗斯佩什金　呸，完蛋！我对你咋了？我连一根手指头都没碰过你吧？

乌日玛　哎！可是你的粗鲁态度比打我一顿还让我难受！

弗斯佩什金　愚蠢！都快当丈母娘的人啦，还跟我叽叽歪歪！

乌日玛　粗鲁！老爷，你这个年纪可以这样，可是我……

弗斯佩什金　你也年纪一大把了！光给我做老婆就三十年了。

乌日玛　我嫁给你的时候还是个孩子——小姑娘！

弗斯佩什金　你睁眼扯谎不害臊吗，老婆？你那时候早就不是什么小姑娘啦，你那时候就过三十啦！

乌日玛　哎呀呀！奇耻大辱！气死我啦！我不活啦！

弗斯佩什金　好啦，好啦，别闹啦，我的天使！为点儿小事寻死觅活的。我还有正事呢！

乌日玛　正事？老爷？我还指望着，来到郊外，我们能尽情地呼吸新鲜空气，你能陪我坐在小溪边，你会亲吻我的双手，而我会以深情的目光回应你的温柔。

弗斯佩什金　（滑稽地模仿）深情的目光！你的温柔！——我看你是越老越妖精！都是那些个小说害的。再这样下去，你早晚得魔怔喽！

乌日玛　如果你多读些小说，你就知道该怎么善待你的尼娅了，你就知道怎么去爱了！

弗斯佩什金　我这个年纪学不会了！

乌日玛　怎么学不会？美丽的叶琳娜都七十了，还跟帕里斯私奔呢！

弗斯佩什金　能不能别再说这些废话了？我跟你磨了半天嘴皮子，正事一个字都还没说！

乌日玛　说吧，老爷！您的话对我就是金科玉律。

弗斯佩什金　这才像句话。听着，你看见那座教堂了吗？

乌日玛 为棕榈树和柏树所环绕的那座吗?

弗斯佩什金 哪有什么棕榈树和柏树啊,就一片白桦林。——咳,跟这有什么关系!是这么回事,我安排了一位神父,等法丘耶夫一来,我们就给他和女儿举办婚礼!

乌日玛 啊!原来如此!

弗斯佩什金 没错!没错!昨天我跟法丘耶夫打赌,看谁能给对方更大的好处。他给我送来了肉饼,我把女儿送给他,这赌我赢定了!而且呢,我不喜欢把婚事办得太张扬,几天工夫花出去的钱一年也挣不回来!你看,这样一来,我们就省下一大笔钱。怎么样,这个主意好不好?

乌日玛 想法倒是挺浪漫的,跟小说里一样;只是米隆有点儿可怜。

弗斯佩什金 哪部小说里头没有不幸的情人呢。要不然,谁来唱那些悲伤的小曲儿呢,谁来把爱人的名字刻满森林和山谷呢?这个角色就交给米隆来演,谁叫他穷呢!

乌日玛 好吧,我的天使,就随你吧。不过米隆一定得留下来。我最喜欢安慰不幸的情人,我可以跟他一起读那些哀诗——黑夜,月亮,星星,晶莹的泪珠……哎!想想就令人动情!

弗斯佩什金 就这么定了!哦,他们回来了。女儿!米隆!过来!

普丽斯塔、米隆、达莎、伊万上。

弗斯佩什金 过来,过来,孩子们!我们现在要享用肉饼啦!说实话,我饿得前胸贴后背啦!哇!这些桌子凳子是哪儿来的?

伊　万 老爷,是我从村子管家那儿借来的。

乌日玛 上帝呀!太煞风景啦!我还想要席地而坐呢!

弗斯佩什金 我还是愿意坐着凳子在桌子上吃！我可不想跟土耳其人一样。

乌日玛 那最起码也得把桌子挪挪，把它放到树底下，清泉边上。

弗斯佩什金 甭费事儿！这儿就挺好！赶紧放下吧。

伊万把肉饼放在桌上。

达 莎 （*悄声对伊万*）瞧这一大帮人！早餐有好吃的啦！

伊 万 （*低声*）快别提啦，达莎！我心里七上八下的！

弗斯佩什金 呵！这肉饼！我的乖女儿！我们得了这么好的肉饼，我想跟你要一样东西作为回报，你一直都很听话，一定不会不给吧？

普丽斯塔 爹爹！

米 隆 什么?!

乌日玛 她多么敏感！随我。乖女儿，你带着弗洛里昂①的书吗？

弗斯佩什金 嗯，这件事吃完肉饼再说！我现在饿得跟条狗一样。你们倒是坐马车来的，我这把老骨头可是走路过来的！不过呢，这样一来，我吃这肉饼可比你们香得多！来呀，坐啊！呵！这肉饼！谁做的？

伊 万 弗利波诺，老爷！法国大厨！

弗斯佩什金 嗯！肉饼就得法国大厨！刀！快点儿！有个带劲儿朋友可真不错！但我们呢，乖女儿，得懂得欣赏并回报。

乌日玛 懂得欣赏，是只有敏感心灵才具备的罕见天赋！

弗斯佩什金 米隆，别再愁眉苦脸的啦！别破坏了我们吃肉饼的兴致。你永远是我们的好朋友，你很正直，很不错，可是，你得承认，你

---

① 让·比埃尔·克拉里斯·德·弗洛里昂（1755—1794）：法国作家，寓言诗人，著名作品有《爱的欢乐》。

配不上我家女儿。你啥都没有。别说话！我们会有所补偿的。我有一个外甥女，人很好，还有两百个农奴的嫁妆。我答应把她嫁给你。

米 隆 不！没有人能替代普丽斯塔！

弗斯佩什金 怎么，你以为男婚女嫁都凭自己喜欢吗？屁！两百对里头能有三对是这样的就不错了！你总该知道那句谚语吧，光有爱情不当饱……别提这个了，还是让我们来享用肉饼吧！刀已经被我磨得跟剃刀一样啦！

乌日玛 真是铁石心肠！全是因为他不爱读抒情诗、田园诗！

弗斯佩什金 （边切肉饼）伊万！这真是松鸡肉的吗？

伊 万 我想是的，老爷！（悄声对达莎）达莎，你嘴刁，是不是松鸡肉？

达 莎 （悄声对伊万）噫！原来是松鸡肉的！我们把它当成普通鸡肉吃啦！

弗斯佩什金 （切开）这是什么鬼！我是眼花了吗？老婆，你快来看！

乌日玛 啊，真俗！“老婆”“老婆”！怎么啦！老爷？

弗斯佩什金 你看看！

乌日玛 （看肉饼）哎呀！这里面居然空空如也！乖女儿！快来看呀！

普丽斯塔 （看肉饼，讥讽）早餐吃少，午餐吃饱！

弗斯佩什金 真是见了鬼了！如果这是一个玩笑，那绝对是最愚蠢的一个！米隆，你快来看！

米 隆 法丘耶夫真是请客大师！

弗斯佩什金 伊万！……

伊　万　（暗自）完蛋啦！（高声）有何吩咐，老爷？

弗斯佩什金　这是怎么回事？

伊　万　咋啦，老爷？

弗斯佩什金　你自己看看。

达　莎　哎呀，怎么是空的呀？

伊　万　哎哟，真是怪事！

弗斯佩什金　你家老爷是疯了吗？把我们从城里诳出来，然后让我们饿肚子吗？为了这个该死的肉饼，我们特地没吃早饭！

乌日玛　这是最无礼的嘲弄！我永远不会原谅他！

弗斯佩什金　鬼催的！我恨不能跟他打一架！竟然这么捉弄自己的准岳丈！

乌日玛　这样的行为任何一部小说里都见不到！

弗斯佩什金　我算开了眼了！好哇，好哇！我们不会这么算了！这个该死的浪荡子！竟然这么对长辈……

乌日玛　这样对女士！

弗斯佩什金　（对伊万）这肉饼是你拿来的？

伊　万　是我，老爷！我像眼珠子一样抱过来的。

弗斯佩什金　你家老爷没有再交代什么？

伊　万　哦，对了！老爷还有一封信呢！

弗斯佩什金　把信拿来。（接过信）这算什么？既没落款，也没封口，不像话！（打开）还是用铅笔写的！真是好女婿！还没过门呢就这么对我……哪儿是开头？

伊　万　在这儿，老爷！

弗斯佩什金　“抱歉，我无法”——你瞅瞅！好像在给裁缝或鞋匠写信呢！“抱歉，我无法”！为什么没有写“尊敬的老爷”，或者“我尊敬的先生”？至少也得称呼一句“先生”吧！他可倒好——“抱歉，我无法”——真是粗鲁无礼！老婆，你来读！看看他无法怎么着。

乌日玛 “抱歉，我无法同你们一起吃肉饼”……“吃肉饼”——真俗！“上帝做证，我没有时间。我想你们大概还记得，我的亲戚一个劲儿催我娶斯纳菲金公爵家的小姐。刚才我的舅舅又派人来催我前去相亲，我急忙前去了结此事。怎么了结呢——肉饼代表我的心！”

弗斯佩什金 哦，这是拒绝，最粗鲁的拒绝！

乌日玛 你自己读吧，老爷！我实在没法儿读下去！无礼之徒！

弗斯佩什金 “这个肉饼里的馅儿有多少，我心中对普丽斯塔的爱就有多少。”混蛋！

普丽斯塔 爹爹，你现在明白了吧，他要娶斯纳菲金公爵家的千金啦！但无论如何也不该这样侮辱我们吧？

弗斯佩什金 混蛋！“请尽情享用吧！它的味道美极了！这是我亲自订购的，我特意让这个肉饼像准岳父大人的头脑一样充实。”……混蛋！老婆，你来读吧！我实在读不下去了。

乌日玛 “像准岳父的头脑”……

弗斯佩什金 这句读过了！往下读！

乌日玛 “在这个肉饼里你们将发现那么多好东西，就像未来岳母大人身上的美德和品格……”啊！这个野蛮人！达莎！你来读！我怕脏了我的手！

达　莎 “总而言之，我的肉饼就是我情感的传递者。再见！祝普丽斯塔幸福，我不是她的未婚夫”——连我都看不下去啦！（将纸条撕碎）去他的吧！

弗斯佩什金　做得好，达莎！他活该！

伊　万　*（悄声问达莎）*上面真是这么写的？

达　莎　*（悄声）*嘘！最后这句是我加上去的。

伊　万　*（低声）*呸！没当上秘书，先当起骗子来了！

米　隆　如此粗鲁无礼，简直闻所未闻！

弗斯佩什金　*（对伊万）*过来，坏蛋！

伊　万　饶了我吧，老爷！您看见了，这里可没我的事啊！

达　莎　*（悄声对伊万）*赶紧，就说你家老爷会娶公爵小姐！

伊　万　*（悄声对达莎）*这不是更惹祸吗？

达　莎　*（悄声对伊万）*只要他们结了仇，再也不见面，肉饼的事就算翻篇儿啦！

弗斯佩什金　我说你呢，过来！说，你家老爷会娶公爵小姐吗？

伊　万　是的，老爷！

弗斯佩什金　他专门订了这个肉饼，为的就是拒绝我们？

伊　万　哎！是的，老爷！

弗斯佩什金　你告诉他，他是傻瓜！

伊　万　傻瓜，老爷！

弗斯佩什金　是混蛋！

伊　万　混蛋，老爷！

弗斯佩什金　恶棍！

伊　万　恶棍，老爷！

弗斯佩什金　就说我女儿不愁嫁不出去！

伊　万　不愁，老爷！

弗斯佩什金　就说我永远不要再见到他！

伊　万　明白，老爷！（暗自）太好啦！接下来再编个谎骗骗老爷，就神不知鬼不觉啦！

弗斯佩什金　真是气死我了！没事，我知道怎么报复他！对！我现在就让他知道知道，我们根本就不把他当回事！（对乌日玛耳语）你同意吗，老婆？

乌日玛　上帝保佑！

法丘耶夫上。

法丘耶夫　哈哈哈！我的肉饼如何？我希望你们能原谅我。

弗斯佩什金　听着，你这混蛋！我奉劝你以后不要让我再看见你，否则我把你的耳朵割下来！

法丘耶夫　啥？您在开玩笑吗？

弗斯佩什金　女儿、米隆，随我来！（下）

法丘耶夫　这是怎么回事？

普丽斯塔　我奉劝你以后不要把人看扁了。（下）

法丘耶夫　什么呀！米隆，你说！

米　隆　我奉劝你莫要刨根问底，不然你会付出沉重代价！（下）

法丘耶夫　他们这是怎么啦?！太太，这……

乌日玛　上帝啊！不要对我讲话！我的小心脏哟！（下）

法丘耶夫　真是见了鬼啦！达莎，你告诉我！

达　莎　告诉你什么呢？你是一个野蛮人，就这！（下）

法丘耶夫　伊万！

伊　万　怎么了，老爷？

法丘耶夫　你都看见了？

伊　万　看见了，老爷！

法丘耶夫　都听见了？

伊　万　听见了，老爷！

法丘耶夫　你怎么看？

伊　万　跟您一样，老爷！

法丘耶夫　跟我一样！……我要是明白一点儿，我情愿吊死！

伊　万　换作我，我也不明白！

法丘耶夫　难道是肉饼不好吃？

伊　万　咋不好吃！老爷，说实在的，我这辈子都没吃过这么好吃的肉饼！

法丘耶夫　那怎么回事呢，不合他们口味？

伊　万　怎么可能，老爷！您自己看看……

法丘耶夫　是啊，馅儿全吃了。

伊　万　连个骨头渣都没剩！

法丘耶夫　松鸡肉新鲜吗？

伊　万　新鲜，老爷！就差不会飞啦！

法丘耶夫　确实如此。我真是纳闷了。对了，他们吃的时候都说什么了？

伊　万　边吃边夸，老爷！话倒是没怎么说，肉饼一会儿工夫就掏空了！

法丘耶夫　真是见鬼！就是说，肉饼很满意？

伊　万　我对天起誓，老爷！吃肉饼的人边吃边嘬手指头！

法丘耶夫　那你告诉我，混蛋，这到底是怎么回事？说不清楚我扒了你的皮！——你刚才一直在这儿？

伊　万　这个，老爷……怎么跟您说呢？我也是一头雾水。我唯一肯定的，就是肉饼好吃极了。

法丘耶夫 信给他们了吗？

伊　万 啊，信！我想起来了，老爷！事情就是这么搞砸的。

法丘耶夫 他们看了那封信，应该眉开眼笑才对啊。

伊　万 我也是说呀。可是老头子一开始读信，他们就把你骂开啦。这个说你是傻瓜，那个说你是混蛋，第三个说你是恶棍！还骂了好多呢，我都记不住啦！

法丘耶夫 不可能！对这封信我比肉饼还得意哪！我现在就去找老头子问个清楚！

伊　万 咳，老爷！去他的吧！您跟个疯子较什么真呢？

法丘耶夫 他们算个啥！我要的是普丽斯塔，还有她的嫁妆！

伊　万 您没看见他们是怎么对您的吗？去他们的吧，老爷！您知道，有多少美人儿都为您着迷哪！都排着队任您挑！

法丘耶夫 这倒也是，不过普丽斯塔人漂亮，嫁妆又多，我差不多都爱上她啦；最主要的，这事不明不白，让我生气。

伊　万 他们过来啦。赶紧收拾餐具，咱们走！您该做的都做啦，如果他们对早餐不满意，那可不是您的错啦。（下）

弗斯佩什金、普丽斯塔、米隆、乌日玛、达莎上。边上场边交谈。

米　隆 多么意外的幸福啊！普丽斯塔！你终于是我的了！老爷，您把我的魂儿给找回来啦！

普丽斯塔 谁能想得到呢？突如其来的幸福！

弗斯佩什金 过去的事不要再提啦！祝你们白头偕老！我很高兴，应了那句老话：乌鸦被赶跑，雄鹰正当道。我这个女婿虽然穷，可是聪明、正派，比有钱的傻瓜和恶棍强多了。（看见法丘耶夫）哟！法丘耶夫先生！您还没走哪？我刚才朝您发火了，请原谅！

法丘耶夫　没事儿！您气儿消啦？

弗斯佩什金　消啦，消啦，原本就不该气，都怪我这急脾气。

法丘耶夫　我就知道，只要我跟您一见面，就能重归于好。

弗斯佩什金　冤家宜解不宜结。我现在高兴得很！

法丘耶夫　小姐也不生我气了吧？

普丽斯塔　我已经原谅您啦！

法丘耶夫　真是善解人意！米隆呢？

米　隆　既然大家都原谅你了，我也没什么好说的了。

法丘耶夫　好极了！您呢？我动人的马拉尼娅？

乌日玛　哎！我想恨都恨不起来！我的心太软！

法丘耶夫　您人真好！你呢，达莎？

达　莎　请您原谅，老爷！

法丘耶夫　看来谁也不生我的气了。吵闹不伤感情，可真好！哈哈哈！

弗斯佩什金　真是好玩！哈哈哈！

法丘耶夫　这一架吵得真有意思！哈哈哈！

弗斯佩什金　肚皮都笑破啦！哈哈哈！你们什么时候结婚？

法丘耶夫　前脚吵架后脚和好！哈哈哈！随你们方便！

弗斯佩什金　这事全由您定啊！

法丘耶夫　照我说，越快越好！你说呢，我亲爱的普丽斯塔？哈哈哈！

普丽斯塔　我尊重您的意愿。

法丘耶夫　你真是迷人！哈哈哈！

弗斯佩什金　就是说，斯纳菲金公爵小姐的命运很快就要决定啦！哈哈哈！

法丘耶夫　我跟她终于有结果啦，你们可以祝贺我啦！

弗斯佩什金　祝贺！祝贺！

乌日玛　衷心祝贺！

普丽斯塔　祝贺！

米　隆　我也祝贺你！

法丘耶夫　不错！的确值得祝贺！这件事可比你们想象的要难得多！哈哈哈！

弗斯佩什金　您也可以祝贺我！

法丘耶夫　非常乐意！祝贺什么？

弗斯佩什金　祝贺我得了个好女婿！

法丘耶夫　真是太好了！

弗斯佩什金　非常好的人！

法丘耶夫　客观地讲，他有很多优点！

弗斯佩什金　难道您知道？

法丘耶夫　这叫什么话，我自己我会不知道？

弗斯佩什金　（指米隆）您误会了，这是我的女婿。

法丘耶夫　什么？这是怎么回事？

弗斯佩什金　我们刚从教堂出来，给他俩举行了婚礼。请向新人表示祝贺吧！

法丘耶夫　您在开玩笑吗！

弗斯佩什金　我们可没开玩笑。

法丘耶夫　什么?！您竟然出尔反尔？

弗斯佩什金　是您违约在先。您不是要跟斯纳菲金公爵小姐结婚了吗？

法丘耶夫　什么呀？我被搞得一头雾水！

弗斯佩什金　听着，法丘耶夫，男子汉大丈夫敢作敢当。难道不是你把我们诓到这儿来，然后故意送个空肉饼捉弄我们吗？

法丘耶夫　什么？空肉饼？

弗斯佩什金　嗯？等等！不是你送个空肉饼过来，然后在信上用空肉饼打比方，把我们羞辱一顿，然后拒绝了这门亲事吗？

法丘耶夫　对不起，我的比喻也许不恰当，但是肉饼的馅儿很好啊！

弗斯佩什金　好极了！所有人都看见了，肉饼是空的，跟你的脑袋一样空无一物，而你还想嘲笑比你尊贵的人！不过，事情已经结束了。我的女儿出嫁了。你看见了，她被你拒绝后也没有当老姑娘。

法丘耶夫　真是疯狂！绝望！太可怕了！伊万！伊万！

伊万跑上。

法丘耶夫　混蛋！说，是不是你搞的鬼？

伊　万　我错了，老爷！都是她撺掇的。

弗斯佩什金　达莎！这是怎么回事？

达　莎　我错了，老爷！我被贪婪的魔鬼引诱了。

伊　万　是我们把肉饼吃了。

弗斯佩什金　可是肉饼没被切开呀！

达　莎　我们从底下掏了个洞。

法丘耶夫　看见了吧，我是无辜的，我去找斯纳菲金公爵小姐是为了拒绝她。

弗斯佩什金　但你信的结尾不是说，你不是我女儿的未婚夫？

法丘耶夫　荒唐！怎么可能！把我的信拿来！

弗斯佩什金　信被达莎撕了，达莎！

达　莎　老爷！那句话是我自己加上去的，为的是让您生他的气。

弗斯佩什金　可恶！

法丘耶夫　这两个该死的奴才！

米　隆　（对弗斯佩什金）岳丈大人，您不会反悔吧？

弗斯佩什金　不会，不会！请放心，我的朋友，我知道你是个信得过的人。你呢，法丘耶夫先生，自认倒霉吧！

法丘耶夫　只是苦了我的债主们了！原本还想着拿到嫁妆还他们钱哪！

达　莎　伊万，以后还来啊！带着肉饼！

伊　万　善良的达莎！我以后可长教训了，在女人面前耳朵根不能太软！

弗斯佩什金　哟！是这村儿的管家到了。

波塔普上。

弗斯佩什金　您好哇！我们刚在贵村的教堂里举办了婚礼。您家太太呢？

波塔普　您好老爷！我家太太都看见了。她派我来向新人表示祝贺，并问能否在一块儿庆祝，今天刚巧是她的命名日。

弗斯佩什金　荣幸之至！热烈祝贺！今天是个好日子，双喜临门！您家太太是我多年的好友。——法丘耶夫先生，别再苦恼了，留下来一起庆祝吧！

波塔普　我们给太太准备了歌曲舞蹈，本来我们还想排演一出喜剧呢，可那帮下人太笨，怎么都演不好！

弗斯佩什金　咳，喜剧嘛，我们已经替你们演过啦！哟，人都来了！来吧，闹起来！

众人载歌载舞。

（幕落・全剧终）

懒　人（残篇）①

诗体喜剧

|剧中人物|

◇**连图拉**——少爷，懒人

◇**普拉夫东**——老爷，连图拉之父

◇**普丽斯塔**——连图拉的未婚妻

◇**苏姆布尔**——普拉夫东的老友，普丽斯塔之父

◇**切斯诺夫**——连图拉的好友

◇**安德烈**——连图拉的仆人

◇**达莎**——普丽斯塔的女仆

◇**家具铺伙计**

① 此剧原题“Лентяй”，创作于1800—1805年间。手稿片段藏于萨尔蒂科夫－谢德林公共图书馆。首次刊载于《克雷洛夫文集》（1869）。克雷洛夫所创作的这个懒人形象被俄罗斯文学界公认为是冈察洛夫笔下奥勃洛摩夫的前身。

第一幕

安德烈 （伏在书桌前替少爷写信）

“亲爱的爸爸！按照您的建议，”

——嗯，既然撒谎就撒个彻底。

“我每天摸黑起床，终日操劳……”

——可不是，一天三饱俩倒。

“一星期来连日奔波，”

——从床上到沙发，从沙发到厕所。

“现在我已经不再犯懒。”

——实际上每天啥也不干。

（读）

好了，老爷看了准保满意！

糟糕，关于少爷的未婚妻还没提！

这一段我得好好想想，

一不小心就要穿帮。

“昨天我的宝贝儿”——不对；

“心肝”“美人儿”——都不对！

怎么写都觉得别扭，

替人写信真是难受。

“嗯”……不行；“哪”……不行——真是遭罪！

连图拉呀，你自己犯懒我替你受累！
干脆写得简简单单，
以免被他老爹拆穿。
“昨天来了苏姆布尔，
他还带着他的女儿……”
好了，家书终于写完，
我再帮他写上落款：“您孝顺的儿子，连图拉。”
——呸，这样的儿子真是败家！

达莎气鼓鼓地上。

达　莎

安德烈！你家少爷真是狠心肠！
难道他就这么公事繁忙，
抽不出工夫去看看未婚妻？
也就我家小姐咽得下这口气！
他们俩已经一整年没见，
我们来了一天，他都没露面！

安德烈

你喊这么大声干吗？

达　莎

我乐意，你管得着吗？

安德烈

小心把少爷吵醒啦！

达　莎

怎么？他还没起床吗？

安德烈

起来了，又躺下啦！

达　莎

他晚上难道不睡觉？

安德烈

白天睡好，晚上睡饱。

达　莎

嚯！这样的姑爷简直是活宝，
我家老爷可如何是好？
老爷他打过仗，受过穷，
每天早起公鸡还没打鸣。
他从来不穿拖鞋睡衣，
一大清早就穿戴整齐。
要么在庄园操持家业，
要么骑马上山打猎。
整天像马达一样转个不停，
跟着他连个瞌睡也打不成。
昨天你们能够过得安生，
是因为天还没亮他就出了城。

安德烈

我跟你说句良心话，
少爷他实在不像话。
整天窝在家里，
大门不出二门不迈。

一天到晚睡大觉，

写封家书都由我代劳。

跟着他我是左右为难，

只能帮他把老爷欺瞒。

你们来了就好啦，

让你家老爷治治他。

达　莎

他的懒惰我们早有耳闻，

可到这种程度实在过分！

你我两家老爷是世交，

子女的婚约早就定好。

这次我们来到这里，

就是为了举办婚礼。

安德烈

我家老爷为了争财产，

官司一连打了好多年，

虽然他的要求合理公平，

却输掉了官司陷入困境。

他把少爷派到此处，

临别对他再三叮嘱，

要他为了官司仔细周旋，

争取赢得官司获得财产。

可少爷一来就犯了病，

整天宅在屋里睡不醒。

达　莎

他犯了什么病？

安德烈

懒病！

少爷他已经懒癌入骨，

我说什么都于事无补。

我说：少爷，你这么年纪轻轻，

整天窝在家里怎么能成？

你成天穿着这身睡袍，

老爷派你来难道是睡大觉？

一旦他知道了真相大发脾气，

很有可能会剥夺你的领地……

你猜他怎么跟我说？

达　莎

他向你认了错？

安德烈

他打了个哈欠，理都没理我！

达　莎

嚯，懒成这样可真没的说！

安德烈

少爷他其实就是犯懒，

其他的毛病倒是不沾，

从不吃喝嫖赌，

应该能做个好丈夫。

他彬彬有礼，而且也有学识，
只要不出门，也乐于做善事……
啊！是你家老爷！
你赶紧回去找小姐！

达　莎

我该怎么跟小姐说？

安德烈

随便编点儿什么瞎话，
千万别让她跟少爷吵架！
老爷来了，快去吧！

达　莎

咳！你说这像什么话！（下）

苏姆布尔在场外喊。

苏姆布尔

真是见鬼！还没弄成！
难道要我站在这儿干等？
我马上就出门，赶紧干活——
我喜欢办事利利索索。
把我那匹烈马备好，
一回来我就上马狂飙……
连图拉在哪儿？安德烈！
天气不赖，正好打猎。
给我一支利箭，
我能把魔鬼射穿。

安德烈 （暗自）

这就是苏姆布尔老爷！
他的急脾气名不虚传！

苏姆布尔上。

苏姆布尔

你家少爷呢？啊？
我猜他肯定累坏了吧？
拜访权贵，奔走法庭，
肯定每天忙得不行？

安德烈

啊，我们的日子确实不好过！

苏姆布尔

他晚上有时间睡觉吗？

安德烈

哎，老爷！
少爷他从来不分黑夜白天，
这样下去身体早晚完蛋。

苏姆布尔

这样的生活不合规矩，
枯燥乏味又有害身体。
等他成了我家姑爷，
我绝不让他整晚熬夜。
我年轻那会儿才叫洒脱，
书本笔墨从没摸过，

每天不是上山就是进城，

坐车骑马雪橇步行。

而今体力不比当年，

可是豪情一点儿没减，

走路骑马每天不闲！

整天坐着那可不行！

安德烈

您说得一点儿没错，

少爷他也不喜欢坐着……

（暗自）

他更喜欢躺着……

苏姆布尔

不爱坐着可真不赖！

我们两个准合得来！

翁婿两个要成为镇里的传说，

我们哪，以后连吃饭都站着！

安德烈　（暗自）

少爷这回可要糟糕！

苏姆布尔

你刚才说什么？糟糕？

安德烈

啊，不是，我说“老爷这招可真叫高”！

苏姆布尔

嘿嘿！让我来跟他过过招，

看谁睡得少，起得早，更能跑……

对了，连图拉喜欢打猎吗？

要是喜欢，那可就更好啦！

我们可以一起进深山，

一连几天露宿风餐……

安德烈 （暗自）

啊，少爷这条小命眼看玩儿完！

苏姆布尔

你别看我年纪不小，

我最看不惯倚老卖老。

整天下了沙发就上床，

除了打盹就是睡觉。

一年到头不出个门，

一把骨头都发了毛。

跟我在一起绝不无聊，

只要你不是懒汉，不是尿包。

安德烈

啊，我家少爷不是尿包……

苏姆布尔

怎么见不着他的人？

难道是一大早就出了门？

年轻人就该这样珍惜光阴！

可惜有人请我去吃午饭，

我又要出门一整天。

我找他有要紧事情，

可眼下实在没时间等。

你给我拿来纸和笔……

安德烈

啊，您等着，纸笔在少爷屋里。

苏姆布尔

不用你，我自己进屋去拿吧。

安德烈

啊，这个……恐怕不大好吧？

苏姆布尔

嗯？这有什么？

我们马上就是一家人了。

（推开门）

咦？谁在打呼噜？

安德烈

没有啊，哪儿有葫芦？

苏姆布尔

不是，有人在打鼾！

安德烈

啊？有人在大喊？

苏姆布尔

咳！有人在睡觉！

安德烈

啊？谁？谁在摔跤？

苏姆布尔

咳，你起开！

安德烈

哦，老爷！

苏姆布尔

啊，原来是连图拉在睡觉！
大白天的还赖在床上？
你这滑头，谎话说了一箩筐！

安德烈

不是的，老爷……
您听我解释，是这么回事：
少爷他整晚都在工作，
纸张写了整整一摞。
我装了满满一大车，
刚刚运到邮局发货。

苏姆布尔

原来如此……

安德烈

我看得心疼，就鼓起勇气，
好说歹说，劝少爷休息。
可他继续埋头工作，
总说做得还不够多。
直到刚才头晕得厉害，
这才躺下睡到现在。

苏姆布尔

你说的是实话？

安德烈

老爷，不敢有假。

苏姆布尔

关上门吧，别吵醒他。

安德烈 （暗自）

好险！总算糊弄过去啦！

苏姆布尔

这样的生活对他的身体有害，
整天看书写字会把眼睛搞坏。
你告诉仆人走路要轻手轻脚，
省得把少爷的美梦搅扰。
等他醒来跟他说我来过，
让他到我家来看望小姐和我。

安德烈

遵命老爷！老爷您走好，
您的话我一定转告！

苏姆布尔下。

普拉夫东从另一侧上。

安德烈 （看见普拉夫东）

糟糕！走了岳父来了爹！

普拉夫东

少爷在哪儿呢，安德烈？

安德烈

老爷，您怎么来了？

普拉夫东

少爷呢？

安德烈

他……病了，在躺着休息。

普拉夫东

他的表现令我非常生气！

一年来他什么都没干，

官司没有一点儿进展，

他也许根本没去过法院！

安德烈

去过，老爷，只是法庭一直延期。

普拉夫东

为什么不写信？一直没消息？

安德烈

写了呀，老爷，经常写！

普拉夫东

写了？写信的是你！

我能认出你的字迹。

他自己为什么不动笔？

安德烈

字迹虽然出自我手，

内容全是少爷口授。

因为少爷身体不好，

我担心他过分操劳。

普拉夫东

你说的没有掺假？

安德烈

句句都是实话！

普拉夫东

你先下去吧！

安德烈

是，老爷！（下）

普拉夫东　（自言自语）

说起来都是我的错，

领地丢了也是自食其果。

我明知道连图拉懒惰成性，

却交给他这么重要的使命。

江山易改本性难移，

脱胎换骨岂是一朝一夕？

咦，这里这么多邮件？

我来看看是写给谁的？

啊！全是我寄来的卷宗，

这么长时间还没拆封！

好哇！不肖子！这个懒蛋！

今天我一定跟你没完！

家具铺伙计带着枕头上。

普拉夫东

伙计，你找谁呀？

家具铺伙计

老爷，我找连图拉。

只是来得不凑巧。

普拉夫东

怎么个不凑巧？

家具铺伙计

别人家已经在吃午饭，

这家人还没做早餐。

这家的少爷像位可汗，

平日里难得见他一面。

听说他就喜欢睡觉，

一天到晚穿着睡袍。

普拉夫东

好一位可汗！

家具铺伙计

他的日子无比快活，

吃吃睡睡啥也不做。

一周里有七个星期天，

一年到头天天过年。

一看就是个公子哥，

从小被爹妈宠坏了。

普拉夫东

好一位公子哥！

家具铺伙计

在其他方面他很少花钱，
但为了舒服他宁愿破产。
为了一床绒毛被罩，
他宁肯把长袍当掉。
床睡腻了要换沙发，
钞票又花了一大把。

普拉夫东

他的父亲可真是不幸！

家具铺伙计

也不知道是谁这么苦命。

普拉夫东

他的父亲就是我！

家具铺伙计

啊！老爷，请您饶了我，
我不该这么满嘴胡说。
您家少爷其实挺好，
从不欠债也不胡闹。
虽说他喜欢睡个懒觉，
可哪个有钱人没个嗜好？

普拉夫东

我要把他这种嗜好改掉！

家具铺伙计

老爷，没有嗜好就不讲究，
不讲究还叫有钱人？
在我们这儿，
有人讲究穿戴，
有人讲究气派，
有人讲究吃喝，
有人讲究马车。
您家少爷讲究沙发，
最好的沙发就在我家。
这沙发全是真材实料，
本钱就花了不老少。
您瞧我，光顾着跟您磨牙，
我得赶紧结账回家。
请问您见没见着安德烈？

苏姆布尔跑上。

苏姆布尔 （边跑边喊）

安德烈在哪儿？安德烈！

普拉夫东

啊，是你啊，老朋友！

苏姆布尔

普拉夫东，老朋友！你好啊！
你从哪儿来，啥时候来的？
你怎么也不说一声？

我前天才到这里……

普拉夫东

你还是这么风风火火！

苏姆布尔

咳，老了，别提了！

咱们的日子过去了！

想当年咱俩多么张狂，

可如今你我都白发苍苍。

曾经根本不知道累，

现在天一擦黑就想睡。

哎，这些床垫枕头哪儿来的？

是你大老远带来的？

家具铺伙计

不是，这是……

普拉夫东

伙计，你先回铺子里帮忙，

我儿子晚点儿给你结账。

家具铺伙计

没问题。少爷他从来不赖账。

此处内容缺失

安德烈

我这就去，老爷！（下）

普拉夫东

哦，我的朋友，真是一言难尽！

苏姆布尔

行了吧，应该对他好好管教，
他的行为绝不能轻饶。
什么过错都能弥补，
唯独懒惰不可宽恕。

普拉夫东

他有位朋友叫切斯诺夫，
一心想帮他谋个出路，
给他找了好几份工作，
可他还是改不了懒惰。

苏姆布尔

为了你，为了我，
为了我的女儿，
我要好好教训他——安德烈！

安德烈上。

安德烈

老爷，您有何吩咐？

苏姆布尔

他穿个衣服怎么这么半天？
像个女人磨磨蹭蹭没个完？

安德烈

马上就穿好啦，

正在穿第二只袜子。

普拉夫东

哪一只？

苏姆布尔

第二只！

这个大懒蛋！

还要等到什么时候？

穿个袜子要这么久？

咱们现在就进去找他，

让他好好受受惩罚！

普拉夫东

走吧！虽说我也痛恨懒汉，

可是对着儿子很难翻脸。

苏姆布尔

你要对他狠一点！

普拉夫东

待会儿你得帮帮我，

我怕我会舍不得。

苏姆布尔

小树不砍要长歪，

孩子不管不成才。

把他的软床垫换成硬木板，

一日三餐换成粗茶淡饭。

安德烈

我的懒少爷这回要完蛋。

（幕落）

第二幕 （片段）

普拉夫东

这个懒汉真是家门的不幸，
哪怕他能改掉一半的毛病！
可是他好吃懒做到了极点，
为了舒坦他宁肯破产。
通过这件事看得一清二楚，
他对什么都不管不顾。
不公的裁决已经过去半年，
到现在上诉书还没递到法院，
要知道这可关系到我们的财产。

切斯诺夫

老爷您不必着急，
这件事情我已经处理。
诉状一个月前就已经写好，
我的代理人马上就送到。
我知道这事有多么重要，
一心想帮连图拉把它做好。
可他实在是懒得要命，
没办法我只好自己行动。

我已经向法庭解释清楚，
这里的法官从不接受贿赂。
他们已经了解您的冤情，
如今就等法院开庭。

普拉夫东

啊，先生，
我不知该如何表达我的感激之情，
连图拉有你这样的朋友真是万幸！

切斯诺夫

我在法庭有很多熟人，
您的案子不必担心。
倒是连图拉您需要考虑，
不能再让他颓废下去。
为了激发他的斗志，
必须得给他谋个差事。

普拉夫东

这事我跟他说了十来次！

切斯诺夫

很高兴我们的想法一致。
我舅舅在这里有权有势，
我托他给连图拉找了好几份差事，
最后都因为懒惰被迫离职。

普拉夫东

你在信中曾跟我提及此事。

切斯诺夫

我又帮他找了份工作，
工资待遇都相当不错。
只要他能好好努力，
名誉和官职都不成问题。
所有关系都已打通，
只有一事让人头疼。

普拉夫东

什么事？

切斯诺夫

连图拉实在太懒惰，
他过惯了懒散的日子，
两只脚就像长在床上一样，
生拉硬拽也不肯和我去见部长。
每次都找各种借口搪塞，
不是头疼就是脑热。
部长被他放了好几次鸽子，
多亏我舅舅出面解释。
您得跟他好好说说，
机会难得可别错过！
我的话对他不起作用，
但您的话他肯定会听。

普拉夫东

好，我听您的！

苏姆布尔上。

苏姆布尔

呸，真是见鬼！
我都快跑断了腿！
你的儿子真够可以，
提起他我就来气。
咱们两家那么多亲戚，
他合着一家都没去！
我家家挨个拜访遍，
人人对他有意见。
大爷大妈叔叔阿姨，
一提起他满肚子气，
有的数落有的责骂，
闹得我灰头土脸回了家。

普拉夫东

这兔崽子实在不像话！

苏姆布尔

最生气的是我的姐姐，
七十多岁的公爵遗孀，
连图拉从没去拜访过她，
她因此对我放出狠话，
如果我把女儿嫁给这个混蛋，
就别想继承她的遗产。
虽说她年纪大了爱犯糊涂，

可是她好歹有五千农奴！

普拉夫东

这种行为荒唐透顶，

对于长辈毫无尊重！

苏姆布尔

老太太其实心肠不赖，

就喜欢用核桃做注玩玩纸牌。

她之所以对连图拉大发脾气，

实在是连图拉不把她放在眼里。

我好不容易才让她把话收回，

说一定带连图拉登门赔罪。

她打算今晚邀请亲友团圆，

请你和连图拉一同赴宴。

邀请函已经发出去好几十份，

今晚连图拉一定要好好表现。

切斯诺夫

这对连图拉是一个大好机会。

普拉夫东

老朋友，这位就是切斯诺夫！

苏姆布尔

啊！你就是切斯诺夫，

感谢你对连图拉的帮助。

你为他做了很多事情，

认识你是我的荣幸。

连图拉让我们伤透脑筋，
有你这样的朋友是他的幸运。
（看时间）
呀，我们得赶紧准备出发，
免得迟到了惹人笑话。

普拉夫东

我们已经准备好了。

苏姆布尔

哎，穿成这样可不成，
公爵家的宴会可不一般，
我们可不能太寒酸。
我把女儿打扮得像个新娘，
连图拉也得像个新郎官。

普拉夫东

连图拉老早就开始打扮，
应该不会让我们丢脸。

苏姆布尔

他们两个是郎才女貌，
肯定令众人津津乐道！

普拉夫东

咳，只可惜连图拉这么懒！

苏姆布尔

早晚我们会将他改变，
一天不行就一个月，

一个月不行就一年！

切斯诺夫

我原本跟舅舅约好，

要带连图拉去见他。

既然你们要去赴宴，

我现在就去跟舅舅道歉。

普拉夫东

不用，不用，切斯诺夫先生！

他可以先跟你和令舅见面，

然后你们再一同赴宴！

苏姆布尔

如此甚好，你也一起来！

切斯诺夫

啊，实在是三生有幸！

请允许我也换换衣服，

以免显得不够礼数。

苏姆布尔 （开玩笑）

你可别穿得太帅气，

当心老太太爱上你！

连图拉总是拖拖拉拉。

我现在进去催催他！（下）

切斯诺夫

我尽快回家换身衣服，

然后回来一起上路。

先向舅舅引荐连图拉，

然后一起去公爵夫人家。

普拉夫东

好，请你快去快回，

连图拉马上就准备好。

见面和宴请都很重要，

抓紧时间不要迟到。

切斯诺夫　好！（下）

苏姆布尔上。

苏姆布尔

老朋友，应该为儿子感到骄傲！

我就说一定能把他改造好！

你看看他，哪里看得出像个懒汉？

法国理发师刚给他修理完……

普拉夫东

法国人！

苏姆布尔

没错，法国人；

别看法国人教育孩子不行，

却是最好的厨师、理发师和裁缝。

不管人长得多么难看，

给他们一打理就不再讨厌。

你看看连图拉，早晨还像个野人，

现在漂亮得连亲爹都不敢认。

哎，我去找普丽斯塔，

我得嘱咐她两句话……

以下内容缺失

摩登铺子①

三幕喜剧

|剧中人物|

◇**松布罗夫**——贵族

◇**松布罗娃**——松布罗夫之妻

◇**丽莎**——松布罗夫和前妻之女

◇**列斯托夫**——丽莎的心上人，玛莎女主人的弟弟

◇**玛莎**——列斯托夫姐姐的女仆，被卖到摩登铺子当店员

◇**安努什卡**——女店员

◇**卡列夫人**——摩登铺子老板娘，法国人

◇**特里舍**——商人，列斯托夫曾经的侍从，法国人

◇**安德烈**——列斯托夫的仆人

◇**安特罗普**——松布罗夫家仆人

◇**警官及警员数人**

故事发生在摩登铺子内。

---

① 此剧原题“Модная лавка”，创作于 1806 年，同年 7 月 27 日于圣彼得堡首演，大获成功，久演不衰。剧本于 1807 年首次刊登，1816 年再版。

第一幕

舞台布景为摩登铺子，华丽服饰和摩登商品琳琅满目。幕启，玛莎坐着干活，列斯托夫在跟她聊天。

列斯托夫　哦，我亲爱的玛莎，你倒是说说，我不在的这一年，你有没有攒够钱哪，什么时候也开一间自己的摩登铺子呀？像你这么漂亮，这么心灵手巧，早就该学成出徒啦！

玛　莎　哎，少爷，我的出身不够……

列斯托夫　开铺子还论出身？

玛　莎　怎么不论！除非你嫁个法国人……

列斯托夫　可怜见的！你难道就没钱买个法国丈夫吗？

玛　莎　钱多少还是有的，只是您的姐姐肯放我走吗？

列斯托夫　你瞧我这记性，老觉得你是自由人。当初你怎么就没分配给我呢？我姐姐也是，居然把你卖到铺子里来！换作我，对你只有一个命令——驾驭我！我的心肝儿……

玛　莎　别闹啦，少爷！您还是那个放荡公子哥，跟服役前一个样！

列斯托夫　非也非也，你也许不信，但军旅一载我可是改头换面！

玛　莎　您不再乱花钱了？

列斯托夫　正是。

玛　莎　从啥时候?

列斯托夫　从口袋里没钱开始。

玛　莎　赌博呢?

列斯托夫　呸!

玛　莎　真的不赌了?

列斯托夫　全戒!偶尔玩玩纸牌，打打台球。

玛　莎　不错!不过，您那拈花惹柳的爱好，恐怕还是照旧吧?

列斯托夫　哦，玛莎!你勾起了我怎样的回忆!

玛　莎　哟!这是怎么啦!多么沉重的叹息!多么忧郁的眼神!您不是要给我演戏吧?

列斯托夫　不!我是真的坠入爱河了!不可自拔!

玛　莎　坠入爱河?不可自拔?敢问是哪条河呢?

列斯托夫　一年前，行军途中，我们在库尔斯克一座富裕的村庄宿营。地主老爷叫松布罗夫，是我父亲的故友。心肠蛮不错的，只是脾气暴躁，是个老派俄国人，每天都得骂骂摩登，骂骂外国人才舒坦。亲戚朋友但凡有一点儿不合规矩，在他看来就是辱没祖宗、罪大恶极。松布罗娃太太，他的第二个太太……

玛　莎　啊，那里可以娶两个?

列斯托夫　糊涂!他可是正派人!丧妻再娶的。

玛　莎　哦。他的太太咋了?

列斯托夫　穿着考究，三十岁打扮得跟十五岁似的，任性、恶毒、吝啬、阴险;但丽莎，松布罗夫老爷前妻的女儿……

玛　莎　不用说，少爷，这个丽莎，就是把你迷住的小妖精!

列斯托夫　她就像天使一样美好，可爱、聪明!完美无瑕!

玛　莎　当然啦，老天爷把所有女人的好都拿给她一个人啦！

列斯托夫　我坠入爱河，向她倾诉了衷肠，在她的眼睛里，我看到了希望。如果全凭丽莎的心愿，我们早就……

玛　莎　且慢，少爷！

列斯托夫　怎么了？

玛　莎　别急，调整一下情绪，开始您罗曼史的第二卷——迫害、别离、重重阻碍，什么都别遗漏，听着您的故事我更好干活。

列斯托夫　你这臭丫头！好好听着吧！老爷子对我关爱有加。对我们的事儿，他已经同意了一半，却被他太太给搅黄了。这个女人为了好处，把继女许给了自己的一个亲戚，找借口回绝了我。我在绝望中离开，把我的安宁和幸福留给了丽莎。一年过去了，丽莎音信全无，我毫无指望，激情却与日俱增！

玛　莎　一整年！确实不容易！那么，您打算怎么办？

列斯托夫　继续爱，继续……

玛　莎　继续思念，继续悲伤……多么可悲！风华正茂的年纪，最好的时光用来哭泣！不过呢，少爷，如果有此必要，随时欢迎来我们铺子，像您这样多愁善感的少年郎在我们这儿可是稀客！

松布罗娃走进铺子，将斗篷衫脱下递给安特罗普，后者看铺子看呆了，没接。

松布罗娃　（责骂安特罗普）乡巴佬！看傻啦！

安特罗普　我错了，太太！这儿好东西可真多！

列斯托夫　（低声）啊，松布罗娃！怎么是她？

玛　莎　（低声）她就是您心上人的继母？

列斯托夫　（低声）不错，正是她……

松布罗娃　小姐！敢问贵铺有什么好玩意儿？

玛　莎　太太，小店全是好东西！（暗自）我的母鸽子，今天得让你好好出点儿血！（高声）您来点儿啥？

松布罗娃　哦，上帝啊！岂有此理！安特罗普，死骗子，你给我过来！

安特罗普　太太，这儿有多少包发帽啊，咱们市长夫人都没有这么些个！

松布罗娃　蠢货！我有没有吩咐过，要找间法国铺子？你这是把我带到哪儿来了？你这个混蛋！

玛　莎　他没弄错，太太。这是本市头一家法国铺子。您随便去打听，我们的老板娘——卡列夫人。本市的太太小姐们都以光顾本店为荣！

松布罗娃　呀，真的吗？真是抱歉！我听你说俄文，还以为走错了呢！我急需法国货——要给继女办嫁妆！

列斯托夫　（暗自）给丽莎办嫁妆？真是晴天霹雳！必须探听底细，不惜一切代价阻止这场婚礼！（走近松布罗娃）尊敬的太太，请允许我表达喜悦之情。

松布罗娃　先生，我分享您的喜悦，只是不知喜从何来呀？（暗自）原来是列斯托夫！

列斯托夫　（暗自）软钉子啊。（高声）去岁，鄙人曾有幸随军短暂造访贵庄……

松布罗娃　啊！先生！瞧我这眼神，竟然没认出您来！也难怪，整个军队都从我们村过，哪儿能全记清楚呢！（对玛莎）亲爱的，请给我拿上等蕾丝。

列斯托夫 太太，请允许我造访贵府以表仰慕之情。

松布罗娃 不劳费心，先生，我们很快就要走了。（对玛莎）亲爱的，听说这里开始流行萨拉凡连衣裙了？

玛 莎 我们这里，太太，无所谓流行，衣着各随心意！

列斯托夫 您，想必不是孤身来此吧？

松布罗娃 （暗自）真烦人！（对列斯托夫）跟丈夫一起，先生。没有丈夫陪同我不愿出远门，谁知道要多久呢。

安特罗普 俗话说得好哇，太太！一日路七日粮。

松布罗娃 哪有你说话的份儿，畜生，闭嘴！

安特罗普 （嘟囔）真是！站在马车后面一整天，早累瘫了，浑身像散了架子一样，却连句话都不让说！

列斯托夫 您那可爱的继女一定也来了吧？

松布罗娃 来了，先生。（对玛莎）这蕾丝我一点儿也不喜欢。请给我看看鞋子。

列斯托夫 冒昧问一句，太太，谁是那个幸运儿，您在为谁筹备婚礼？

松布罗娃 这是家事，先生。您不会感兴趣的。（暗自）他快把我逼疯了！（对玛莎）我没一样看得上！看来，你们这儿也没什么好东西。我们去别家。

玛 莎 （低声）母鸽子，乡下妞！想走？没门！（高声）太太，您上眼，您瞧瞧这镶边，巴黎直运，最近一班轮船！

松布罗娃 巴黎来的？

玛 莎 那是当然。安努什卡，安努什卡！

安努什卡上。

安努什卡 有事儿？

玛 莎 （使眼色）季莫娃伯爵夫人的晚礼裙好了吗？你是知道的，她要在最近的宫廷晚会上穿。

安努什卡 （会意）今天就能赶完，连同宫中女官罗津娜夫人的。

松布罗娃 你们给宫中女官做裙子?！亲爱的，能否借我开开眼？

玛 莎 （故意不理松布罗娃）窗台上有一个纸盒，把它送到菲林巴赫公爵夫人府上，她催了好几次了。

松布罗娃 （暗自惊呼）公爵夫人！（对玛莎）哦，我的好人儿！……（暗自）这下可怎么办！我指定是把她惹恼了，她都不正眼看我了。

玛 莎 （对安努什卡）别忘记对卡列夫人讲，图平斯卡娅将军夫人后天要向宫廷引荐自家众千金，已经三次前来，恳求我们打扮诸位小姐。

松布罗娃 （暗自惊呼）将军夫人！（对玛莎）我的生命，我的天使！请千万不要拒绝我的请求，请按照公爵夫人的款式装扮我！至于费用，绝无二话！

玛 莎 对于服装我们也绝无二话！小店规矩：顾客随便提要求，我们照单开价钱。

松布罗娃 我的天使，先给我看一下夫人们的华服吧，我要预订同款。贵店老板娘在吗？我能否同她……

玛 莎 不行，太太。她正吃茶，不敢打搅。

松布罗娃 美人儿，衣服借我开开眼吧？

玛 莎 安努什卡，带这位夫人去找两件好的看看，我马上来。

安努什卡带松布罗娃下。

列斯托夫 亲爱的玛莎，你来助我得偿所愿吧。你知道的，我姐姐最疼我了，你若能帮我抱得美人归，我让她给你自由身份，外带三千卢布嫁妆，如何？

玛 莎 很乐意，少爷！不过我们需要卡列夫人的配合。

列斯托夫 这没问题，我去找她，她肯定同意。

玛 莎 那就好，我去对付那个太太，你先跟这个仆人打听打听。

列斯托夫 好。只不过，他看起来古里古怪的。

玛 莎 小意思！没有金钱买不到的仆人。

玛莎下。

安特罗普 （自言自语）老太爷！沙皇老爹的宫殿也不过如此了吧！简直看不够，一件比一件稀罕！

列斯托夫 （走近安特罗普）我的朋友，请通报你家小姐，就说列斯托夫有礼，希望……喂，朋友，我在跟你讲话呢！

安特罗普 是说我吗，先生？我说，这些个，都是洋货吧？

列斯托夫 没错，是洋货！烦请通报贵家小姐，就说列斯托夫……

安特罗普 老天爷，全是洋货！从外国运来的！

列斯托夫 （不耐烦地）看在上帝的分上，请通报你家小姐……

安特罗普 别见怪，先生，容我插句嘴，这些衣裳难道都是平日里穿的吗？怎么会做了这么多套？

列斯托夫 （耐着性子）听着，拜托了，我非常需要你通报……

安特罗普 牛！我跟你讲，我们那儿逢年过节都没见过这么漂亮的衣服！

列斯托夫 上帝！你能不能行行好，帮我带句话……

安特罗普 别见怪，先生，让我说完。那么，节日里穿的又在哪儿呢？

列斯托夫　（对一旁）没法子，只能好生答对，让他早点儿闭嘴。（对安特罗普）这里可不是你们乡下，没有节日平日之分。这里的穿戴吃喝在平日里也绝不含糊；总之，在这个城市，平日跟节日一个样。好了，我都跟你讲了。现在听我说，我迫切希望你家小姐知道……

安特罗普　老天爷，这些衣服得值多少钱哪！

列斯托夫　（暗自）让你和你的问题都见鬼去吧！（高声）我请你通报你家小姐，说列斯托夫……

安特罗普　别见怪，先生，让我说完……

列斯托夫　（暗自）这个野蛮人！我感觉他是撒旦派来专门整我的！

玛莎上。

玛　莎　怎样，少爷？

列斯托夫　这个混蛋把我快逼疯了，我什么都没……

玛　莎　你别管了，交给我吧。现在你出去，过两个小时再回来，会你的心上人。

列斯托夫　啊！真的？玛莎，你太棒啦！让我好好亲亲你……

玛　莎　别介，少爷！留着亲你的心上人吧。我倒想看看，她有多美。赶紧走吧，别让人起疑心。

列斯托夫下。

松布罗娃上。

松布罗娃　一切都好极了！亲爱的！

安特罗普　太太，怪事啦！

松布罗娃　怎么了？

安特罗普　去年不是有个军官少爷嘛，来我们村的那个，……后来听说他被打死了，可怜的小姐哭得哟。可就在刚才，我一看，这不活得好好的嘛？

松布罗娃　别胡说八道，到马车那儿去！张嘴就扯谎！

安特罗普　（嘟囔）我早就知道他没死！（下）

松布罗娃　（对玛莎）亲爱的，请转告你家太太，就说我需要很多很多最摩登的服装和布料。我要把继女打扮得跟洋娃娃一样；她可是我们整个县的美人儿，我把她呀，许配给了我的亲戚，这样才不丢份儿！

玛　莎　请您把她带过来吧。我们给她量尺寸，保管让您满意！

松布罗娃　对，对，我们亲自到店里来。我本想把你们请到家里去，可我家老爷又爱唠叨脾气又犟，简直拿他没辙！法国铺子不许逛，法国货不许买，连法国人他都受不了，一水儿俄国货，可俄国货有一样好东西吗？多亏了你们这些铺子，要不然哪，我们连裙子都没得穿喽！

玛　莎　像您这么有品位，一定是贵妇人啦！

松布罗娃　不瞒你说，我是我们那儿第一地主婆！

玛　莎　要不要给姑爷买点儿啥？我们铺子里有精品男装，不用说，您姑爷肯定跟您一样有品位！

松布罗娃　必须的呀！你可不知道，为了他，丈夫没少跟我闹，可我就是坚持。我那姑爷，涅多谢托夫先生，可是个万人迷！他呀，去过伦敦，去过巴黎，还到过欧洲！学问大，又会持家！现在留在乡下经营农场。哎哟，全是外国模式，播种收割全按德国历；只可惜俄国的土地不开化，他需要夏天的时候，偏偏来了秋天，一来二去破了产！——我的天使，我还有一个不情之请！

玛　莎　太太请讲。

松布罗娃 临走前能否让我把图样带上？那样的话所有人都得找我改样式，我就是全县最摩登的啦！

玛 莎 带摩登图样颠簸三千里地？亏您想得出来！

松布罗娃 真遗憾！那么就请您尽快给我们做好吧，千万别让老头子知道喽，不然可就惨啦，神仙都得遭罪！

松布罗夫上。

松布罗夫 好哇！你竟然把我的话当耳边风！我凭感觉就知道你又在胡闹！你来这里干啥？

松布罗娃 别喊啦，老爷，这么多人呢！

松布罗夫 人？这儿有人吗？只有外国吸血鬼！吸我们俄国人的血，骗我们俄国人的钱，还笑我们俄国人蠢！

松布罗娃 咳，老爷，你可别再护着俄国了吧。你是知道的，你的连襟——苏季宾、塔加耶夫，都是有修养、有身份的人，就连他们都说……

松布罗夫 呸！我的耳朵都快被他们磨出茧子了！总夸耀自己所有东西都是洋货，法国货、英国货。恨不得吹个气泡都用法国空气！你想让我学他们？没门儿！我告诉你，从我这儿法国佬一个大子儿都别想！

松布罗娃 可是，人家的品位就是……

松布罗夫 他们就是品味我们的钱！咋着，没他们我们就光腚了？

松布罗娃 呸，老不正经！怎么，难道我们要穿得跟祖母一样，跟鬼似的？

松布罗夫 住口，女人！如果我们的祖母是鬼，那今天的人是哪来的？贤妻良母用不着法国女商贩！这群人能干啥？

玛 莎 能让人不被笑话，老爷！

松布罗夫 被谁笑话？浪子还是荡妇？——这算罪过吗？

玛 莎 这不算罪过，但在大都市，这比一切罪过更糟糕。

松布罗娃 正是，老爷！人有罪，可以向上帝忏悔；要是被人笑话，那可就见不得人了！

松布罗夫 夫人，你太浅薄了！等着瞧吧，看我怎么用俄国铺子装扮我的小丽莎……哦，糟糕，我都忘了，丽莎还在马车里等着呢！

松布罗娃 怎么，她在马车上？

松布罗夫 没错，就在门廊上。我俩从旁边过，看见安特罗普，我才知道你跑到这儿来了。走吧！

松布罗娃 你至少让我随便买点儿……

松布罗夫 一条丝带、一根别针都不许买！我劝你以后别再往这种地方跑，不然有你受的。我是旧式的俄国老爷们儿，我的婆娘得听话！安特罗普，夫人的外套！

安特罗普醉醺醺地上，递过外套，松布罗娃慢吞吞地穿上。

松布罗夫 依依不舍啊？请吧！（对安特罗普）你还傻站着干什么，开门去！

安特罗普 什么门，老爷？

松布罗夫 嗯？你喝猫尿了！

松布罗娃 好哇！

安特罗普 知错了，老爷！一个老相识赏了我和谢苗酒钱，还告诉我们哪有酒馆，那个，不好意思不喝。

松布罗夫 你倒是朋友遍天下呀！谢苗呢？

安特罗普 马上到，老爷！

玛 莎 （低声）肯定是少爷干的。

松布罗娃　这群酒鬼！一会儿不看着都不行！（暗自）肯定是列斯托夫干的！

松布罗夫　走吧，夫人！可两辆车就一个仆人怎么能行？……这帮懒蛋！

安特罗普　不碍事，老爷！我一个人可以站在两辆车后面！回头让谢苗走回去。

松布罗夫等人欲下。

玛　莎　日后请多关照！

松布罗夫　（回过头对玛莎）孩子，你是俄国人？

玛　莎　很不幸，是的，老爷！

松布罗夫　很不幸？那怎么才叫幸运呢？

玛　莎　什么意思？

松布罗夫　我想到一个主意……可现在没空儿——还有时间，要考虑周详。再见！（下）

玛　莎　他想干吗？真搞不懂！这样的野人，跟鞑靼人似的，可真受不了。我还是去跟卡列夫人商量商量！

（幕落）

第二幕

幕启，安德烈跑上，将一封信交给玛莎。

安德烈 玛莎，列斯托夫少爷让我给你的信。

玛 莎 （读信）“我去了松布罗夫家”——够快的啊！“老爷子很高兴，请我这个老友之子常来”——不错！“但可恶的夫人出来搅乱，说我打发仆人去喝酒，私会丽莎”——喔！糟糕！“松布罗夫大怒，说我永远休想得到丽莎，一顿好骂将我赶出门。绝望之中……”（问安德烈）少爷呢？

安德烈 回到家就躺床上了。

玛 莎 “我想去和情敌决斗！”——好！“然后再去找松布罗夫算账！”——有种！“然后饮弹自尽。”——糊涂！“你想到好主意了吗？请速来相商。”——这才对嘛！

安德烈 少爷让我问个回话。

玛 莎 告诉他，就说——“少爷，你疯了！”——就这样。

安德烈下。

玛 莎 （自言自语）好样的！像个男子汉！

特里舍上。

特里舍 Eh！Bonjour，ma chère（法语：你好，亲爱的！）（带着浓重的法国口音）玛莎，你好吗，我的甜死（天使）？

玛　莎　哈！特里舍先生！我快有大半年没见着您了吧？您怎么不给我们送香膏啦？我们哪里得罪您了吗？

特里舍　香膏我的不再送啦！现在我的发猜（发财）啦！我的又欠（有钱）啦！

玛　莎　恭喜恭喜，特里舍先生！怎么着，您是捡着宝啦？

特里舍　我的原本给一位少爷当差，他的肥肠（非常）又欠。我的把他偷得光光的。我的就又欠了。我的就做起了很大的迈迈（买卖）。

玛　莎　您可真行！

特里舍　谢谢夸奖。卡列夫人宰不宰（在不在）？

玛　莎　您找她有事儿？

特里舍　肥肠重要的 affaire（法语：事情）。我的知道，你们铺子里有肥肠多的揍死（走私）的黑货。

玛　莎　您胡说什么呀！

特里舍　我的可不胡说。我的知道，是什么时候晕倒（运到），又放在了那里（哪里）。

玛　莎　那……您找卡列夫人干什么呀？

特里舍　我的有肥肠多的铅条（欠条）。我的要把它们传染（转让）给卡列夫人。这些铅条是一位来自库尔斯克的青年龟足（贵族）——你多写托福（涅多谢托夫）。

玛　莎　（暗自）库尔斯克？你多写托福——涅多谢托夫？不会就是少爷的那个情敌吧？（看见松布罗夫走进来，低声）特里舍先生！您可以跟这位先生聊一聊，他也来自库尔斯克，有钱人，也许会照顾您的买卖的。

特里舍　好极了！

松布罗夫上。

松布罗夫 （对玛莎）亲爱的，我有事和你商量。

玛 莎 （暗自）和我？商量什么？

松布罗夫 （暗自）可是她打扮得像个富家小姐，我真不好意思开口……

特里舍 （对松布罗夫）Monsieur（法语：先生），蛤虾（阁下），你的会发育（法语）？

松布罗夫 我吗，先生？我要是想去法国生活，当然要学法语；可谁要是来我国生活，不是该学习俄语吗？我没空搭理你，法国佬！（对玛莎）鄙人冒昧，想请你答应……

玛 莎 （暗自）请我答应？难道……不，不可能的！

特里舍 蛤虾，我的有肥肠……

松布罗夫 （生气）肥肠你自己留着吃吧！（对玛莎）亲爱的，能否借一步说话？有件事……

玛 莎 （暗自）借一步？不，不要。

特里舍 （对松布罗夫）蛤虾，我的……

松布罗夫 （大怒）你说，到底想干吗？啊？

特里舍 啊，mon cher monsieur（法语：尊敬的先生），我的有很多铅条，是库尔斯克的你多写托福。

松布罗夫 什么什么？涅多谢托夫？拿给我看看……（对特里舍）这是些什么欠条？

特里舍 这可是钱好多！（展示欠条）

松布罗夫 什么？有两万……三万……五万！好一个当家的！呸！这是他什么时候搞出来的？

特里舍　哦，pardonnez moi（法语：请原谅），他没有搞，他买了好多。有荷兰的母牛，还有西班牙的绵羊……

松布罗夫　你肯定是搞错了。我在他那儿从来没见过这些东西。

特里舍　我的不会错。俄国的天气不好，有一半跑掉，有一半死掉，死了都扒皮，做了皮袄。

松布罗夫　啊，怪不得！

特里舍　可以？蛤虾？

松布罗夫　你向仆人问一下我家地址。半小时后来我家。（转向一旁）我要彻查此事！

特里舍　为您效劳！但我先去找一下卡列夫人……

玛　莎　你还要干吗？

特里舍　我的还有肥肠多的铅条，不止你多写托福一个人。（下）

玛　莎　（暗自）老头子想事情呢，风是不是要转向了？

松布罗夫　（暗自）嗯！要和夫人合计合计！不能把女儿给害了！

玛　莎　您在想欠条的事？

松布罗夫　正是！终究不是旁人。不过，总算不上罪大恶极，还有的救。吃一堑，长一智嘛……（对玛莎）那个，你嘛，我看是个不错的姑娘，我很喜欢……

玛　莎　（暗自）哼，老家伙！果不其然！（对松布罗夫）老爷，我很荣幸……

松布罗夫　说吧，我的好人儿，你想要多少钱？

玛　莎　（暗自）要多少钱？他把我当啥了？（对松布罗夫）难道您觉得……

松布罗夫　听我说，姑娘，你在这儿一年能挣多少？去我家你会轻松得多。我肯定不让你累着……你这么看着我干吗？你觉得配不上你？

玛　莎　（暗自）他是疯了吗？

松布罗夫　你再好好考虑考虑。你这么聪明伶俐，乖巧可人，我可不建议你在这种市井之地久居，随便哪个浪荡公子……

玛　莎　您可是有家室有女儿的，老爷！

松布罗夫　对呀，所以才要你呀！

玛　莎　您……您怎么可以这样！

松布罗夫　不然我拿她们怎么办？她们都摩登成狂了！

玛　莎　原来您是想……

松布罗夫　想请你给她们当摩登顾问！这样我的钱至少能落在俄国人自己手里。

玛　莎　（恍然大悟）啊，原来是这么回事！吓我一跳！

松布罗娃上场，站在一旁偷听二人谈话。

松布罗夫　我的好人儿，你好好考虑一下！我绝对不会亏待你！

松布罗娃　（暗自）好哇！怪不得要赶我走！

玛　莎　（暗自）不能一口回绝，得把他们钓上钩。（对松布罗夫）老爷，我需要考虑一下……

松布罗夫　好好考虑！我赏你的绝不会比你家夫人少！还要给你办一份嫁妆！哈！脸红到耳根子啦！（抓住玛莎的手）

松布罗娃　（站到二人中间）办嫁妆？好哇！你个老色鬼！癞蛤蟆想吃天鹅肉！

松布罗夫　停！停！你胡说八道什么呀？

松布罗娃　你这个老色鬼！老娘还活着哪！你怕声张？我偏要喊！让大家伙儿都来评评理！……

松布罗夫　疯婆娘！你听我说！

松布罗娃　我全听见了！当着我的面假装受不了法国铺子，背地里却和法国女佣勾勾搭搭！

玛　莎　（暗自）正好借机行事！（对松布罗娃）夫人，您可是错怪老爷啦！您不但不应该骂，还应该感谢老爷哪！

松布罗夫　就是这话！

松布罗娃　（对玛莎）该感谢他的人不是我，是你吧？你当我没听到他提嫁妆的事？

玛　莎　没错，嫁妆——给小姐的！

松布罗夫　什么？

松布罗娃　给丽莎的？

玛　莎　没错！老爷本来想给您一个惊喜，已经挑了好多东西，还有给您的！

松布罗娃　还有给我的？

松布罗夫　（低声对玛莎）你在说什么呀？

玛　莎　（低声对松布罗夫）怕吵架丢人就别吭声。

松布罗夫　（暗自）丢人？是了，息事宁人。

松布罗娃　（对玛莎）真的吗？我简直不敢相信！

玛　莎　眼见为实。安努什卡，把这两块绣花细纱送到府上去！

松布罗夫　（对玛莎）等等！……那个，我好像记得只有一块……

玛　莎　（对松布罗夫）您可真是贵人多忘事……（对安努什卡）把这些饰绦和两篮花拿去，摆放得漂漂亮亮的。

松布罗娃　我的乖乖！我做梦也想不到……

松布罗夫　（暗自）我也没想到。（对玛莎）你——

玛　莎　（对松布罗娃）老爷对您可真好！（对安努什卡）把这套陶瓷茶具送过去，小心别摔了！您看，夫人，多上档次！跟您最配！

松布罗娃　（对松布罗夫）我的老爷！您可真好！这样的好东西俄国铺子绝对买不到，是不是？

玛　莎　那是当然！他们能有什么好东西？啥都没有！

松布罗夫　（咬牙切齿地对玛莎）真可恶！我恨不得从俄国铺子买根结实绳子，把你勒死。

松布罗娃　啥，他说啥？

玛　莎　（低声对松布罗夫）对不住啦，老爷！（高声对松布罗娃）老爷说，要给您和小姐量尺寸，做像样衣服！

松布罗夫　（低声）啥，啥？我说的？胆大妄为！你给我过来！

松布罗娃　哎，你们在嘀咕什么哪？

玛　莎　老爷真是个急脾气！说恨不得丽莎小姐马上过来！

松布罗娃　哈！丽莎马上就到！老爷，真想不到你会突然开窍了，我可真开心！

玛　莎　哈，那样可太好啦！我现在就去向卡列夫人通报，让夫人亲自来招待您。（暗自）告诉卡列夫人丽莎要来，让她派人去找列斯托夫！（下）

松布罗夫　（暗自）算你狠！女骗子！我真是鬼迷了心窍！

卡列夫人和特里舍上，二人激烈争吵。

卡列夫人　Non，non，monsieur！（法语：没门儿，先生！）

特里舍　我们的不要发育（法语），我的要让人们听听，你是多么没有良心！

松布罗娃　（朝卡列夫人迎上去）我，亲爱的夫人……

卡列夫人 （没理松布罗娃，对特里舍）Et vous osez...（法语：你怎么敢？）

特里舍 老爷夫人，你们的评评理。她的和我的是老朋友，我的需要用钱，我的用铅条抵押，可是她的不肯！

卡列夫人 我的没钱给你。

特里舍 没有良心！你的忘了原来在巴黎，你的穷得连鞋都没有，现在倒好，翻脸不认人了！

卡列夫人 你的忘了你在巴黎，经常偷人钱包，怕坐牢才跑到这里！

松布罗夫 （咂舌）我的天！

特里舍 你的忘了我的推荐你的去给俄国龟足小姐当家庭教师，教她们学习利益（礼仪），可实际上呢，你的在巴黎经常被关进警察局！

卡列夫人 你的忘了我的推荐你的去俄国地主家当家庭教师，可实际上，你的又没文化又粗鲁，教一条狗还差不多！

松布罗夫 （咂舌）我的老天！

特里舍 好哇！我的要揭发你，揍死黑货！你的等着！（对松布罗夫）蛤虾，我的待会儿到您家里，有肥肠重要的 affaire 汇报。（气冲冲地下）

松布罗夫 好！（对妻子）我们也走吧，我有事跟你说！

松布罗娃 别走啊，老爷！这不是丽莎来了嘛！让她量个尺寸呗！

丽莎上。

丽　莎 父亲，您还在这儿哪！我还怕来晚了呢。

松布罗夫 真是要命！赶紧结束吧！

松布罗娃 （讨好卡列夫人）亲爱的夫人？

卡列夫人 你的不讲法语？

松布罗娃 真惭愧！亲爱的，我不懂法语。（对松布罗夫）老爷，您看吧，我在你们家啥也学不到，简直没脸见人！您可倒好，连自己亲闺女的教育也不上心！

松布罗夫 我要把她培养成贤妻良母好主妇，而不是让她学喜鹊夜莺咕咕叫！

卡列夫人 您的一定来自很远的生粉（省份）？

松布罗夫 咋？这有什么新奇的吗？

松布罗娃 亲爱的夫人，我和继女要各做几条裙子！

松布罗夫 夫人，醒醒吧！一人做一条，满可以了，难道你想把整个铺子包下来吗？

卡列夫人 这边请，夫人，我的亲自为您挑选最好的布料！

松布罗娃 太好啦！听见了吗，丽莎，夫人要亲自为我们挑选！您真是太好啦！快来，丽莎！

卡列夫人 （叫）玛莎，玛莎！（玛莎上）请留下来陪mademoiselle（法语：小姐），我去给madame（法语：夫人）挑选布料。

松布罗娃兴奋地跑下。

松布罗夫 （暗自）我得跟着她，不然她得把整个铺子买下来！（对丽莎）一起去吧，我的好丽莎，你留在这儿干吗？

玛　莎 没错！走吧，小姐！那儿啊，有最好最贵的好东西，我呀，帮夫人小姐好好挑几样……

松布罗夫 （对丽莎）别！别！你还是留在这儿吧，我自己去。（暗自咒骂玛莎）这个死女子巴不得我破产！（下）

卡列夫人　（靠近丽莎）Ma chère enfant（法语：我的好孩子！）有一位年轻的线绳（先生），他的很艾尼（爱你）。

丽　莎　我的心，为何如此狂跳……

卡列夫人　不爬（不怕），mademoiselle，卡列夫人很会搬尸（办事），会让你的老头不能打搅。（低声对玛莎）你的不忘记跟列斯托夫说，我的铺毛鲜（冒险）为了他的 rendez－vous（法语：约会），他的要给我很多钱！

玛　莎　您去吧，忘不了！

卡列夫人下，列斯托夫稍后上。

列斯托夫　丽莎，我的朋友，请再说一次，你爱我！

丽　莎　你难道有所怀疑？我生长在乡下，远离城市浮华……

玛　莎　够啦，够啦，柔情蜜意留到婚礼上吧，以后有的是时间，只怕你们到时候腻烦哩！眼下还是想想如何摆脱困境吧！

丽　莎　我能怎么办呢？我早就说过，非君不嫁，孤老终生！

玛　莎　不，不，这并非我们所想，我们是要么全部，要么全不，对吧，少爷？

列斯托夫　当然。没有你我不可能幸福，生命于我将如同劳役；要么你是我的，要么我就会……

玛　莎　要么他就会活呀，活呀，直到死去。可怜可怜他吧，小姐！

列斯托夫　跟我一起去我姐姐那儿吧，她的村子离这儿就三公里，我们在那儿举办婚礼，就再没人能把我们分开啦！

丽　莎　上帝啊，你在说什么啊！

玛　莎　有什么大不了的，小姐！为爱私奔——有多少喜剧，多少小说是如此收场的呢。现实生活中有多少姑娘小姐私奔，数也数不过来；又有多少姑娘丫头整天想着私奔，还奔不成呢！

丽　莎　你要我怎么做？

列斯托夫　跟我走，唯其如此，才能点亮我微弱的希望。

丽　莎　狠心的继母！你害得我……

列斯托夫　我只要你一句话……你不说话？好吧，永别了……

丽　莎　等等！（跌倒在圈椅中）列斯托夫，我多么不幸！

列斯托夫　玛莎，丽莎昏过去了！

玛　莎　老天，简直跟剧本里一模一样。

列斯托夫　（跪倒在地）丽莎，我的爱人！怎么办？玛莎！

玛　莎　别慌！我去拿酒精！（欲下）

松布罗夫上场，见状大怒。

松布罗夫　这是怎么回事？成何体统！大庭广众之下，跪在我女儿面前！有伤风化，辱没先人！混蛋！

列斯托夫　（畏惧地起身）不是的……

丽　莎　（醒转）爹爹！

松布罗夫　不肖女！立正受罚！

松布罗娃跑上。

松布罗娃　吵什么啦，嚷什么啦！出什么事啦！

松布罗夫　来，夫人，你好好看看，都是你惹出来的！非要往这种洋铺子跑！

松布罗娃　到底咋啦？

松布罗夫　咋啦？这位公子哥跪在女儿面前被我撞见了！你明不明白，蠢娘儿们，这是多么败坏门风的事！

松布罗娃　是列斯托夫！我早就跟你说过，老爷！偏你处处维护他！这下好了吧？（*对列斯托夫*）你呢，先生，你怎么敢？

松布罗夫　（*滑稽地模仿*）先生，你怎么敢？——他碰上傻子了，有何不敢！你要是再往这种地方跑得勤点儿，早晚也有人跪在你面前！

列斯托夫　老爷，请宽恕我的情不自已……

松布罗夫　没门儿！先生，这种耻辱我无法宽恕！亏我还一心偏袒于你！你可倒好，先是打发仆人去喝酒，私会我家女儿，丝毫不顾及我的名声，也全不考虑流言蜚语。就这我也原谅了，体谅你少不更事，更念及与令尊的情谊……可你呢，你竟然买通这帮骗子手……

玛　莎　哎，老爷……

松布罗夫　住口！母鸽子！我不傻也不瞎！你，你买通这些个骗子手合伙行骗，私会小姐，你肆意玷污令尊故交的清誉和尊严，当着这个轻佻女子的面让我蒙羞，真是罪无可赦！从今以后，你我绝交！

列斯托夫　我求您……

松布罗夫　我不想听！

列斯托夫　我对您发誓……

松布罗夫　今后请忘记我的家门，最好也忘了我是令尊故友，否则你的良心会让你寝食难安。夫人，我们走！

列斯托夫　我的请求，我的誓言，您……

松布罗夫　与我无干。

列斯托夫　那就再见了，老爷，我的绝望会捎来消息。（*绝望地下*）

松布罗夫　这就是你想要的，夫人，法国铺子！这就是你的法国设计师，把我们设计得团团转！哦，耻辱！松布罗夫家族前所未有的奇耻大辱！赶紧给我滚！远离这个魔鬼窟窿！

松布罗娃和丽莎战战兢兢下。

玛　莎　我们有什么错？

松布罗夫　你，母鸽子，你去找你家夫人，告诉她：她是个坏女人——你也一样；她是个女骗子——你也一样；凭她干的这些勾当她就该坐牢——你也一样；我咒她陷进地缝里——你也一样！（扬长而去）

（幕落）

第三幕

幕启，玛莎和安努什卡在紧张地收拾东西。

玛　莎　该死的法国佬！安努什卡，该拿的都拿走了吗？

安努什卡　干干净净，保管警察一点儿毛病也挑不出来！

列斯托夫兴冲冲地上，边上边喊。

列斯托夫　我有一个好主意！玛莎，你听我说！

玛　莎　您先等一会儿，没见我正忙着呢吗？青铜圣像呢？

安努什卡　放阁楼了。

列斯托夫　真是见鬼！你们怎么把神仙圣母都搬到那儿去了！

玛　莎　没啥，少爷！他们碰到小麻烦了，跑到阁楼里躲警察去了。

列斯托夫　难道你们听到什么风声了？……玛莎，你还是听我说……

玛　莎　您先等会儿！蕾丝呢？

安努什卡　嘿，我藏的那个地方，只有我一个人能找到，警察嘛，门儿都没有。

玛　莎　嗯，你先去吧，机灵着点儿。

安努什卡下。

列斯托夫　到底怎么了？

玛　莎　有人威胁要告发我们，说我们有黑货。

列斯托夫　倒是有没有呢？

玛　莎　怎么没有呢！

列斯托夫　是谁要告发你们？

玛　莎　一个叫特里舍的混蛋法国佬。

列斯托夫　这个特里舍是谁？

玛　莎　前两年他干过小贩儿，当过侍从，本名久普勒，如今发达了，自封特里舍绅士。

列斯托夫　久普勒……啊，这混蛋给我当侍从来着，后来把我偷了个精光，跑了！

玛　莎　就是他，威胁我们铺子！

列斯托夫　就他呀，我分分钟把他收拾得服服帖帖！你放心吧！你还是来听听我的想法——安德烈！安德烈！这个鬼东西又死哪儿去了！

安德烈跑上。

安德烈　有何吩咐，少爷？

列斯托夫　赶紧去找松布罗娃太太，告诉她，就说……（耳语一番）快马加鞭！

安德烈　得令！少爷！（转身跑下）

列斯托夫　等等！

安德烈　（跑回来）少爷？

列斯托夫　别说是我的仆人，就说是铺子里的伙计。

安德烈　好嘞，少爷！（转身跑下）

列斯托夫　等等！

安德烈　（跑回来）有！

列斯托夫　千万千万，不能让老头子看见！

安德烈　明白，少爷！（*转身欲跑*）

列斯托夫　等等！

安德烈　（*转身*）没走呢，少爷！

列斯托夫　放机灵点儿，小心行事！

安德烈　放心，少爷！（*转身*）

列斯托夫　等等！

安德烈　（*转身*）又咋了，少爷！

列斯托夫　听着，办得好，本少爷有赏，准你醉酒两天；办砸了，家法伺候！明白了？去吧！

安德烈跑下。

列斯托夫　玛莎，人派出去了，现在我们来合计合计。

玛　莎　您怎么没跟我商量商量就把人派出去了？

列斯托夫　嘿嘿，我想到了一个好主意！

玛　莎　您能想到好主意？

列斯托夫　绝对错不了！你竖起耳朵听吧，准保拍手叫绝！我派安德烈去找松布罗娃，以卡列夫人的名义告诉她，就说你们店里有走私的服装饰品，便宜卖她，让她今晚来店里。怎么样，她会不会上钩？

玛　莎　一准儿没跑。然后呢？

列斯托夫　她肯定会瞒着老头子，带丽莎一块儿来，你把她引到别的房间，让我跟丽莎独处，我再劝她跟我私奔！

玛　莎　如果松布罗娃一个人来呢？

列斯托夫　一个人来！——呀！这个我倒没想到。要是如此，我就使尽浑身解数，让松布罗娃回心转意：给她下跪，流泪恳求……

玛　莎　她若是不答应呢?

列斯托夫　我!我把她带走!

玛　莎　哈哈哈!真是妙极!您要她何用,用来展览吗?

列斯托夫　你听我说呀,我没开玩笑,我把她带出城,带到我姐姐的村子里,然后再跟松布罗夫谈判,他把丽莎给我,我再把夫人还他。

玛　莎　真是奇思妙想!现在听我说!——继母也许不会来;就算来,也不大可能带继女。求她点头如同石头开花,劫持太太出城只能是小说传奇。好了,现在您告诉我,派出安德烈之前是不是该和我商量一下?

列斯托夫　你这个死妮子,一棍子给我敲醒了,断了我的春秋大梦!谁叫你刚才不理我呢?

玛　莎　少爷,谁也是先顾自己。我自己的事办妥了,就能帮您合计了。只不过,再怎么合计,您派出去的差使都是不合时宜的。

列斯托夫　你说得对,玛莎!可是安德烈已经走远了。怎么办呢?

玛　莎　除非我设法骗取松布罗娃的信任,然后再从长计议……

列斯托夫　从长计议?只怕夜长梦多啊!

玛　莎　您呀,少爷,总恨不得小说在第一页结束,猴急!其实,我倒有个主意……对,对,就让松布罗娃一个人前来……妙极!不得不说,我们女人哪,生下来就比你们男人聪明!

安努什卡跑上。

安努什卡　玛莎!特里舍带着警察马上就到,卡列夫人派我来问,都安排妥当了吗?

玛　莎　都妥啦!……哦,天啊,我把这个货架给忘了!安努什卡,快来帮我一起弄!

安努什卡　有人来了！

玛　莎　是松布罗夫！你们俩快走！真是忙中添乱，什么鬼把他勾到这儿来了！

列斯托夫和安努什卡急下，松布罗夫上。

玛　莎　哟，老爷，是您哪，真是稀客！

松布罗夫　是我，没错；不过呢，我希望这是最后一次。我这次来是要跟贵店清账，为那些你擅自挂在我脖子上的宝贝！

玛　莎　账单还没做好呢，卡列夫人也不在。您急什么呀，老爷，我们又没催您！

松布罗夫　别介，我想跟贵店两清，越快越好！否则我的灵魂不得安生。清了账，我就踏实了，以后啊，最好连你们这条街也不来！

玛　莎　明天行吗？

松布罗夫　明天？还要来一次？上帝保佑！

玛　莎　眼下，老爷，确实顾不上。不然我们派人把账单送到府上？

松布罗夫　真是晦气！你听着，不管是你们铺子，还是你们铺子里的人，我都再也不想见！咦，我怎么感觉你们这儿手忙脚乱的？

玛　莎　我跟您说实话，老爷，您的账单夫人还没做，而她又出门去了，您得等好长时间……

松布罗夫　我在这儿等一宿都没关系，只要能跟你们两清！哎，你怎么魂不守舍的？怎么，我妨碍你办事啦？

玛　莎　办什么事，老爷？

松布罗夫　我上哪儿知道去！你们干的事多得很哪。如果特里舍说的属实……

玛　莎　他是个混蛋，骗子！

松布罗夫　啊哈，我真高兴！终于有人教你们学学规矩了，不然你们这些铺子净发黑心财！哎，消消气！特里舍给你们备了大礼！

玛　莎　我们不怕他！

松布罗夫　那是你们的事。我要我的账单！账单！

玛　莎　您稍等，我找找有没有。（暗自）死老头子！我得想个法子把他骗走！（下）

松布罗夫　（自言自语）她果然有些反常。看来法国人说得没错，他们的确有黑货。一定要好好跟他们算算账，他们在这儿干的好事！

玛莎上。

玛　莎　真抱歉，夫人还没回来呢！

松布罗夫　看来我真要在这儿借宿了。

玛　莎　您真要等？

松布罗夫　等到天亮也得等。看到这本小书了吗，它比秤砣还重！为啥？因为里头有结账的钱！（把书扔到桌上）

玛　莎　上帝做证，我们现在确实很忙！

松布罗夫　哼！看来法国人的威胁不是空穴来风啊！你照实说了吧，有没有绕开海关的私货？

玛　莎　绝没有！我们清清白白！

松布罗夫　而且勤勤恳恳。你看，如今所有的俄国铺子都关张大吉，唯独你们铺子，连晚上都有进项，更主要的，的确有一本万利的好货！特里舍都跟我讲了！

玛　莎　特里舍？他，老爷，他从来没给我们做过代办！

松布罗夫　那他是怎么知道交货时间和藏货地点的呢？也许是听搬

货放货的人说的？……比方说吧，就眼下这间屋子里面，有没有一个货架可以藏东西呢？嗯？……你怎么不说话啦？

玛　莎　我实在是为我家夫人感到痛心……您的猜疑……这间屋子里的货物跟其他房间没什么两样！

松布罗夫　不对——这里的赚头更大。反正货物又不会彼此指认。哈——哈——哈！我……我希望亲眼看着警察上门！

安特罗普慌里慌张跑上。

安特罗普　老爷！不好啦！

松布罗夫　怎么了？把马车弄坏了？

安特罗普　不是，老爷！比这个还糟糕！

松布罗夫　见鬼！到底怎么了，马惊了？

安特罗普　不是，老爷！比这个还糟糕！……小姐她……

松布罗夫　丽莎？她怎么了？

安特罗普　不好了！老爷，要我看哪，简直糟透了！

松布罗夫　废物！有屁快放，不然我……

安特罗普　这就说，老爷，这就说，越忙越乱，越急越糟。您听我慢慢说。我在门廊这儿正坐着呢，来了一辆马车，车里有人小声叫我："安特罗普，安特罗普！是你吗？"我呢，立马就猜到：马车里有人！我就问："咋？"那人问："是爹爹在铺子里吗？你是跟他来的？"

松布罗夫　是丽莎！

安特罗普　跟我猜的一样，老爷，是小姐！

松布罗夫　然后呢？夫人跟她在一起吗？

安特罗普　老爷，坏就坏在，没有哇！倒是有个军官，就是去年随团驻扎在村子里的那个。他把身子探出车外，我一眼就认出他来了。

“你去禀告你家老爷，”他说，“就说是他逼我这么做的。”我正纳闷儿呢，他说的啥意思啊？就听他对小姐说：“现在，宝贝儿，我们去一个地方，给你找一个女仆。”说完就驾车走了。就是这样的，老爷，我琢磨呀，坏啦，小姐看样儿是跟他跑啦！

松布罗夫　败家女！浪荡子！废物！你当时怎么不喊出来！

安特罗普　我应该喊吗？老爷？那咱们现在就到街上喊去吧！咱俩一起喊更大声！

松布罗夫　我的马车呢？哦，这个不肖女！

安特罗普　那是自然，老爷！我早就猜到了，您肯定要用车，已经吩咐马车夫就位啦！

松布罗夫　上车追，快马加鞭！

安特罗普　那是自然，老爷！我早就猜到了，现在不能慢悠悠。

松布罗夫急下，安特罗普跟下。

列斯托夫探头探脑地上。

列斯托夫　玛莎！玛莎！松布罗夫走了吗？

玛　莎　走了。松布罗夫果然上当，火急火燎地追你们去了。帽子、拐杖、书，全丢这儿啦！安努什卡！赶紧把东西从货架里清出去。

列斯托夫　（得意）哈哈哈！你的计策太妙啦！我演得可也真不赖！安努什卡呢，就像个天使！多么娇滴滴的嗓音！可怜的安特罗普，一下儿就上当啦。我拍马而去，从另一条街进了院子，走后门进来啦。让松布罗夫追去吧！

玛　莎　干得不错！安德烈回来了吗？

列斯托夫　早回来了。松布罗娃恨不得立马就来。不过，我们跟这个女巫婆有什么好谈的？还不是白费劲儿？

玛　莎　别急，我们要让它坏事变好事。

列斯托夫　怎么办？

玛　莎　等等，让我好好想想。（对安努什卡）把这些草图放到箱子里。（嘀咕）没错！（对安努什卡）裙子放到那间屋子去……（嘀咕）等等，等等……老头子会按我们的想法行事。（对安努什卡）这些东西拿给夫人，让她藏好。（嘀咕）只要我们能把松布罗娃引诱过来！

列斯托夫　我怎么感觉你神神道道的？

玛　莎　没错，神神道道，神仙有道！你现在先出去，等卡列夫人进来的时候，转个圈子再从街上进来！

列斯托夫　我怎么一头雾水……

玛　莎　赶紧去吧！嘘，有人来了！等等，咱可说好了，得到未婚妻，你得信守诺言！

列斯托夫　你既不信我，先一吻做定金！

玛　莎　呸！没正行！千提防万提防，母鸡碰见黄鼠狼！

列斯托夫下。

玛　莎　（自言自语）玛莎呀玛莎，自由身，外加三千卢布嫁妆——多好！加油吧，我的朋友。眼下就差一件东西——丈夫！咳！小菜一碟，现在是什么年头，嫁妆在手，还愁没人嫁？

松布罗娃悄悄溜进来。

松布罗娃　啊，我的亲爱的，让我们和好如初吧！

玛　莎　夫人，请您相信，我们跟那个公子哥绝无串通！我们已经警告他了，让他今后别再来我们铺子。千真万确！总有人诋毁我们铺子，可事实上，夫人，我们简直比修道院还圣洁！

松布罗娃　好啦，过去的事就让它过去吧，我们来谈正事吧。先把铺子关起来，免得有人认出我来，捅到老头子那儿去！

玛　莎　门已经插好啦，您放心吧！

松布罗娃　我放心。马车和车夫都停在隔壁街上啦；上帝保佑，千万不能让老头子知道，否则又该没完没了啦。好啦，亲爱的，派来的人说你们有好货？

玛　莎　尖儿货，夫人，便宜卖您。在这城里我们担心被人看穿，但您不是要走得远远的嘛，您就放心大胆地穿。您看这件，给您家小姐不是正好吗？

松布罗娃　小姐就免啦，亲爱的，老头子不让她穿这些个，都是叫下人做衣服给女儿穿。你还是给我挑，多挑几件，挑好的。等我穿回去，我就成时尚女王啦，那些个土包子太太们准得嫉妒疯啦！舞会，游园会……让她们眼馋去吧！哈哈哈！（响起敲门声）糟糕，有人来啦！你去看看，亲爱的，最好别开门。

玛　莎　（走到门口，吃惊）上帝啊，是您家老爷！

松布罗娃　老爷?！哎哟哟，完蛋啦，这下可怎么办！

玛　莎　您听这动静！（敲门声大作）看这阵势，他们是要把门砸开！

松布罗娃　天哪！亲爱的，亲爱的，有没有地方躲一下？看在上帝分上，我先躲到那间屋子去吧！

玛　莎　不行！那间屋子锁着呢，我手头没钥匙。

门外音　开门！开门！

松布罗娃　上帝啊！好人儿！快想想法子，不然我就完蛋啦！丢脸到家啦！……真是鬼催的！

玛　莎　有了！（跑去打开货柜的门）您先委屈一下，等他们走了再出来！

松布罗娃 好好好，亲爱的！你可得快点儿把他打发走！哎哟哟，真倒霉！（钻进柜子，玛莎将门锁上）

松布罗夫气冲冲地上，后面跟着丽莎。

松布罗夫 真是胡闹！我的书呢？

玛　莎 在这儿呢，老爷！好好的呢。

松布罗夫 好！很好！不过，你们恶作剧也闹够了，简直就像有句谚语说的：焦油，煤焦油……

玛　莎 您想说“一勺煤焦油坏了一桶蜂蜜”？

松布罗夫 非也，要形容你们铺子啊，那得是“一勺蜂蜜坏了一桶焦油”！刚才我真是慌了神。这不，我的帽子、拐杖。真是见鬼！我到现在还转不过弯来，马车驶过门廊，里面坐着列斯托夫，他还跟安特罗普说……肯定是安特罗普喝多了！

丽　莎 爹爹，难不成您真相信我会私奔？

松布罗夫 宁可信其有！不管怎么说，我现在是不会把你一个人留在家里了。只是，那个该死的婆娘又跑哪儿去了？咳，不管她，我们现在结账，回家。我这次非清账不可。

特里舍带警长上，后面跟着两位警员。

特里舍 （对松布罗夫）哦，monsieur（法语：先生）！我的高兴，你的在这里。你的自己看见，我的没有撒欢（撒谎）。紧张（警长），请跟在我的后面，那个房间有大大的东西。

玛　莎 请便，请便！（暗自）潮水退了才下网——晚啦！

卡列夫人上。

特里舍 紧张蛤虾（警长阁下），我的可定指导（肯定知道）……

卡列夫人 消化（笑话）！消化！肿么（怎么）可以怀疑城市人（诚实人）！

玛　莎 这是对我们的羞辱！

警　长 别生气，亲爱的！要是真的没有，你们有什么好担心的呢？

卡列夫人 哦，珊迪（上帝）！珊迪！真的荒唐！

特里舍 我的要让大家明白，你是辫子（骗子）。紧张蛤虾，请你的急需（继续）你的 perquisition（法语：搜查）。

警　长 不必过虑，我心里有数。

警员开始搜索，列斯托夫上。

列斯托夫 哎哟！宾客盈门！

特里舍 （认出列斯托夫，暗自吃惊）哦，是他！没死没死（没事没事），allons tricher de l'audace！（法语：我就装作若无其事的样子！）

列斯托夫 松布罗夫先生，为您效劳！这是所为何事啊？

松布罗夫 没啥，先生，警局探访您的朋友来了。可喜可贺，贵店发现了私货；难怪日进斗金！

列斯托夫 找到了？

松布罗夫 眼下还没，但很快就找到了。等着瞧好吧！

列斯托夫 （走近玛莎）怎么回事？（玛莎对列斯托夫耳语一番。列斯托夫大喜）真有你的！

警员回。

警　员 报告，未见可疑之物！

松布罗夫 （低声问特里舍）您是不是搞错啦，先生？

特里舍 不对，不对，是这个活鬼（货柜）；过来看见，先生们，这里有好的死货（私货）！我的知道，谁的放在这里。等一回（等一会），等一回，你们的看见，我的正确。

松布罗夫 哈哈，美人儿，这回看你们怎么答对！骗子手们，你们的好日子到头了！从今以后，你们再不能花言巧语诈人财！再不能违法乱纪贩私货！再不能寡廉鲜耻拉皮条！活该！

玛　莎 哦，老爷，您为什么偏偏和我们过不去？像我们这样的铺子，这里有不下一百间！

松布罗夫 得啦，小妞儿！别谦虚啦！像这个货柜里这样一本万利的货，可不好找！

玛　莎 您知道这里面是什么货？

松布罗夫 一清二楚！你悄声地告诉我，上面有没有海关戳子，啊？我们来验验货！

玛　莎 慢着，老爷！您有什么权力呢？

松布罗夫 别神气，丫头！我呢，是一个手指头都不会碰的；只是这里有的是穿制服、佩徽章的，他们会仔仔细细看个够！

玛　莎 没什么好看的！

松布罗夫 没什么好看的？那我们就来看看吧！只可惜，夫人不在；真该让她也好好看看她的这些密友！看看她们多干净！

特里舍 Monsieur，请你看这一个龟兹（柜子）！

警　长 请打开此柜！

卡列夫人 玛莎，药师（钥匙）在那里？

玛　莎 在这儿，只不过……

松布罗夫 （一把抢过钥匙）拿来吧，母鸽子！你的金钥匙！你不是说柜子里没有见不得人的东西吗？好极了！亲爱的 madame！你今天

把我招待得好哇，我得报答你！我就亲手来把这宝箱打开！大家一起赏鉴一下这稀世珍宝！（走向柜子）

玛　莎　（阻拦松布罗夫）等等，老爷！

松布罗夫　你不是说里边没东西吗——干吗等等？我们上眼瞧瞧，到底是什么稀罕货！哈哈哈！

玛　莎　（低声）等等！听我一句！您知道您在做什么吗？

松布罗夫　做什么？

玛　莎　（低声）您在打自己的脸！

松布罗夫　什么？胡言乱语！

玛　莎　（低声）里面坐着……

松布罗夫　是里面放着……

玛　莎　（低声）我告诉您，里面坐着……

松布罗夫　我告诉你，里面放着走私货！

玛　莎　（低声）实话跟您说吧，里面坐着——您夫人！

松布罗夫　（吃惊，低声）啥？你说？……怎么会？……

玛　莎　（低声）您夫人！您若不信我，从上面的玻璃窗往里瞅瞅。

松布罗夫　（看，低声）啊呀！我是不是看花眼了？——没错，就是她！这个死婆娘！蠢女人！这下可好，好一个走私货！

玛　莎　（故意高声）您怎么不打开啊，老爷？

松布罗夫　（低声咒骂）臭娘儿们！下贱货！

警　长　先生，在下公事在身，不能久留。

松布罗夫　（对警长）看在上帝分儿上，请稍等片刻。（低声咒骂）丢人！现眼！（对警长）大人，能否留待明日？

特里舍 为什么明天？如果你的不方便，请你的把药师给我，我的大凯（打开）。

松布罗夫 钥匙？你去死吧，你这个异教徒！休想碰柜子！

警　长 钥匙拿来！

松布罗夫 钥匙？什么钥匙？我没见过什么钥匙！

玛　莎 噫！老爷，说什么胡话？明明在您手里攥着哪！

松布罗夫 （暗自）啊！我恨不能吞钥匙自尽，也强过丢人现眼！

列斯托夫 （走近松布罗夫，耳语）我的老爷，我知道您的难处！

松布罗夫 （低声）嘘！千万别说！你知道？还有谁知道？

列斯托夫 （低声）很快全城的人就都知道啦！

松布罗夫 （低声）嘘！小声点儿！！！

列斯托夫 （低声）也许还会上报纸。

松布罗夫 （低声）上报纸！……我的天哪！该怎么办！

列斯托夫 事到如今，只有我能挽回局面。但是，我恳请您，念及家父的情面，念及您无缘无故对我横加指责，念及令爱与我真心相爱……

松布罗夫 好好好！只要你肯搭救。不知羞的婆娘，咎由自取！女儿，过来，把手给我，喏，你的未婚夫！

丽　莎 喜从天降！爹爹，我该感谢谁？

松布罗夫 你那可恶的继母。

丽　莎 啊，我愿意给她行礼！妈妈在哪儿？

松布罗夫 别喊别喊，你找她干吗？

特里舍 我的仙身（先生），你的不给药师，我的不会高兴。

列斯托夫 （走近特里舍，低声威胁）久普勒，你还认得我吗？

特里舍　（低声）仙身，你的错了。我的不会认识你。我的不是鸠扑了（久普勒），我的是特乐色仙身（特里舍先生）。

列斯托夫　（低声）少跟我装蒜！久普勒，我可以告你盗窃罪，三年前你做我侍从时所犯下的；你这个案子如今尚未销案！

特里舍　（低声）啊，仙身！看在珊迪的蛮子上（上帝的面子上），不要灰灭（毁灭）我的人身（人生）！经过三年，我终于变成好人和扶桑（富商）；我可以做到一切，你想要的。

列斯托夫　（低声）眼下就有一桩。（对特里舍耳语）

特里舍　（低声）医憨（遗憾），医憨，可是你的心冤（心愿）也是我的心冤。（走近警长耳语）

警　长　怎么？您当真要撤回告状，并承认自己的错误和卡列夫人的清白？

特里舍　是的。紧张蛤虾，我的有罪；卡列夫人是乌龟（无辜）。我的消息是错误。

卡列夫人　对！我的是乌龟，我的要惩罚这个混蛋！

列斯托夫　（走近卡列夫人）不要追究了，这对您有好处。

卡列夫人　Eh bien（法语：好吧！）混蛋，我冤了（原谅）你。

警　长　看来，此事已了。以后告发，务须谨慎！各位再会！（带警员下）

列斯托夫　你也滚吧，特里舍！我不会再追究你。尽管放心！

特里舍　我灾区高密的花（再去告密的话），珊迪不会方锅（放过）我。（暗自）真刀妹（倒霉），竹鼠（煮熟）的鸭子飞了！（下）

列斯托夫　（对卡列夫人）您也回屋去吧，我回头再酬谢您。

卡列夫人　我相信你。晚安！（下）

玛　莎　好啦！老爷，现在您打开柜子吧；但请您千万息怒，可怜的夫人已经胆战心惊啦。

松布罗夫　（打开柜门）不知羞的！败家的女人！你中了什么邪！

玛　莎　出来吧，夫人，事情圆满解决啦！

松布罗夫　赶紧出来呀，蠢货，你想在这里头蹲一辈子吗？

松布罗娃　老爷！尊敬的老爷！我有罪！我该死！

松布罗夫　我的脸面差点儿被你丢尽！不过呢，因祸得福，招了个女婿；不管你愿不愿意，事情就这么定了，至于涅多谢托夫那个败家子儿，让他另择佳偶吧。

松布罗娃　哦，上帝呀！老爷，这是真的吗？

松布罗夫　千真万确。丽莎，吻你的未婚夫吧。现在你们看见了，我的想法很简单，除了未婚夫，任何人不能亲我的女儿！

丽　莎　爹爹！您让我重获新生！

列斯托夫　叫我该如何表达我的感激之情！丽莎，亲爱的丽莎！我何等幸福！（低声对玛莎）玛莎！多亏了你，我一定不会食言，两天后来找我，领取你的自由身和三千卢布！

玛　莎　（暗自）太好啦！红娘再当个两三次，我玛莎也出人头地啦！

松布罗娃　我是在做梦吗？怎么头晕晕的？

松布罗夫　醒醒吧，愚蠢的女人！愿上帝宽恕你！我希望今后我们一家和睦，但有一个条件——离法国铺子远远儿的！

（幕落・全剧终）

壮士伊利亚[①]

四幕魔法歌剧

|剧中人物|

◇**壮士伊利亚**

◇**弗拉季希尔**——切尔尼戈夫大公

◇**弗谢米拉**——保加利亚公爵小姐，弗拉季希尔的未婚妻

◇**谢德尔**——切尔尼戈夫贵族

◇**塔罗普**——弗拉季希尔的弄臣

◇**鲁西达**——塔罗普的未婚妻

◇**兹洛梅卡**——女巫师，佩切涅格人的郡主

◇**多布拉德**——女法师

◇**列娜**——多布拉德之女

◇**普拉米特**——兹洛梅卡的心腹

◇**强盗索罗韦伊**

◇**佩切涅格使者**

---

① 此剧原题“Илья богатырь”，创作于 1806 年，同年 12 月 31 日在圣彼得堡首演。在很长时间内非常卖座。剧本于 1807 年首次刊登。

◇魔鬼数人

◇民众数人

◇强盗数人

◇切尔尼戈夫将士数人

◇佩切涅格将士数人

第一幕

第一场

舞台布景为切尔尼戈夫大公弗拉季希尔的庭院，四周是楼阁和廊道，廊道上、广场上聚满了形形色色的民众。舞台左侧显露出宫殿一角，门廊堂皇，壁毯华美。门廊上有一个华盖宝座。幕启，民众齐声欢唱。

合　唱

切尔尼戈夫过节哟，
普天那个同庆！
青春美丽和力量哟，
凝聚那个爱情！
大公和公爵小姐哟，
天赐那个安宁！
忧愁苦闷全赶跑哟，
金子那个心情！

鲁西达

亲爱的帮帮忙，
你给我腾个地儿。

塔罗普

亲爱的别着慌，
已经腾好一个地儿。

鲁西达

这儿能看着？

塔罗普

全都看得着。

鲁西达

这儿能听着？

塔罗普

全都听得着。

鲁西达

这就是新嫁娘的庭院，
一会儿就要锣鼓喧天！

塔罗普

鲁西达往这边看过来，
大公会从这边走过来，
美丽的新娘子迎进来，
欢乐的音乐响起来，
美妙的歌曲唱起来，
热闹的舞蹈跳起来！

鲁西达

我真开心，真不错！

塔罗普

那你要怎么奖励我？

鲁西达

我来给你鞠个躬！

塔罗普

还有呢？

鲁西达

还有啥？

我再给你鞠个躬！

塔罗普

没了？

鲁西达

没了！

塔罗普

好你个小滑头，

揣着明白装糊涂。

鲁西达

我是真的不明白，

我又不是小女巫。

塔罗普

我想让你奖励一个吻。

鲁西达

别闹，别闹，听我说，

我要把这个吻留到大婚。

塔罗普

为了美人儿一个吻，

咱情愿下油锅烈火焚身！

鲁西达 塔罗普什卡，你还是给我唠唠这个婚礼。我们那儿都说，咱们弗拉季希尔大公要娶佩切涅格人的郡主、关在我们这儿的兹洛梅卡，可怎么突然蹦出个保加利亚公爵小姐弗谢米拉？

塔罗普 是这么回事儿，鲁西达什卡。你知道，大公本来要遵从老大公遗嘱，迎娶弗谢米拉的，但可恶的兹洛梅卡从中作梗。有人说，她是故意被俘，为的是魅惑大公——八成就是这么回事儿！不然她老爹乌兹贝克汗咋不把她要回去呢？那场败仗已经过去了一年多！

鲁西达 我听说她是一个女巫婆，骑着掸子满天飞！

塔罗普 让她施魔法去吧，大公不会娶她的。他发了迎亲帖，派了迎亲差，弗谢米拉小姐已经上路，马上就到城门口啦。这些庆典全是为她准备的，全都是。让兹洛梅卡一个人啃手指头去吧；没人待见她，也没人可怜她。我说，鲁西达什卡，等大公完婚，咱俩是不是也该……

鲁西达 我也没二话，塔罗普什卡，你人好，也中我的意。可是我家里人，还有女伴们都笑话我，说，你不觉得丢人吗，嫁给塔罗普——一个小丑？

塔罗普 让他们嚼舌头去吧，鲁西达什卡，这帮人说话从来不过脑子。咱这职业是铁饭碗，只要舌头闪不了！

鲁西达 你不觉得害臊吗？挺机灵一个小伙子，甘心装疯卖傻？

塔罗普 该害臊的是那些自作聪明的傻瓜。等等，我好像看见谢德尔老爷了。

谢德尔上。

谢德尔 啐，出了一身臭汗！你好哇，塔罗普什卡！

塔罗普 您辛苦了，老爷！

谢德尔 我忙得简直找不着北啦！塔罗普什卡，你的位置在哪儿呢？

塔罗普 平常是哪儿最热闹咱在哪儿；今儿个咱跟您在一块儿。

谢德尔 啥？

塔罗普 这对咱俩都好：咱俩在一块儿，大公被我逗笑的时候，他会感觉是跟您在一块儿寻乐子，觉得您是他的人；我呢，别人看见我跟您在一起肩并肩，也会对我高看一眼。

谢德尔 公爵小姐快到了吗？

一内侍 有人说，从城门楼上看见他们已经出林子啦！

谢德尔 都听好了：公爵一露面，你们就唱起来，等公爵小姐一进大院，你们就都使出吃奶的劲儿来，吹拉弹唱；你呢，塔罗普什卡，负责逗新郎新娘开心，机灵点儿。

塔罗普 还机灵点儿？我还总因为不够傻而挨骂哪！

另一内侍 公爵来了！

谢德尔 开始！

弗拉季希尔大公上场，后面跟着众达官贵人及其夫人。

民众合唱

弗拉季希尔，可喜可贺！
期盼已久的日子来到了；
欢乐让这里的一切复活，
美丽的弗谢米拉来到了。
她是您温柔的妻子，
为您带来无限欢乐；

她是我们的庇护者，

像命运女神播撒恩泽。

弗拉季希尔

我亲爱的朋友和子民，

我的幸福无可比拟——

如果我带给你们益处，

如果我受到你们爱戴。

兹洛梅卡从与弗拉季希尔大公相对的房间走出。

弗拉季希尔 哦，亲爱的兹洛梅卡，你一定也是来参加新婚庆典的吧？

兹洛梅卡 啊，我的不幸在所难免，我的爱情遭到了践踏！

弗拉季希尔 你知道我父遗命，我必须迎娶弗谢米拉。但你，亲爱的兹洛梅卡，你将不再是我的俘虏，我会赐你厚礼，送你回国，从今往后，你将是我与令尊乌兹贝克汗之间的和平之盾。

兹洛梅卡 （暗自）混蛋！你不会高兴太久，我会让你知道我的厉害！（装腔作势）大公，既然你我无缘，可否让我剪一缕头发留作纪念？

弗拉季希尔 好，我就满足你这心愿。

兹洛梅卡上前，剪了一小缕头发，收好，退下。

谢德尔 塔罗普什卡，该我讲贺词啦。（郑重其事）黄辰吉日，躬逢盛事，伟大的大公！我们内心的欢欣之情，以天之高，以海之深皆不可比，因为美丽的保加利亚公爵小姐弗谢米拉，如明朗之日，如圆满之月……

谢德尔的头发忽然掉光，长出了驴耳朵。

塔罗普 谢德尔大人，您的耳朵！

弗拉季希尔 谢德尔，你的头发哪儿去了？

谢德尔 主公，我头发怎么了？

塔罗普 没错，主公，他头发虽然短了，耳朵还长了呢——瞧这福气的大耳朵！

谢德尔 （摸头摸耳朵）啊！我这是咋了？

兹洛梅卡 （暗自）这是对你赞美弗谢米拉的赏赐。

塔罗普 这是您自找的，大人，谁叫您编那些个没用的废话。

谢德尔 哎，塔罗普什卡，有用的都被我删去啦！

一内侍上。

内　侍 主公，佩切涅格使者求见！

弗拉季希尔 他们怎么来了？请！

兹洛梅卡 （暗自）来了！

使　者 弗拉季希尔大公，伟大的乌兹贝克大汗命你！……

弗拉季希尔 （伸手握剑）命我？放肆！念你是来使，孤不杀你。继续！

使　者 大汗命你释放兹洛梅卡郡主并称臣纳贡；如若不然，大汗铁骑就在城外，将血洗汝城。

弗拉季希尔 我将在战场上持剑相迎！

谢德尔 蛮夷！告诉你家主子……

使　者 大公，您若想谈国事，请叫驴耳朵退下。

谢德尔 驴耳朵？大公面前岂敢放肆？塔罗普，你怎么看？

塔罗普 大人，您别听他胡说八道！大家都看得真真的，驴耳朵比您这还短一大截呢！

使　者 大汗给你一个机会：在你的仓库有一个巨碗，为上古壮士饮酒所用；若切尔尼戈夫有人能举起此碗，一饮而尽，则乌兹贝克大汗即刻撤兵。

弗拉季希尔 我虽不怕与你交战，但大婚之日，不宜刀兵，以和为贵。来人！把碗抬进来！英勇的将士们！你们谁来？

众将士 我！我！我们都可以！

塔罗普 好小伙子们！要知道，那个碗可足足有十八斗哪！

兹洛梅卡 尊敬的大公，如果没人能举得起来怎么办？你难道就不能与我结合，获得父汗这样强大而忠诚的盟友？

弗拉季希尔 我虽未睹公爵小姐芳容，却已听闻她的美丽和忠贞，我又岂能背信弃义？

几个人将巨碗抬进来，放在置于舞台一侧的大公御座对侧，大公入座。

弗拉季希尔 酒满上了吗？

谢德尔 主公，酒碗已满，如同您的庭院。将士们，谁先来？

民众合唱

在这历史性的时刻，
荣誉在向你们召唤！
请你们展示自己的力量，
拯救大公和民族于危难。

伴随合唱，将士们列队从大公身边走过，准备尝试。

民众合唱

勇士们，不要挤，
真正的壮士在哪里？

塔罗普

这个太弱，

谢德尔

这个太孬，

二人合

这个根本没力气！

民众合唱

勇士们，不要挤；

真正的壮士在哪里？

谢德尔

这个太瘦，

塔罗普

这个太小，

二人合

这个完全蔫了吧唧！

与此同时，将士们以芭蕾舞的身段逐一尝试举起酒碗，但无人成功。

将士合唱

大公大公请恕罪，

人小碗大真少有，

请您下令快抬走，

用它最好来熬汤，

用它没法来喝酒！

塔罗普与谢德尔　（对失败退场的士兵）

怎么，老兄，酒碗太沉？

咋啦，小弟，酒碗太大？

士兵们，是你们太嫩啦，

喝酒用勺，趁早回家！

兹洛梅卡 你看好了，我们是多么强大的盟友，我只用一只手……（走近酒碗，碗里冒出烟和火）

弗拉季希尔 真是怪事！

兹洛梅卡 哼！少见多怪！

兹洛梅卡欲图举碗，多布拉德之女列娜从碗里钻出。

列 娜 住手，大胆巫婆，不得染指神碗：此宝关乎切尔尼戈夫存亡。弗拉季希尔大公，你可知晓，妖女兹洛梅卡乃故意被俘，为的是将你魅惑；她迷惑你的将士，招来她的父汗，乌兹贝克欲图用剑与火洗劫此地。不过，命运女神眷顾你，我的母亲多布拉德会庇护你，真正的壮士正在赶来，伊利亚·穆罗梅茨会前来搭救。请你为他备好神剑，他将助你破敌。勇者必胜！（飞走）

众人合唱

此等神迹世所罕见，

救我生灵法力无边！

兹洛梅卡 可恶！多布拉德，你处处与我作对，今番休想得逞！地狱，听我咒令！——施咒于神剑，让弗拉季希尔无法拿到，除非有他手下最懦弱的人协助！

塔罗普 哎呀，说的是我吗？

兹洛梅卡 听着！我知道你恨我入骨，但想获取神剑有千难万险，稍有不慎就会粉身碎骨。弗拉季希尔，告诉你，你的未婚妻弗谢米拉，在我父汗手上！

弗拉季希尔 将士们，将她拿下！

兹洛梅卡 肉体凡胎，岂能抗我撼动地狱之神力？

可恨的弗拉季希尔，
没良心的大公，
我的怨毒不会放过你。
我曾经爱过你，
你曾是我的命，我的呼吸。
在仇敌的牢房里，
我身为俘虏，却心甘如饴。
到头来你却不为所动，
如今我满腔复仇的火焰，
我要搅动整个地狱，
诅咒，报复于你！

兹洛梅卡以魔杖画符；面前出现一条燃烧的河流，怪物浮游其上。兹洛梅卡骑上怪物，沉到地下。随后升起烟雾，响起雷声。民众惊恐逃散。

弗拉季希尔　（对使者）去告诉乌兹贝克，我与他刀剑定胜负！（使者下）谢德尔，我的兄弟，请代我执掌公国；塔罗普，我的朋友，你的命运与我连在一起，请随我来，去赢取荣誉！

塔罗普　主公！能否恳求兹洛梅卡免除对我的殊荣？

列娜飞上。

列　娜　请即刻前往花园，那里有一条小船，会带你们去需要的地方。塔罗普，你的未婚妻鲁西达在我手上，只有协助弗拉季希尔拿到神剑方能与她团聚。弗拉季希尔，你和你的公国，成败存亡在此一举！

弗拉季希尔　盔甲长矛，整装待发！

塔罗普　可怜的鲁西达什卡，我万万没想到，今天会是这般结局！

列　娜　等等，弗拉季希尔大公，你为何少了一缕头发？

弗拉季希尔　被兹洛梅卡剪去了，她想以此作为纪念。

列　娜　不幸的人，你铸成大错！兹洛梅卡借故骗走了你的那根生死发丝，烧了它，兹洛梅卡便能取你性命！莫再迟疑，照我说的去做；我即刻动身，争取搭救你们。

弗拉季希尔　出发！

塔罗普　该死的冒险之旅！连准备干粮的时间都没有！

谢德尔　伟大的大公！既然塔罗普要去成就伟业，那您指定何人补他弄臣之职？

弗拉季希尔　咳，现在哪里顾得上这个！走！

塔罗普　谢德尔大人，您就选您觉得最聪明的那个——一准儿是个纯粹的傻瓜！

（幕落）

第二场

舞台布景为花园。暮色降临，伴随着合唱，渐进黑夜。舞台中央有一丛灌木，其后有一条小河贯穿花园。幕启，一群精灵在合唱，她们有些悬在半空，有些散落花园各处。

精灵合唱

河水你慢慢儿流，
风儿你轻轻地吹，
树叶你莫要沙沙响，

不要吵醒弗谢米拉。

弗拉季希尔、塔罗普上。

弗拉季希尔 多么静谧温馨！

塔罗普 哎！主公，咱可别为这温馨跌破头！

弗拉季希尔 歌声停了。走吧，多布拉德之女列娜所说的船应该就在此地。嘘！又开始了。

精灵合唱

欢乐在她周身洋溢，

纯洁美好令人沉醉，

仿若少女二八芳华，

仿若天仙酣然甜睡。

神奇的灌木中有张床，上面睡着弗谢米拉，她脚边坐着鲁西达，周围众多少女，三五成群，边重复合唱“河水你慢慢儿流”，边跳芭蕾舞。

弗拉季希尔 弗谢米拉！哦，她多么迷人！弗谢米拉？……她听不到我！

塔罗普 鲁西达？真的是她！鲁西达什卡！你倒是说句话啊！呸，这不会是妖精变的吧！

鲁西达 （走出灌木丛）没错，大公，这正是弗谢米拉！多布拉德用魔法让看守们睡着，把沉睡的弗谢米拉带到了这里，为了让您明白，她是否配得上您的爱情和功勋。多布拉德之女列娜将我带到弗谢米拉面前，她向我问了成百上千次您的事迹，在她的眼睛里我看到了爱情的火焰。

弗拉季希尔 众神！我何德何能，得仙妻如此！弗谢米拉！（走到沉睡的小姐面前，单膝跪地）

鲁西达 她听不到的——她在魔法梦境。

塔罗普 你总归不会再走了吧？

鲁西达 我追随小姐，听从列娜安排；只有你帮助大公取到神剑我才会嫁给你。

塔罗普 一言为定！我要怎么做？

鲁西达 不能喝酒。

塔罗普 我的心肝儿！为了你我什么都能忍受，除了这个！

鲁西达 要勇敢。

塔罗普 我的宝贝儿！为了你我什么都能做到，除了这个！

鲁西达 不能好色。

塔罗普 我的老天爷！为了你我什么都能戒掉，除了这个！

弗拉季希尔 哎！鲁西达，她听不到我！

鲁西达 再见吧，我们该走了！

弗拉季希尔 用我的一切恳求你，请让我听到弗谢米拉的声音，让我从这美妙的双唇听到自己的命运！

鲁西达 爱情的烈焰已将他吞噬！——我实在不该，可我又不是铁石心肠，如何能够拒绝恋爱中人的哀求？——大公，请您上前，取下别在她胸前的玫瑰花；但请您暂且回避，以免吓到她。

弗拉季希尔照做，弗谢米拉悠悠醒转，走出灌木丛。

弗谢米拉 鲁西达，啊，多么迷人的梦境！我梦见了弗拉季希尔大公，他年轻英俊又痴情，他向我宣誓爱情，而我也为他怦然心动！

如果弗拉季希尔真是这样，

还有什么能胜过镣铐的奖赏？

美好的梦境为何匆匆散场？

啊，从前的生活全部白忙，

有他的梦才是生命的开场！

全部思绪都是为他而酝酿。

他多么迷人，又多么阳刚，

让我有口难开，心头鹿撞，

一心只想着重返梦乡！

弗拉季希尔 （箭步上前）

弗谢米拉！……

弗谢米拉

哦，众神，是他！

弗拉季希尔

哦！你的眼神将我俘获！

弗谢米拉

胸口在燃烧，心在狂跳。

简直不敢相信自己的眼睛。

弗拉季希尔

跪在脚边向你宣誓，

今生今世做你的骑士！

鲁西达

你们该上路啦，

船已经等候多时。

弗拉季希尔

我实在不忍与你分离！

弗谢米拉

　　恳求你对我忠贞不渝。

塔罗普

　　难道我们不能留在这里？

鲁西达

　　请至少在梦里把我记起。

弗拉季希尔和塔罗普

　　我发誓，我爱你到底。

弗谢米拉和鲁西达

　　我发誓，我只属于你！

（两组人同时）

弗拉季希尔	**塔罗普**
为了你，我将掀翻地狱！	为了你，我什么都豁出去！
弗谢米拉	**鲁西达**
早日凯旋，我等着你。	平安回来，我等着你。

所有人

　　爱情啊，请赐予我们力量！

　　请点亮我们的胸膛！

　　有爱的日子才会发光，

　　有爱的地方才是天堂！

弗谢米拉　我的眼皮越来越沉，瞌睡越来越难以抵抗；亲爱的大公，再见！

弗谢米拉坐到灌木丛旁边的草皮凳上，陷入沉睡。

鲁西达　你们也该出发啦！

弗拉季希尔　哎，让我再话别片刻！

塔罗普　主公，时间到啦，划桨吧！

所有人　命运啊！让别离早点儿结束，让折磨快点儿过去！

（四人同时）

弗拉季希尔	**弗谢米拉**
亲爱的小姐，再见！	亲爱的大公，再见！
鲁西达	**塔罗普**
塔罗普什卡，再见！	鲁西达什卡，再见！

两位精灵带着陷入梦境的公爵小姐飞到空中。鲁西达骑上天鹅游走，弗拉季希尔和塔罗普乘船向反方向行驶。众精灵散开。

（幕落）

第二幕

第一场

舞台布景是一片杂草丛生的废墟，可见古墓的残垣断壁。幕启，兹洛梅卡面色阴沉，手持魔杖上。

兹洛梅卡

在这片死寂的荒丘，
我的心因怨恨而颤抖，
可怕的复仇非我所愿，
怪只怪我的爱你不接受！
哦，无尽的折磨我已受够，
怪只怪负心人化爱成仇！
就算我将永世以泪洗面，
弗拉季希尔也难逃诅咒！
（挥舞魔杖，念咒）
兹洛梅卡，
号令群雄，
地狱恶鬼，
听我咒令：

魑魅魍魉，

现出原形，

惑乱人世，

不得安宁！

众鬼现身，群魔乱舞，兹洛梅卡念完咒语，它们聚集在她周围，摆出各种造型。

群魔合唱

群魔领旨，

诸恶奉行，

小姐难逃，

大公纳命！

兹洛梅卡 复仇！复仇！请诸位魔王尽展神通，让不忠的弗拉季希尔及其同党知道厉害！

群魔合唱

群魔领旨，

诸恶奉行，

小姐难逃，

大公纳命！

群魔四散。

普拉米特跑上。

普拉米特 英明的兹洛梅卡，我前来报告一个坏消息！

兹洛梅卡 出了什么事？

普拉米特 伊利亚·穆罗梅茨，一个三十年的老残废，忽然站起来了，并且天降神力，他现在正直奔切尔尼戈夫，沿途已经有很多匪帮被他消灭，这可该如何是好！

兹洛梅卡　好虎架不住一群狼。多派人马围攻！

普拉米特　试过啦，没用，我们最勇猛的好汉跟他比简直就是蚂蚁碰大象！

兹洛梅卡　那就拉拢诱惑，美酒、美食、美色……

普拉米特　这小子不喝酒不贪吃不好色！

兹洛梅卡　那就用地狱的恐怖幻象吓唬他！

普拉米特　他视同儿戏毫不在意！

兹洛梅卡　别担心，忠诚的普拉米特，没有神剑，伊利亚也不足为惧！虽说弗拉季希尔已经出发去取神剑，但我已经施咒，把他和塔罗普绑在一起，塔罗普是个孬种，只会碍手碍脚；而神剑却由鼎鼎大名的大盗索罗韦伊守护着。更何况，弗拉季希尔的生死发丝在我手上，我随时可以要他的命！你去吧，严密监视！

普拉米特下。

列娜打扮成农村小姑娘，手挽菜篮，蹦蹦跳跳地唱着歌上场。

列　娜

小姑娘，穿花裙儿，
玩来玩去一个人儿；
快点儿长大做媳妇儿，
找个小伙做一对儿！

兹洛梅卡　小姑娘，你胆儿不小哇，你在这儿找什么呢？

列　娜　我采了马林果，跑到这儿来歇歇脚。

兹洛梅卡　你难道不害怕？

列　娜　怕啥？熊吗？我跑得比兔子还快！狼吗？我爬树比松鼠还

溜！妈妈倒是经常嘱咐我，要当心坏人，可在我们这儿根本没坏人。（指着兹洛梅卡的魔杖）哇！你这个棍子可真好看！送给我吧，我请你吃马林果。

兹洛梅卡 不行，我还有用哪。

列 娜 你是哪嘎达来的？在这儿干啥？

兹洛梅卡 我要把这缕头发烧掉。

列 娜 你可真淘气，这么干是要被揪耳朵的！这是谁的头发？

兹洛梅卡 小丫头真有趣！这头发是切尔尼戈夫大公弗拉季希尔的。

列 娜 （蹦跳）啊！是大公的！大公的头发！我长这么大还没见过大公呢；大公的头发长啥样，跟一般人一样不？你快给我看看！

兹洛梅卡 真讨人喜欢！给，你看看吧；我正好准备准备。（爱抚）不过，宝贝儿，你待会儿可别害怕。

列 娜 你人真好！（接过头发，变回本相）

兹洛梅卡 原来是你！大胆妖女！快把头发还给我，不然你就死定了！（扑向列娜）有什么力量能阻止我？

我的神力无边，
地狱随我调遣，
召来一群怪物，
将你撕成碎片！

列 娜

嘻嘻，我一点儿也不怕！

兹洛梅卡

要知道，我可是兹洛梅卡！

列　娜

知道知道，当然知道啦！

大名鼎鼎的兹洛梅卡！

你爹乌兹贝克是个杀人魔，

祖宗八辈都会黑魔法。

偏偏我一点儿也不怕！

兹洛梅卡

你这个贫嘴姑，你知道我……

列　娜

我知道你是老巫婆，

傻瓜笨蛋凑一窝！

兹洛梅卡

气死我啦，忍无可忍！

列　娜

看你抓狂我真开心！

兹洛梅卡　恶鬼现身！我倒要看看你怕是不怕！（*怪物现身*）去，把她撕碎！

怪物扑向列娜，被列娜以手结印阻止。

列　娜　看见了吗，兹洛梅卡，你的怪物比你心肠好。告诉你，我列娜，多布拉德之女，很高兴从你手里骗回了弗拉季希尔的生死发丝。再见吧！

兹洛梅卡　真是气死我也！但我们走着瞧，看谁笑到最后。魔王们，集结力量，消灭伊利亚，杀死弗拉季希尔，踏平切尔尼戈夫！（*群魔现身*）

群魔合唱

群魔领旨，
诸恶奉行，
小姐难逃，
大公纳命！

兹洛梅卡下；群魔四散。

（幕落）

第二场

舞台布景为悬崖峭壁。山涧从高处跌落，冲出峡谷，汇流成河；舞台另侧山脚处有一处洞穴，野草丛生；洞穴前方有一小方石台。幕启，塔罗普和弗拉季希尔乘船顺流而下，后者正处于魔法梦境。

塔罗普 啊，我们要完蛋啦！主公！弗拉季希尔大公！

传来众魔的声音：“你们完蛋啦！这里是死亡谷！”

船向下沉。塔罗普抓住了一根长在崖壁的树杈。

塔罗普 船要沉啦！……要被淹死啦！……弗拉季希尔！他还在睡哪，仿佛中了魔法……完蛋啦，没救了！谁来救救我们！——只有鬼能听见，还是催命鬼！（船身一抖）啊！啊！完蛋啦！

众魔的声音从远处传来：“你们完蛋啦！”

弗拉季希尔与塔罗普乘坐的小船被水流裹挟，冲出洞穴，在岸边停下。

塔罗普　呸！我们还活着吗？这是我的胳膊腿儿脑袋瓜儿吗？

弗拉季希尔　（醒转）塔罗普！啊，我们到地方了！这一路真是舒坦！我好久没睡得这么香甜啦，还做了个美梦……

塔罗普　主公，您倒是梦里逍遥，您咋不问问我这醒着的？

弗拉季希尔　你这个胆小鬼！这一路不是挺顺当的吗？

塔罗普　还顺当?！我这条小命差点儿送给催命鬼。

弗拉季希尔　你在胡说些什么呀？

塔罗普　您且听！

开始确实不着慌，
小船游得稳当当，
小河流水沙沙响，
好像天鹅在徜徉。
后来您突然入梦乡，
手里丢了划船的桨，
狂风好似着了魔，
硬把小船往天上扬！
穿过重山和湍流，
越过岩石和漩涡，
外加一百个催命鬼，
催命符百道不嫌多，
一会儿抛来大山砸，
一会儿又用烈火灼，
今天逃过这一死，

明日再不敢从此过，

哪怕把我关监牢，

胜过鬼门关里活！

弗拉季希尔　我睡得死死的，什么也不知道；这个梦境肯定是多布拉德的庇护。

塔罗普　她哪怕送我一个瞌睡也好啊！——话说，我们这是到哪儿啦？我感觉我们已经绕了大半个世界啦！

身材高大的伊利亚跑上，后面追着一群匪徒。

伊利亚　（回身高喊）来这边，废物们！这里敞亮好算账！

一匪徒　弟兄们，跟我上！不用怕，他就一个人！

弗拉季希尔　（拔剑）呸！以多欺少！塔罗普，我们去搭救壮士！

塔罗普　别，别，主公，我还是留在这儿救死扶伤吧。

弗拉季希尔向匪徒冲过去，塔罗普躲到大树后面。伊利亚从腰间掏出一根粗绳索，将一端捆在一根大树桩上，众匪徒一拥而上，伊利亚将其统统用绳索捆成一团。

伊利亚　完蛋啦！混蛋！

塔罗普　活该！（走上前来）来，让我来牵着绳子吧。没事，我绝不会撒手，你只要别走开就行。

伊利亚　（质问匪徒）你们是什么人？

一匪徒　哼！俺们可不是一般毛贼！俺们当家的，是鼎鼎大名的大盗索罗韦伊，凭借着女巫的庇护，在这条道上称雄整整三十年！

伊利亚　（放出一个匪徒）回去告诉你家大王，让他等着我。我，俄国壮士，伊利亚·穆罗梅茨，很快就要来制服他！

匪徒跑下。

另一匪徒　好汉！放我们一条生路！

伊利亚　放你们就是纵容罪犯！（把他们关进洞穴，搬来一块巨石堵住洞口）这就是匪徒强盗应有的下场！

弗拉季希尔　壮士真乃天降神力！

伊利亚　您一定就是助我取神剑的弗拉季希尔大公了；您以凡夫之力，有此侠义之举，我伊利亚愿意效忠，捍卫切尔尼戈夫！

弗拉季希尔　有劳壮士！只是，我该如何取到神剑？

鲁西达上。

鲁西达　多布拉德派我来给你们提示：勇敢的伊利亚，你要沿着这条道路出发，直捣大盗索罗韦伊的老巢，它安置在十二棵橡树上。你要同他激战，如果战胜，你会找到一个宝箱，神剑就在里面。

塔罗普　哈，鲁西达什卡！我原本以为我们十年也做不成这件事，可现在，眼看就要得手啦！

鲁西达　还没有。你在这方平台上跺跺脚。

塔罗普　就这？我虽然不是壮士，可跺脚却不比任何人差。（一跺脚，平台移开，显出深谷，不时升腾起火焰和烟气）啊呀！

鲁西达　宝箱必须用钥匙才能打开，而钥匙就在深谷之下。大公，考验您勇气和决心的时候到了！为了拯救切尔尼戈夫和弗谢米拉小姐，您和塔罗普需要跳下深谷。

塔罗普　你疯了吗？鲁西达什卡？我还不是你丈夫哪！为什么对我这么狠？

鲁西达　不用怕，上天会保佑你们。你，塔罗普，要警惕一切可能的诱惑，什么也不要贪，什么也不要听，只要钥匙。我不能泄露更多，但你记住，一旦你被迷惑，就必死无疑。

塔罗普 为了远离诱惑，我还是别跳了。

鲁西达 你不跳，大公就拿不到钥匙；没有钥匙，就没办法取到神剑；没有神剑，你们就打不过兹洛梅卡；打不过兹洛梅卡，我们所有人都得没命！

弗拉季希尔

为了荣誉，我无所畏惧，
为了爱情，不惜粉身碎骨。

鲁西达

我的朋友，请追随大公，
去赢得荣誉，流芳千古！

塔罗普

不，我可不想变成烤乳猪！

弗拉季希尔

哎，枉我如此信任你！

塔罗普

主公，我的忠诚不掺假！

鲁西达

啊，难道你不爱我？

塔罗普

不是，只是那烈火让人怕！

弗拉季希尔和鲁西达

答应吧，不要怕！
什么危险都不在话下！

塔罗普

我天生是个老实人，

嘴巴不会乱讲话。

我身上只有一张皮，

我可不想把它扒。

弗拉季希尔　反正我会践行使命，如果需要，我宁愿独自赴死。弗谢米拉，给我力量吧！（走向深谷，纵身跳下）

塔罗普　鲁西达什卡，我的爱，难道大公一个人去还不够吗？

鲁西达　你不觉得羞愧吗？亏我曾经那么爱你！

伊利亚　（愤怒地）我全看见了，一直忍着没吭声！

塔罗普　（跪下）壮士伊利亚！饶了我吧。我也想跳，可是腿疼得厉害，上不去这个平台！

伊利亚　这个好办！（一手抓起塔罗普，把他放在平台上）

塔罗普　鲁西达什卡，行行好！

鲁西达　小心诱惑！保重！

伊利亚一把将塔罗普推下深谷。

鲁西达　伊利亚，请你即刻出发直捣索罗韦伊老巢，拿到宝箱。如果大公和塔罗普能够顺利通过考验，拿到钥匙，那我们就赢定了！（下）

兹洛梅卡打扮成美丽的希腊女郎上。

兹洛梅卡

伊利亚壮士请留步，

听听我的逆耳忠言：

此去征途长路漫漫，

莫为虚名以身犯险。

白驹过隙人生苦短，

何苦艰辛度日如年？

唯有爱情值得迷恋，

它的囚禁如此甘甜。

天赐壮士神力无边，

奈何待人如此冷淡？

大好年华切莫辜负，

美人做伴及时寻欢！

伊利亚 你是谁，美丽的陌生女郎？为何对我倾诉衷肠？

兹洛梅卡 我是希腊大贵族比利多之女。当我还在襁褓中时，家父就被阴谋陷害，逐出宫廷，迁居此地，从此淡泊名利，从小便如此教我。如今我在此见到你，浑身被未知的火焰燃烧，我难以掩饰自己的情感，故飞奔而来，略表爱慕之心。

伊利亚 我欣赏你的坦率，但我无暇谈情说爱，抱歉！

兹洛梅卡 哎，就算你不可怜我，也得爱惜自己呀！你知道吗，这里的山石都笼罩着无辜路人的冤魂，你听到那边呼啸的风声了吗？它经常把岩石推下，将过路人砸死。

伊利亚 上天不会葬送这双手，它们还要替天行道！

兹洛梅卡 （暗自）他的坚决令人吃惊！不过，我还有一招。（做一个手势，大水将伊利亚面前的道路劈开，在他脚下形成瀑布）哈！这下他可过不去了。我现在去深谷引诱塔罗普那个草包！（下）

伊利亚 （站在魔法瀑布前）

急流将我的去路切断，

面前是可怕的深渊，

难道我要无功而返？

但上天的意志岂容窥探，

大功未成岂能畏缩不前？

不！为了荣誉虽百死而无憾！

（抓住长在瀑布边上的一棵橡树）

我来试试能否将它折断。

（摇晃橡树，橡树被拔起）

哈哈！且看这沸腾的深渊能否将我阻拦？

（以橡木为桥，走过断崖）

乌拉！正义让敌人闻风丧胆！

（幕落）

第三幕

第一场

舞台布景为地底洞穴。幕启，普拉米特在向群魔传达指令。

普拉米特　风雷鬼，请通知众鬼，让它们准备好招待塔罗普。你，阿斯塔罗，带一众小鬼，变化成巨龙怪兽，缠住弗拉季希尔，将他与塔罗普驱散。阿斯摩多，兹洛梅卡女王命你将贵族谢德尔从切尔尼戈夫带到此处，到了吗？

阿斯摩多　已经到了！

谢德尔被小鬼带进来。

谢德尔　（恐惧地）啊！你们要把我怎么样？

普拉米特　谢德尔，我的朋友，不要怕！

谢德尔　仁慈的大王！小人有幸来此，怎敢害怕？

阿斯摩多　可你在发抖！你觉得我的伙伴们难看？

谢德尔　怎么会？我以名誉担保，我这辈子从没见过这么帅的鬼。

普拉米特　直说吧，我们需要你。你被选中去服侍库丹米纳尔大汗。我们需要一个马屁精让他远离国家政务，只顾奢靡享乐，所以选了你。

谢德尔　不胜荣幸之至！大王！

普拉米特　这位是阿斯摩多，他最擅长驯养谄媚者和马屁精，你以后归他调教。阿斯摩多，不要冷落了自己的新弟子，你先给他出几道题，试试他的资质。

阿斯摩多　你如何说话？

谢德尔　对求我的人是男低音，对我求的人是童高音，大人！

普拉米特　孺子可教！继续！

阿斯摩多　你如何行礼？

谢德尔　要分跟谁，大人！我太爷爷传给我爷爷十五种行礼方式，我爷爷传给我爸爸四十二式，我爸爸传给我一百三十四式，我全部运用娴熟。

阿斯摩多　家传不错啊！普拉米特，我觉得他给我当副手都行。

普拉米特　别忙，不要看走眼，我听人说他笨得很。

阿斯摩多　嗯，伙计，告诉我，你最爱什么菜？

谢德尔　主子赏哪道，我就最爱吃哪道。

阿斯摩多　够了，够了！普拉米特！我教不了他，他比我还会拍哪！

普拉米特　谢德尔啊谢德尔，本来我们还想调教你，闹了半天，你比我们这儿最精的马屁精还精！

谢德尔　大王，您若信得过我，请分给我两三个小鬼，我来帮您调教！（爆出一声惊雷）哎呀！

阿斯摩多　别怕，老弟，这儿都是自己人。

普拉米特　女王发出了第一声信号。阿斯摩多，带他下去，向他交代任务；其余众鬼各就其位！

阿斯摩多带谢德尔下。众鬼四散。

（幕落）

第二场

舞台布景为富丽堂皇的东方风格的游廊，布满枝形吊灯。幕启，塔罗普昏睡在奢华的沙发上。群魔变化成大臣和侍从，普拉米特化身宰相。

合　唱

安静！千万不要

惊扰大汗的美梦。

等大汗一睁开眼，

要让他玩儿个尽兴，

这一刻期待已久，

塔罗普执掌宫廷！

塔罗普　（苏醒）啊，我难道还没死？

合　唱

这一刻期待已久，

塔罗普执掌宫廷！

塔罗普　哎哟，我这是在哪儿啊？浑身骨头像散了架！

合　唱

这一刻期待已久，

塔罗普执掌宫廷！

塔罗普　啥？咋？啊？这是什么情况？这么富有，这么奢华！我这是跑到哪儿来啦？

普拉米特 伟大的库丹米纳尔之主！在您面前的都是您的奴仆。我们不久前失去了大汗，上天晓谕，谁从天而降，谁就是新的大汗。请允许我们为您更衣。

塔罗普 嗯，这看起来像是一个梦；梦境虽好，可终究会醒！

合 唱

这一刻期待已久，
塔罗普执掌宫廷！

伴随着合唱，一队仆人将大汗的服饰依次呈上，最后面是谢德尔，端着一个硕大的银盘。

塔罗普 呀呀呀！这是谁呀？谢德尔大人！哈哈哈！你怎么到这儿来了，盘子里装的什么呀？

谢德尔 伟大的库丹米纳尔之主！小人有幸为您呈上大汗御用剔牙棒！

塔罗普 哈！你的差事永远是最重要的；不过，这肯定是梦！我不能信。——哎，你们全部退下，没有命令不得近前。（所有人退到舞台尽头）谢德尔大人，你狠狠掐我一下！

谢德尔 遵命，大汗！（掐）

塔罗普 哎哟哟！掐得真疼！——不过，这不是梦！你怎么在这儿？

谢德尔 不知道，大汗！我躺在家里炕上，忽然听见左耳朵有声音，说让我去伟大的库丹米纳尔汗的宫殿做侍从，可是右耳朵又有声音，让我记得提醒您钥匙和神剑什么的。

塔罗普 啊哈！我明白了。你认出我来了吗？谢德尔？

谢德尔 不敢认！伟大的汗！

塔罗普 那你记不记得六个小时之前我是谁？

谢德尔 不敢记得！伟大的汗！

塔罗普 弗拉季希尔大公没在这儿；看来，他没我这么走运。——呶，你们切尔尼戈夫出什么事了？

谢德尔 出大事了！乌兹贝克汗——兹洛梅卡之父——扬言要屠城；弗谢米拉——保加利亚公爵小姐、弗拉季希尔大公的未婚妻——被抓了俘虏。

塔罗普 关于弗拉季希尔大公人们怎么说？

谢德尔 都说他失踪了。

塔罗普 那，关于塔罗普呢？

谢德尔 说他也失踪了。

塔罗普 失踪，没错，可我又回来了。谢德尔，你是瞎了吗，我就是塔罗普啊！

谢德尔 （行礼）伟大的汗！

塔罗普 你给我竖起耳朵听好了！他们是想诱惑我，如果我无法抵制诱惑，我就拿不到钥匙——伊利亚壮士就是为这个把我推下来的。我的鲁西达什卡所嘱咐的，我记得一清二楚：我是装傻，可不是真傻！谢德尔大人，你要提醒我。

谢德尔 乐意效劳，伟大的汗！

塔罗普 哦，天哪，这又是什么？

兹洛梅卡上，后面跟着一队美艳侍女。

兹洛梅卡

感谢仁慈的上天，

在这幸福的时辰，

赐予我新的夫君，

大汗、英雄和情人！

塔罗普

瞧这脸蛋和腰身！

千娇百媚真迷人！

哎呀！糟糕！我真笨！

这是幻象不是真！

兹洛梅卡

你想不想留下来？

从此逍遥乐开怀？

塔罗普

我来此地有重任，

协助大公斗妖怪。

兹洛梅卡

难道让美人空憔悴？

塔罗普

你白费力气快走开！

我不会中你的美人计，

我既不傻来也不呆！

兹洛梅卡　（暗自）难道我真的这么不济，连个草包也套不住？

塔罗普　（暗自）不过这小妞可真不错，白白放过还真舍不得！

兹洛梅卡　我的情郎！

塔罗普　（暗自）挺住！

兹洛梅卡　好哥哥！

塔罗普　（暗自）守住！

兹洛梅卡　我真的没希望？

塔罗普　没希望，美人儿！

兹洛梅卡　你这个没良心的，把人家的心都弄碎了！

塔罗普　不，我是小心谨慎，你别想骗我上钩！

兹洛梅卡　你这个狠心人！你就不为我的温柔所动？

塔罗普　（暗自）要不是知道你是女巫婆……（高声）不，不，我只要打开神剑宝箱的钥匙！

兹洛梅卡　我可以给你。但你要知道，一旦你拿到钥匙，立刻就会变回弗拉季希尔大公的小丑，而留在这里，你将拥有一切！

塔罗普　（暗自）塔罗普，挺住！——给我钥匙！

兹洛梅卡　你可以得到钥匙；但你同样可以得到这些奇珍异宝！

塔罗普　哎！这里头要是没有阴谋该有多好！

兹洛梅卡　所有站在这里的大臣，还有数百万奴仆都将听你号令！

塔罗普　（暗自）当个大汗确实不错——只是这里头有黑魔法！（高声）不，我要钥匙，别再浪费时间！

兹洛梅卡　我说过了，会给你钥匙；你再看看这些美女，她们都渴望你的临幸。

塔罗普　哦，哦！假如这不是黑魔法！

一内侍　（走近兹洛梅卡）鬼探来报，弗拉季希尔突破了所有阻碍，已经向此处杀来，再有三道门就攻进来了。

兹洛梅卡　集合全部力量！

另一内侍　（走近兹洛梅卡）鬼探来报，伊利亚·穆罗梅茨一路横冲直撞，已经逼近索罗韦伊老巢。

兹洛梅卡　命令众鬼倾巢出动!

塔罗普　快把钥匙拿来，我不会和你交易。（暗自）哎！要不是害怕黑魔法，我怎么可能拒绝!

兹洛梅卡　坚不可摧的勇士，我必须服从你。——把钥匙拿来——但请你至少用点儿美酒佳肴补充体力，然后我再把这将你我拆散的可恶的钥匙给你。

塔罗普　谢德尔，吃点儿东西应该没关系吧?

谢德尔　最伟大的英雄也要吃东西，大汗!

美酒佳肴呈上，塔罗普和兹洛梅卡落座，其余人围站在桌边。

众人齐声

塔罗普汗真英雄，

美人美酒美心情!

此时兹洛梅卡呈上一盅美酒，塔罗普从桌案后面跳出来，高喊。

塔罗普　停！谢德尔！谢德尔!

谢德尔　有何吩咐，大汗?

塔罗普　谢德尔，我心里突突乱跳。这酒看上去很美味，但我害怕!

谢德尔　大汗，若是劣酒，我也害怕；可既是美酒，有何好怕的呢?

塔罗普　蠢货！刚才有鬼想以财富引诱我，我没上当；第二个鬼以权势诱惑我，我也忍住了；第三个鬼用美色勾引我，我也挺过来了；眼下这杯酒，依我看，肯定是最狡猾的鬼，我未必能把持得住!

谢德尔　那您就别喝，大汗!

兹洛梅卡　（低声对谢德尔）乱讲！乌鸦嘴！讨打!

谢德尔 啊，啊，大汗！大汗但饮无妨！

兹洛梅卡 大汗就依了奴家吧，此美酒可助你恢复体力。

塔罗普 谢德尔，你怎么看？这是好酒？

谢德尔 上等好酒，大汗！

塔罗普 非也，这酒也许真的是黑魔法！不过，先把钥匙拿来，说不定我会喝下它。

兹洛梅卡 既然如此，我可以先给你——给（把钥匙递过来）；不过，临走之前还是请见识一下我们的种种乐事，说不定你会乐不思蜀呢。

塔罗普 不，不，我吃完东西立马走。现在没什么好怕的了，钥匙在我手上。

兹洛梅卡一招手，众女仆端出各色美酒。

兹洛梅卡 各地美酒，随君品鉴！

塔罗普 嗯？贪杯醉酒，恐怕要坏大事。

兹洛梅卡 大英雄为何如此扭捏？区区一杯酒还能灌醉不成？更何况，经受了这重重考验，你仍然信不过自己的意志力吗？

塔罗普 说得也是，我又不是小孩子了！谢德尔，你怎么看？这酒看起来非常美味！

谢德尔 美酒配英雄，大汗！

一侍从 （低声对兹洛梅卡）弗拉季希尔要杀进来了，还差两道门！

兹洛梅卡 守卫加倍！这边事情有望。

另一侍从 （低声对兹洛梅卡）坏消息！伊利亚突破了最后一道防线，索罗韦伊告急！

兹洛梅卡　去吧，我争取把这边拿下，那样他们全部的努力就都白费了。

与此同时，塔罗普正在品尝各色美酒。

塔罗普　咳，喝了再说！不过，谢德尔，一旦我去拿第三杯的时候，你一定要提醒我。

兹洛梅卡　请满饮此杯——塞浦路斯的。

塔罗普　敬弗拉季希尔大公！

兹洛梅卡　（暗自）等着吧，早晚让你们一起玩儿完！（对塔罗普）大汗，让我们落座吧。（坐下）让我来敬大英雄一杯，为你的坚不可摧！请满饮此杯——法隆的。

塔罗普　敬坚不可摧的塔罗普！谢德尔，你也来！

兹洛梅卡　请赏鉴我们的乐事，至少能体谅我们的一片诚意。

塔罗普　谢德尔，你怎么看？看看没事吧？

谢德尔　但看无妨，大汗！

兹洛梅卡　姑娘们，博大汗一笑！很遗憾，大汗就要离我们而去。大汗，请满饮此杯——叙拉古的。

塔罗普　谢德尔，这是第几杯了？

谢德尔　第一杯叙拉古的，大汗！

众人齐声

塔罗普汗真英雄，
美人美酒美心情；
无事烦心无人扰，
此间逍遥胜仙庭！

伴随着合唱，鼓乐齐鸣，众女开始跳舞，魅惑塔罗普，兹洛梅卡为他连连斟酒，塔罗普来者不拒。

兹洛梅卡 （待舞蹈结束，递过酒杯）请再饮一杯——基拉日的。

塔罗普 谢德尔，这是第几杯了？

谢德尔 第一杯基拉日的，大汗！

塔罗普 的确如此。不过，你觉不觉得，我这第一杯已经喝了很久？第二杯还没上，我已经有点儿头晕啦！

兹洛梅卡 请告诉我，我的朋友，留在我们这里逍遥快活难道不好？何苦要回去听人使唤？在这里，您是万人敬仰的汗！

塔罗普 在弗拉季希尔大公手下做个小丑也挺快活；不过，说实在的，在这儿当大汗可真不赖——只是良心上过不去。

兹洛梅卡 在这里，您可以随心所欲！看，第一位大臣来向您汇报了。

普拉米特 （上前行礼）伟大的库丹米纳尔之主！您对微臣有何旨意？

塔罗普 请与我们共饮一杯，敬你们纯洁无瑕的公主！

普拉米特 微臣遵旨。这里有关于国家和臣民的重要文件，大汗圣意如何？

塔罗普 大汗的圣意就是，让我的臣民都有美酒佳肴！

普拉米特 微臣想汇报赋税一事。

塔罗普 取消一切赋税！在我的汗国，所有小丑都要重赏，还有老人；一切商铺的美酒百货全部免费赠送。对不对，谢德尔？

谢德尔 大汗圣明！

列娜和鲁西达假扮成舞女上，一人手持铃鼓，一人怀抱多姆拉琴。

列　娜 伟大的库丹米纳尔之主，请允许我等为您献上一曲。

鲁西达　还有舞蹈。

塔罗普　好极了！唱吧，跳吧，姑娘们！本大汗有赏！

普拉米特　大汗，微臣还想……

塔罗普　滚一边儿去！轮得到你想？唱吧，姑娘们！

鲁西达

温言告诫少年郎，
谁人不爱好时光。
吃喝玩乐都很好，
只是正事不能忘，
办完正事再行乐，
心更明来眼更亮。
蓝天绿水青草地，
心头无事精神爽！

与此同时，列娜翩翩起舞，不时示意塔罗普，让他仔细听鲁西达的歌声。

塔罗普　不错，好极了！只是你一个劲儿说什么“正事”“正事”？

兹洛梅卡　（暗自）原来是列娜。（高声）美人儿，我认识你们，但你们来迟一步，我不怕！

塔罗普　有什么好怕的，我的女王，本大汗在此！

兹洛梅卡　（得意）听到了吗？

列　娜　切尔尼戈夫在哭泣，等待您拯救。

塔罗普　喏，给你手绢。帮切尔尼戈夫把眼泪擦干，叫它别再哭啦。

鲁西达　你这没良心的！你背叛了弗拉季希尔大公！

塔罗普　蠢女人！你们知不知道，我现在刚刚尝到做大汗的滋味，还没尝够！

列　娜　危险加重了。我现在去援助弗拉季希尔，鲁西达，你留下来争取让他回心转意。

兹洛梅卡　去吧，你枉费心机。他是我的了。（对塔罗普）怎么样，我的大汗，您想不想赐予我幸福？

塔罗普　如此尤物，哪个男人狠心拒绝？谢德尔，你怎么看？

谢德尔　大汗圣明！

兹洛梅卡命人呈上纸笔，递给塔罗普。

兹洛梅卡

我的大汗，请您在此签字，
证明您心甘情愿受我奴役。

塔罗普

我的美人儿，我愿用我的血，
签下这销魂蚀骨的卖身契。

鲁西达

塔罗普，莫辜负你的鲁西达，
弗拉季希尔的嘱托也莫忘记！

塔罗普

我可不要再当什么小丑，
我要当大汗，看别人出丑！

兹洛梅卡

神剑的钥匙您不要啦？

塔罗普

我要一把破钥匙干吗？

鲁西达

不要啊，小心有诈！

塔罗普

胡说，本大汗有何好怕？

兹洛梅卡

那就在拒绝书上签字吧！

鲁西达

哎呀，这下我们全完啦！

塔罗普接过来放在腿上，准备签字。

塔罗普

我来看看这上面说个啥。

（读）

“我愿忘却一切烦恼，

当个大汗快乐逍遥。”

——这个很好；

“往日情缘一刀斩断，

旧时亲友全部绝交。

不再效忠大公小姐，

不再舍身帮忙寻宝，

神剑钥匙自愿放弃，

美酒在手美人在抱。”

兹洛梅卡

赶紧签吧！

鲁西达

不要签哪！

塔罗普

你的眼睛如此迷人，

我愿为你做牛做马，

我要把这文书签下，

哪怕众人齐声唾骂。

正准备签字，忽听一声巨响，塔罗普怔住。弗拉季希尔跑入。

弗拉季希尔　（怒斥）

住手，倒霉蛋！

小心上当被人骗！

塔罗普

谁的声音如此熟悉？

他的呵斥令我胆寒！

谢德尔

哎呀，这下我可怎么办？

一个大公，一个大汗！

兹洛梅卡

难道我的苦心经营，

又要被你毁于一旦？

往日痛苦难以忘怀，

今日重见肝肠寸断。

请你抚慰我的相思，

莫要践踏我的爱恋。

弗拉季希尔

今生只爱弗谢米拉，

无论幸福抑或不幸，

为了爱情死不旋踵，

妖女莫再自作多情！

兹洛梅卡

你对我为何忒薄情？

弗拉季希尔

心有所属岂能滥情！

兹洛梅卡

她若死了你肯移情？

弗拉季希尔

千万莫要伤她性命！

谢德尔和鲁西达

如今我们大难临头！

弗拉季希尔

大难临头方显英雄。

兹洛梅卡

我要让你尝尝厉害！

塔罗普

我要把钥匙交给大公。

普拉米特　（对塔罗普）

你胆敢朝前迈一步，

我在你胸膛刺个洞！

兹洛梅卡

魑魅魍魉快快显形！

送这些混蛋去幽冥！

众魔现身。

众　魔　大公纳命！

有魔鬼用锁链套住弗拉季希尔和鲁西达，另有魔鬼来锁塔罗普和谢德尔，忽然，一个声音从头顶传来。

天外之音

兹洛梅卡，

快快住手。

如若不然，

天雷伺候！

兹洛梅卡　这声音让人胆战心惊！

众　人　哦，众神，救我们性命！

兹洛梅卡　痴心妄想，天王老子也救不得你们！

兹洛梅卡打个手势，可怕的恶魔从天而降，笼罩住了弗拉季希尔等人。

兹洛梅卡

这是可怕的复仇，

天上地下的众神，

没人能救你们，

你们必死无疑！

众　人

多么可怕的复仇！
天上地下的众神，
谁来救救我们！
难道我们必死无疑？

（幕落）

第四幕

第一场

舞台布景为大盗索罗韦伊的老巢，坐落于十二棵橡树上面。幕启，索罗韦伊正向一众匪徒训话。

索罗韦伊　别害怕，小的们！一个三十年的老瘫子，怕他作甚？

一群匪徒跑过舞台。

匪　众　（边跑边喊）“伊利亚！伊利亚来啦！快逃命吧！”（跑下）

索罗韦伊　我逃命？除非他伊利亚是铜浇铁铸！

又一群匪徒跑上。

匪　众　大王！伊利亚把我们的人全打败啦！从没见过这样的大力士，我们完蛋啦！（跑下）

索罗韦伊　呸！胆小鬼！让本大王来会会这个伊利亚，让他有去无回！

索罗韦伊爬到橡树上；伊利亚追赶众匪徒上，匪徒躲到橡树后面。

伊利亚　往哪儿跑！你们的本事呢？还是说只会欺凌弱小？

索罗韦伊　伊利亚，你不知天高地厚，自寻死路；念你年少无知，本大王姑且饶你不死，你走吧！

伊利亚　大胆！你很快就会知道，我俄国壮士的名头可不是浪得虚名。趁早乖乖把神剑宝箱交出来！

索罗韦伊　你一个三十年的老瘫子，也敢口出狂言？

伊利亚　瘫到第三十一年，我站起来了，为的就是替天行道，为民除害！受死吧！

伊利亚冲向橡树，击打树干，摧毁树屋和作为房梁的树干。众匪徒仓皇四窜，伊利亚将索罗韦伊从橡树后面拽出。

伊利亚　准备受死吧。我一拳就能打爆你的头！

索罗韦伊　（跪下）壮士！好汉！请放我一条生路，我会孝敬您的！

伊利亚　立刻叫人把神剑宝箱取来！

索罗韦伊　小的们，全听壮士的！

宝箱被抬进来。

伊利亚　（对众匪徒）你们立即改邪归正，再聚众为匪，我就用你们的骨灰铺路！

众匪徒逃下。

伊利亚　（对索罗韦伊晃晃拳头）至于你，非死不可！

索罗韦伊　壮士且慢，如果您杀了我，您将永远无法拿到神剑！

伊利亚　为什么？

索罗韦伊　是这样的，宝箱的钥匙在塔罗普手里，兹洛梅卡将他藏到了一个连多布拉德也找不到的地方。只有我知道他在哪儿——是兹洛梅卡亲口告诉我的。您饶我性命，我就告诉您！

鲁西达急上。

鲁西达　勇猛的伊利亚，切尔尼戈夫有难，请赶快驰援；弗拉季希尔已经赶去。

伊利亚　塔罗普呢？

鲁西达　可怜的塔罗普不知去向。

伊利亚 索罗韦伊，告诉我塔罗普在哪儿，我便饶你不死。

索罗韦伊 鲁西达，这是火镰和火石，请在这个树桩上取火。（与此同时响起一声惊雷，索罗韦伊尖叫倒地）兹洛梅卡，你好狠毒！（死去）

伊利亚 强盗的下场如此可怕！

鲁西达 正义的裁决永不缺席！不知道他说的是不是实话。

鲁西达在树桩上取火，树桩被引燃，冒出一阵烟，塔罗普出现，手里拿着钥匙；伊利亚一把抓过钥匙，去开宝箱。

塔罗普 啐！这个该死的兹洛梅卡给我找的好去处！差点儿被人劈成柴火。

伊利亚取出神剑。

伊利亚 恐惧吧，切尔尼戈夫和弗拉季希尔的敌人！（跑下）

塔罗普 鲁西达什卡，我总算不辱使命！你肯原谅我吗？

鲁西达 哎，塔罗普什卡，只要敌人被赶跑，等弗拉季希尔大公和弗谢米拉小姐一完婚，我们就结婚。到那时候就好啦！

苦难的日子成为过往，
生活又回归幸福安宁。
每天都发现新的乐趣，
我们的爱情与日俱增。
我们无须再忙里偷闲，
只需把欢乐尽情享用。
我会像妻子对你忠贞，
又好像情人风情万种。
假如你偶尔发发脾气，
我不会吵闹与你相争。

轻声细语把你来抚慰，

温存体贴好像狐狸精。

假如忧愁烦闷找到你，

悲伤和忧虑令你伤情，

我就在你脸上亲一下，

你就会忘却一切不幸。

塔罗普　我的宝贝儿！你现在就亲一个，算作定钱！

鲁西达　现在没时间，我们赶紧回切尔尼戈夫！（跑下）

塔罗普　（跟在后面）这样的姑娘真是个宝，为她甘愿被火烧！

（幕落）

第二场

舞台布景为城外开阔地，大战在即。幕启，弗拉季希尔上。

弗拉季希尔　传令全体将士来此集结。众神，请赐予我力量！弗谢米拉，请赐予我勇气！

我听到了荣誉的呼唤，

它在召唤我奔赴血战。

要么驱除顽敌大获全胜，

要么持剑在手壮烈牺牲。

弗谢米拉！在我炽热的胸膛，

镌刻着你那美丽的面庞。

你将是我永生的伴侣，

死亡也无法将你我分离。

与此同时，众将士上场列队。

弗拉季希尔 勇士们！看看这些房子，这里有我们的妻子儿女，让我们给敌人痛击！记住，前进，是功勋和荣誉；后退，是耻辱和奴役！将士们，跟我来！众神保佑！正义必胜！

弗拉季希尔率军迎战来犯的佩切涅格人。战斗愈加惨烈；多布拉德和列娜在云间现身。

多布拉德 弗拉季希尔的勇猛果然名不虚传！女儿，你即刻飞去乌兹贝克的营帐，偷出弗谢米拉，带到切尔尼戈夫宫廷。

列娜下，兹洛梅卡上。

兹洛梅卡 可恶的多布拉德！你我今天做个了断！

多布拉德 众神，请赐予我力量，战胜邪恶！

二人展开激烈斗法。多布拉德使用雷击，兹洛梅卡使用烈焰。她们各自手持灼烧的宝剑，多布拉德败下阵来，兹洛梅卡追到幕后。

切尔尼戈夫大军溃败，弗拉季希尔缴械被俘，被带下去；但很快伊利亚手持神剑上场，形势陡转，敌军败退。

伊利亚 勇士们，跟我来！救出弗拉季希尔大公！让蛮夷为俄国勇士战栗吧！

伊利亚将敌人杀得抱头鼠窜。兹洛梅卡飞过舞台，以神盾罩住周身，多布拉德使用火攻。雷鸣电闪，预示着兹洛梅卡的失败！

（幕落）

第三场

舞台布景为弗拉季希尔宫殿内的房间。幕启，弗谢米拉神情忧郁，鲁西达、谢德尔和众少女围在弗谢米拉周围。

鲁西达 小姐，不要过分悲伤！我跟塔罗普赶来的时候，一切都还好好的。该死的佩切涅格人，这些蛮夷……

谢德尔 哎呀，鲁西达什卡，别急着骂佩切涅格人哪，还不知道结果如何呢！

弗谢米拉

我的心跳得厉害，
上千的恐惧在撕扯。
命运，请宽容这个国度，
请保佑我的大公。
或者，请将怒火撒向我，
提前结束我的生命。
在痛苦别离的日子里，
世界黯淡，生命悲凉。
假如众神让他阵亡，
我将把生命作为祭品奉上。
啊，我听到惊恐和慌乱，
听到哀号怒吼和喧嚣。
啊！这究竟是胜利的序曲，

还是不幸的预兆？

塔罗普欢呼着跑上。

塔罗普 胜利了！胜利了！乌拉！乌拉！敌人被打败啦！小姐，大公大获全胜！鲁西达什卡，灾难结束啦！

弗谢米拉 感谢上天！

塔罗普 大公吃了不少苦头，他失手被俘，多亏壮士伊利亚从天而降——好一位大力士！我从城墙上看到的，一箭射去死一串，一戈挥去倒一片。他救出大公，敌人落花流水，我军大获全胜！

弗谢米拉 我们去迎接。

谢德尔 啊，我真高兴，塔罗普什卡！佩切涅格人全完了？可恶的暴徒！个个长着魔鬼的嘴脸！走！我们去祝贺大公！

塔罗普 哎，鲁西达什卡，你该怎么奖赏我？

鲁西达 （郑重地）允许你吻我的手，给！

塔罗普 好哇，你别得意！等结完婚你就该小鸟依人啦！（下）

（幕落）

第四场

舞台布景为城市广场。夜。满城灯火通明。多布拉德、弗拉季希尔和列娜被人用轿子抬上来。伊利亚被人用几块盾牌抬上来。弗谢米拉、鲁西达、塔罗普、谢德尔和众将士、多布拉德的随从、民众等聚在一起，欢庆胜利。

众人合唱

在这荣耀的日子狂欢，
用胜利铭记众神恩典。
让一切恐惧成为过去，
俄国之剑令敌人胆寒。

多布拉德 弗拉季希尔大公、壮士伊利亚，你们展示出的勇气无愧于英雄。（把小姐交给大公）大公，这是你的奖赏。请接纳她为忠贞的妻子；另外一件奖品，就是你子民的幸福安宁，为此你不惜牺牲自己的生命。

弗谢米拉 亲爱的大公！

弗拉季希尔 我忘却了一切不幸！

多布拉德 你，英勇的伊利亚，你是神剑当之无愧的主人。不必再害怕兹洛梅卡，她的统治已经结束。享受长久的幸福吧。我的朋友们！我会时刻为你们祈福。

谢德尔 （一本正经）伟大的大公！您用您强有力的双手……或者说铁腕……挫败了佩切涅格人，值此大捷之际……

塔罗普一挥手，众人开始合唱，被打断的谢德尔懊丧地退下。

众人合唱

欢乐之神朝我们飞来，
幸福萦绕在我们心间。
胜利的号角在战场吹响，
用荣誉书写壮丽的诗篇。

（幕落·全剧终）

法国侯爵[①]

独幕喜剧

|剧中人物|

◇**韦利卡罗夫**——乡下地主老爷

◇**菲奥克拉**——韦利卡罗夫之女

◇**卢克里亚**——韦利卡罗夫之女

◇**达莎**——女仆

◇**谢苗**——外地来的下人，达莎的未婚夫

◇**瓦西里萨**——奶妈

◇**丽莎**——婢女

◇**西多尔卡**——男仆

故事发生在韦利卡罗夫地主老爷的村庄。

---

① 此剧原题“Урок дочкам”，创作于 1807 年，同年 6 月 18 日在圣彼得堡首演。大获成功，久演不衰。剧本于 1807 年首次刊登，1816 年再版。

舞台布景为韦利卡罗夫家客厅。幕启，谢苗和未婚妻达莎久别重逢。

谢　苗　我怎么想得到，乘邮车从圣彼得堡玩命儿飞奔了一千四百里地，竟然在这儿碰上了我亲爱的达莎？

达　莎　而我怎么能想到，这么快就能见到我可爱的谢苗呢？

谢　苗　你怎么在这儿？

达　莎　你来这儿干吗？

谢　苗　你不是留在莫斯科了吗？

达　莎　你不是去圣彼得堡了吗？

谢　苗　停停停，达莎！这样下去我们到天亮也闹不明白；得一个说了一个再说，从咱俩在莫斯科分手开始说起。别看咱俩是自由人，想结婚却没有钱，只好各奔东西，分开赚钱，争取早点儿凑够钱结婚。好了，如果你愿意，我先来……

达　莎　还是我先说吧，我在莫斯科……

谢　苗　你还是听我的吧，我从莫斯科……

达　莎　还是听我的，留在莫斯科之后……

谢　苗　你等我说完，离开莫斯科之后……

达　莎　你先让我说完……

谢　苗　我想给你好好讲讲……

达　莎　我已经等不及啦……

谢　苗　呸，完蛋！达莎，你嘴里长的不是舌头，是摆锤！一句话都不让人说完！那你先说吧！你不是等不及了吗！

达　莎　瞧你那样！你先说吧，你不是想说吗！

谢　苗　嗨，说你的吧，我听着！

达　莎　我不说啦！瞧你那样！

谢　苗　好啦，好啦，别生气啦，我的宝贝儿，斗嘴有啥意思，好好说话！

达　莎　我不生气。你说吧！

谢　苗　好吧。你可竖起耳朵听好了，听完了保管你大吃一惊！

丽莎从舞台一侧探身。

丽　莎　达莎！达莎！主子们游园回来啦！

达　莎　这下好了！咱俩闹明白了！

谢　苗　怪谁呢？

达　莎　你听，楼梯上……

丽莎露面。

丽　莎　达莎！老爷们转去鸟舍啦！

达　莎　你帮我盯着点儿，他们啥时候回来！

丽　莎　放心吧，又不是头一回了！（下）

谢　苗　（抓脑门儿）不是头一回了？达莎，这是啥意思？

达　莎　意思就是说你笨！别再浪费时间啦，他们马上就回来了。赶紧说你的吧！

谢　苗　是这样的，我在莫斯科跟了一位少爷，跟他一起去了圣彼得堡。女人和纸牌把他的钱包掏空啦，现在没办法，又要回莫斯科了！

我们本来在这儿停下换马，可少爷生了病，看样子要待到明天了。他躺下睡着了，我四处闲逛，一眼看见你在窗下，就跑过来了，就这样！

达　莎　就这？

谢　苗　达莎，这一路上我赶车打盹儿从马车上摔下来十来次，可是手脚都没脱臼！这还不算奇迹吗？你又能说出点儿啥呢？

达　莎　你走之后，我跟了现东家韦利卡罗夫，跟他们一块儿来到了这个村子——完了！

谢　苗　达莎！你连从马车上都没摔下来过，你这故事还不如我哪。你哪怕有一个奇迹让我高兴高兴呀！你赚到钱了吗？

达　莎　你呢？

谢　苗　我的钱包哇，宽敞得能睡他一大觉。

达　莎　哎！亲爱的，我也好不到哪儿去！咱们的婚礼又要往后拖啦！多么不幸，那么多金子般的日子都白瞎啦！

谢　苗　哎！达莎，不是我说你，你也是忒不机灵，别的仆人都能想法子弄到钱……

达　莎　你是说你的东家？

谢　苗　我东家？你就算把他塞到压榨机里，也甭想榨出一个钢镚儿！你东家呢？

达　莎　咳！换作在城里，我那些小姐们可就是宝了：她们从早到晚逛摩登铺子，买这个，订那个；帽子一天换一顶，裙子每晚不重样；只要多派我去跑跑腿儿，肯定能弄个一星半点儿……

谢　苗　一星半点儿？你在开玩笑吗？碰见这样的小姐那真是捡到宝啦！你等着冬天回城里，只要你机灵点儿，我们明年开春就能在一块儿啦！

达　莎　哎呀，谢苗，坏就坏在，我们指不定要在这儿过冬呢！

谢　苗　啊？

达　莎　啊！你不知道，小姐们是在姑妈家长大的，摩登得很。她们的父亲服完役回到莫斯科，把女儿接回来，想在出嫁前好好看看她们。谁承想，这俩小姐可真不让老爷省心！一进家门，就把家里弄了个底儿朝天；又胡闹，又爱嘲笑人，闹得所有亲戚朋友都不再登门。老爷不懂外语，她们就叽叽喳喳招来一群洋毛子，一群人有说有笑，可怜的老爷只能干瞪眼。最后实在忍无可忍，一气之下就把她们带到这儿来了！你猜猜老爷想了什么法子惩治她们？

谢　苗　难道是让摩登女干农活？

达　莎　更糟！

谢　苗　那就是让她们看书、缝衣服？

达　莎　更糟！

谢　苗　啊？那就是整天给她们吃面包喝凉水？

达　莎　这算好的！

谢　苗　啊？难道是啪！啪！（做打嘴巴的手势）

达　莎　比这还糟！

谢　苗　呸，比挨揍更坏，我可猜不着了。

达　莎　他禁止她们说法语。（谢苗呵呵笑）你也觉得好笑吧？可对她们来说，不让说法语，比没面包吃更难受！还不止这个呢，严厉的老爷立了个家法，家里所有人，包括客人在内，全部只能说俄语；整个县城就数老爷最有钱、辈分最高，他说啥就是啥。

谢　苗　小姐们真可怜，她们肯定被俄语折磨够了。

达　莎　这还没完哪。为了让她俩私下里也讲俄语，老爷专门派了个老妈子瓦西里萨，整天在屁股后头监督，一讲法语，立刻报告。她们一开始不当回事，后来才知道老爹真不是闹着玩儿。现在呀，她们走到哪儿，瓦西里萨都形影不离；为了躲瓦西里萨呀，她俩连老鼠窟窿都肯钻！

谢　苗　难不成她们真有这么崇洋媚外？

达　莎　她们现在呀，恨不得把最后一只耳环掏出来，就为了能看法国佬一眼！

谢　苗　（想）你家小姐大方吗，就是说，容易对别人发善心吗？

达　莎　容易，只要不是俄国人。在莫斯科的时候，外国人骗走她们老多钱了。

谢　苗　（沉思）钞票——大棒，大棒——钞票；看见这个，就想起那个！鬼知道，怎么办好：想弄钱，又怕挨揍！

达　莎　谢苗，你嘀咕什么呢？

谢　苗　有了！太好了！好极了！达莎！我的命！……

达　莎　谢苗！谢苗！你该不是失心疯了吧？

谢　苗　听着，等小姐们一回来……

丽莎露面。

丽　莎　达莎，达莎！老爷们回来了！到门廊了！（下）

达　莎　赶紧，走楼梯！

谢　苗　回见，宝贝儿！回见，心肝儿！回见，天使！你是我的！等我五分钟！（跑下）

达　莎　我看他有点儿神经错乱！（坐下做针线活）

菲奥克拉、卢克里亚上，瓦西里萨紧随其后。小姐们坐下聊天，瓦西里萨也搬个凳子坐在旁边，边织袜子边听着。

菲奥克拉 你能不能离我们远点儿呀，瓦西里萨！

卢克里亚 瓦西里萨，你陷进地里去算了！

瓦西里萨 上帝与我们同在，小姐们！老爷的命令！要说你们也真是，美丽的小姐，干吗非得跟老爷对着干，难道说俄语会舌头疼吗？

卢克里亚 真是讨厌！姐姐，我受够啦！

菲奥克拉 遭罪！要命！所有可爱的、心仪的、有趣的都被通通剥夺，把我们带到这穷乡僻壤、荒郊野外……

卢克里亚 好像我们受的一切教育就是为了知道怎么种面包！

达　莎 （暗自）总该不会是为了知道怎么吃面包！

卢克里亚 达莎！你嘟囔什么！

达　莎 我在说……小姐们要不要看一眼裙子？

菲奥克拉 （走过来）好妹妹，你觉不觉得，这件裙子还是蛮好的？

卢克里亚 我的天使姐姐！这东西能穿吗！我们离开莫斯科都三个月啦，我们还在的时候，都已经开始流行低胸露背啦！

菲奥克拉 说得没错！在这儿能穿得像个样吗？三个月时间，天知道领口都低到哪儿去了！不行，不行！达莎，赶紧把它扔了！回莫斯科之前我一件衣服也不要做！

达　莎 （暗自）我自己留着当嫁妆！（下）

卢克里亚 Eh bien，ma soeur...（法语：我说姐姐……）

瓦西里萨 卢克里亚小姐！请讲俄语，不然老爷会生气的！

卢克里亚 瓦西里萨，你怎么不变成个聋子！

菲奥克拉 照我看，给咱爹做女儿，还不如给土耳其人做俘虏，他们至少不会逼着我们说俄语。

卢克里亚 简直暴殄天物！我们这样的品位，这样的才华，却把我们软禁在乡下；我们受那么好的教育为啥？花那么多钱和时间图个啥？上帝呀！想想城里那些年轻小姐，简直是天堂！一大早，还没打扮好，教师就来了：跳舞、画画、吉他、钢琴；那么多新奇有趣的故事：有人带小姐私奔啦，妻子抛弃丈夫啦，谁谁分手啦，谁谁复合啦，男人追女人啦，女人求男人啦，一句话，什么事儿都跑不了，就连谁谁安了颗假牙都一清二楚，时间不知不觉就过去了。然后出去逛逛摩登铺子，在那儿，全城的好东西都能见着，能撞到一千对约会，接下来一个礼拜都有得聊；然后再去下饭店，边吃边点评大娘大婶；吃完饭回家重新化妆，准备出门参加舞会或者聚会，用冷酷折磨这个，用微笑挑逗那个，用冷淡逼疯第三个；闲得无聊就踩老太太的脚或者撞她们的腰，看她们龇牙咧嘴，嘟嘟囔囔，哈哈哈，简直要笑死啦！跳起舞来就不要命，一旦跳上头一圈舞，别的女人就没得跳啦，坐那儿干等去吧！还没怎么着呢，天就要亮啦，回家才感觉累个半死。可在这儿呢，大农村、大草原、鸟不拉屎……哎呀！我都快憋疯啦！气死啦！气死啦！Ah! Si jamais je suis...（法语：如果我能……）

瓦西里萨 卢克里亚小姐，请讲俄语！

卢克里亚 你滚得远远的吧，老巫婆！

菲奥克拉 这简直是要人命啊，好妹妹！一个正常人都见不着，全是俄国人；一句人话都听不着，全都讲俄语！哎，我几乎要空虚无聊得死去啦！好在我们有只好鹦鹉扎克，这里就它一个说话我爱听。我的好鹦鹉，它每次都用纯正的法语跟我打招呼：vous êtes une sotte（法语：你是傻瓜），可是呢，当着瓦西里萨的面，我还不能跟它用法语对话。哎，你能感受到我全部的悲哀吗？—— Ah! ma chère amie!（哎，我亲爱的朋友！）

瓦西里萨 菲奥克拉小姐，请用俄语表达悲哀，不然老爷会生气的！

菲奥克拉 烦死啦！瓦西里萨！

瓦西里萨 哎，我的大小姐们！我难道是老巫婆吗？看你们这样，我自己个儿心里也不好受！可有什么法子呢，老爷说的！你们也知道，老爷可惹不起！话说回来，我的小姐们，法语就那么好？要不是怕老爷生气，我还真想听你们叨唠叨唠！

菲奥克拉 你想象不到，瓦西里萨，法语有多么动人、巧妙、机智！

瓦西里萨 要不是怕老爷怪罪，我还真想听听，这法语是个什么调调。

菲奥克拉 你听见我们的鹦鹉扎克说的了吗？

瓦西里萨 哎哟，你们可真能说笑！那个滑头，简直就是个话匣子！只不过我是一句都听不懂。

菲奥克拉 要知道，亲爱的奶妈，我们在莫斯科聚会时，大家都跟扎克一样说话！

瓦西里萨 是哟！有学问两眼明，没学问一抹黑！等你们出了嫁，自己打主意了就好了！

卢克里亚 嫁给谁？霍普罗夫和塔宁那两个乡巴佬吗？上帝保佑！比他们好的我们都打发了一打了！

韦利卡罗夫 （在场下对鹦鹉说）不许说法语，你这笨鸟！（走上）怎么样，瓦西里萨，有人违抗我的命令吗？

瓦西里萨 没有，老爷！（把他拉到一边）老爷，您别怪我老太婆多嘴，容我说句话！

韦利卡罗夫 你说，你说；（见女儿们欲走）站住！

卢克里亚 真是的！

菲奥克拉 （悄声）Hélas！（法语：哎呀！）

韦利卡罗夫 （对瓦西里萨）你想说什么？

瓦西里萨 您就别再折磨小姐们啦！上帝知道，兴许她们天生就受不了俄语呢？您不能一上来就这么逼她们哪！

韦利卡罗夫 没事，死不了！你继续监督就是了。

瓦西里萨 哎！老爷，您瞧她俩，多可人怜！我现在还忘不了把她们从我怀里抱走时那个劲儿！（下）

韦利卡罗夫 小姐们，准备一下，有客人要来。霍普罗夫和塔宁，一小时后就到。你们已经跟他们见过几次，他们是体面人，明事理，有身份又有钱。总之，是很好的未婚夫人选……客人在的时候，把你们那副交际花做派给我收起来，别嗲声嗲气，又舔嘴唇又眨巴眼又晃脖子的，给我像个人样！

卢克里亚 我真的不懂您说的人样是个什么样，老爷！自从姑妈把我们带出来，我们从来就是榜样！

菲奥克拉 格里戈里夫人，姑妈为我们请的家庭女教师，对我们的教育样样都没落下。

卢克里亚 姑妈为我们可是没少操心，格里戈里夫人是她写信专程从巴黎请来的！

菲奥克拉 连格里戈里夫人自己都说，她连自己的亲女儿都没我们教得好哪！

卢克里亚 而她的女儿们，那可是里昂大剧院的头号歌唱家，迷倒了多少观众！

菲奥克拉 格里戈里夫人对我们那可是倾囊相授。

卢克里亚 凡是格里戈里夫人知道的我们全都知道。

韦利卡罗夫 （对卢克里亚）我的忍耐……

菲奥克拉 随您的便，我现在就可以去告您，哪怕告到巴黎去！

韦利卡罗夫 （对菲奥克拉）你知不知道……

卢克里亚 有多少次啊，好姐姐，别人都把我们当成纯正的法国女郎啦！

韦利卡罗夫 （对卢克里亚）能不能别打断我？……

菲奥克拉 你记不记得那个漂亮的侨民小伙儿，我们在摩登铺子里遇到的那个，他说什么都不相信我们是俄国人。

韦利卡罗夫 （对菲奥克拉）能不能让我说完？……

卢克里亚 他还信誓旦旦地说在巴黎见过我们，就在皇家宫殿，还死乞白赖地非要送我们回家。

韦利卡罗夫 （对卢克里亚）有完没完……

菲奥克拉 感谢格里戈里夫人，我们的举止做派，我们的教养气质简直……

韦利卡罗夫 （一把抓住二人的手）闭嘴！闭嘴！闭嘴！都给我闭嘴！就你们这教养，亲生父亲连一句话都说不完！我越听你们讲，我就越是后悔当初把你们托付给我的好姐姐。可耻啊，小姐们，可耻！你们已经到出嫁年纪啦，可你们脑子里、你们心里，没有一丁点儿能带给正派人幸福的东西！论聪明，你们就知道想方设法嘲笑别人——比你们强得多的人；论修养，你们完全不懂得尊老重贤，就知道变着法儿地捉弄长者；论知识，你们就知道怎么穿衣服，说得难听点儿，是怎么脱衣服！怎么修眉毛，怎么弄头发！论才华，总共就几首摩登歌剧插曲，几幅照猫画虎的画儿，在舞会上没完没了的蹦跳、转圈儿！最让你们引以为傲的，就是会用法语扯闲篇；只是有一条，你们胡扯的那些东西，不管用哪国语言，但凡有脑子的人都懒得听！

菲奥克拉 在城里，老爷，情况刚好相反；只要我们一开口，周围立马围一群人。

卢克里亚 咱家亲戚，马耶特尼科夫家那群长舌妇，在我们面前根本插不上嘴！

韦利卡罗夫 行，行！待会儿客人来了，你们就这么显摆口才！早晚所有相亲的都得被你们用口条吓跑！

西多尔卡上。

西多尔卡 老爷，有个法国人求见。

韦利卡罗夫 问是什么人，有什么事。

西多尔卡下。

卢克里亚 （低声）好姐姐，法国人！

菲奥克拉 （低声）法国人，好妹妹！我们去看看去！走！

韦利卡罗夫 法国佬，找我的？是谁？（见女儿们欲走）上哪儿去？在这儿待着！（对进来的西多尔卡）咋回事？

西多尔卡 来人自称侯爵。

卢克里亚 （低声）好姐姐，侯爵！

菲奥克拉 （低声）侯爵，好妹妹！

韦利卡罗夫 法国侯爵？不认识。你问他有什么事，找谁！

西多尔卡下。

卢克里亚 他要是能在我们这儿住上几天该有多好！

菲奥克拉　我能想象得到：多好的马车！多大的排场！多高的品位！

西多尔卡上。

韦利卡罗夫　问清楚了？

西多尔卡　他名叫侯爵，姓什么没说。他是要走路去莫斯科的。

姐妹二人　真可怜！

韦利卡罗夫　哦，明白了，那就另当别论了。我马上出来。

西多尔卡下。

菲奥克拉　爹爹，您不打算让侯爵阁下在我们这儿住上几天吗？

韦利卡罗夫　我是俄国人，而且是贵族；但凡登门，来者不拒。只可惜，这些法国先生经常以怨报德——但我不计较！

卢克里亚　请您让我们跟他用法语对话吧。如果侯爵觉得这里穷乡僻壤，至少让他知道，这里有两个教养得体的小姐。

韦利卡罗夫　也好！如果他不懂俄语，那你们就跟他讲法语，我没意见。有时候，懂外语不仅是必要，而且是有益的。不过，俄国人之间，还是应该讲俄语。有赖于真正的教育，讲俄语开始不再是丢人的事了。瓦西里萨！（瓦西里萨上）你陪着她们，我去会会这个客人！（下）

卢克里亚　姐姐！我觉得咱俩好像丑八怪！你看看这裙子，再看看这袖口！……穿成这样怎么见侯爵？

菲奥克拉　我们好歹披件沙丽！达莎！达莎！

达莎跑上。

达　莎　有何吩咐？

卢克里亚　快把那件大红沙丽给我拿来！

菲奥克拉　还有我那件条纹的！

达　莎　马上来！（欲下）

卢克里亚　达莎，等等！——姐姐，巴黎现在开始穿沙丽了吗？

菲奥克拉　应该没有……算了，我们就这样好了。达莎，把脂粉拿来。（达莎取脂粉）巴黎应该会涂胭脂吧。妹妹，帮我一下！

卢克里亚　但你得帮我整整头发。

姐妹俩相互帮忙打扮。

达　莎　（暗自）她俩这是咋啦？

菲奥克拉　我们该怎么接待他呢？别显得我们啥也不会……我们找点事儿做吧。

卢克里亚　达莎！给我们找点儿活儿干。——这儿帮我别一下，姐姐……嗯……肩膀再多露一点儿。

达　莎　找什么活儿呀，小姐们？你们平日里啥也不干，就知道使唤人，顶多就是搬个绣架。（暗自）她俩真是昏了头了。

卢克里亚　哎呀，姐姐，还是别了。我有个主意，我们坐下来，假装读书。（奔坐到圈椅上）

菲奥克拉　好主意！达莎，给我们拿两本书来。好妹妹，帮我把左眼用头发遮着点儿！

卢克里亚　这样？

菲奥克拉　停！哎，不行，再来点儿！把左眼全挡住。好极了。达莎，书呢？

达　莎　书？小姐们！你们难道忘啦，你们就只有时尚杂志，还让老爷全给扔了；老爷的藏书你们又不看，再说钥匙在老爷那儿。（低声）瓦西里萨奶妈，你说，她们是不是糊涂啦？

瓦西里萨　哎，别瞎说！上帝保佑！她俩清醒着呢！

菲奥克拉　不行，这样不好；我们还是站着。你看我，这样行礼。（郑重其事地行屈膝礼）啊，侯爵大人！——怎么样？

卢克里亚　不行，不行！这样显得太拘谨啦，要装成老熟人的样子！我们最好这样，微微颔首。（略行一礼并点头）啊，侯爵大人！——这样。

达　莎　她们这是要演小品吗？小姐们，你们到底咋了？出什么事了？

菲奥克拉　有大人物从巴黎来看我们，侯爵！

卢克里亚　他要在我们这儿小住。达莎，我猜你这辈子都没见过侯爵吧！

菲奥克拉　啊，妹妹！他要是不会讲俄语就好了！

卢克里亚　啐！姐姐，你真是杞人忧天！他堂堂一位巴黎侯爵，怎么可能会讲俄语？

菲奥克拉　当我一想到，他来自巴黎，他是一位侯爵，我的心就怦怦怦，我就幸福得，幸福得……je ne saurois vous exprimer！（法语：难以言表）

瓦西里萨　小姐，请用俄语表达幸福。

卢克里亚　够啦！瓦西里萨奶妈，你折磨得我们够苦了，我们就故意说法语，让你听个够——爹爹许可的。

瓦西里萨　全凭老爷吩咐，我的小姐们。

达　莎　（暗自）什么客人？什么侯爵？（看见谢苗上）啊，是死鬼谢苗！上帝啊，他想干什么？

韦利卡罗夫带谢苗上场。谢苗穿着一身廉价燕尾服。

韦利卡罗夫　鄙地一向民风淳朴，从无盗窃之事，不过，凡事皆有可能。我们现在就告诉您该如何处置，并用尽一切手段查明此事，为您找还财物及公文。您可以在寒舍暂住，稍事休整，等时间到了再行上路。一定不会让您受委屈。但请牢记我们的条件：禁止讲法语。

达　莎　（暗自）他倒是想说呢！

谢　苗　（拙劣地模仿法国腔调）尊敬的仙身（先生），我的会严格信守约定，好像我的一个法语词都不懂！况且，我的在恶果（俄国）住了很久，阿谀（俄语）说得肥肠（非常）好，虽然我的这次是从巴黎来。

达　莎　（暗自）这个滑头！

菲奥克拉　天哪，姐姐！他会讲俄语！

卢克里亚　真倒霉！一定是命运的捉弄，连法国侯爵都会说俄语了！

韦利卡罗夫　不必拘礼！乡下不比城里。这是小女。您在此稍坐，我去命人给您准备房间；切记，勿说法语。（下）

谢　苗　不敢违拗。（暗自）我倒是想说，我得会呀！（向韦利卡罗夫恭敬还礼）

菲奥克拉　（低声对妹妹）好妹妹！巴黎现在礼数大，我们得蹲深点儿！（深深屈膝，向谢苗极其恭敬地施礼）

谢　苗　尊龟的肖姐门（尊贵的小姐们）！站在你们面前的是一位后撅（侯爵），他的遭遇了不幸和厄运，好像一颗脆弱的心遭遇了乌云和闪电，这颗心坐着哮喘（小船）在大坏狼航星（在大海上航行），从悲伤到结网（绝望），从结网到不幸，从不幸到丝网（死亡），从丝网到……很一喊（遗憾），很一喊，我不能用法语向你们讲述。

菲奥克拉　哦，侯爵！我们为爹爹向您请求原谅！

卢克里亚 请您宽恕他身上的野蛮世纪的印记。

菲奥克拉 他之所以不允许讲法语，就是因为接受的是迂腐教育。

卢克里亚 他根本不懂法语。

谢　苗 不懂法语？我的珊迪（上帝）！这肥肠糟糕，不可宽恕，不狗温明（不够文明）！肖姐门，你们，也不懂法语？

菲奥克拉 不，不！我们向您发誓，来这里之前，我们只讲法语，以至于俄语都讲得不好。哦，格里戈里夫人对我们要求很严格。

卢克里亚 实话跟您讲，让我写俄语，一个句子十个错，可是要说到法语……

谢　苗 不错，肥肠不错！我很一喊，你们有一个老爹，他……

卢克里亚 他那么古板，我们为他感到丢人！

谢　苗 不懂法语？我难以想象。我会四驱（死去）！

卢克里亚 说实话，身为他的女儿，我们深感惭愧！

菲奥克拉 （行礼）哎，侯爵！请您原谅！

谢　苗 美食（没事），美食，肖姐门，我相信，你们是乌龟（无辜）的；但请允许我用阿谀（俄语）讲明我的情况，我希望，你们的大方和善良……

菲奥克拉 我们非常想听！达莎！搬把椅子给侯爵！

达莎搬来椅子。

谢　苗 （坐下）尊龟的肖姐门，大家当然都会觉得奇怪，为什么一个后撅，会走路；为什么一个龟足（贵族），会缺钱；但是，当你们知道我的情况……

菲奥克拉 您是不久前才从法国来的吗？我想，那里一定跟天堂一样美好；侯爵，当您把法国跟这片蛮荒之地做比较时……

谢　苗　怎么能比，肖姐门，怎么能比？每次一想到发国（法国），我就会内牛满面（泪流满面）。我只举一个小例子，但很有趣，肥肠有趣，石粉（十分）有趣——你们知道吗，发国所有大成屎（大城市）都有大街道。

卢克里亚　啊，天啊！

菲奥克拉　啊，妹妹，这该多么有趣！

谢　苗　我待会儿再给你们细讲，现在先说我的情况……

卢克里亚　姐姐，椅子太矮啦。达莎，给侯爵搬个凳子来。

达莎搬来凳子。

谢　苗　（边行礼边坐到凳子上）我很高兴能见到你们善良的心，我希望，我的情况……

卢克里亚　在巴黎该有多少有趣好玩的呀！

菲奥克拉　我猜想那里的日子一定短暂得要命！

卢克里亚　特别是跟咱们这儿比。在这儿，一天觉得好漫长；而在那儿，侯爵，是不是？

谢　苗　说得对。发国一天至少比恶果短六个小时。

菲奥克拉　您简直让我们大开眼界！

谢　苗　这不酸傻（算啥）。请允许我说说我的情况……

卢克里亚　多好啊，那里的生活要比这边快得多，可以看更多的小说，听更多的歌曲！请您讲讲，侯爵，现在人们最爱读谁的书？

谢　苗　呸！呸！太庸俗啦！我们发国龟足，谁的鼠（书）也不毒（读）！

菲奥克拉　你看吧，妹妹，爹爹还总是生气，怪我们不读书。连人家巴黎人都不读书呢！

谢　苗　我们年轻龟足，耗完（好玩）的事儿还少吗？干吗毒鼠（读书）？比如可以什么都不做，可以玩，可以唱歌，可以演戏。我今后再给你们讲，现在先让我讲我的情况……

卢克里亚　姐姐！凳子太硬了，达莎，给侯爵拿个坐垫！

达　莎　（去取坐垫，暗自）我的侯爵能坐得安生吗？

谢　苗　（重新坐下）肥肠肝血（非常感谢）！肖姐门！你们无法想象，和你们聊天是多么愉快；看在珊迪分上，请允许我讲述我的情况——听我说完！

菲奥克拉　我们听着呢，侯爵！

谢　苗　我的糟鱼（遭遇）如此不腥（不幸），你们听完，一定会被泪水淹没。

卢克里亚　可怜的侯爵！

谢　苗　我的不腥糟鱼可以……

达　莎　不幸的侯爵，哦，哦！……

谢　苗　啐！我的珊迪！请听我讲完……

卢克里亚　倒霉的侯爵！哦，哦！……

谢　苗　能不能让我说完？……

菲奥克拉　哦，妹妹！哦，达莎！多么不幸！哦，哦！

卢克里亚　哦，姐姐！哦，达莎！多么悲伤！哦，哦！

达　莎　哦，大小姐！哦，二小姐！多么难过！哦，哦！

三人围着谢苗哭起来。一旁的瓦西里萨突然放声大哭。

瓦西里萨　（哭喊）哦，哦，啊，啊，啊！我有罪呀！我该死呀！上帝会惩罚我的呀！

卢克里亚　（止住哭声）你这是咋啦，瓦西里萨奶奶？

瓦西里萨　（眼含泪花）我的千金小姐们，我看着你们哪，看着看着，就想起我的孙子来啦，他因为贪酒被我送到部队去啦；他长得跟侯爵大人一样标致！

菲奥克拉　你胡说什么呀，瓦西里萨奶奶！

西多尔卡上。

西多尔卡　奶奶！那个会说俄语的法国佬在哪儿呀？

瓦西里萨　（指谢苗）那不是吗！

卢克里亚　放肆！没规矩！

菲奥克拉　求您宽恕！侯爵！西多尔卡，你这个笨蛋！“法国佬”“法国佬”地乱叫，一点儿礼数都不懂！

西多尔卡　小人知错了，小姐！我不知道这样说不好，我是跟老爷学的。不过，老爷可没骂人，相反，他夸法国人俄语讲得好，就跟我们的亲兄弟一样，因此特意吩咐我把老爷自己的一件新长袍送过来，让他现在就换上，还有两百卢布现金。

达　莎　（暗自）爱神，请帮助我的侯爵！

谢　苗　（暗自）乌拉！（对西多尔卡）我的朋友，请回老爷，就说后撅肥肠肝血！

卢克里亚　哦，天哪！这像什么话！爹爹简直疯啦！您看看，侯爵，这件长袍简直是老古董！光金银饰带就得十来斤重！——去，赶紧把它拿走！

谢　苗　（暗自惊呼）十来斤！（急忙阻拦）别，别，不能辜负老人家一片心意呀！

菲奥克拉　不行，侯爵！爹爹不懂时尚，我们可懂！去，西多尔卡，拿着长袍滚吧！让它压死你！

谢　苗　别，别，站住，仆人！——（暗自）哦，可恶的女人！想断我财路！

卢克里亚　侯爵，这简直是侮辱人！

菲奥克拉　简直罪孽深重！去吧，西多尔卡，快滚！

谢　苗　（拽住长袍）请允许我，小姐们，承担这个罪孽吧。（拿过长袍）

达　莎　是啊，小姐们！可不敢惹恼了老爷！侯爵，您请进侧屋，在那里可以更衣。

卢克里亚　真的，侯爵，我们为爹爹感到羞愧！

谢　苗　肖姐门！你们会看到，无论穿上什么样的长跑（长袍），我还是后撅龟足！（对西多尔卡）走吧，仆人！（暗自）我的好长袍，差点儿被迫与你分离！（下）

卢克里亚　（对谢苗的背影）多么睿智！多么俏皮！

菲奥克拉　多么高尚！多么善良！

达　莎　（暗自）都亏了假侯爵！

卢克里亚　侯爵的每一根手指都那么灵巧！

菲奥克拉　侯爵的每一处关节都那么与众不同！

达　莎　（暗自）却不知假侯爵是真谢苗！

菲奥克拉　你看到了吗，他在圈椅里坐得多么随意，简直就像在自家床上！哎，跟他一比，咱们那些年轻人可就差得远啦，身上总有股子俄国气。

卢克里亚　这有什么好惊讶的，姐姐。还不是因为他们的俄国爹妈非要插手教育，能不坏事吗？你再看看那些法国家庭教师教出来的年轻人，会像俄国人吗？

菲奥克拉　有道理，妹妹！可是呢，即便把侯爵放到一千个俄国人中间，我也能一眼把他给认出来：风度、举止、眼神，都不一样！而且是那么不幸，可人怜！哎，听到他的遭遇，我简直要被忧伤撕碎啦！

卢克里亚　你相信吗，好姐姐，他如此深深地打动了我，我眼含热泪，什么都听不到啦！

菲奥克拉　怎么能不痛苦万分呢，当你见识了此等风度翩翩的人物，再想想这里毫无教养的阿猫阿狗！

卢克里亚　尤其是来跟咱们相亲的，霍普罗夫跟塔宁！

菲奥克拉　想想都心痛！爹爹想把咱俩，一个嫁七品武将，一个嫁八品文官！

卢克里亚　七品，八品！啐！真恶心！没门儿！如果爹爹非要坚持，我就终身不嫁！

菲奥克拉　我呢，好妹妹，就算不会当老姑娘，可也绝不肯做什么七品八品芝麻官夫人！

卢克里亚　哎！我们怎么就没投胎法国呢？说不好我就是侯爵夫人！

菲奥克拉　想想就觉得开心，好妹妹！如果能当一个星期的侯爵夫人，哪怕一辈子不嫁也值啦！

达　莎　（暗自）她们这是要干吗？

卢克里亚　姐姐！我有一个想法！

菲奥克拉　（担心地）你该不会跟我想到一块儿去了吧？

卢克里亚　没错，我看眼神就知道；但这不会让我们姐妹失和，我的天使！谁让我们有天赐的细腻和细心呢。

达　莎　（暗自）还有细腰和细菌！

菲奥克拉 也许，命运真的会安排我们中间有一个成为侯爵夫人。

卢克里亚 到我房间去，你一会儿就知道了；达莎，待在这儿，告诉侯爵，我们马上就来！（下）

菲奥克拉 Ma chère amie, il faut d' abord...（法语：我的朋友，首先要……）（下）

瓦西里萨 小姐，请讲俄语！（追下）

达　莎 坏了，小姐们着魔了。咳，亲爱的谢苗，你干的好事！看你怎么收场！

谢苗身穿韦利卡罗夫的长袍，衣着光鲜，油头粉面地上，西多尔卡跟在后面。

谢　苗 （对西多尔卡）唔，朋友，开支簿里你就这么记：两百卢布，后撅大人，也就是我，收下了。（对达莎）姑娘，肖姐门呢？

达　莎 马上来，侯爵！她们请您稍等。

西多尔卡 侯爵大人，该怎么称呼您呢？我得在账本里写清楚，不然老爷总骂我是糊涂账。

谢　苗 称呼！称呼……听着，姑娘！（走近达莎，悄声）达莎，你知不知道有什么法国人名？这混蛋追问我快一个小时了，胡口乱诌我又不敢，怕露馅儿！

达　莎 （悄声）法国人名，打死我也不知道啊！谢苗哇，你可小心哪！

西多尔卡 （在一旁，暗自）呵！光顾着跟我们的姑娘套近乎了！（高声）先生，侯爵大人，您的称呼！

谢　苗 称呼？这个，一定要吗？（低声）达莎，赶紧想想啊！

达　莎 （低声）我上哪儿知道侯爵去？除了一个作家，叫格拉戈利侯爵[1]的，他的第三卷书在我箱子底压着呢。

谢　苗　好极啦！没有比这更好的啦！（高声）亲爱的姑娘，你可以帮我清新（清洗）袖口？

西多尔卡　（暗自）好嘛！还“清新”袖口！（高声）先生，我实在赶时间，您到底如何称呼？

谢　苗　（高声）我如何称呼？请听好，我的朋友：格拉戈利侯爵！

西多尔卡　格拉戈利侯爵？

达　莎　你疯了吗？

谢　苗　（低声对达莎）既然有个写书的格拉戈利侯爵，怎么就不能有个骗钱的格拉戈利侯爵？（高声）对，对，就是格拉戈利侯爵！朋友，你就这么写，说钱是格拉戈利侯爵收下了！

西多尔卡　格拉戈利侯爵！遵命！格拉戈利……感觉怪怪的，格拉戈利侯爵……怎么这么耳熟？（下）

达　莎　（眼见无人）哈哈，我尊贵的格拉戈利侯爵！

谢　苗　哈哈，我亲爱的侯爵夫人！

达　莎　侯爵大人没有肉皮发痒？

谢　苗　勇者天助，我的女王！呵！你看看！（来回踱步）瞅瞅咱这步伐，咱这气派！哪点儿比老爷差，哪点儿比侯爵差？咋样，啊？

达　莎　真不赖！就怕被人查出来！

谢　苗　怕那没影的事！

---

① 格拉戈利侯爵（1802—1861）：原名康·彼·马萨尔斯基，俄国作家，以历史小说著称。格拉戈利侯爵为其笔名。

达　莎　你可真行，一句法国话都不会说，就敢冒充法国人！

谢　苗　小意思，多亏你家那俩笨蛋小姐：只要不是俄国人，怎么都好；至于老头子嘛，我早就料到，只要我会讲俄语，他就不会让我讲法语；他不在，有瓦西里萨盯着呢。瞅见没，咱方方面面都算计到啦！

达　莎　说得也是，不过我还是害怕！

谢　苗　小傻瓜！你瞧，两百卢布已经到手了，戏也差不多演完啦；再跟小姐们那儿骗上这么一笔，傍晚咱就辞行，去他的侯爵，明天咱俩一起，直奔莫斯科！我已经想好啦，咱开个理发馆，要么就开个铺子，卖点儿胭脂香粉啥的。

达　莎　（郑重行礼）侯爵大人，在您去莫斯科开店之前，请别忘了一件小事儿。

谢　苗　（一脸滑稽的威严）何事，我的爱？

达　莎　（郑重行礼）在这儿和我成亲；不然你们这些“公猴”，贵人多忘事！

谢　苗　（一脸滑稽的威严）请你务必提醒我！

达　莎　（行礼）一定照办，侯爵！嘘！有人来了！哎呀！是小姐们！没有瓦西里萨！你这回完啦……

谢　苗　糟糕！达莎！

菲奥克拉和卢克里亚上。

卢克里亚　达莎，你到门廊去守着，等来相亲的霍普罗夫和塔宁一到，就把这两封信交给他们；我们在这儿跟侯爵说话。

菲奥克拉　不许偷看！

达　莎　瓦西里萨呢？

卢克里亚　（咯咯笑）她被我们锁在屋子里啦！去吧！

达　莎　我，那个，我怕……

卢克里亚　咳，走你的吧！

达　莎　可是老爷……

菲奥克拉　你怎么也变得跟瓦西里萨一样了？叫你下去就下去！

达　莎　（暗自）糟糕，真糟糕！我得赶紧想法子救他！（急下）

谢　苗　（暗自）这回可麻烦了。得想法子糊弄过去！（对小姐们）你们多么美丽，肖姐门！看见你们我就忘记了自己的不腥；在这里我完全变成了另外一个人，看见你们，我无法自已，多么神奇！我本来想哭，可你们却让我哭笑不得！

卢克里亚　Ecoutez，cher marquis...（法语：请听我说，亲爱的侯爵！）

谢　苗　珊迪！你们在做什么？我答应你们的父亲，不会讲法语。

菲奥克拉　Il ne saura pas！（法语：他不会知道！）

谢　苗　不醒不醒（不行不行），他会听到！

卢克里亚　Mais de grâce...（法语：请讲法语……）

谢　苗　（躲到舞台另一侧）讲鳄鱼（俄语），讲鳄鱼，珊迪讲鳄鱼！瓦西里萨耐骂（奶妈）！

菲奥克拉　（追）Je vous en prie...（法语：求您啦！）

卢克里亚　（追）Je vous supplie...（法语：行行好！）

谢　苗　（跑）一个词，半个词，四分之一个词都不腥！

卢克里亚　（追）Barbare！（法语：真狠心！）

谢　苗　（跑）我不听！

菲奥克拉　（追）为什么？

卢克里亚　（追）Impitoyable！（法语：铁石心肠！）

谢　苗　（跑）我不会！

菲奥克拉　Ingrat！（法语：忘恩负义！）

谢　苗　（跑）不可以！不可以！哦，瓦西里萨耐骂！

卢克里亚　（追）Cruel！（法语：狠心人！）

谢　苗　（跑累了，瘫倒在圈椅上）我不能，完全不能……

卢克里亚　（按住他）Ah！— Vous parlerez...（法语：你必须说！）

菲奥克拉　（按住他）Ah！Le petit traitre！（法语：你这个叛徒！）

谢　苗　（极力挣脱）我不会，我不能，我不要！……瓦西里萨！

瓦西里萨　（急上）啊呀！我美丽的小姐们！

二人跳到一旁。

谢　苗　谢天谢地！

瓦西里萨　捣蛋鬼！淘气包！拿我闹着玩儿！我嗓子都喊哑啦！

卢克里亚　早就该哑！瓦西里萨！

达莎跟着韦利卡罗夫急上，边上边解释。

达　莎　我向您发誓，老爷，这两封信我完全不知情；小姐们可以做证。

韦利卡罗夫　不知羞！没脑子！你们还要胡闹到什么时候？她手里这两封信是怎么回事？你们有什么资格不许霍普罗夫和塔宁登我的门？

卢克里亚　随您怎么说，爹爹，我们就是要断了他们的念想。

菲奥克拉　癞蛤蟆想吃天鹅肉！

韦利卡罗夫　胡说八道！他们都是年轻有为的体面人！

卢克里亚　他们还算得上体面人？他们有一丁点儿像侯爵吗？

韦利卡罗夫　这什么意思？

菲奥克拉　（跪下）爹爹，请不要如此狠心，不要扼杀我们内心的高尚情感；如果我们当中有一个人必须嫁给俄国人，那么请赐予另一个更好的幸福吧！

卢克里亚 （跪下）爹爹，请不要如此铁石心肠！难道您不希望能在巴黎有亲戚吗？

韦利卡罗夫 站起来，站起来！上帝啊，罪孽啊！我非得把你们关起来不可！（暗自）她们已经被这位法国侯爵弄得五迷三道啦！我要好好教训教训你们！

西多尔卡上。

西多尔卡 老爷，盘缠拿来了（转交谢苗）。格拉戈利侯爵，房间备好了。

韦利卡罗夫 格拉戈利侯爵？

菲奥克拉 糊涂！西多尔卡！

卢克里亚 这些俄国人，连一个尊贵的姓氏都记不住！

西多尔卡 老爷小姐！这名字又不是我取的，是侯爵大人让我往账本上这么记的，当时达莎也在。

达　莎 （慌乱）我？什么时候？我，我有点儿记不清啦。

韦利卡罗夫 （暗自）连达莎也不太正常！这里肯定有猫腻儿！（对谢苗）您尊姓格拉戈利侯爵？

谢　苗 尊龟（尊贵）的老椰（老爷），这有什么好惊鸭的马（好惊讶的吗）？

韦利卡罗夫 格拉戈利侯爵，你是个骗子！

谢　苗 我不敢和老椰争扁（和老爷争辩）。

卢克里亚 爹爹，您怎么能如此诋毁侯爵！

菲奥克拉 爹爹，您丢脸都丢到巴黎去啦！

韦利卡罗夫 我们就来试试他。侯爵阁下，我允许你，不，是要求你，用法语向我的女儿们讲述你在林子里被劫的不幸遭遇。

达　莎　（暗自）这下侯爵当不成啦！

卢克里亚　啊，太好啦！

谢　苗　最贵的老爷……

韦利卡罗夫　看哪，你的俄语现在纯正多啦，学得很快嘛！

谢　苗　仁慈的老爷……

菲奥克拉　啊，说吧，侯爵，说吧！

韦利卡罗夫　说吧，格拉戈利侯爵！

谢　苗　（跪下）哎，老爷！

韦利卡罗夫　且慢，且慢！堂堂侯爵，岂能如此？说吧，让我的女儿们过过法语瘾。

瓦西里萨　说吧，先生，让我也沾个光，我早就想听听啦。

谢　苗　哎！请您宽恕悔过的罪人吧！我，老爷……我不是什么侯爵，我、我也不是什么法国人，我只是一个下人，我随少爷路过此地，在贵庄暂住，我的名字叫谢苗！

卢克里亚　你这个混蛋，你竟敢……

谢　苗　老爷，我错了，冒充法国侯爵也是迫不得已！

达　莎　（跑到谢苗身边跪下）饶了我们吧，老爷！

韦利卡罗夫　（惊讶）达莎，你跟他是一伙的？

达　莎　哎，老爷，我们早就彼此相爱啦，只是没钱结婚。谢苗也是没办法，才出此下策冒充法国侯爵。

韦利卡罗夫　你的脊梁骨少不了吃苦头！看看吧，亲爱的小姐们，这就是你们盲目崇洋媚外的下场！谁又能保证在城里，在你们的圈子里面，在你们趋之若鹜的人中间，没有这样的法国侯爵呢？

谢　苗　仁慈的老爷！求您饶了我们吧！

达　莎　念在我们真心相爱的分儿上！

韦利卡罗夫　话说回来，这个滑头让人又生气又好笑！格拉戈利侯爵阁下，你本该受重罚，但念在你现身说法，给了小姐们一个教训，姑且放过你。起来吧，带上你的达莎，走吧！西多尔卡，给达莎结工钱；待会儿我再让人给你们带点儿盘缠。

达　莎　哦，老爷，您给了我们新生！

谢　苗　啊，像卸下了一座大山！走吧，达莎！从今往后，认识不认识的，我都会劝他们，千万别冒充法国侯爵！（与达莎下；西多尔卡跟在其后）

韦利卡罗夫　至于你们，小姐们，我要好好教教你们为人之道，你们趁早断了侯爵夫人的念想！两年，三年，十年，我们一直住在这儿，住在乡下，直到你们把格里戈里夫人装进你们脑袋里的乱七八糟忘得一干二净！直到你们不再盲目崇洋媚外！直到你们学会格里戈里夫人从来没教过的谦逊、礼貌、温顺！直到你们那愚蠢的傲慢不再让你们以讲俄语为耻！瓦西里萨奶妈！把她们给我盯紧喽！（下）

瓦西里萨　遵命，老爷！

卢克里亚　Ah！Ma soeur！（法语：啊，姐姐！）（下）

菲奥克拉　Ah！Quelle leçon！（法语：哎，真是教训！）（下）

瓦西里萨　小姐们！请讲俄语！（追下）

（幕落·全剧终）